Coivara da memória

Francisco J. C. Dantas

Coivara da memória

4ª edição

Copyight © 1991 by Francisco J. C. Dantas

Todos os direitos desta edição reservados à
Editora Objetiva Ltda.
Rua Cosme Velho, 103
Rio de Janeiro — RJ — Cep: 22241-090
Tel.: (21) 2199-7824 — Fax: (21) 2199-7825
www.objetiva.com.br

Capa
Sabine Dowek

Revisão
Rita Godoy
Raquel Correa

Editoração eletrônica
Abreu's System Ltda.

CIP-BRASIL. CATALOGAÇÃO-NA-FONTE
SINDICATO NACIONAL DOS EDITORES DE LIVROS, RJ

D212c

    Dantas, Francisco J. C.
        Coivara da memória / Francisco J. C. Dantas. - 4. ed. - Rio de Janeiro : Objetiva, 2013.

        358p.   ISBN 978-85-7962-242-7

        1. Ficção brasileira. I. Título.

13-02578   CDD: 869.93
                                    CDU: 821.134.3(81)-3

Esta edição é especialmente dedicada à memória de meus avós: Francisco e Teresa; Manoel e Mariana.

No Rescaldo do Fogo Morto

Poucas vezes terá visto o romance brasileiro uma estreia tão segura de si quanto a de Francisco J. C. Dantas com *Coivara da memória* (São Paulo, Estação Liberdade, 1991). O precedente, ilustre, que logo acode à lembrança é obviamente o de Graciliano Ramos com *Caetés* (1933). Tal como o ex-prefeito de Palmeira dos Índios que se apresentou escritor já feito aos olhos dos seus primeiros leitores, este sergipano professor de Letras que, além de ter cumprido a penitência de duas teses universitárias, só publicara até agora contos e ensaios esparsos, é dono de uma linguagem vigorosa, pessoal, rara de encontrar-se num romance de estreia. Isso a par de, não menos raros, o domínio do andamento da narrativa e, sobretudo, a capacidade de criar personagens "verdadeiros" — no sentido de convincentes, não de apenas verossímeis. Pois, mais do que na verossimilhança, é no poder de convencimento que está a pedra de toque da "verdade" da prosa de ficção: Gregório Samsa é um personagem convincente, embora esteja longe de ser verossímil.

Coivara da memória é outrossim, como *Caetés,* um romance meio fora de moda. Melhor dizendo: providencialmente fora de moda. O naturalismo à Eça de Queirós do retrato de costumes provincianos em que *Caetés* se esmerava era reconhecivelmente tardio em relação ao tom da nova prosa de ficção inaugurada desde 1930 por o *Quinze* de Rachel de Queiroz, seguido dois anos depois por *Menino de engenho* de José Lins do Rego, com cuja desafetação tão coloquialmente brasileira contrastava o leve ranço lusitano do Graciliano estreante. Mas já a partir de *São Bernardo* (1934), sua linguagem, sem nada perder do rigor ou da economia expressiva, cuidará de estilizar as inflexões da fala do Nordeste e de lhe tematizar a ruralidade, a qual não deixa sequer de estar presente, subliminar, na urbanidade de *Angústia*.

A circunstância de *Coivara da memória* ser um romance rural cuja ação se passa toda ela num velho engenho de açúcar e, subsidiariamente — palavras do próprio narrador —, numa dessas "cidadezinhas indefinidas do Nordeste", fá-lo por si só anacrônico numa altura em que a ficção brasileira mais representativa parece estar preferencialmente voltada para a vida das grandes cidades e para os seus conflitos existenciais. Não bastasse isso, o forte travo regional da linguagem de Francisco J. C. Dantas vai em sentido contrário ao do cada vez mais acelerado apagamento de diferenças operado pelos meios de comunicação de massa nos falares brasileiros, processo gêmeo da padronização de consumidores a que a produção em série necessariamente obriga. A opulência léxica de *Coivara da memória* salta à vista desde as suas primeiras páginas, em especial pelo inusitado de muitos dos termos. Ainda que os aficionados de literatura não possam de modo algum ser confundidos com aquela geração sem palavras batizada por Paulo Rónai, é de duvidar-se que a média dos leitores de *Coivara da memória* não estranhe expressões como "badalejadas", "calete", "esfarcelar", "corriboque", "recavém", "bimbarras", "reimoso", "licoticho", "canga de coice", "safra de papouco", "gungunar", "levunco", "mungangas" e outras que tais.

Talvez alguns desses leitores, por desavisados, cheguem até a pensar em Guimarães Rosa, sem se dar conta de não haver, no caso, nem sombra do gosto do neológico que celebrizou desde o começo a escrita rosiana. Mas de comum entre os dois narradores há, sim, idêntica preocupação de reatar fios históricos intempestivamente cortados pelo açodamento da tesoura da moda. Assim como *Sagarana* veio mostrar, ao arrepio da voga da análise existencial em que se compraziam os então jovens ficcionistas da Geração de 45, o quanto ainda se podia batear no garimpo supostamente esgotado do regionalismo, assim também *Coivara da memória* vem desmentir o esgotamento, diagnosticado pelos historiadores de literatura, da tradição do romance nordestino de 30. A força de convencimento do livro de estreia de Francisco J. C. Dantas serve para provar que essa tradição continua viva e tem ainda o que dizer ao Brasil modernoso de nossos dias, ofuscado com a miragem daquele a que bovaristicamente chama de Primeiro Mundo.

A presença de uma palavra como "memória" no título do livro denuncia-lhe de imediato a filiação. Por trás do empenho de denúncia social que, numa época de intensa polarização ideológica, deu pronta atualidade ao romance nordestino de 30, havia neste uma paradoxal, mas nem por isso menos perceptível, nostalgia dos valores de vida daquele mesmo patriciado rural contra cuja obsolescência e iniquidades ele se voltava. E foi certamente esse conflito de sentimentos que lhe deu vitalidade, salvando-o do maniqueísmo a que toda arte de engajamento está exposta. Quer no memorialismo indireto porque fictivo de *Menino de engenho* ou de *Angústia,* quer no memorialismo direto porque confessional de *Meus verdes anos* ou de *Infância,* salta aos olhos o primado do rememorativo. Também o narrador-protagonista de *Coivara da memória* — um tabelião neto de senhor de engenho, à espera de ser julgado por crime de vingança contra outro mandão local com cuja sobrinha tinha um caso amoroso — é um rememorador obsessivo. Enquanto aguarda o dia do julgamento com o explicável temor de quem conhece por dentro a hipocrisia e a venalidade das engrenagens da Justiça, entrega-se ele aos devaneios da memória. Em prisão domiciliar no seu próprio cartório, evoca e registra por escrito o fluxo de suas lembranças do engenho de açúcar onde, órfão de mãe criado pelos avós maternos, passou toda a meninice. Vai assim desfilando aos nossos olhos uma série de admiráveis retratos de caracteres, desde o primeiro Costa Lisboa a que remonta o devaneador por linha materna, passando pelo seu avô e avó, até a mãe, morta ao dá-lo à luz, e o pai, rompido com o sogro e morto numa emboscada às mãos dos capangas do mesmo mandão por cujo assassinato o filho irá agora ser julgado. Esse exercício da memória não é gratuito: por via dele, percorre o escrivão-escritor "as trilhas erradas das origens" para entender "o temperamento chocho e subtraído que apanhei desses meus antepassados, com a ardência e a desenvoltura da banda de meu pai". Percorre-as não apenas para entender-se, mas sobretudo para "apanhar coragem do que tenho resgatado dos meus mortos [...] querendo dos mortos uma resposta qualquer que me ilumine para o diabo do júri".

No raconto dessa viagem rememorativa do protagonista às suas origens familiares são revisitados alguns dos momentos mais característicos do romance nordestino de 30, mas isso com um toque de inventividade que os enriquece de novos matizes. O tema com que, sob o signo da nostalgia, José Lins do Rego inaugurou o seu ciclo da cana-de-açúcar, ou seja, o do neto de potentado rural a recordar o ambiente do engenho onde foi criado, é retomado em *Coivara da memória* numa escrita cuja precisão de traços está a serviço do lirismo de uma imaginação hábil no evocar as sensações físicas e, com elas, as ressonâncias emotivas do ido e vivido. À figura do velho José Paulino, de *Menino de engenho,* corresponde, em *Coivara da memória,* a do avô do narrador, um senhor feudal de caráter áspero só adoçado no trato com o neto. Por sua vez, o tema de *Fogo morto*, de declínio e queda da dinastia dos senhores de engenho ante a crescente hegemonia das usinas, reaparece no capítulo em que o mesmo avô, "triste senhor retardatário", se vê finalmente forçado a apagar os fogos do seu já então agonizante engenho Murituba. O episódio ganha ainda maior dramaticidade com a morte do negro Garangó, o foguista de "bruto coração de fogo maior que o mundo" que não consegue sobreviver ao apagamento da fornalha por ele alimentada anos a fio e a que devia sua identidade no mundo. Também o episódio do colégio interno de Aracaju onde, separado do avô e do engenho, o neto sofre as agruras do exílio, remete-nos ao tema de *Doidinho*, ao passo que as fanfarronadas do estrambótico tio Burunga não nos deixam esquecer as do Vitorino Papa-rabo de *Fogo morto*.

Já a personalidade interiormente dividida do escrivão-escritor de *Coivara da memória*, a remoer suas próprias fraquezas e frustrações, tem a ver de perto com a linhagem daquele "herói fracassado" que Mário de Andrade apreensivamente detectou no romance de 30 e que encontrou no Luís da Silva de *Angústia* uma de suas mais cabais representações. Neto de potentado rural como o protagonista de *Coivara da memória*, ele também fora criado na fazenda do avô, por cuja figura de homem autoritário e seguro de si ele mede sua própria insegurança e passividade, se bem às suas ideias democráticas e igualitárias repugne o mandonismo do avô. Ao protagonista de *Coivara da memória* repugna pelas mesmas razões a severidade com que o senhor do engenho Murituba tratava os humilhados e ofendidos que lhe vinham expor seus gravames; ele, neto, se punha a favor deles, embora jamais tivesse tido coragem de contestar abertamente as sentenças draconianas do avô. Sua compaixão pelos mais fracos se estendia inclusive aos bichos maltratados, e passagens como a do galo cego estão entre as mais tocantes do romance.

Tal conflito de gerações, no quadro do patriarcalismo agrário brasileiro, configura um padrão de psicologia social já estudado por autores como Gilberto Freyre e Luís Martins. Ou seja, a discrepância de valores entre o liberalismo ou libertarismo dos filhos, bacharéis urbanizados, e o conservadorismo dos pais, patriarcas rurais. O reaparecimento desse padrão num romance de nossos dias estaria a indicar a persistência de um traço sociocultural que a nossa pós-modernice não conseguiu apagar de todo. Reforça-se ademais a persistência histórica pelo fato de o padrão ter pulado uma geração ao reaparecer entre neto e avô. No caso do conflito entre o bacharel e o patriarca, Luís Martins chegou a falar da geração republicana como uma geração parricida, o que leva a conjecturar-se, em *Coivara da memória,* não haveria uma relação de simetria, no nível das compensações simbólicas, entre o mandão assassinado pelo protagonista para vingar o pai e o avô intolerante que sempre se negou a reconhecer o genro, embora acolhesse o neto órfão. Mas este é um problema que fica em aberto para os críticos psicológicos.

De momento, o que importa acentuar é que, ao reatar certos fios temáticos do romance de 30 no seu livro de estreia, Francisco J. C. Dantas quis possivelmente mostrar a riqueza de instigações que podem ainda oferecer ao ficcionista de hoje. Instigações que ele soube desenvolver com marcante originalidade numa obra onde tradição e invenção se completam e se enriquecem mutuamente. Ao entrar no corredor de ecos da intertextualidade brasileira, o estreante de *Coivara da memória* não veio apenas recolher vozes alheias mas também ali deixar a sua, desde já inconfundível.

José Paulo Paes

Coivara da memória

1

Este quadrado de pedras é um retalho íntimo e rumoroso, onde lampadejam réstias e murmúrios, avencas e urtigas. Aqui encafuado, as juntas emperram, as têmporas pesam e o ânimo se amolenta, de tal modo que a cada nova semana vou ficando mais bambo das pernas e zonzo da cabeça. Contudo, até nas crises de maior desalento, nunca perdi o governo de todas as forças, a ponto de derrubar a cara no chão. Mesmo nas horas mais danadas, nas ocasiões em que perco o tino e tenho olhos de cego para os meus próprios limites, parecendo até que vou emborcar de vez — de repente... egressas de bocas invisíveis, me chegam vozes que se arrastam do passado e me empurram para a vida, onde outra vez faço finca-pé, retorço o espinhaço e sigo adiante pelejando com as energias que ainda restam.

    Retiro os olhos da igrejinha que avisto do retângulo deste janelão em cujo rebordo assento os cotovelos. Rodo os calcanhares e uma beliscadura lateja embaixo, no mocotó inchado; fecho o livro que trago nas mãos e mexo as retinas até o relógio de nogueira pregado na parede, herança maior que coube a tia Justina. Pontualmente, daqui a nove minutos, reescutarei mais uma vez, neste crepúsculo de vida e tarde, as seis badaladas, inalteráveis de lua a lua, que descem da minúscula torre borrada de alvaiade e vêm se alojar no meu imo. É o mesmo bronze de outrora! Mas decerto eram bem outras as pancadas que Hurliano sineiro tirava do badalo clamando as ave-marias. E com tal vigor os ecos rolavam uns sobre os outros, e se esparramavam nos ares daquelas eras, que ganharam a sua fama! Aguardadas e espalhadas por todos os recantos deste município, essas mangualadas plangentes regiam o tempo de grandes e pequenos, e eram acatadas até nas grotas e várzeas do Murituba, onde chegavam ainda esbanjando tenência para pôr termo à jornada dos agregados que, empunhando os enxadões de quatro libras, arquejavam e se esvaíam na limpa de roçados e canaviais. — São as chamadas de Hurliano! — diziam aliviados: as mulheres se benzendo e os homens se descobrindo.

Daquele Hurliano, dependurado da longa corda de tucum encastoada a nós, já não resta senão a memória deflagrada das badalejadas, cuja identidade veio se esboroando até não restar mais nada, uma vez que nunca foi mais do que um relâmpago a serpentear a cauda em centelhas de vibrações. Com as repinicadas desse Hurliano tangedor de horas, também se esfarraparam e se diluíram o pregão de Marcelino com o seu cheiro de pão, a toada do carro de bois, o esfrega-esfrega da pedra de amolar, o zumbido do veio-da-bolandeira, e mais meia dúzia de outras vozes destacadas que jamais retornarão... a não ser enroscadas no miolo da palavra — todas elas abafadas a estridência de sirenes e ronco de buzinas.

Sob o abraço demorado destas paredes de barro e pedra fechadas sobre o meu destino, o único consolo que me sobra é a espetada de lembranças onde me afundo, desentranhada das vísceras dos antepassados que ficaram grudadas nos olhos do menino. Bem que tenho tentado conviver apenas com as recordações agradáveis, mas, coitado de mim... Mal aprumo o espinhaço por conta do acalento que recebo delas, logo me vejo assoberbado por imagens inimigas e supliciado por uma expectativa inarredável que me espremem os miolos com uma impertinência diabólica. Seja como for, sem este vício de espichar os olhos para trás e catar num lote de coisas velhas as motivações que valem como socorro, certamente só restaria deste aqui um molengo lagarto sonolento, de beiço caído por um pedaço de sol.

    Chamo de abraço, sim! Mas abraço noturno e impiedoso, cujo primeiro aceno partiu dos olhos de meu pai já moribundo, e veio caminhando muito chamativo num pavio de sangue, anos e anos cevado a rancor, para enfim se entroncar em Luciana, onde se intumesceu como uma sanguessuga e virou bolha empolada, até se arrebentar no aperto deste quadrado de pedras, estucado a mão de fogo, afivelando aqui a minha sorte castigada. É alguma coisa de muito branda e aramosa, que constrange e amacia, capaz de me apaziguar no ronroneio do hábito, capaz de me rasgar no arrocho unhoso de velho tamanduá. Segundo a sabedoria do Meritíssimo, a quem todos nós desta comarca abaixamos a cabeça sob a gastura da voz ensebada, este espaço confuso onde me encontro socado resume numa só rajada a eficácia da Lei, traduzida em amparo e em castigo.

    No entressono agoniado da noite passada, mais de uma vez acordei aos estremeços, com o pijama empapado de suor, e um tropel de urros entalados no pé da goela — tudo por efeito da pregação judiciosa que o Meritíssimo me destinou na audiência de ontem:

    — A Lei é iniludível na prática da vigilância! É infalível na letra das sentenças! Como o senhor é membro da Justiça, todos vão ver que a Lei começa de casa. É imparcial para todos: ricos e pobres, pretos e brancos, grandes e pequenos! O senhor não se engane!

    Pois sim! Amém, Meritíssimo, amém!

    Pelo visto, não posso contar com a condescendência de um juiz de tamanha probidade, agarrado, como um carrapato, à letra dos velhos códigos que nunca erram. A crer nesse sabichão, não devo desesperar porque, apesar de sofrer punição, também ganho amparo, já que sou regido por uma jurisprudência cuja história não tem nós nem dobras sob a clareza ilibada. Assim seja! Quero dizer: antes assim fosse! Uma vez que a longa experiência de ofício me ensina que não posso, a um só tempo, ser justiçado pela morte do coronel Tucão, e protegido contra a sanha rancorosa de seus herdeiros e capangas, ocupados em urdir as ciladas e em azeitar as grossas carabinas.

Mais uma vez experimento que a iminência de fatos ou situações que escalavram a minha intimidade me toca como uma agressão dos diabos que não sei suportar senão num compasso ofegante onde os temores se espalham, e me incitam a repetir talagadas de pindaíba, embrulhadas em rolos grossos de fumaça, até me prostrar todo macambúzio, tão aborrecido do mundo e separado de todos os viventes a ponto de voltar as costas à própria tia Justina, que, calada e muito obsequiosa apenas quando me vê assim cabisbaixo, vem deixar sobre esta escrivaninha a bandeja com o pires de torradas e o bule de café que fumega pelo bico. Como nessas ocasiões me torno alheado dos hábitos e das necessidades mais rotineiras, mal vejo a velha voltar horas depois para recolher as torradas amolecidas e o café frio: destampa o bule, faz uma cara desagradável, e sai mastigando os mesmos muxoxos quase imperceptíveis por onde minha avó deixava escorrer as suas contrariedades reprimidas.

Agora mesmo, ferroado a vara curta pelo meu júri adiado, que todo o santo dia se recompõe à minha frente, cismo abatido de cigarro entre os dedos empolados por pequenas queimaduras, depois de haver caminhado léguas, a andar e desandar de canto a canto como um bicho enjaulado, arrastando os tornozelos pesadões sobre estas lajes esfregadas por quatro gerações, antevendo todo um roteiro de apreensões de que não consigo me libertar, temeroso do papelão que farei diante da plateia que certamente me acuará — gulosa! — apalpando o tamanho

do meu medo, se deliciando com o tremor de minhas máos, a minha cabeça baixa, os meus gestos desajeitados. Embora saiba que padeço por antecipação, exagerando os aperreios em graúdas proporções, esta certeza evidente, porque já provada, não me ajuda em nada nesta pura vida!
    Com esta reclusão domiciliar, a Justiça me castiga fazendo de conta que me protege, cumprindo assim um movimento da sua mais entranhada predileção. Ao indeferir o habeas corpus impetrado a favor do réu primário que sou, o Meritíssimo, manejando as leis como uma varinha de condão... de repente... descobriu que, mesmo sem deixar de ser justíssimo, podia me amparar! Alegou então que carregaria nos ombros a pesada responsabilidade de me resguardar contra a tocaia que me espreitava apadrinhada em becos e pés de pau e que, para não parecer injusto, me concedia um tipo especial de prisão que certamente não desagradaria a tia Justina. Mas verdade é que esta concessão assim alardeada não me empana os olhos e me sabe a tirânica traição.
    Antes de ter a liberdade por esse meio abafada, se bem que de vez em quando curtisse o meu mau pedaço, dando investidas de caititu furioso com uma intransigência de cabeçudo; em contrapartida, podia vagar por estas redondezas daqui mesmo dando de pernas por aí, sentindo nas canelas empoeiradas, e nos mocotós ainda sem inchaduras, o carinho das estradas reais; ou podia escolher qualquer uma outra alternativa onde ia largando a ruindade da cabeça em busca de alívio. Desse modo, muitas vezes em que me deixei apanhar pelas rebordosas da vida, por conta de não ter sabido me desembaraçar convenientemente dos ardis enfiados no bocado que me coube — tive os passos de viandante conduzidos até a velha paineira do Engenho Murituba, onde buscava conforto contra as estrias de angústia que me rebentavam. Esfregando o corpo no cheiro dessa paisagem, ainda hoje

fecundada a vozes e apelos que vêm se desenrolando de muito longe, eu me embrulhava em tiras de lembranças, e logo o desespero se deixava diluir numa pequena névoa esgarçada, até se abater ante a rijeza inflexível de minha avó e o rochedo portentoso que era o meu avô, ambos há tanto tempo subtraídos... mas assim mesmo... de lá de longe me atirando seu valimento.

Agora que o Meritíssimo me interditou o caminho do Murituba, justamente quando baralho a cabeça num rolo de sombras, mal suportando as indagações que me acodem, mais me confrange a falta daquela árvore. E esta tarde assim solarenta, toda areada de branco, mais a aguardente castanha que me levanta por dentro, me incitam a reavê-la a qualquer custo. Não posso adiar nem mais uma só hora o momento de levar-lhe o meu desamparo, de me render a seu coração amarelo de gravatá, trançado de todos os quebrantos. Pendurado da teia de seu fascínio, que se cruza e recruza na minha memória, aperto os olhos para esquecer estas paredes onde me trancafiaram e, sovertido não importa em quê, me transporto menino enfeitiçado para a sua sombra, a esta hora, toda furada pelas réstias oblíquas do sol já derreado. Sob o jugo encantatório de sua aragem o aquele vira este, o antes é agora, o pretérito caminha para o presente, tudo se achegando para o meu lado em cantigas de sortilégio.

Achatadas entre esta cumeeira e os lajedos irregulares, minhas retinas caídas vão derrapando de ângulos e paredes, se esfregando nas frinchas dos janelões e no vão dos batentes, de onde escapolem e caminham pelos ares... até esbarrar no Murituba. Aí se reabrem sob nova luz recheada de devaneios, porque ainda estou vivo e luto para não me rachar como este chão de massapê, onde a aspereza do sol cavou fendas e feridas. É corrido pelo desejo adoidado de passar a limpo o borrão de toda a infância que volto agora ao pé desta paineira onde tenho enterrados o umbigo e o primeiro dente de leite. Chego para escutar esta velha barriguda em cujos galhos me dependurava de cabeça para baixo, a camisa caindo pela cara para me cegar os olhos, e as pernas entrançadas lá em cima. Embora assim invertido, incomodado pelo sangue que pesava nas têmporas, e pela dureza dos galhos que me escalavravam os tornozelos — nem por isso o mundo me parecia menos inteiro e ordenado. Volto aqui para me apaziguar, para derreter os cristais do desespero: puro desejo de largar o peso do tempo no silêncio almofadado, de me aquietar de olhos cerrados no agasalho guarnecido a lá macia. Por favor, respira comigo, paineira, respira...

Começo a sentir que estes despojos que abarco com a vista me chegam com uma estranheza íntima e ao mesmo tempo fugidia... Mal me aproximo para tocá-los, eles se dissimulam em sensações difusas que desmentem o inventário da memória. Estendo a mão para o rodeiro esbandalhado do carro de seu Ventura, tateando um sentido estremecido... mas os olhos se embaciam e as formas que trago por dentro se dissolvem de tal modo que se tornam inapreensíveis, e só apalpo um pedaço de pau irreconhecível! Por que se torcem e se perdem assim as coisas mais sólidas de tamanha estimação? Perquiro um sentido aproveitável... alguma coisa do cenário vivo que havia diante do menino que dava cangapés no tanque do Severo... mas só retenho vagos pormenores que certamente não passam de uma contrafação, primeiro reposta pelos olhos do menino, e agora, enfim, imagem dispersa e rarefeita...

Assim tragado entre aperreios e fantasias, me vejo atrasado, convertido mesmo na última lembrança que sobrou, uma vez que todas estas transformações palpáveis se socaram neste peito e aqui ficaram. Bicho e gente, rodeiros e almanjarras, Burungas e Garangós, todos caminham na fita onde perco os olhos, naturalmente ajustados a novas proporções. Neste momento mesmo os mortos avançam em cortejo e me obrigam a enxergar mais fundo: a voz arroucada de meu avô troveja nas audiências; os mugidos de Araúna viraram gemidos de tia Justina. Um vulto se agita e se desgoverna na curva da arapiraca: é tio Burunga que vem dando pontadas nos sovacos da montaria com as botas cambadas... é ele, sim... é o danado com o molho de chocalhos que badalam nas suas insônias. Vem fuzilando... vem arretado de ligeiro... vem botar rezas para que cesse a morrinha das galinhas de minha avó. Já vem repinicando os dedos e dando lapadas no ar, já ouço daqui o tilintar das moedas na algibeira que faz eco com as botas desafiveladas. Vem chamegando, vem com cara de festeiro, vem desafogar a alma em canadas de pilhérias, vem com a veia entupida de loas para divertir os parentes enfezados com o bafio alegre de seus repentes.

 Só agora vejo que esta barriguda, na sua austeridade sem atavios, tem mais de pé de pau do que propriamente de árvore. Esculpida a nós, esporões e forquilhas de esqueleto, só tem a mais, além do tronco abaulado, pequenos leques de folhas miúdas. Assim apartada de excessos de ostentação e esbanjamento, revela-se reduzida apenas ao essencial. Caminho sobre a renda exígua de sua fronde, e os pés descalços se arqueiam sobre as raízes salientes, apalpam a íntima substância seivosa que escorre pernas acima com heras e musgos que se alargam dentro de meu corpo como um rio derramado. Abraço-me ao tronco áspero, bordado a ponto cheio com esporões duros que me arranham as costelas. Lá bem no fundo, porém, sei quanto é dadivosa, aberta em estradas do melhor acolhimento. Esta carranca que exibe, este cenho rugoso e preagueado a modo de cara-feia, este modo asperamente oblíquo de recusar a mão ao caminheiro que chega aqui nada mais são, bem sei, senão a máscara que dissimula as blandícias do coração generoso, astúcia encoberta de quem se preserva contra a mão do inimigo, armada a foice e machado: seus ferrões duros não procedem do âmago do peito; apenas se assentam na superfície da casca, inteiramente apartados de suas entranhas como um hóspede estrangeiro. Absorvendo a linguagem cifrada desta mestra centenária, é que me tornei suspeitoso como um bicho desagradado que espiona o mundo sob aguda carapaça de cacto.

    Depois que me arrancaram desta paisagem onde me criei, literalmente expulso da companhia de meus avós pelos seus descendentes que me largaram no internato hostil, passei a ser um sujeito reservado, sempre prevenido contra as pessoas da minha infeliz e parca convivência, de cujas intenções amáveis nunca deixei de suspeitar. Sem saber então a que força obscura obedecia, só hoje entendo que na solidão terrível daqueles anos de desconfiança eu também me poupava, me guardava inteiro para alguém que mais tarde haveria de chegar, assim que se cumprisse aquele rito de iniciação a que me submetia sem saber. Somente para essa criatura de Deus atiraria fora o meu resguardo de tantos anos, abriria as arcas do peito enferrujado onde então só cabia o ódio retemperado a desejos de vingança. Sem que nunca esperasse, ela chegou para inverter os meus planos e cegar os meus olhos maravilhados com o esplendor de todas as promessas. Graças ao fascínio dessa mulher, que tudo pôde contra o meu jeito casmurro e rabugento de estar embiocado, de mal com a vida, pude enfim recuperar a boa têmpera e dar vazão ao instinto acorrentado.

    No curso de excessos de tão amoroso zelo, embrutecido no desvario que me tomou, fui outra vez ficando confiante como o menino que ia aos galhos mais altos desta paineira de onde atirava a João Miúdo os flocos de lá. Fui esquecendo a voz espremida e ríspida que roçava os beiços franzidos de minha avó, na frieza mais displicente de sua amargura, sempre a ralhar, contrariada, contra o meu apego aos preás que meu avô apanhava nas suas esparrelas e trazia no fundo da grande capanga de couro para o meu cercadinho que renteava o grande roseiral:

— Menino... menino... larga de ser encegueirado! Te fia em tua avó que já viveu meio mundo. Pra que tanto agarradio com bichos imprestáveis? Pra quê? Te acostuma de agora, senão mais tarde tu te arrebenta. Nesta vida não se tem mesmo o que se ganhar: é ir cambecando... perdendo e perdendo... até um dia desaparecer...

Sob esta rala galharia retorcida, já adiantado dos setenta janeiros a lhe achatarem o lombo, sentado num tronco amarelo de jaqueira, meu avô recolhia das mãos trêmulas de minha avó, em quase todas as tardinhas, a sua ração de farofa untada a carne frita de carneiro gordo, escolhido entre os melhores capados de seu rebanho.

— Come de meu sustento, menino — me chamava todo repimpado, com a boca cheia de regalo, cuspindo grãos de farinha que as formigas miúdas se apressavam a carregar, tontinhas de alegria. A princípio, ia muito sonso me chegando de mansinho, como se fosse biqueiro ou fastioso, acho que me fazendo de rogado. Pouco a pouco, porém, ia estendendo o braço e escolhendo os pedaços com tutano, para chupar e rechupar o miolo mole dos ossos que ele enfileirava em círculo, na beirada do grande prato esmaltado.

Mas quem mais pontual se acercava deste pedacinho de sombra todas as tardes, pressentido pela pancada trôpega do passo indeciso, era o galo cego de pescoço pelado. Todo desequilibrado pela moléstia que o apanhara já madurão, balangando a cabeça para a frente e dando bicoradas desajeitadas, este pobre desalumiado recolhia das mãos de meu avô as migalhas que ele lhe ensinara a catar, a penumbra de sua áspera ternura. Quando, raríssimas vezes, esse galo do pescoço de sola batia a cabeça num estorvo qualquer, expedia incontinenti, no atordoado da pancada, um cacarejo pasmado de dor entrecortada. Mas passado o espanto brevíssimo, o pequeno intervalo do sobressalto, prontamente lhe acudia a reação aguerrida e peremptória, a resposta resoluta de seu canto revoltoso, eriçado de maldições.

Meu avô, habituado a ser servido e bajulado durante muitas décadas, e já um tanto separado dessas regalias no agro fim de vida, sempre raciocinava a seu favor, quando se tratava de recolher qualquer indício que lhe viesse conferir os poderes e a grandeza que já não tinha. Assim ocupado em se reverenciar e se reconhecer no melhor que fora, teimava e apostava que o galo cego soletrava exatamente seu próprio nome e sobrenome, escandindo sílaba a sílaba. Era o meio que a ave tinha de agradá-lo, de louvar o senhor tão respeitado, e onde ele podia apalpar de algum modo a sua tenência de homem opinioso que o acompanharia até o fim, quando então, doente das ouças e visivelmente debilitado, se apartara de quase tudo o que preza um senhor de sua igualha.

Este canto fugaz, de cuja indigência meu avô procurava espremer com as duas mãos o melhor para si mesmo, arrancando de sua simplicidade as mais consoladoras ilusões, ainda permanece bulindo comigo, se entremetendo nos meus devaneios como um eco evocador que vem ressoando e se reproduzindo através dos anos. Com ele vim aprendendo que o melhor do passado de um homem, todo o seu quinhão de poderes e esperanças, podem estar enfiados nas entranhas de um pobre galo cego, sujeito a ser varrido deste mundo por efeito da mais reles insignificância: a morrinha que surde do mormaço, um golpe de ar que entroncha e escangota, um coice à toa tangido por Boi Menino.

Neste instante em que busco diluir a ansiedade, me chega o golpe da primeira pancada das ave-marias! O eco rola e se amplia dos confins do tempo, e se conjuga com a estridência do canto do galo velho numa só sangria desatada contra o irreparável destino de cego. Um cego que cabeceia e cai de venta contra a dureza das coisas observáveis porque não sabe se desembaraçar das ilusões. Um cego alboroado cujo canto agoniado acalenta a mão de um pobre rei, exilado na sua velhice. Um cego que se orienta pelos instintos (também cegos?) num mundo arbitrariamente ordenado, atulhado de mortos e vivos, volumes e inimigos. Um cego desquerido e muito só, entaipado entre quatro paredões, vulnerável até à vontade do Meritíssimo, maleável nos seus caprichos. Um cego susceptível que vai ficando embotado, pois mal diferencia a batida da cancela do último eco do sineiro que ainda faísca e rabeia no ar, e que se curva com o peso das raízes que espremem como o diabo, bem de tardinha, sob uma paineira meio desfolhada.

2

Queria-me só com esta paineira e aqui estou. Tanto queria como se ao pé dela — e só ao pé dela! — fosse possível meter as mãos pelo impossível: me desentranhar das apreensões do júri e rechaçar todas as carências que vieram se entocando na minha fragilidade até esbarrar em Luciana, encruzada de consolo e maré braba, onde posso dizer que a vida terminou para recomeçar. Mas de toda esta pancada de tanto querer e suspirar, não me resta senão o vago apetite de ficar largado na espreguiçadeira, na sonolenta pachorra de quem degusta — comodamente? — uma velha aguardente decantada, íntima e olorosa, eleita pela vida inteira. Nessa volubilidade de querer chegar até onde me embargam os passos, empenhado em buscar tanta coisa além desta sombra que sobrou, aqui e acolá vacilando a meio estirão andado — só esta mania de tudo reviver continua a me devorar, na crua obstinação de me manter abismado diante de um passado que me tortura o presente e anuvia o futuro: repuxão descontínuo que hesita e reata, mas nunca deixa de avançar, insaciável nas solertes investidas.

    Pego a me dar conta que de algum modo se agrava o travo de angústia que me puxou até aqui: ou esta barriguda começa a desmerecer o antigo halo que sabia a fecundo abrigo e que me tornava menos atordoado, agora envelhecida nos seus poderes; ou meu ânimo tanto se tem enfraquecido que começa a ficar rebelde ao consolo de outros tempos. O certo é que agora mais me arrepia o movimento sorrateiro da morte a lavrar estas paragens que pareciam embebidas de eternidade aos olhos do menino que cabriolava sobre este chão e rolava o corpo na almofada da bagaceira. No curso dessa vadiagem, se acontecia de empurrar a cabeça sobre alguma pedra ou qualquer pedaço de pau submersos nos olhos de cana — que nem o galo do pescoço pelado esbarrando contra os pés de Boi Menino — esse menino via, ainda no calor da pancada, flores de luz se despetalando na volúpia daqueles ares, hoje convertidos neste ermo soturno de onde a vida se esvaiu em lagartixas e calangos que não cansam de sacudir a cabeça, zanzando indiferentemente sobre estes despojos onde, imerso para sempre, aqui fiquei e ainda estou.

Mais uma vez me debruço sobre este canteiro de ruínas onde pego e despego o olhar, às vezes me demorando a apalpar algum fragmento de objeto que teve a sua importância, ou um trecho de paisagem da maior estimação, e que nunca mais se ajustarão à cadência natural do viço que corria e transbordava, da vida que se embutia nas engrenagens azeitadas por meu avô, com a mesma mão que também untava o rodete da casa de farinha, e as dentaduras de ferro incumbidas de fazer rolar os grandes cilindros da moenda, então enfincada bem no meio do Engenho, como um coração de aço a ranger e bombear sobre um peito achatado de terra batida, estuante de caldas e rumores, aromas e labaredas.

Esta catinga de morte cozida a bagaço velho espalha uma inhaca que não para aqui. Emana das vísceras destes destroços e — batendo as asas de pucumá — viaja até a estrada real do Curralinho, por onde se alastra empestando o ar como se apregoasse que no Engenho Murituba já não há senão silêncio, essa mudez defunta e dolorida que comprime as vozes submersas, e cujo bafo de decadência convida a que os passantes se benzam e se descubram como se cruzassem por um cemitério. Caminho sobre os cacos do telheiro que vou espatifando com os pés, procurando um ângulo de onde possa, de uma só mirada, penetrar todo o sentido desta destruição. Com algum esforço, subo numa ruma de pedras e argila, amontoadas sobre um oleado de cinzas: restos do bueiro que nos bons tempos, atiçado pelas mãos de Garangó, fumegava aos tufos como uma enorme locomotiva valente — dessas que por aqui também só existem na memória da gente mais velha — e crepitava em faúlhas, e esparzia calor e se cheirava de longe...

Já não sei se viajei até aqui para me apaziguar ou para mais vivamente desenterrar os meus mortos, se é que esta busca já não nasceu embaraçada num passado cheio de ossadas. A dificuldade em ordenar a sequência de certos atos que pratico e o ziguezaguear da meada que arrasto de longe certamente impedem que eu caminhe aprumado, o queixo embicado em linha reta. E o contato físico com este ranço ardido que exala das sobras de vida que antes se movimentavam e se estendiam entre si termina alargando o meu desamparo e me fazendo mais susceptível ao assalto dos sustos que têm amiudado nos últimos meses, tornando mais sólida e negra a crosta de perdas que me fez órfão e viúvo, perdido nessas idas e vindas de penitente.

Logo depois que me interditaram a saída do cartório a ferrolho e sentinela, mais dos dias, sem intervalos regulares, uma cara talhada a foice e martelo veio encostar nas barras de ferro dos janelões a cortadura remendada. Achatava as manoplas sobre o parapeito de pedra e se punha a me espiar avidamente, com os dois olhos protuberantes de sapo-boi inclinados para a frente, quase escapulindo das caixas para cair pelo lado de dentro — arregaladões! — no chão lajeado. Das primeiras vezes muito me avexei, apavorado e medrosão que nem menino, com um frêmito esquisito sacudindo o corpo todo. Dominado por esse susto, me precipitava para o quarto dos arquivos atropelando processos e derrubando cadeiras, já ouvindo o estampido da pólvora, curvado sob o ardor da nuca esfuracada à bala. Cansei de bater e aferrolhar a porta com força, sacudi-la com a mão do medo, tossindo alto para acordar a sentinela, sempre aferrada nos cochilos, o quepe arrebitado, o queixo despencado sobre o peito meio babado, e o revólver — com que me protegia em nome da justiça que não dorme — pendurado do coldre abotoado.

Bem ali atrás, cerca de cinquenta metros além da sombra espichada da barriguda, despejavam as biqueiras do curralzinho das ovelhas, em cujo chão, beneficiado por regas e estrume naturais, vicejavam os pés de pinhões-roxos, exibindo a opulência de suas folhas graúdas, sob as quais me apadrinhava para fumar escondido os cigarros *Trocadero*, surrupiados de meus tios; os primeiros que experimentei, com água nos olhos e tropeços na garganta, levado pelo afã de me tornar logo homem-feito, de calça comprida, chapéu de baeta descambado sobre os olhos, a soltar garbosamente, pela venta e pela boca, espessas baforadas...

Empunhando a faca-estrela de minha avó, eu imprimia pequenos cortes superficiais no caule do pinhão-roxo mais entroncado que logo pegava a chorar as lágrimas leitosas que eu aparava pacientemente, os pinguinhos e os pingões, na minha coité castanha. Nesse líquido embaciado, embebia uma das pontas do longo e verde canudo de mamoeiro, embicava-o bem para cima e soprava da outra extremidade. Aí então, sob o fundo das nuvens que viajavam risonhas, deflagrava-se o milagre! Da pequena gota turbada, hesitante, se balançando meio desequilibrada no oco do tubo vegetal, despencava-se a prodigiosa aparição: uma copiosa revoada de esferas de muitas cores misturadas e de todos os tamanhos, bolinhas e bolonas, lépidas e viageiras, translúcidas e camaleônicas, a brincarem muito luminosas em cangapés de adeuses. Ah! quem me dera agora mesmo me desatar da frágil condição de vivente para me desdobrar descarregado das amarguras e sem deixar rastros como elas... nascer repentinamente de um reles assopro na beirada de um canudo qualquer, também como elas, para vagar nestes ares vazios à mercê da mais imprevisível pancada de vento, lesando lá por cima como quem já não regula, à toa... à toa... e depois de assim exaurir ao léu todas as energias, não importa até onde nem até quando, enfim implodir silenciosamente sem ser notado, ainda uma vez como elas... sem gritos de angústia nem gestos dramáticos, sem derramar sangue nem fezes — e sobretudo, isto sim! —, sem padecer de ridículo no meio dos favores prestados a contragosto e dos cuidadinhos alheios que sabem a caridade. Quem me dera me despojar desta condição de vivente sem nenhum alarde, assim como um estranho ente que de súbito, governado por artes e magias, se desencanta do modo mais silente, mesmo sem o sofrimento refreado e invisível que acabou com a minha avó. Simplesmente desmanchar-me na inaparência dos redondos volumezinhos furta-cores que me encadeavam num arco-íris de luzes e desapareciam borboleteando na mais cristalina leveza, na mais transparente candura, no mais sigiloso anonimato, sovertidos num bosquejo de dulcíssimo frêmito insofrido.

No mesmo canudinho em que me comprazia a experimentar essa sensação de prestidigitador, também imprimia, com a mesma faca-estrela, quatro cortes incisivos cerca de dois dedos aquém de uma de suas extremidades, de forma a retirar dali um quadradinho do seu tecido grosso, sem contudo arrombá-lo. Cuidava em preservar intacta a frágil pele, a tênue capelinha esbranquiçada que, sob o impacto do assopro na minúscula palheta, colocada na borda deste mesmo lado, tremeluzia... palpitava o tecidinho quase invisível, produzindo um assobiozinho rachado que ainda hoje faísca, espalhando a ressonância de sua débil ondulação, me arrastando para trás, para o escaldante fadário que me queima o rubro coração mole. O coração das melancias que na entrada dos bons verões se alastravam entre esses pés de pinhões-roxos, recamando de verde-rajado este chão cheiroso, adubado a urina e bosta de carneiro, e regado com a pancada das biqueiras que despencavam em abundância de águas frescas.

Dia a dia, mais se têm intervalado as vistorias intimidativas do cara remendada, que costuma me espreitar ostensivamente da borda de um dos janelões, com os olhos esbugalhados. Em contrapartida, já bastante castigado, o meu corpo veio gestando lentamente um volume de energias suficiente para me encher de confiança e ajudar a debelar o estrupido do pânico inicial. Tanto este novo estado de ânimo veio se fortalecendo e modificando as covardes reações, que da última vez em que fui duramente encarado, não só o coração suportou a presença agoirenta sem desembestar, e o corpo sem os arrepios costumeiros, como também meus passos esqueceram o quarto do arquivo e, mudando de rota subitamente, me conduziram a ele, sim senhor, ao vigia dos olhos abotoados, que, ao invés de endurecer mais a cara, foi recuando inexplicavelmente, abaixando as feições que este gesto tornou insondáveis, sem sequer me dar tempo de extravasar o ímpeto de abordá-lo. Talvez finalmente ele se dera conta da valentia da sentinela — imperturbável nos seus bocejos (de mentira ou de verdade?) — escapulia com medo das balas calibre 38, que cavam buracos de caber uma banana. Ou então... quem saberá ao certo? Talvez até esta minha condição especial de quem espera uma represália traiçoeira esteja a torcer as coisas por dentro do medo, exagerando e confundindo aquilo que sob outras circunstâncias apareceria como ponderável, natural e transparente. Com esta última longa trégua concedida por sua ausência, de tanto aguardá-lo em vão, chego até a admitir que aqueles olhões dilatados podem esconder apenas um amalucado que se entretém a farejar prisões e hospitais, ou até mesmo uma boa alma, anônima e besta, penalizada da solidão que habita os prisioneiros.

É curioso que dialogo assim com essas vagas hipóteses que eu mesmo avanço, mas delas não me convenço. Na verdade, imagino isso e aquilo, fantasio roteiros que não existem: meros pretextos que formulo na tentativa de adivinhar quem está por detrás desse estranho emissário que por certo ainda me amedronta. Entre os vingadores do velho Tucão, não sei apontar a cara daquele que mais me quer, se é que o desagravo, por certo já engatilhado, não é uma decisão coletiva e familiar; mas sei muito bem por que começo a me desprecaver e relaxar a vigilância: o ramerrão dos mesmos cuidados, a iminência do mesmo perigo, a mesma emboscada mil vezes esperada e adiada — somados à encurtada ânsia de viver —, tudo isso contribui para o afrouxamento das defesas de qualquer vivente, mesmo dos bichos de rijos e apurados instintos que o caçador teima em apanhar. Com os ratos-de-espinho que habitavam o grande gravatá amarelo desta paineira não foi diferente: de tanto serem todos os dias futucados por nós meninos, com as nossas varinhas inofensivas, foram pouco a pouco se tornando desprecavidos, até se deixarem apanhar pela gente grande como uns bestalhões domesticados.

Infelizmente, nesta história toda eu sou a caça. E aproveito para me perguntar: em que episódio desta longa vida fui outra coisa, mesmo quando fiquei de parte ou simulei atacar? Por outro lado, esse raciocínio que me põe vulnerável ao inimigo até certo ponto me consola, não porque insinua que a caça deva morrer, está claro; mas pelo simples fato de que também pode ser revertido a meu favor. Pois se a presa não se enclausura e se obstina na sua própria defesa, creio que não é mais forte nem mais constante o instinto do caçador na sua perseguição. Deste lado, pois, ganho eu. Sei por experiência que o tempo verga, a afagos de brandura e mansidão, a natureza mais persistente, entorta projetos e rotas, rasga precatórias e processos, solapa as intenções mais afincadas. Só o sangue que viaja de pai a filho persevera vingativo — isto eu sei! Mas como o velho Tucão não gerou raça de gente, capado de nascença que era, diz o povo que de ruim e malvado, do muito que não prestava, creio mesmo que a esta boa hora os seus herdeiros — cujo legado de certa forma será que antecipei? — estão interessados mesmo é em dissipar a fortuna que receberam, retalhar e passar nos cobres o mundão de terras de primeira qualidade para viverem os seus dias de fogacho, encherem o bucho das fêmeas resignadas de Rio-das-Paridas. Se assim se põe, por que então me preocupo com essa gente fogosa, agora empenhada em viver em cima do dinheiro? Naturalmente é porque não desconheço que a vingança brota deste chão tão naturalmente como um arbusto qualquer cujas folhas a gente esmaga e esfrega para limpar o nome entalhado no cerne da honra.

3

Quando este Engenho ainda era um celeiro de pássaros, com a grande revoada negra dos vira-bostas se ensombrava, momentaneamente, o pedaço de sol que iluminava esta barriguda, como se resvalasse sobre a sua copa uma rajada de gorjeios em pretume encordoados. Depois de audaciosas evoluções praticadas em conjunto, com coreografias que incluíam curvas fechadas em voos inclinados e rasantes, lá se vinha o bando todo renteando o chão, farejando os arredores com a desconfiança de mil olhinhos espetados. Se não pressentia nenhum perigo emboscado naquelas redondezas já esquadrinhadas, enfim fazia uma aterrissagem cautelosa e cerrada, pronta a ser interrompida ao menor rumor ameaçante. Pousados no curral onde as vacas leiteiras costumavam remoer e pernoitar, mais que depressa esses pássaros se punham a revolver e esfarelar as grandes bostas de boi já endurecidas, manejando o ciscar rápido dos pés e as pontudas bicoradas. Como só podiam bicar um fragmentozinho de cada vez, urgia que catassem rapidamente para bem do papo e da moela, pois logo-logo eles levantariam as cabecinhas do espojeiro, espantados com o berro de meu avô que não tardava:

— João Miúúúdo... traz a lazarina! Avie, seu remanchão!

Mal acabava de gritar essa ordem, tanta era a urgência de meu avô, que já ia estendendo os braços para o moleque que ainda corria esbaforido, com o pau de fogo erguido numa das mãos, e com a tira da capanga de munição cruzada sobre os peitos. Apressado no seu andar contra o tempo, o velho caçador tratava de enfiar o carrego pelo pescoço de ferro, longo e fino, de sua branda espingarda de passarinhar, o olho esperto já pregado lá adiante, acompanhando a passarada entretida na escavação das bostas. É certo que os vira-bostas ouviam bem o grito de meu avô. Ouviam e lá ficavam sem arredar os pés, apesar de já escaldados de tiros e mais tiros! Mas por isso não vá se pensar que eles sejam pássaros desprecavidos e indefesos, abestalhados como bacuraus. Não e não! Eles bem que pressentiam os movimentos de meu avô: levantavam e abaixavam a cabecinha diligentemente, saltitavam de bosta em bosta desassossegados, como se, por algum código secreto, revezassem entre si a vigilância, decerto já arrepiadinhos do mau presságio.

Mas ocorre que além de o perigo sempre adiado contribuir para que a vítima relaxe as defesas — eu que o diga! —, matar a fome é certamente o modo mais radical de se puxar pela vida. Enquanto essa bruxa sequiosa desce pelos gorgomilos para lavrar o bucho do vivente a cutucadas, mordidas e espasmos que se alastram pelas vísceras, os perigos que avistamos lá fora chegam com uma vaga probabilidade de não se deflagrarem: todo bom caçador erra o seu tiro! Por isso, a partir de um certo ponto, intolerável para a moela ou a barriga vazia, os meios de matar a fome e a sede não importam, porque elas prevalecem contra todos os riscos.

Se assim não fosse, as aves de arribação, de asas tão rijas e faro tão forte, não se deixariam chacinar a cacetadas no curso das secas brabas, mesmo com o sol a pino, no exato momento em que se abeiram dos charcos imundos para remediar a última sede finalmente em sangue rebentada.

Embora naquele momento o tempo fosse o dado mais importante para o bom desempenho de sua tarefa de matador, esse meu avô não se alvoroçava nem um pouco porque entendia muito bem de bichos do chão e aves de pé de pau. Com o olho binoculando longe, media a fome de seus pássaros, adivinhada pelos movimentozinhos só a ele perceptíveis. Punha até uma certa pachorra de falsa displicência no cuidado maneiroso com que aprontava o seu tiro. Primeiro que tudo, tomava do polvarinho de chifre de boi e despejava uma minguada porção de pólvora baiana numa medidinha, isso com afinada precaução, porque a danada é quem regula o tamanhão do papoco. Depois de derramá-la na goela comprida, pegava de um pedacinho de corda puída com que arredondava nas mãos a primeira bucha logo enfiada sobre a pólvora e bem socada com a vaqueta de arame de telégrafo, arremessada várias vezes até o fundo do cano. A seguir, dava de garra ao chumbeiro de couro, deitava um punhadinho de caroços na palma da mão direita e sopesava os grãozinhos miúdos que, derramados garganta abaixo, desciam repinicando surdamente na caverna comprida. Sobre estes, empurrava a segunda bucha, ainda mais bem rebatida do que a primeira, para que com a explosão o chumbo se espalhasse, se abrisse numa tarrafa de grãos incandescentes alastrados sobre a passarada, a fim de abater o maior número de vítimas possível. Por último, escancarava o cachorro da condenada e incrustava-lhe a espoleta pica-pau no ouvido, encalcando-a docemente até sentir no polegar o justo apoio para que a danada não mascasse.

Aprontado assim o carrego, agora o atirador dava algumas passadas cautelosas se achegando de mansinho, se apadrinhava sob o tronco desta paineira, ajustava a mira bem no centro do negro bando formigante, fechava o olho esquerdo e, no cochilo da pontaria, apertava o gatilho espargindo assim a semente da morte. A detonação ecoava nos longes deste pasto da porta; mais perto, o chumbo miúdo treslia: seis ou oito pássaros ficavam esfuracados, com as penas sedosas e metálicas riscadas a cordões rubros. Destes, alguns jaziam parados ou arfavam afogados em sangue; outros saltitavam de asas e pés quebrados, manquitolando atônitos, endoidecidos de dor e confusão, perdendo a vida no cuspo que se derramava dos bicos enlambuzados.

Há quase uma hora estaquei sobre o esqueleto espedaçado deste bueiro, que antigamente era um mastro espigado, com o seu pendão de fumaça corcoveando pelos ares — vida e brasão do Murituba! Não é à toa que ele, o Engenho e meu avô rolaram da vida para a morte no mesmo ano, um por dentro do outro. Esbarrei aqui porque este é o ângulo mais favorável a que possa estumar o olhar perdigueiro no encalço dos despojos mais dispersos que teimo em refundir numa imagem duradoura onde possa me identificar. Defronte da barriguda a tão curtos passos, me escancaro numa tal receptividade que chego a ficar umedecido de seu hálito vegetal!

  Revejo-a como naqueles melhores anos do passado, ainda inteira e espigada, com uma pontinha de desdém pousada no semblante altivo, resvalando sobre as hesitações humanas. Erguida acima de todas estas ruínas imprestáveis que se esfacelam e apodrecem a seu redor, ela se tem sustentado soberbamente — um pouco escalavrada, é certo, e até mesmo mais crespa e encarquilhada das grandes estiagens — mas destemida e sozinha: metáfora da minha avó! Sem transbordamentos de generosidade, digo que sim, mas sempre pronta a abrigar gente e bicho no refrigério de sua sombra, sem repelir sequer os repelentes, e sem jamais induzir alguém a lhe trazer um gole de água contra a caldeira da vida. Esta sua durabilidade tão especial, não tenho dúvidas, é irmã gêmea do calete granítico de minha avó. E é bom que assim seja. Porque aqui mesmo, como devoto que sou de uma e outra, peço vênia, rompo o tempo e atualizo o ritual do velho romano de antanho: acaricio e lavo a rubro vinho a minha faia, ciente de que enquanto ela estiver viva ficarei a salvo, visto que o seu ventre contém o meu espírito.

Daqui avisto também, e bem de pertinho, o velho carro de bois que nos antigamentes rolava afinado e chiando nos azeites, encostado no zelo de seu Ventura. É o último sobrevivente de uma redada de nove irmãos que andavam pelos caminhos madrugadas afora em busca dos partidos de cana, acordando todo um pequeno mundo de bichos e de gente com o cruza-cruza dos assobios intermináveis. Ei-lo, coitado, solitário sobrevivente, descalçado das tiras de ferro que o protegiam contra o relevo das estradas, e cheio de merda das lagartixas e dos calangos que trafegam e dormem sossegadamente na solidão de seu lastro já bichado, rente à mesa onde o velho carreiro batia o pé esparrachado para o coice de boi que esbarrava em cima da pancada:

— Aaaaê! Vejomiiino... boi!

Agora... vejo que mais parece uma carcaça depenada: já lhe faltam os fueiros de chifre de bode, e o cabeçalho de pau-d'arco-roxo jaz embicado para o chão, desdentado e inútil. Por que vãos do mundo se perdeu a estridência do assobio continuado que se desdobrava lentamente pelos caminhos do canavial? Onde andará a mão zelosa de seu Ventura, que arrepanhava do corrimboque dedadas de óleo de coco no cuidado de untar o eixo de sucupira todo compenetrado como se estivesse a lidar com alguma devoção muito íntima e muito cara? Já ninguém pode resgatar o canto gemido que se harmonizava na cadência de um outro tempo povoado de outros homens que também tinham um outro horizonte. As brandas e fofas cantadeiras de juazeiro já não alojam o móvel coração abaulado das empurgadeiras — esse ninho acolchoado de antigas sonoridades! Cada uma dessas peças soltas e bichadas já não possui nenhuma serventia senão o apelo metonímico de puxar as distâncias para mais perto e contrair na gente umas saudades...

Desço, enfim, desta ruma de cacos e argila que me aparece como um grande formigueiro foleado e inativo, e me aproximo deste velho carro decepado, entrevado de todos os reumatismos. Corro com as mãos o recavém lascado, tateio as chagas dos pedaços carunchados. Nos velhos tempos, quando este idoso paralítico rodava desentoado, insistindo no fanhoso roooão... roooão... Seu Ventura tapava os ouvidos visivelmente contrariado, todo desfeito numa careta de músico perfeccionista, arrepiado ante as notas desafinadas. Zabumbeiro de mão fina e acerada vocação, ele sempre esteve mais interessado em aperfeiçoar os assobios do seu carro — reconhecidos a longa distância — do que em remediar o sustento frugal de sua pobreza. Do quase nada que apurava no curso da semana, emprestava tudo aos companheiros, logo ele mesmo o credor mais esquecido! Só de um hábito não abria mão, nem mesmo a rogos de meu avô: de sábado a domingo só fazia beber pinga e zabumbar. Quando tungado, como frequentemente perdesse o prumo, costumava cantarolar esta quadra com que justificava os seus tombos:

> Pisei na tábua de riba,
> Vi a de baixo morgar.
> O tombar não é cair:
> É jeito que o corpo dá.

Muito paciente e maneiroso, este seu Ventura era bastante conhecido e falado pela facilidade com que se desembaraçava das maiores dificuldades do modo mais natural, sempre coçando lentamente o queixo com a unha do polegar, e repetindo que nada neste mundo é impossível, que a tudo se dá um jeito, e que sem reparo mesmo é só mulher quando derruba os tempos.

A fim de remendar os chiados desentoados de seu carro estremecido, seu Ventura não só manipulava alguns untos à base de óleo de coco e dendê, como também chegou a desenvolver dois recursos inventivos: oitavava o eixo rebelde ou então o arrochava a couro cru. Fosse qual fosse a escolha, logo o fanhoso se endireitava, recuperando a entoação afinada e segurando as notas do assobio agudo — gaita finíssima que continua ondulando com uma sustança evocativa despropositada, só comparável ao cheiro forte e quente do melaço de onde o passado escorre num fio grosso. Escorre e chega até aqui para se confundir com outros retalhos de lembranças que de lá vêm chegando: a voz arroucada de meu avô nas audiências, as chalaças de tio Burunga, o cachimbo de barro de Garangó e — arrepiada de impiedade — a mão-de-pilão que Sinhá Jovência tomava para o descanso de minha avó e, danada de raiva com aquele pesão dos diabos, de lá de longe ainda me sacode a pancada sobre os peitos.

— Haverá mesmo jeito para tudo — hem, seu Ventura?

4

Só mesmo quem permanece recolhido à barafunda deste cartório há mais de ano, desde então também convertido em casa-cadeia — alegam até que unicamente para o meu regalo! — pode avaliar a importância da memória e da fantasia, enquanto lenitivos que ajudam a entreter o tédio, as maçadas intermináveis, o ímpeto do desespero. Convenho que a freguesia é escassa e pouco incomoda, mas são muitos os abelhudos de olho comprido e língua desatada que, a pretexto de visita, só fazem mais me atarraxar em corrupios de desassossego. Para abafar a ansiedade que se gera disso e daquilo, bem como do emissário dos olhões dilatados que não sei onde se meteu, é que me dou às lembranças. E não é sem razão que elas me acodem com tal frequência, e tão amiúde, que chego a me sentir posseiro de um novo sentido que adjutora os demais: uma função orgânica e motivada que, se não me convida ao prazer, pelo menos se desdobra em apelo vital que teima comigo, me arrastando à sobrevivência.

Deixo de lado o cinismo dos que fazem deste antro o meu regalo! Se me retirassem agora esses idos que rememoro, o que me restaria aqui dentro senão estar parado, coçando os mocotós inchados, à espera dos momentos cruciais que sabem muito bem entrar pelo corpo, escondidos no pensamento? Por isso tanto recorro ao passado, onde me confino a tatear alguma resposta a tantas reticências, a buscar qualquer alento — mesmo ilusório que seja — a fim de continuar resistindo, vivo e lúcido, sem me entregar ao desalento, sem abusar de sólidos, ou líquidos, ou gasosos mais prejudiciais do que o café, o cigarro e a aguardente, de cujo cheiro e sabor já não consigo me apartar nem de dia nem de noite. Não me desaparto porque do mais fundo deste meu olhar evocador — se sobrepondo a outros problemas com que nunca me conciliei — Luciana vem chegando numa luz enlanguescida e distante que de repente se fortalece e pega fogo para me queimar ainda. É me ver um morto que a gente enterra sob catorze palmos numa cova redobrada — irrecuperavelmente! — e ainda reaparece e retorna com um furor de fantasma por dentro dos pesadelos. Quanto mais procuro voltar as costas à sua passagem cravejada de volúpia, mais resvalo sobre a minha própria vontade, destituído de poderes contra essa imposição endiabrada que ainda persevera a me supliciar: é urtiga que me queima a ácido fórmico, aragem que sapeca e já não abranda, movimento que me soma ao que passou.

    Ah, seu Ventura! Há tanta coisa sem jeito! Tão difícil de se remendar! No meio delas todas, bem que me convenço de que o mal-estar que me rói não data da expectativa do júri, nem decorrre apenas desta espera hesitante de não saber se serei absolvido ou condenado e transferido daqui. Por certo, o que me seca o sono não é tanto nem somente este aguardamento demorado de que já se queixa o ilustríssimo corpo de jurados que formará o Conselho de Sentença, coesamente cioso da nobre responsabilidade de julgar um cristão e semelhante! Sim senhor! Nem me importa tanto assim o veredicto final do Meritíssimo. Como tudo que tramita na Justiça, o próprio juiz e presidente desse Conselho, togado como convém, no arremate da encenação levantará a voz toucinhenta para instruir, imparcial e solenemente, em nome da Lei e da probidade moral, que à sentença "final" cabe apelação, assim como toda a gente sabe que os jurados são sorteados e não são.

Desde o tempo de menino que as audiências se traduzem numa consumição que me tortura como uma verruma de calafrios encravada no coração e convertida em suores. Quando me transporto àquelas primeiras vezes em que meu avô escutava e decidia com a maior segurança as demandas e o destino dos suplicantes mais indefesos — não posso conter a comoção que me arrasta das entranhas o menino inseguro e tripudia sobre a fragilidade de seu peito surrado. O menino que nunca interferiu a favor das vítimas que lhe pareciam inocentes, e que por isso mesmo vive afogado nas culpas nebulosas desse antigo espelho embaciado, a ponto de me fazer duvidar, não sem um lampejo de remorso, do assassinato por que sou injustamente punido.

Se o júri me provoca náuseas e me arranca berros noturnos de dentro dos pesadelos, certamente é porque se entronca nessas inolvidáveis audiências, e também pela encenação em si mesma, pela devassa escandalosa de minha pobre vida privada que, depois de revirada por Luciana, não quero abrir a mais ninguém, nem mesmo em nome de Deus! Por isso mesmo não me confesso a não ser no corpo deste papel, onde estou procurando exercer o propósito de dar forma e duração a esta procura ainda reticente... Se tiver peito de continuar persistindo neste exercício, não só terei um meio de me entreter nestes piores dias que antecedem ao júri, como também poderei aproveitar da ocasião para enfiar um bocado de ideias em alguma coisa de sólida e palpável onde posteriormente possa voltar a me perscrutar e talvez melhor me entender.

Ademais, como se não bastasse toda essa experiência que afinal me estropiou, os receios mais se agravam porque o promotor desta comarca tem fama de escavar com a unha miúda a vida íntima dos acusados, sequioso de eleger-se pregoeiro dos escândalos abafados, de se espojar nessa mania apetitosa que o alucina. Agora, com toda certeza, sou eu quem está na mira de sua irreverência, até porque entre nós as diferenças sempre foram mais inarredáveis do que o meu estatuto de escrivão que nos torna meio colegas. Desde que apertei pela primeira vez a mãozinha molenga de unhas esmaltadas, nossa convivência foi sempre arranhenta e quase muda, até descambar para uma antipatia difícil de se ocultar. Tanto que quando abro vistas para ele firmar seu parecer em quaisquer autos, o esquecido leva semanas sem me devolver a papelada, contrariando assim os prazos legais, que naturalmente lhe importam menos do que o despeito pueril.

 É verdade que detesto nele, entre outras coisas, a presunção de sabedoria exibida para os bestas deste município. Mas o que mais me preocupa e me amedronta neste momento são os sensacionalismos espalhafatosos que ele costuma construir apoiado no menor indício. Por isso, tanto me dói e tanto temo. Temo sim, temo só de imaginar que daquela boca enviesada uma certa intimidade se desvendará com mil acrescentamentos maliciosos cuja mordacidade certamente me fará rolar como um papagaio de trapos que embica para a lama, redemoinhando. Temo tanto os efeitos que sua imaginação insidiosa e seus gestos exaltados provocarão no auditório, que mais de uma vez já estive para fazer desaparecer o calhamaço dos autos. Com a morosidade peculiar à Justiça, bem sei que, se isso ocorresse, ele levaria pelo menos outro longo ano para ser reconstituído. E se assim não procedo, não é tanto por medo, que recursos discretos para dar sumiço a um pequeno volume de papel escrito e carimbado nunca faltaram aos serventuários da Justiça desta comarca, todos nós até hoje impuníveis. O que me impede tal gesto é simplesmente o desejo bem forte de que termine o mais cedo possível a festança do júri cuja vítima serei, que nem um boi de reisado que entra no picadeiro, vai fazer rir à plateia — e sabe que vai morrer!

Resta-me torcer para que esse espetáculo, cuja espera me despedaça, não sofra mais protelações, nem manobras inconsistentes, e enfim se realize no exato dia em que está marcado, já pela terceira vez. Espero tão impacientemente que esta data chegue e logo se cumpra, como se minha vida fosse esbarrar aí e renascer ainda outra vez; embora saiba, contraditoriamente, que os meus tormentos não terminam com este julgamento, me seja ele vantajoso ou desfavorável. As panadas de facão que venho aguentando pelos dias e anos afora, e que estão no fundamento das contradições fiadoras do meu desaprumo, infelizmente ultrapassam de muito a circunstância do meu julgamento, por mais que com ele me preocupe e o superestime. Este meu olho direito, que às vezes só se acende voltado para dentro, e estes braços empolados em caminhos de lagarta-de-fogo certamente não são acidentes levianos. Não são porque lagartas eu não vejo, pelo menos daquelas alongadas e molengas que a gente pode espremer como a uma pulga, desde que não tema os pelos ouriçados. Mas sei que existem porque me abrem em queimaduras que principiam a rachar aqui abaixo nas entranhas, onde só vê o meu olho escancarado para dentro, até me atravessar impiedosamente, e pôr na pele estas terríveis bolhas e erupções ardedoras.

— Por favor, assopre nelas, barriguda, assopre!

5

Tanto me persegue a obsessão de desaferrolhar a porta deste cartório onde dormem as leis e, livre delas, desembestar numa carreira desabalada até o Murituba, como se fosse encontrar aí um ente que mandingasse contra os meus temores — que mais uma vez, em vontade e pensamento, me transporto à sombra rala onde certo dia cavei três vezes o chão eivado de raízes, abrindo as búricas para jogar bola de gude com João Miúdo; eu, ainda menino e franzino; ele, moleque já bem taludo e fornido. Tanto que logo depois, por façanhas de Maria Bagaceira, o infeliz pegaria piolho lázaro para deboche de toda a rapaziada. Aqui nos entretínhamos a tacadas e ratadas, o meu grande rebolo de vidro espatifando as bolinhas miúdas do pobre parceiro, marcando assim, figurativamente, e sem que me desse conta, as nossas diferenças inarredáveis.

    Plantada neste ângulo estratégico do pasto da porta, favorável à captação de todos os movimentos de suas adjacências, esta barriguda, sedentária e longeva por origem, é a mais fiel testemunha de toda uma enfieira de mudanças físicas ou inaparentes que por aqui se desenrolaram. Assistiu ao nascimento e ao percurso de certas sensações, acompanhou como elas se embrenharam pelo meu corpo, tateando fendas e roturas, se embutindo nas zonas ainda intocadas, espalhando as suas nódoas indeléveis com a magia do vigor inaugural. Na finitude deste percurso, cresceu comigo esta mãe vegetal, encorpou-se e estirou-se, engordou no meio, fazendo do ventre arredondado um depósito de lembranças. Pariu e deu sustento, repetidas vezes, aos leves flocos de lã; acalentou o gravatá amarelo, fez dele o seu coração, filho bastardo docemente nutrido pelo seu alento de mãe, para sempre recostado no peito generoso que ainda o segura pelos pés fibrosos.

É verão. E bom verão! Neste prelúdio crepuscular do fim da tarde, as cigarras se agarram aos galhos pelados. Chiam e clamam tragicamente, numa confusão de sons que se atravessam entre si, atracadas e estridulantes, em notas de fim de mundo. Ninguém adivinha, sob a intensidade desse canto doloroso, as larvas que, enfiadas neste chão de massapê, embaladas no colo desta terra, hibernaram pacientemente anos e anos, nutridas do sangue desta paineira, chupada dia e noite pelas raízes. O vigor assim engendrado no silêncio e no âmago desta terra, na lentíssima e obstinada quietude larvar é que propicia este alto clangor de timbre lascado, cujo tom monocórdio e continuado se congrui com alguma coisa de pungente que encontro no choro do carro de bois. Agora... é cantar e morrer, debruar de música e dolência a vida breve... tudo o mais é irrisório...

Onde andam as grandes flores vistosas, o relicário dos frutos que ocultam as sementes guarnecidas a lã sedosa? Para que banda terão ido os levíssimos flocos de paina que nos grandes dias da minha infância escapavam da mão de João Miúdo e, tangidos pelo vento, iam flutuar em cima da lagoa que nem barquinhos de brinquedo que corriam e redemoinhavam para meu alvoroço de menino? Lá do outro mundo você sabe de seu paradeiro, João Miúdo? Certamente são os verões puxados que vêm sugando a seiva necessária à reprodução desta barriguda, exaurindo-lhe os vasos lanhosos, com o chupão de morcego, sugando tudo com a língua de fornalha. Se não é isso, bem que pode ser o movimento subterrâneo do tempo a enfraquecê-la, coitada, sob esguichadas inestancáveis da pior peçonha.

Agora... em vez da abundância de flores e do revolutear da paina, restam os garranchos pelados que apontam para o céu que nem os braços ossificados dos retirantes que trafegavam por aqui nas grandes secas, vindos de dentro dos sertões. Na indigência desta fronde onde corro os olhos, ainda sobressai o seu antigo apêndice — o grande coração de gravatá — este, sim, danado de forte, resistente ao conluio de todas as estiagens. Um gravatá que se rala com as mangualadas do vento, as folhas se esfregando entre si, talvez ainda apaziguando a coceira das antigas feridas cavadas pelo chumbo miúdo da lazarina de Garangó, o preto que metia fogo ali abaixo, na caldeira do Engenho, e que aqui caçava os seus ratos-de-espinho, insensível a suas belas cerdas, conduzido apenas pela urgência da fome, aliviada supimpamente com a magrém desses animaizinhos chamuscados na boca da fornalha. Um gravatá futucado e rasgado a varas de fumo-bravo pela sofreguidão dos sertanejos que desciam para o brejo por este caminho em busca de matar a fome. Paravam por aqui sujos e esmolambados, sem nenhuma provisão nas capangas furadas, implorando de joelhos a meu avô que por favor ficasse com eles, que inventasse qualquer serviço, que não queriam moradia nem dinheiro — mas apenas um cantinho do curral ou da bolandeira onde pudessem se arranchar, mais uma cuia de açúcar bruto ou um tijolo de rapadura — em troca de todo o trabalho de que ele carecesse.

— Nóis arranca toco e faz de tudo, meu patrão, que nós tamo munto precisado. Basta messê dá a nóis o cabaú do cocho das éguas velhas, pul'amor de Deus que é nosso pai, meu patrãozinho!

Nesse tempo brabo, bem aqui nesta meia sombra, a vaca Araúna costumava se achegar toda confiante, e ia logo esticando a lixa áspera da língua para apanhar das mãos não menos abrasivas de meu avô as palhas secas do milho que ele descascava. Muitas vezes escutei dela o mugido de supliciada, um eco doloroso que entrava por nossos suspiros e incomodava, batendo por dentro das costelas de meninos, homens e mulheres, e até do burro Germano, que entesourava as grandes orelhas — penalizado — com a barriga encolhida e chupada de quem se arrebenta sob as mesmas dores. Era o jeito sofrido de Araúna implorar contra a fome de um pasto nu e rapado, sem folhas e sem capim, sem forragem e sem babugem. Já um tanto desequilibrada, chegava meio bamba das pernas e, caindo dos quartos, alongava o pescoço delgado como uma folha, e arrebitava o queixo para mais alto soltar o berro pungente de quem se fina, pedindo valimento a meu avô contra a agonia de não ter o que comer, a boca já toda gretada de lascas de pau e ervas duras. Escarnada demais com o mandacaru já vasqueiro, a magrém lhe deixava as costelas salientes, exibidas uma a uma sob o couro pelancudo que sobrava da compleição esquelética, infestado de carrapato de mamona, túmidas sanguessugas a chupar-lhe o resto do sangue e do vigor.

  Esta é a imagem que guardo da seca e de Araúna, num dos anos mais áridos, quando esta andava pra lá e pra cá renteando as cercas junto a Boi Menino, um gigante de estatura de elefante que carpia como um moleque chorão, balangando a cabeçorra inconformado com os urubus adivinhos que já farejavam e corvejavam por perto, aguçando os bicos de torquês, vigiando e esperando... um gigante inconsolado que parecia indagar de meu avô por que o deixava bater as canelas sem nenhum socorro e em pleno pasto da porta! Assim sem mais nem menos... debaixo do olho do dono...

  Recolhido na sua impotência, sem outro recurso senão esperar mais uma vez a clemência da natureza, meu avô passava o tempo inteiro abanando a cabeça para os lados todo caladão e macambúzio, respondendo com o olho triste a seus bichos, matutando de braços cruzados nos silêncios espichados que não acabavam mais: respirava a carniça de seus cavalos de estimação, as carcaças brancas de suas vacas de leite, os bezerrinhos órfãos que se arriavam pelos cantos do curral, a sua lavoura acalentada e perdida. Sem esconjurar a fatalidade que assim o consumia, ele abaixava a cabeça, deixava cair o beiço e tirava o chapéu na ordem do Todo-Poderoso. Só abria a boca para inventariar os prejuízos, lamentar a perda de seus haveres, invocar os poderes de Deus, e renovar as promessas a sua madrinha Nossa Senhora da Conceição, divinizando assim as forças de que dependia.

Mas em compensação, quando o inverno rebentou empurrando as primeiras enxurradas, foi escancarando as mãos com a mais declarada boa vontade, fazendo brotar tufos e moitas de capim até nos ocos dos paus. Tanto que na primeira semana de muita chuvarada o flagelo mais se aprofundou, porque os primeiros aguaceiros arrastaram todos os bagaços, alimpando a terra de todos os gravetos e babugens, deixando-a pelada e oferecida, pronta a se fazer rebentar por novas germinações. Mas logo esta privação, e a calamidade que vinha se arrastando há mais de ano, foram pouco a pouco se transfigurando nos verdes da abundância e da fartura, onde cansei de afundar os pés descalços, recolhendo a carícia das ajoujadas touceiras de marmelada sumosa, beneficiadas pelo adubo dos vira-bostas que trafegavam desta paineira para a velha gameleira onde faziam espojeiro, ou para a arapiraca de flores perfumadíssimas, que acordava a gente com a doçura do cheiro selvagem.

Nas manhãs chuvosas e lamacentas, eu rebatia o frio com a tepidez que jorrava do úbere de Araúna. Ah! Como ainda me delicia recordar a primeira esguichada do peito intumescido, tão inchado e grande no seu natural, mais túrgido ainda depois de apojado a ponto de só caber numa mão alopada! Ainda ouço daqui mesmo a mangualada estrepitosa espinando contra o casco da cuia vazia de onde se desfazia em salpicos. A seguir, o rumorejo bancando fala grossa, a pancada do jorro afofado se deixando abafar pelo grande seio de espuma que se ia avolumando numa corcunda abaulada, subindo... subindo... até se derramar pelas beiradas da vasilha castanha em tiras alvas de labirintos e rendas do melhor madapolão, que se espatifavam entre os joelhos de Maçu, sumidouro onde quebravam o encanto. Eu tomava nas mãos a cuia deste leite cheiroso e apetecido, e o despotismo de espuma me punha na face ainda imberbe o rendilhado bigode de algodão que eu limpava esfregando as costas das mãos, sem pensar em nada fora dessa natureza viva: menino danado de reconfortado.

O sol derreado no poente projeta e espicha sobre este chão varrido a bafo de vento o gravatá amarelo, lá em cima plantado na forquilha dos galhos mais grossos. Levanto a cabeça e prego os olhos neste grande coração imóvel e áspero que já era imbatível na minha infância. Pena que eu não possa penetrar o segredo de tão obstinada durabilidade, para bem remediar as trilhas erradas que trago das origens, e onde me gastei e perdi, sem conseguir me fixar na letra de nenhum projeto razoável.

Encosto os dedos na pequena cicatriz aberta no peito da barriguda, produzida pelo desatino do acaso que nunca se define de antemão, mas que sempre ganha na roleta de suas estúpidas jogadas, escolhendo as vítimas mais soberbas e mais belas. Movo o polegar e corro a unha pela incisão oblíqua, um lanho muito delicado que um dia certamente se converterá numa casca tão grossa como a mão de Catingueiro, uma carapaça de pedra, toda remendada e cheia de relevos. Um Catingueiro estuporado de trabalhar para que nós, herdeiros de meu avô, trepássemos na vida, enquanto seus filhos definhavam e morriam sem comida e sem remédios. Agora... tateio e aliso os glânulos de resina que escorregam pelo tronco abaixo em lágrimas cristalizadas. Aflora de nosso encontro um cheiro antigo e familiar que não esperava mais. Recomponho-me e vou me afastando passo a passo, abro a cancela do pasto da porta já escurecerzinha, ouço as badaladas do sino de Hurliano, e saio do êxtase para a vida, agora mitigada por esta nova impressão de que finalmente alguma coisa deita sobre mim a ilusão do sofrimento partilhado.

6

Os momentos de reencontro e exaltação por que passei na tarde de ontem, mais uma vez transportado ao passado do Murituba, terminaram se convertendo numa orquestração de acordes desarrumados que me embrulharam o sono num pesadelo de afogado. Mas ao despertar e ir tomando consciência das coisas ao redor, as vozes tirânicas foram se esbatendo... até não restar senão vagos contornos de que já agora só saberia compor um arranjo neblinoso. Na verdade, as goladas de aguardente com que costumo rebater a insônia, gerada das inquietações ou do abuso do café, me amolecem mas não me deixam dormir relaxadamente. Duas horas e meia depois de arriado na cama, ouvi o relógio de nogueira bater quatro pancadas, e daí até a manhã bem adiantada, continuei a me estrebuchar entre cochilos semeados de sobressaltos. Acordei de todo com a voz esganiçada que me gritava da rua, como de dentro de um sonho mau, através das frinchas do janelão que entreabri mal-humorado, e de onde encarei o oficial de Justiça e a sentinela. Enfrentei a ambos com palavras desamigas, gritadas da língua pastosa e da boca azeda, por onde a úlcera que trago na barriga expele o seu hálito fedorento. Vejam só: acordar um cristão a gritos só para reconhecer a firma de uma assinatura qualquer num atestado safado! Não é mesmo o diabo?!

Apesar de me haver levantado com uma indisposição medonha, as entranhas pisadas mal tolerando a xícara do café de tia Justina, assim mesmo li até me fatigar, até não suportar mais esse hábito repetitivo e parado que carrego há tantos anos, mas que só agora me parece monótono e cada vez mais conturbado pela dispersão que me rouba o tento e viaja com ele para longe das páginas que leio, releio, torno a reler, e não consigo entender patavina porque não estou nelas.

No mal-estar desta indolência irrespirável, estendo a mão para tocar a borboleta amarela que acaba de pousar neste porta-retratos do século XVIII, onde nunca me decidi a encaixar nenhuma fotografia. E me surpreendo porque a figurinha alada tem qualquer coisa que se conjuga com a leveza do caixilho de metal lavrado a filigranas flexuosas, de onde ela escapa muito lépida, como alguém dos pés de bailarina que um dia se esquivou daqui de Rio-das-Paridas, porque certamente só o que lhe importa é se entregar inteira a um canto fugaz que nem as cigarras da barriguda, rendida à vertigem das aventuras, sem se deixar prender por nenhum abraço mais demorado. Bela fortuna, decerto! Alguém cujo retrato poderia estar aí, mas que nunca me arrisquei a colocar. E hoje bendigo essa omissão que sem querer me eximiu da dor de olhar agora esta moldura e não poder mais desapartar a visão do buraco físico de solidão inapelável como uma órbita sem olho, que certamente seria este vidro vazio, depois de acostumado à presença estremecida, e de onde a borboleta se alça adejando na dança dos pulinhos desnorteados até transpor o janelão lateral e ganhar ares mais abertos, batendo as asinhas, descuidosa da vida e sem caminho senão devanear, até desaparecer sob a romãzeira que, cansada de viver e de parir, já não ramalha quando o vento a toca e apalpa.

Convivo com essa pequena árvore todos os dias, e o seu fruto me apraz e sabe à vida, porque quando o espremo, os bagos encarnados derramam o sangue rubro da paixão que me ensopa os dedos. Plantada pelas mãos de minha avó, pela imposição de sua banda encoberta, esta romãzeira está em mim intensa e dolorosamente, talvez porque me traga associações bem mais próximas do que aquelas do tempo da barriguda. Em ambas, o passado é um veio físico que me encandeia e entontece; mais remoto em uma, mais recente em outra. É uma substância que se tateia e alisa, uma textura desdobrável e visível, apanhada por todos os sentidos. É uma linguagem que articula o pedido familiar de impedir a devastação dos últimos despojos: na barriguda, de zelar em nome dos mortos; na romãzeira, de renascer em nome do amor! Paradoxalmente, esses dois imperativos se entrelaçam e se confundem numa mesma névoa que pulsa e incomoda, e onde já não descanso sob a nudez de seu aconchego. Tenho de quebrar o silêncio que me deixa inchado, de deixar escorrer o tropel das emoções que nascem sob o abrigo vegetal e me levam até minha gente aos borbotões. Nela procuro apoio contra esses meses que me separam do júri, alguma coisa que, enfim, me ajude a domar os nervos e o acaso. Mas ao mesmo tempo me apaziguo e me encho de medo, rolo para lá e para cá, para a vida e para a morte.

7

Dos parentes adultos que me cercaram a infância no Murituba, hoje só tenho tia Justina, a única criatura que me resta de uma família tão unida e numerosa, e de um trecho de vida tão fecundo; porque um ou outro tio que ainda se arrastam por aí como figurões desusados não passam de sobreviventes que sempre se mantiveram da outra banda, de forma que só em nomeá-los já estou mais só.

De tanto sangue espalhado, apenas me ficou essa tia já encardida, assim mesmo por força das condições adversas que me puseram no seu caminho. Na tolerância de nossa convivência nascida da necessidade recíproca e aplainada pelos anos, certamente não há outra afinidade mais calorosa do que a referência a um passado comum, onde ambos nos embebedamos. Ainda hoje acalenta, não a mim, mas ao menino enjeitado que ela ajudou a criar no Engenho, um bichinho ainda incapaz de manifestar as reações que não entravam no compasso daquela casa-grande, de onde mais tarde o excluiriam, pouco antes de ela desmoronar. Sei disso porque quando reconta, amiúde, a minha intimidade com meu avô, a sua voz se amacia maravilhada, adoçando as palavras bonitas que ela escolhe com uma impostação toda amorosa, fazendo força para dourar os novos acrescentamentos que refulgem do fundo da memória. Só aí ela se embriaga... delira... e se desperdiça! Só aí ela se abre num lampejo de sorriso que desabrocha a face ordinariamente dura de quem se ralou os anos todos de costas para a vida. Por isso mesmo, na idade defunta em que está, não lhe resta escapatória mais condizente do que repisar impertinentemente em reclamações ensementadas de moralismo: só assim pode estar mais próxima dos agrados que não pode mais reaver, e de que parece ter tanta pena de ter negado e perdido.

Tenho certeza de que me considero mais perto dela também porque, sendo deserdada como sou, me compadeço de sua vida mal arrimada nos parcos haveres que os irmãos machos lhe destinaram, fazendo de conta que a favoreciam, quando na verdade lhe concediam apenas uma pequena nesga das terras produtivas que lhe subtraíram, indecentemente, mas que estão firmadas nos papéis como justas e legalizadas, conforme o formal de partilha expedido oficialmente pela Justiça que não faz diferença entre homens e mulheres, pretos e brancos, ricos e pobres. Não é, Meritíssimo? E em troca de ser assim tão estupidamente engabelada, tia Justina se tornaria ainda mais tutelada de todos eles, dependente do amparo especial que só os parentes machos sabem providenciar, porque já não consegue viver senão encostada no sangue familiar e na autoridade viril.

Nestes últimos tempos, de tão severa e nunca vista carestia, quando o dinheirinho que recebe não chega para custear as despesas de seu modestíssimo passadio, ela franze o cenho, mexe os olhinhos miúdos e cala por um momento o velho sangue; bota uma pedra sobre as renúncias e a resignação de fêmea — e passa a imprecar contra os irmãos ricos que vivem folgados na capital, enquanto a deixam largada neste interiorzinho sem eira nem beira, que nem um médico tem. Mas só aguenta ouvir essas queixas de sua própria boca; ir mais além ela não ousa nem pode, que a isto a reduziram. Se apoio as suas lamentações e passo a maldizer os desalmados, mais que depressa ela se recompõe, e se volta toda irada contra a minha intromissão, me sapecando uma reprimenda desgraçada, porque nunca aprendo a curvar o lombo ante os mais velhos.

— Só eu que sou a irmã mais idosa posso me queixar... já ouviu? E que nada me passe daqui!

— Mas tia Justina, esses infelizes a roubaram... e mesmo a mim restam uns acertos...

— Já lhe disse que até não desgostam de você. E se não o pegaram nos braços, é porque no meu tempo de moça isso não era ocupação de homem! E não é mesmo! Mas não me venha com dichotes! E depois... eles é quem viu você berrando de cueiro... já ouviu? Ponha-se no respeito!

Os recursos minguados dessa minha tia mal lhe permitem conservar uma decência apertada de quem já viveu num velho padrão privilegiado, embora sem luxos e desperdícios, e que por aqui se chama *fartura*. Agora, daquela antiga abundância, só lhe resta mesmo o fluxo das recordações dos tempos áureos de meu avô, de que ela desfruta gulosamente, às canadas, porque não carece de pagar impostos nem taxas, e herdeiro nenhum lhe cobiça esse espólio invisível e cada vez mais desvalorizado. Mas sua condição modesta nunca conseguiu apagar certos rasgos de generosidade que lhe couberam como filha de senhor de engenho. Por conta dessa sua propensão aos pequenos obséquios, e dos preceitos que a vinculam aos parentes do mesmo sangue, é que ela dissimula o aluguel deste salão da frente de sua casa, onde, para viver (ou recordar?) alojei este Cartório do 2º Ofício; hoje, reduto onde me trazem enjaulado contra a paz desta cidadezinha cheia de rezas, preconceitos e lorotas.

É o parco recurso e a melhor oportunidade de que a velha tia dispõe para gastar os seus fumos de grandeza. Deitando assim a sua proteção sobre o sobrinho, estendendo a sua sombra seja lá a que parente for, ela se considera continuadora das tradições familiares, satisfeita de que elas ainda permaneçam por conta de seu desprendimento. Com este gesto de estima, ela legitima sua autoridade sobre este tabelião meio descontrolado que, em paga, sempre ouve, calado e de cabeça baixa, as cantilenas contra os meus desatinos, que são aumentados pelas comadres mexeriqueiras que se ocupam em me retalhar diante dela e com sua conivência — desde que não lhe passem da conta!

Já acostumado com suas arrelias, nem me importo mais com as suas prédicas enferrujadas. Pondero que ela necessita cometer esses desabafos contra meus invisíveis descompassos, a fim de entreter o prenúncio da caduquice, o que ainda resta da vidinha erma e vã de mulher beata e solteirona. Quando a escuto esbravejando contra a injustiça de minha detenção, muitas vezes chego a pensar que ela me quer em liberdade apenas para me ter mais vulnerável, para melhor criar ocasiões de me espicaçar com sua falação indisciplinada.

Se acontece de passar uma semana sem um escandalozinho qualquer, se não consegue arrumar um pretexto para desancar alguém com seus esculachos, vejo como se move apagada e inquieta, arrepiada contra gente e bicho. Às vezes, de tanto dó que tenho de seu destino de mulher tampada, dou uma escapulidinha bem tarde da noite — não sem antes me entender com a sentinela — e mando um recadeiro qualquer contar-lhe uma vaga estultice arranjada, só para mantê-la viva, só para vê-la apaziguada com a vidinha que treme e crepita como um círio; o círio que ela acende no oratório dos santos, diz que rogando piedade contra os desatinos do sobrinho atontado e sem juízo.

8

Sentado diante desta escrivaninha, torço o corpo, viro a cabeça e corro os olhos por este salão quadrado, com cuja cessão sua proprietária evita de abastardar as relações familiares, dando continuidade ao ritual das tradições. Como tenho todo o tempo do mundo, procuro quebrar o enfado me ocupando em esquadrinhar ângulos e superfícies. Assim, com esse movimento tantas vezes retomado, tenho me dado conta de certos pormenores que anos e anos me passaram despercebidos. Pendo a vista, e me deixo embrenhar nos lajedos deste chão gasto e sulcado por homens e mulheres que aqui esfregaram a sola dos pés para depois se irem sem deixar nenhuma marca pessoal dos projetos que sonharam ou das misérias que sofreram. Apenas das pedras que renteiam as paredes é que ainda sinto o contato áspero, carícia ou arranhõezinhos de sua fragosidade despolida. Só o reajuntamento dentre as pedras, refeito a cimento, é que não se congrui com este ranço de eternidade — uma vez que reposto na quadra em que Luciana chegou também para se ir e não voltar —, já vai pouco a pouco se esfarinhando sob o meu lento caminhar. Se arrasto os pés inchadões, os grãozinhos soltos se espatifam sobre as lajes impenetráveis, procurando em vão riscá-las a garranchos.

Mexo os olhos para cima e constato também que os anos e a umidade dos tantos invernos vão carcomendo estas grandes telhas de barro vermelho, algumas delas já desbeiradas pela extensão das feridas abertas sob a água que corre nas calhas e jorra das biqueiras. Mais para cima, está estendida a cumeeira de pau-d'arco-roxo, feita a golpes de enxó ainda no tempo em que se costumava usar essas imensas peças de lei como madeira do ar, e em que a mão adestrada dos carpinas verdadeiros não carecia de plaina. Belo trabalho, dizem que da lavra de um certo tanoeiro, avô de Bertolino, um artesão de muito talento e de bom talhe, mas que, apesar de ter sido tão afamado nestas redondezas, ninguém já lhe lembra o nome, de forma que esta cumeeira ficou sendo toda a sua história! Estirada sobre a junção do telhado, e enganchada nestas grossíssimas paredes de pedra aqui e acolá desrebocadas, com toda a certeza viu nascer e morrer gerações do mesmo sangue; testemunhou os segredos mais guardados, a sabedoria que foi passando de pai a filho, os vícios secretos de tudo o que sempre foi preciso esconder, ontem ainda mais do que hoje, as rixas encarniçadas entre marido e mulher, o soluço e o rio derramado dessas condenadas sem esperanças, quantas delas proibidas de querer e desejar!

Por onde rolarão os ossos dos cativos anônimos que alçaram a bimbarras e a cordas de tucum esta peça de lei? Em que cemitério restará o pó daqueles que carregaram no lombo e assentaram com as mãos estes enormes blocos de pedra, estes monumentos druídicos? Em que alfarrábio... em que cova perdida... em que buraco ou esconderijo... na memória de que diabo... posso enfim encontrar uma baga do suor desses suplicantes que aqui penaram e padeceram? Na vida avara e abafada, disciplinada a troncos e chicotes, argolas e correntes, terão por acaso se humanizado pelas paixões? Tirante esse tal avô de Bertolino, aqui suspenso pelo talhe de sua mão, nada posso auscultar neste antro insondável! Estas pedras empilhadas a mando de algum Costa Lisboa abafam qualquer ressonância de vida ou alegria. Nenhum cheiro aconchegante exala de suas fendas! Nenhuma marca de gente se adivinha nas superfícies sóbrias e impessoais, apartadas de qualquer relevo subjetivo. Troncos e pedras, lajes e ferrolhos, telhas e pranchões, ângulos e arestas — tudo isso, ajuntado por dentro de um rolo só, sugere apenas solidez e violência, desamor e eternidade: uma gente comida de ferrugem que devia ranger mas nunca palpitar! E com esta imagem assim meio desconchavada, acho que me chega, enfim, a primeira intuição da sabedoria desses meus antepassados: ranger... ranger somente... apenas ringir como uma armadura de ferro, para não se deixarem lascar em suspiros soluçados que doem no peito como a hélice de uma verruma desencravada a unha-de-gato.

 Para diluir um pouco a secura e retemperar esta atmosfera pesada onde me sinto estrangeiro, é que trago a reprodução deste lírico Chagall, aqui dependurada do esteio caiado onde se encosta esta escrivaninha. É apenas uma pequena estampa retangular que não mede mais de um palmo por meio, mas onde cores e pinceladas se harmonizam e se condensam a exaltar o braseiro das paixões que correm livres... bem livres... erguidas de um chão de cinzas. Por um momento, viaja daqui o cheiro da dureza inalterável, e toda a realidade circundante se fragmenta e se decompõe arrebatada pelo resvalar silente deste cavalo de sonho com o pelo de alvaiade borrado a cinza de lua, e que, ao invés do bridão na boca, tange entre o pescoço e a queixada um violino afinado, cheio de cravos e sons. Neste espaço pictório que de repente a volúpia me acende, sou o cavalheiro que entrelaça, com as mãos sobre o vestido encarnado, a delgada cintura de sua dama, de rubra rosa na negra cabeleira, e as cartas vermelhas de meu destino em leque abertas na mão, fechando assim o triângulo escarlate de cujo centro se empinam os róseos peitos desnudos que ondulam em chamas, oferecidos num despojamento tão desvinculado de qualquer cadeia — que chego a sentir as pancadas audíveis do coração feminino e roubador que me perturba e exalta numa vertigem dolorosa porque dele me vem a juventude e estou só, perdido de minha parelha, com as palmas das mãos desocupadas, trêmulas e cegas de abanarem em vão, onde só cabe a face ausente de quem mais amo e perdi.

    Agora escorrego um pouco no assento da cadeira, afundo as costas no encosto abaulado, e deixo o pescoço se meter pelos ombros. Sigo assim ruminando sobre Luciana, que de repente, sem mais nem menos, se atira lá para as audiências de meu avô, e me ajuda a reconfortar os litigiantes perdedores que na verdade jamais tiveram uma palavra de compreensão. Volta daí.... vou no seu encalço... e pendo sozinho entre os desaparecidos que circularam um dia por aqui com esta naturalidade tão chã que faz da morte uma probabilidade insuspeitável. Mexo a cabeça derreada, reviro os olhos e daqui sigo até em cima a estria do reboco se descascando no lugar onde o esteio sobe bem no meio da parede. Além dos janelões que vejo na frente, sobressai um pedaço do beiral com suas biqueiras irregulares como uma dentadura banguela pela metade, e de onde, nos tempos de trovoada, se despejam as cordas de água sobre a calçada de lajedos encardidos, nesta Rua da Praça, cujo chão, agora forrado a paralelepípedos, já não aperta o mourão de aroeira onde meu avô amarrava a montaria nos dias de feira, e entrava neste mesmo salão para conceder as suas famosas audiências e compadres e outros suplicantes de quem ouvia queixas e reclamações.

    Entre aqueles litigiantes, havia alguns tão assíduos, que todo bendito sábado traziam na ponta da língua uma demanda decorada. Como o mais reimoso e renitente, criou fama o velho Cazuza, que fez de toda a sua longa vida uma só birra tumultuada, com que dormia e acordava. Naquele tempo jamais percebi que os coitados viviam dessas arengas, se deleitavam com o puro porfiar, gostavam de se gastar nas disputas, de impostar a voz e encenar o gesto, muito embora, nesses arrebiques, nenhum deles chegasse a alcançar a graça ou a dimensão dramática do tio Burunga. Só hoje sei que tinham vocação para rábulas, que gozavam as contendas, que as pendências e as controvérsias eram a parte melhor que lhes cabia da partilha que receberam. Sem o calor dessas disputas e das vozes adversárias eles murchavam e definhavam, carentes de imaginar outras maneiras de entreter os dias e os anos. Pensando nesses desassossegados que pelejavam e arriscavam tudo que tinham para se manter vivos, arrisco a generalizar, passando adiante a sua lição: a vida não passa mesmo de uma efêmera cartada onde o ganha ou perde têm bem menos consequência real do que o tanto que lhes tributamos. E um simples júri que ocorre neste canto largado do mundo certamente não é mais do que uma partida como as outras, já gasta de repetida.

Lembrando hoje as reações daqueles teimosos por quem tanto sofri em vão, e que nunca me saíram dos olhos, me convenço de que, se acontecia de ficarem sem litígio por alguns dias, eles se punham impacientes, coçavam o corpo arreliados por mordidas invisíveis, catando com a unha miúda um carrapato com que brigar. Inventavam então desavenças imaginárias que os entretinham contra o tédio e lhes asseguravam a identidade já construída. Certamente já não acreditavam em sonhos, não queriam mais começar a se bater por novos caminhos que mais logo redundariam em outras quimeras convertidas em desesperanças. De nada adiantava regar outra lavoura inexistente. Sem o regalo de uma ocupação (inútil?) para matar o tempo e espantar as obrigações mais ordinárias, eles desesperavam: iam para o trabalho... descansavam... tornavam a trabalhar de novo... mas a vida virava mesmo era em torno das demandas, escolha vã como todas as outras que fazemos, quantas vezes sob torturas! E precedidas de noites de insônia e lágrimas de inquietação!

O que não compreendo é por que, formando hoje uma nova visão do que se passou, e passando a limpo tudo isto que já vai tão longe — nem assim me desobrigo dos males que aquelas audiências me causaram. Bem que meu avô teimava contra a presença de algum menino nas aceradas contendas. E tinha razão! Mas de dentro do corredor, apadrinhado aqui no pé desta porta, eu espiava as caras contorcidas dos perdedores que se curvavam pendidos, e corria para dentro da camarinha em tempo de desmaiar. E mesmo assim nunca deixei de estar aqui de olho arregalado e mãos frias, porque alguma imposição muito forte me arrastava àquele sofrimento voluntário. Daí me veio o pavor por tudo quanto se chama acareação, uma vertigem de mal-estar que só tem se alargado no curso desses anos em que tenho sido obrigado, por dever de ofício, a tomar o depoimento dos acusados. Por que, então, ainda me arrepio e tremo as mãos com a mesmíssima intensidade? Por que, se hoje estou convencido de que os danados até gostavam de porfiar? Será que estou pagando alguma culpa com que não atino, ou as possíveis injustiças do árbitro severão?

Só sei dizer que o diabo desta fraqueza doentia não me vem dele. Não me vem porque de ordinário sempre o vi de chapéu e mangual, batendo o passo decidido sobre estes mesmos lajedos onde tenho sapateado as minhas angústias. Encostado no domínio que tinha de si mesmo, ele espichava o olhar para o céu pelo vão desta porta agora aferrolhada, para opinar, seguro, sobre as oscilações do tempo. E tanta era a confiança exalada de sua pessoa, que na sua palavra até mesmo as incertezas atmosféricas viravam sentenças incontestáveis da mais estrita exatidão. Se dizia: — Vai chover! — mal fechava a boca, já se vinha a pancada de chuva nublando o eco de sua voz.

Destes janelões onde me debruço todas as tardinhas, chamado pelo sino de Hurliano, o marasmo desta pracinha besta irrompe e se deflagra em mim com o seu fluxo de tristezas. Inútil indagar dos antepassados que se rebentaram por aqui, ou tentar me fazer de forte como meu avô. Também é besteira divagar em torno de Luciana, uma criatura que com certeza se deixa cortejar enquanto vou apodrecendo neste silêncio de pedra com que continua a me castigar. Por que fico aqui a fazer conjecturas, neste momento em que tenho muito de real em que pensar, se não temos mais a menor aproximação de namorados? Por que me arrelio assim, se o passado cavou entre nós abismos infranqueáveis? É impossível revê-la, eu bem sei, e nem sequer cogito disso... mas tremo como vara verde só de imaginá-la ausente para sempre...

9

Até onde chegam as minhas incursões, vejo em Rio-das--Paridas e Costa Lisboa duas referências iniciais que se foram formando imbricadas uma na outra e cúmplices entre si, até se meterem numa única imagem inconfundível que aqui perdurou por muitas décadas. Apesar do vigor e do carisma dessa força real e conjugada, a lenta rodada dos anos não lhe poupou o castigo de aluí-la vagarosamente, dia após dia, até reduzi-la a este arruado feito cidade, tão igual a qualquer outra que já não tem contornos nem nada que a distinga.

Desaparecido fisicamente o seu parceiro e fundador, aquele povoadozinho de então passou a ir se ajeitando com o que restou de seu espólio moral, de suas lendas, e do sangue espalhado na numerosa descendência. E quando, num longo decurso, essa herança foi pouco a pouco enfraquecendo e se diluindo, coagida pelo prestígio de novas forças e interesses contrários que despontavam — o arruado já virado cidadezinha acompanhou essa descaída paralelamente, se deixando amolecer e descaracterizar, de timão desgovernado. Hoje... já ninguém reconhece nisto aqui aquela antiga e escarpada identidade! Pode ser um amontoado de casas mais adiantado, com a pracinha limpa, as ruas mais compridas e abertas, e as repartições que não tinha; pode se ter tornado sede do município com sua comarca privada; pode muito bem ser qualquer coisa a mais que não me cabe enumerar aqui — menos o Rio-das--Paridas que cresceu agarrado no pulso de Costa Lisboa, a ponto de ambos se converterem numa mesma e renomada fama que sobreviveria a este senhor depois de feito finado, perdurando por um tempo considerável no sangue e nos hábitos embrutecidos que vieram esbarrar em mim, já que de certo modo principio deste lusitano remoto e vim ao mundo aqui mesmo, onde ele aportara depois de quebrar a cabeça nalguns antigos lugarejos deste Brasil, sem conseguir ares propícios que o ajudassem a acertar o passo. Só aqui se agradaria da terra meio desabitada, e de sua gente muito rude e muito tola; fez, então, morada e domicílio, arranchado para sempre com o bando da parentada.

Decorridos alguns lustros de muito trabalho e rendosos negócios, este antepassado, sempre procurando angariar a pobreza dos arredores sob a sua sombra, começaria a espostejar um boi para os escravos e a criadagem numerosa, permutando a carne que sobrava por outras mercadorias da vizinhança, que já não era tão escassa, ou pelo trabalho dos homens mais robustos. Reza a boca do povo que nesse tempo já olvidado, quando a moeda por aqui tão raramente surgia nas mãos rudes e logo desaparecia a ponto de muita gente não conhecer dinheiro — essas primeiras transações ocorreram sob a copa de um jenipapeiro soberbo, que o lusitano aqui já encontrara, espalhado bem ali onde é hoje o coreto desta praça, usado como rinha em cuja arena se despedaçam os sanhudos galos de briga, atiçados pelos gritos dos apostadores que escuto desta cadeira. Com os olhos faiscando de cobiça, e enxergando muito longe através dessa árvore apinhada de frutinhos — conta a lenda —, Costa Lisboa teria estufado o peito e alevantado os braços para então vaticinar, no seu jeitão de profeta muito esperto:

— Rio-das-Paridas nunca vai esbarrar de crescer... se os seus filhos não pecarem como não pecam estes frutos!

E assim foi! A princípio, matou-se apenas um pé-durinho de dez arrobas. Semana a semana, porém, entra sábado e sai sábado, o número de feirantes e interessados foi aumentando... até o dia em que um boi raçudo e erado já não supria a freguesia, sem sobrar nenhum refugo. Num compasso cada vez menos moroso, um ano atrás do outro ano, o ajuntamento do sábado foi se repetindo e se avolumando com o pequeno comércio de sua lavoura e seus animais. Paralelamente, Costa Lisboa caía no agrado dessa gente que ia se engraçando de seu andar vagaroso e pendido de tanta honra que tinha, de sua sabença apanhada na outra banda do mundo, mas nem por isso menos temente dos poderes de Deus que são um só; foi se agradando do vozeirão respeitoso com que abordava as pessoas, dos conselhos solenes e penitentes; e se achegando para mais perto de seu lugarejo, que uma vez ou outra já recebia a visita de um mascate qualquer, que de longe se anunciava no estalo sibilante do buranhém — apregoando assim os sortimentos de toda a vencidade que trazia metidos nos caçuás da sua tropa de burros — e entrava aqui como uma festa — emissário de uma civilização inimaginável que logo-logo faiscava nas águas de cheiro e nos adereços, nas bugigangas e miudezas, tudinho estendido sobre o oleado: o grande encantamento daquele princípio de feira!

 O nome desusado com que batizaram o novo lugarejo veio se impondo pouco a pouco e de boca em boca, sem ninguém se perguntar quem primeiro assim o designou. Sabe-se apenas que teve sua origem associada ao riozinho tortuoso que margeia a rua mais antiga chamada Ribeira, por onde as mulheres paridas desciam em bando — jamais uma ia sozinha — após o extenso resguardo do parto cheio de rigores nunca vistos, para o primeiro banho completo de imersão, protegidas pelas ingazeiras esgalhadas e pelas camisolas enfunadas como um papa-vento. Com esse estranho ritual, desobrigavam o corpo da contenção prolongada e se davam permissão para o reinício dos movimentos e sacolejos íntimos que nove meses depois resultariam num novo parto. Esse banho de alegria entrou assim na vida de todos, não só emprestando o nome ao pequeno povoado, como também assinalando um novo ciclo de procriação que se desencadeava nesta zona e nas suas adjacências, todos muito obedientes ao crescei e multiplicai-vos que Costa Lisboa não cessava de pregar e aconselhar como penitência meritória para a salvação das almas — muito religioso que ele era, necessitando de braços sem conta para os roçados e os canaviais de um latifúndio de tanta terra generosa por se cultivar.

Conta-se que depois de se inteirar do prestígio e dos poderes da Igreja por todas estas paragens, espichando o olho comprido para o proveito que através dela poderia tirar do povinho meio cordeiro, predisposto a fanatismos de crendice e beataria — o maioral não hesitou em fazer-se gente dela, inventando muito farofeiro nomes bonitos de irmandades lusitanas a que pertencera. De um dia para o outro, deu para enviar um próprio com cartas e prendas ao pároco de Tomar de Geru, que era a paróquia mais próxima, a mula Burrega rasgando os caminhos ainda indistintos, carregada de cestos de capões cevados, ou do mel-de-pau que abarrotavam as bruacas de couro cru, e de cujas costuras ia pingando, no chão poeirento ou forrado, o suor grosso e selvagem das abelhas uruçu exalando a mata virgem. Passou a andar mais compungido, o figurão grave trescalando devoção, metido com os rosários e as imagens de santos com que o padre obsequiado retribuía a erupção de tão impetuosa gentileza! Vagava de casa em casa, sem estranhar os pisos de barro e os tetos de sapé, exibindo no peito aberto a cruz e o escapulário que pendiam do pescoço numa fita encarnada, e se acomodavam entre as abas do paletozão de mescla. Aconselhava, batizava e abençoava. Concitava homens e mulheres a lhe prestarem o adjutório que recebia todas as sextas-feiras, recomendando aos mais remanchões que não poupassem as forças, porque não estavam servindo a ele, mas ao Sagrado Coração de Jesus, a quem já prometera, com a mão na Bíblia, toda a colheita anual de sua lavoura. Se um ou outro menos crédulo ou mais desabusado desatendia a esses seus rogos que às vezes eram até gritados — ele então vociferava e perseguia. Como bom católico que era na consecução de seus intentos, nas horas em que pressentia que os insubordinados não ligavam para a maldição eterna, aí então largava de lado o apelo à salvação das almas, e jogava pragas terríveis diretamente sobre os corpos, vaticinando furibundo:

— Não tardará o dia em que os relaxados — aqui mesmo! — se cubram de escamas e tumores... de cravos e verrugas!

No meio de sua gente fervorosa, Costa Lisboa partiu para a construção de uma capelinha, erigida pela boa vontade de dezenas de homens e mulheres a quem ele, jeitosamente, ou sob ameaças, infundira o respeito à casa que seria de todos os santos, e o amor ao Sagrado Coração de Jesus, de cuja irmandade se dizia titular. Ele mesmo em pessoa se fez em mestre de obras: metia um chapelão que sombreava a cara barbuda, dava de mão a um cajado, e saía empurrando os mais ronceiros, resmungando contra a moleza dos que trabalhavam sem fé mesmo para o teto de Deus, em cuja área tremulava, no topo de um grande esteio, um trapo de pano encarnado, do mesmo tom daquela fita que descia dos ombros para o peito, onde batia de uma só vez as duas mãos espalmadas, prometendo a cada obreiro graças proporcionais à força que gastasse, além de outras futuras e vagas recompensas! Danado de sabido que era, domesticava a seu favor o bando de tutelados para quem passou a ser uma híbrida legenda de santo e rei!

Após alguns meses de medonha trabalheira, de todos os cantos da planície onde ia se fazendo esse arruado, avistava-se a capelinha toda caiada de branco, com a cruz de madeira cravejada na torrinha minúscula. No domingo da inauguração, com churrasco de dois bois erados, muita gente comeu pelo trabalhão de mais de ano, e o padre de Tomar de Geru, já comparsa de Costa Lisboa, e agarrado a ele como uma filipa de banana, benzeu de barriga cheia a casa de Deus e o seu povo, que se encolhia quando o hissope, sacudido adoidada e fartamente, borrifava água sobre as caras boquiabertas, muitas das quais certamente viam um padre pela primeira vez. No arremate de tudo, fez um sermão demorado, abrandando os infiéis, concitando todos os homens e mulheres de boa vontade a trabalharem para Costa Lisboa e vigiarem os legumes de seus roçados. O mandrião que daqui por diante lhe recusar algum serviço — foi dizendo — é inimigo de Deus, esquecido de que até o Jesus-Rei só descansou no domingo, assim mesmo depois de erguer todo o mundo em seis dias, de fio a pavio. Ouviram? E sem nenhum esmorecimento!

Daí por diante, de dois em dois meses, o mesmo pároco já conchavado e unha e carne com Costa Lisboa, com quem andava de braços enganchados, passou a vir oficiar missa, batizar e casar, enquanto o maioral se empenhava em que todos ouvissem os sermões encomendados para amansar os indomáveis. Dizem até que chegava ao requinte de anotar o nome dos faltosos num caderninho encardido, a fim de suspender os pequenos favores que porventura lhes concedia e desancá-los no grito da descompostura. A verdade é que, por força de sua lei, a terrinha foi se tornando mais devota a cada ano, as paredes dos barracos cobertas de estampas de santos que o pároco trazia às centenas para — todo afobado — negociar por borregos e galinhas, perus e bacorinhos.

No cerne da lei de Costa Lisboa, mais fanático de verdade a cada ano, porque o embuste terminou se metendo por sua goela adentro e se entalhando na cara, a ponto de punir com a capação os homens que prevaricavam — Rio-das-Paridas foi se modelando a jeito de suas manias que tanto se prolongaram, cada vez mais eivadas de severidade, que pareciam se eternizar, apartadas do resto do mundo. A prova disso é que mesmo depois de sua morte, carpida convulsivamente por homens e mulheres que queriam a todo o custo também morrer agarrados ao pai-santo, que no entanto já fedia — mais de um forasteiro endinheirado tentou furar o cerco e aportar aqui, mas assim que destoava das leis empedernidas, a se exibir novidadeiro e debochado, era escorraçado pelo povo a dentadas e repelões. Mulheres solteiras de má fama, se aqui acorriam, eram tangidas a pedradas, impedidas de visitar os parentes. Estes então, se queriam continuar com direito a seu domicílio, obrigavam-se a esquecê-las para sempre. E até uma volante do governo, que num certo sábado fechou a feira em busca de recrutas para as suas fileiras, por motivo de deboches com moças e mulheres, foi corrida daqui a tiros e pauladas.

 Os mais velhos costumam contar que quando eram meninos ouviram dizer tanta coisa ruim sobre esse passado, que nunca puderam esquecer! E ainda se benzem quando recontam alguma anedota desentranhada daquele antro de preconceito e rigidez, encurralado no vazio e perdido dos vizinhos. Só muitos anos depois, a severidade dos herdeiros do velho maioral foi abrandando e abrandando, a terrível intransigência do povo açulado por eles sendo igualmente solapada pela gente que chegava das cidades distantes — trazida pelos paus de arara, ou pela marinete que trafegava e sacolejava nos caminhos rasgados perto daqui. Já agora... não se apalpa em nenhum dos vivos aquela identidade acerada, lentamente destruída pela família de seu fundador, pelo afrouxamento da rigorosa intolerância, e por uma mistura de costumes descaracterizados, impressos nas novas gerações que não carregam sequer a ferrugem que me distingue.

    O sangue e o cunho desse velho pastor de gente, que, apesar de viajado e esperto, na verdade virou mesmo duro e rotineiro, limitadíssimo nas suas empreitadas — desemboca em meus avós maternos, que me recolheram assim que vim ao mundo. E esta primeira convivência fecundou de tantas regalias a minha infância, que não me lembro de ter sentido aí a mais leve sombra de minha orfandade. Não levo em conta as miúdas desinteligências e estranhezas que certamente entraram no dia a dia que vivi com esses avós, nem o espanto da descoberta de suas pequenas manias. Nada disso arranhou a minha sensibilidade. Mas como imagino hoje que algumas de minhas reações posteriores terão recebido daí o seu alento, fico abobado de constatar o tanto que mudei por imperativo do trato com outras pessoas, e das transformações que o tempo opera por dentro da gente, às vezes até invertendo valores e perspectivas que ele próprio subtrai e acrescenta voluntariosamente — sem alterar, entretanto, alguns traços substanciais. Porque a par de todas as influências, tormentos e mudanças que tenho sofrido, o que resta mais forte, e que me empurra para o medo e o remorso — é o sinal dessa família, a metade do sangue coagulado na secura, na cegueira moral, no luto.

10

Começo a perceber que esta tarefa de passar a limpo a experiência que de um modo ou de outro deflagra os conflitos em que tenho matutado um tempão, e que tanto bolem comigo e me aguçam os nervos, uma vez que se engancham no passado — certamente tem lá as suas vantagens! Se não me reconcilia em conformidade com o merecimento que me concedo, pelo menos é instigante e destoa do meu ofício cacete de mexer em papéis velhos e trasladar as mesmíssimas fórmulas cristalizadas, imóveis no tempo, e que podia se adequar muito bem a qualquer Costa Lisboa, mas que a mim me aborrece como o diabo! Se mal o suportava quando podia me dar ao luxo de abrir esta porta pesadona apenas um dia ou outro, imagine-se agora, nesta apertura toda onde o trabalho se gera no castigo e me obriga a não arredar o pé deste buraco de aridez e amolação!

    Apesar de ciente das diferenças que me separam da família de meu avô, também sei que toda a casta de Costa Lisboa continua a viver encastoada aqui nas entranhas. Tenho pelejado para me libertar da falsa moral e dos hábitos seculares que me foram legados por essa gente, embutindo na minha cabeça de menino a sabedoria de seus provérbios passados de boca em boca, e que nada mais eram senão engenhos tendenciosos, urdidos para resguardar os graúdos da família para que eles não se desgarrassem nem perdessem os privilégios, e continuassem a procriar, rezar e engabelar os bestas, sempre voltados para a chama de seus cabedais. Tenho tentado em vão me excluir da ascendência dessa cambada empedernida, empenhada em regular as decisões que tomo em pânico — e contra a qual tenho empregado todo o vigor da outra minha banda arrojada e desunida. Mas assim repartido, esperneio que nem menino a ver visagem batendo as canelas, me rasgo dentro do silêncio onde os problemas se geram e se dissolvem me comendo as vísceras, pois só no faz de conta consigo me afastar desse ranço de secura e devoção.

Se no início do parágrafo precedente falei em *diferenças,* embora ainda sem pôr nelas a ênfase necessária, é porque também sei que me afasto desta gente rotineira — e isto evidentemente me agrada — me afasto, mesmo porque nunca pude me ajustar bem a serviços que se dobram e se desdobram no vaivém inalterável tão a gosto desta família, e que não erro se ajuntar que é mesmo o seu caráter mais típico. Até onde posso recuar, vejo que sempre me entediaram as brincadeiras amarradas que só puxavam pela cabeça do menino, enquanto o corpo todo permanecia parado que nem um pau-de-porteira, e os membros tolhidos pela cãibra. Só que naquele tempo não me dei conta de que este mal-estar era só meu, e de nenhum de meus primos; nem ninguém me abriu os olhos, e foi bom que fosse assim. Mais adiante, já maiorzinho e fornido, sensível ao faro que ajuda a evitar as mazelas que desagradam, fui aprendendo a escolher as coisas mais congruentes com o meu gosto, a fugir das obrigações encurraladas em círculos repetitivos, fechados para as estradas do mundo. Mas como o gosto que iam me infundindo era bem outro, e como neste século competitivo as escolhas que cabem a qualquer vivente são geralmente vasqueiras, do mesmo modo que todo acolhimento fraternal é doença ou ardil, mesmo que feito em nome de Deus — por tudo isso, e naturalmente por muitos outros motivos e circunstâncias que daí decorrem, nem sempre pude abraçar as minhas preferências, não raro tragadas pela violência das imposições. Na verdade, conciliar o temperamento choco e subtraído que apanhei desses meus antepassados, com a ardência e a desenvoltura da banda de meu pai — tem sido a minha peleja. E que peleja! Só ainda não arrebentei porque quando me toma a mais negra depressão por conta de temores e remorsos, não tarda a chegar, do lado oposto, um ente que me atiça uma profusão de devaneios com que saio do abismo e me entrego inteiro a seu mariposeio vertiginoso.

 Muito mais adiante, quando assumi este ofício destoante dos acontecimentos trágicos que estão na continuidade de minha vida, naturalmente já me sabia incompatível com uma função assim sedentária demais, atravancada de fórmulas e modelos, cópias e carimbos. Se aceitei o difícil convívio com um serviço tão rotineiro, se entrei na gangorra a eterna sabatina, por certo não foi por gosto. Tomar aqui o lugar de meu pai na sua profissão foi o caminho mais viável que então encontrei para num só passo prover o meu sustento e prolongar a sua presença junto a mim. Folheio os mesmos livros encardidos com o suor de suas mãos, e onde traslado escrituras e procurações; cumpro, talvez com igual má vontade, os mesmos despachos judiciais, utilizando os seus velhos carimbos de que apenas raspei a canivete o primeiro nome; tomo parte nas mesmas audiências e júris, copiando, nesta desgastada Remington que foi sua, interrogatórios e depoimentos iguaizinhos aos de seu tempo. Cumprindo assim esse ritual moroso e repetitivo, me torno um sujeito áspero, diminuído e desagradado, mas mesmo assim vou regando a sua intimidade de que gozei tão pouco, e me faço guardião de sua memória.

 Nestes últimos dias, estou cada vez mais deixando de lado esses afazeres insuportáveis em cujos chavões não consigo me integrar. Na condição instável em que me encontro, inseguro quanto ao diabo do júri, e ainda debilitado com a perplexidade que me vem de Luciana — o que me importa mesmo é mergulhar no passado para ver se apanho dele algumas manchas luminosas, se recupero a medula de todo um mundo que se despedaçou. Se de algum modo torno a conviver com essas vozes longínquas, espero tirar daí algum alento, injetar vida na fraqueza que me amolece.

 Há cerca de oito dias que já viajo no encalço de alguma coisa inaparente que não sei nomear, mas que é, sem nenhuma dúvida, aquilo que, de mais fundamental e de maior peso, identifica o cerne intransferível de cada um dos meus antepassados. Trata-se de um espaço furta--cor e praticamente inviolável, e que me parece simultaneamente longe e perto: tão distante que se dissolve nas brumas, mas tão cosido a mim que se recolhe à minha sombra. Vou tentar devassar alguns desses mortos, sim, mas sei de antemão que esta é uma tarefa de quem não tem mais o que perder — pois é quase impossível inquirir experiências alheias assim de tão longe e sem testemunhas, esquadrinhar atos e atitudes e desmontá-los com paciência de relojoeiro. Não sei ainda como vou penetrar em cada sorriso, no jeito de olhar e caminhar, na sensação táctil de cada aperto de mão, e em tantos outros gestos expressivos que terei forçosamente de escangalhar para em seguida reajuntá-los por dentro das palavras, à cata de um sentido. Muitas dessas figuras difusas de quem procuro enxergar o mais íntimo e essencial, sei por antecipação que vão me enganar... vão, que eu conheço essa gente! Já pego no ar as suas dissimulações! Vão recuar cheios de manha, vão se esconder nas rugas das frases, vão impedir que eu reencontre as minhas ilusões, satisfeitos de que eu siga adiante com a bagagem vazia.

 Quando sopeso todas essas dificuldades que agora me acodem e atiro para o prato da balança já empenado de tanta fadiga, me entra pelas mãos um desalento a que mal resisto. Sem nenhuma vocação para mago ou bruxo, ou qualquer experiência no ramo adivinhatório, só me chegam indagações que, nestas circunstâncias, vão tomando o lugar das respostas que não chegam. Aposto que os rompantes e as caçoadas de tio Burunga encobrem sutilezas em que não tomo pé, assim como a pachorra de seu Ventura pode esbarrar num biombo além do qual se agita um drama tumultuado. Certamente não são menos sugestivos a inteireza de minha avó devastada, nem o tino possante ou as zangas correntes de meu avô. E como perscrutar tudo isso, como fazer aflorar uma fagulha qualquer da indiferença altiva de minha bisavó, afundada no seu arquipélago de miragens?

11

Em primeiro lugar, me venha você, meu avô, não só porque em toda a minha infância foi o abrigo mais generoso e cheio de merecimento nunca desmentido — capaz até de me valer ainda — como também porque de nada me adianta subverter agora os seus costumes e magoá-lo. E a dianteira é o único lugar que lhe convém na ordem desta chamada. Se o invocasse depois de qualquer outra pessoa, mesmo em seguida à minha avó — a quem o ouvi dizer que dedicava uma afeição toda separada —, avalio o quanto ia se sentir preterido, com a testa franzida derrubada sobre os olhos, todo enfarruscadão e tempestuoso, ferido no orgulho voraz. E esse semblante assim sombrio e carrancudo seria um mal começo, bem capaz de dar um tom arranhento a nossa reaproximação.

Danado de implicante que era contra o malfeito que só ele via, ainda o ouço a ralhar, com as mãos chamegando de impaciência, contra a lerdeza habitual de seu Ventura, sobre a qual, na verdade, ele nada podia, e que por isso, para enfrentá-la, se prevalecia de algum descuido ocasional do velho carreiro, ordenando-lhe, por exemplo, que acomodasse melhor as primeiras canas de sua carrada:

— Arrume essas de baixo, homem! Que diabo! E isto é rojão de gente! As coisas que principiam entortadas não se aprumam mais nunca, Ventura!

E o zabumbeiro, muito destro em coisas de duelos e desafios, não dava mostras de se abespinhar nem um pouco com a desfeita emburrenta do patrão. Abria então a dentuça alva e, na mais limpa transparência de quem não se deixa trair por nenhuma contrariedade reprimida — lhe respostava, não sem meter uma pontinha de pachorra no respeito maneiroso com que riscava as palavras de uns certos arranhões que em outra boca não tinham:

— Inhô sim! Mas tudo tem o seu jeito, meu patrão! Tudo se remenda...

E este pega-pega que mal se anunciava certamente se encompridaria durante horas, se meu avô fosse algum outro senhor mais tamancudo que não zelasse pela própria compostura perante os subordinados. Por isso, a maneira mais decente de cortar esse arranca-rabo com um sujeito a seu modo tão imbatível, e sair dali sem diminuir a sua soberania de patrão, era mesmo cobrir de iras a carona zangada, dar um brusco repuxão nas rédeas da montaria e dizer brutalmente, para que todos ouvissem:

— Endireite isso, homem! Deixe de tanto licoticho! — E mais que depressa dar as costas e esporear o cavalo, com ares verdadeiros de quem não gosta de conversa fiada, nem tem tempo a perder, e surdo para algum remoque que vinha de lá de trás, decerto em voz tão medrosa, que se perdia no ar.

Deste modo, se trago este meu avô para o papel antes de minha avó, Lameu Carira, tio Burunga e mais um ou outro, evito assim de medir com ele as forças que não tenho como seu Ventura as tinha, embainhadas na humildade e diluídas em falas amaciadas. Deste avô muito brusco e serioso, agrada-me até a sua aspereza, o sim--sim e o não-não de quem aprendeu a enfrentar as adversidades sem arrodeios e evasivas, ali no peito aberto e na palavra lealdosa. Todas as histórias que pude ouvir sobre a sua vida dada ao trabalho conferem com o que vi e aprendi na nossa convivência. Gastou a mocidade inteira afundado nos sulcos da vida prática, enquadrando todos os seus anseios e ambições na moldura do mais físico e mais palpável, jungido a uma jornada interminável que se prolongaria durante o curso da velhice, sempre aferrado na constância dos mesmos usos, desatento das novidades. Decerto, trazia encastoada bem por dentro a pancada de sangue de Costa Lisboa, que sempre foi refratária às mudanças, e em nome da qual esconjurava os novos meios de produção. Amaldiçoava esses demônios que vinham de fora, e voltava-lhes as costas, sem renovar sequer a semente de sua lavoura ou o sangue de suas ovelhas miúdas.

 Passou a vida toda confinado no seu Murituba, embrenhado nos trabalhos pesados, embora produzisse aquém da promessa de suas terras e dos braços negros que alugava: era uma moenda cujo rojão interminável não parava, mas que, mal manejada, produzia apenas exíguas meladuras; do mesmo modo que o seu centralismo exacerbado o requisitava em exagero, e comia a metade das previsões de suas safras e colheitas. Mas o seu jeito provinciano de enfrentar os prejuízos não ligava para nada disso, e ele — soberbão — fazia de conta que não perdia. Não se interessava nem se dispunha a sair pelo mundo enxergando os novos horizontes, e mesmo desdenhava dos vizinhos que não cansavam de se bater em busca de novas sementes e esquisitas geringonças de trabalho. De forma que, para além dos limites de seu Engenho, os contatos eram poucos e não importavam. Mas o que lhe faltava em abrangência, por força de repetir-se num compasso assim indesviável — sobrava em domínio e segurança. A seu redor olhava tudo sem medo e soberanamente, porque seus olhos decerto não alcançavam os limites de suas terras. Sempre ocupado em coisas repetidas e já sabíveis, via-se bem que não podia conviver com o que não podia dominar. Plantados e colhidos no mesmo chão de massapê, cultivou sempre, com os mesmos agregados, a mesma cana crioula, o mesmo milho catete, o mesmo capim-de-burro.

Certos desarranjos que lhe chegavam de fora, como por exemplo a queda do açúcar no mercado, ou vagas notícias de uma remota reforma agrária — ele embrulhava tudo no mesmo saco, e logo botava por conta da cidade que ele chamava de *rua,* e de onde, como também dos livros e dos forasteiros, só vinha o que não prestava: os maus conselhos e a inquietação, a safadeza e a preguiça, a mentira e o desrespeito. Revejo-o assim irado, invectivando contra os males urbanos, tangido por um pegadio à terra todo costurado a sentimento, e que os novos tempos já não comportavam.

Apesar de meu avô ter o zangador muito perto, acho mesmo que por razões de susceptibilidades que ele se obrigava a esconder devido a sua rude condição de homem macho — bem que cultivava os seus momentos de humor, dando de mão a sutilezas espirituosas para se desagravar das pessoas de quem se desagradava. Como a sua fala era escassa e pouco desenvolta, embora com indescritível acento e sabor pessoal — ele sabia muito bem compensá-la, inventando e conduzindo caprichosamente certas situações engraçadas, onde metia toda a malícia de seu talento, ordinariamente represado.

Num certo domingo em que tomávamos fresca sob a paineira, enquanto eu me fartava com os roletes de cana que ele descascava, de lá da cancela veio se aproximando um sujeito ainda moço e muito robusto, metido numa roupa domingueira, e com ares de luxento. Veio vindo... veio vindo... pisando todo macio... até que chegou ao pé de meu avô e foi logo espichando o braço onde tinha um relojão enganchado, cumprimentando assim o dono do Engenho. Isto sem se descobrir, com o chapéu de baeta embicado para cima e agarrado no cocuruto, numa tal posição que vazava daí uma pontinha de petulância que contrariava o respeito subserviente a que o velho se acostumara. Naturalmente que a minha presença não contava, porque naquele tempo os adultos não cumprimentavam a menino, quanto mais a um desconhecido! De forma que sem nenhuma cerimônia a mais, este inexperiente que ainda não aprendera que o amparo e a afeição, como tudo mais, só se conquistam com as sutilezas do trato, foi logo metendo os pés pelas mãos e indagando de meu avô, sem sequer meter na sua fala infeliz um pronome de tratamento:

— Se arranja por aqui um servicinho?

O ouvinte, então, continuou surdo o tempo suficiente para desconcertar o atrevido. Permaneceu de vista abaixada, tão concentrado a descascar a cana como se de fato estivéssemos ali apenas os dois. A faca afiadíssima ia tirando as cascas inteiras, arroletando os gomos redondos que ele prendia no polegar da mão direita. Eu é quem olhava para o sujeito e logo retirava a vista todo sem jeito, já com pena do embaraçado. Daí a pouco o velho mudou de tática: ainda sem nada responder, entre um movimento e outro, deu para correr os olhos pelo novato da cabeça aos pés, acho que interessado em colher algumas impressões com que descompor o insolente, como se descobrisse naquele tipo pintoso indícios que o denunciavam. No arremate da vistoria insistente, quando o novato já meio em pânico não sabia onde enfiar as mãos que quebravam um talo de capim, enfim o velho deixou cair o vozeirão arroucado, mais afirmando do que perguntando:

— Mora na rua!

— Moro, inhô sim.

Antes de reencetar o diálogo, que meu avô iniciou assim sem ligar para a primeira pergunta que lhe fora feita, o esperto grunhiu num muxoxo, satisfeito de ver confirmadas as suas desconfianças, e como se já dissesse para dentro: este tipinho não presta!

— Sabe carrear?

— Inhô sim. Arremedeio. Com o finado meu pai, que Deus o tenha, já tangi boi pra mais de ano e coisa.

— E acerta a fazer um canzil?

— Oxente... não acerto o quê...

Mas a perturbação tão visível do novato ainda era pouco para a desforra do malvado, que queria ir mais fundo sem que jamais o suplicante percebesse as suas intenções. A essa altura do entendimento deles dois, meu avô levantou-se muito sério do toro de jaqueira, caminhou até o depósito onde guardava restos de coisas velhas e mais tudo o que não prestava, remexeu lá por dentro, e voltou todo sisudo, empunhando um facão e um pedaço de pau que estendeu ao novato, recomendando na sua fala mais natural:

— Toma. Vá ali na casa dos carros. Vá e me faça um canzil pra aquela canga do coice.

Dada essa ordem com que pretendia provar a experiência do candidato, meu avô recolheu a faca na bainha, passou por Araúna, que vinha comer as cascas de cana, e embrenhou-se casa-grande adentro, para onde também segui, deixando o sujeito já de crista caída, pelejando para domar o pedaço de pau.

Só muito tempo depois, quando nem me lembrava mais do tal pintoso, ele subiu os quatro batentes, bateu palmas sobre o balaústre do alpendre, e mandou chamar o meu avô, a quem devolveu o facão, de voz tremida e descabriado:

— Pelejei... pelejei... mas parece que desacostumei.

— Então você não é carreiro, homem! Não sabe nem fazer um canzil! E ainda me bota o pau a perder!

O sujeito então, completamente vencido, rosnou um até logo quase inaudível, deu meia-volta ligeiro, e saiu andando apressado, esquecido do passo macio com que chegara, acho que envergonhado do papelão que fizera, e zonzo da voz pesada e volumosa de meu avô, que assim que entrou em casa, desatou a rir e me explicou:

— Não conheço homem que faça um canzil dali.

— Mas por quê, vovô?
— Então você também não sabe, homem? É que lhe dei um facão de tenda cego como o diabo, e um pedaço de joão-mole, fofo que nem mulungu.
— Mas o senhor despachou o homem...
— Não viu que o diabo não presta? Um tipinho de faca areada no quarto! De pente fino e espelho no bolso que nem mulher-dama! Só preguiçoso de beira de rua acha tempo mode arear faca. E rueiro eu não quero! É daquela cancela pra fora!

No domingo seguinte, zeloso de meu aprendizado, fiquei estupefato com a beleza do canzil que meu avô ia lavrando e fazendo aparecer de um pedaço de fumo-bravo, me ensinando como se fazia um mastro de quinas vivas e bem arestado, uma folha certa e burnida, um dente bem entalhado. Digo estupefato, porque não conhecia nele aqueles cuidados pacientes empregados demoradamente apenas para tornar mais perfeita uma peça que sempre vira ser feita apressadamente e de qualquer jeito. Pois de ordinário ele preferia os objetos sólidos e resistentes — embora toscos — a qualquer outra peça bem lavrada que, por sua natural delicadeza, fosse mais frágil e fidalga. Sempre o vi apossado de objetos gastos e puídos, envernizados pelo constante manuseio, o roló com meia-sola aturando mais meio ano. Nada de delicadezas, nada de luxos, longe de seu Engenho os cavalos ajaezados de prata e níquel, de estribos e peitorais flamantes, ou testeiras amedalhadas!

Em sua companhia, fui coautor das grossas cordas de sedém, resistentes e indestrutíveis, feitas das caudas pomposas das éguas, cujos fios entrançávamos a cambito de madeira, com suas voltas agoniadas. Também toda uma variedade de arreios, laborados a partir do couro cru, de que ele mesmo cortava as tiras para os relhos, eram feitos de uma vez por todas para não carecer de remendos, para resistir e durar a vida inteira. Nessa obsessão pela segurança e durabilidade, volúpia inarrancável de eternizar tudo aquilo em que punha a mão; nesse medo agônico e vegetal de se desprender de si mesmo, do desenho de um mundo meridiano e acanhado; pressinto, no miolo disso tudo, alguma coisa de comando muito forte, acostumada a ditar as suas imposições. Embora não consiga apreendê-la aqui, não tenho dúvida de que essa força invisível sempre conduziu as suas escolhas previsíveis, reabrindo as mesmas rotas de sua caminhada.

Órfão de pai muito cedo, primogênito de uma irmandade desigual e numerosa, assim que assumiu a chefia da família, logo cuidou de conciliar os desacordos e entreveros entre os irmãos, empenhado em domesticar as naturezas azuretadas até conseguir espacejar o prazo das desavenças entre eles. Dizem que o seu bom tino era tão versátil que sobrava numa só cabeça; que certamente lhe teria sido legada a parte judiciosa de seus irmãos, os quais, por isso mesmo, teriam ficado desprovidos de bom-senso e apertados do juízo, cada um deles variando a seu modo, conforme o jeito meio tantã que assumia e levava: tio Miôa era um pau-mandado; tio Nicasso não passava de um bicho entocado na sua casa de farinha; e tio Burunga, uma vocação andeja e teatral. Cabia então a meu avô aparar — nem sempre sem maus bofes — as rebarbas desencontradas desses contrários.

    No decurso de anos e anos, mesmo depois de casado, meu avô continuaria mantendo sob o seu mando e proteção — mas sem nenhum derramamento afetivo — os seus irmãos tio Burunga e tio Miôa, que o chamavam simplesmente de *Mano,* e que desfrutavam dos cuidados com que minha avó cumulava todos os hóspedes. Muito tempo mais tarde... quando tio Miôa largou essa proteção e se emancipou para casar e montar morada distante, deixou pregada em tio Burunga uma saudade tão desgramada... que para mitigar um pouco a meia légua de nostalgia, o desinfeliz pegava da concertina, do velho fole — como ele chamava — e lá se ia para debaixo da paineira nas noites enluaradas. Aí, sentado no tronco de jaqueira, ele acomodava o instrumento no peito, abria as pernas, e mexia as mãos cabeludas, abrindo e fechando o fole de onde ia pingando umas tristezas, enquanto fungava de cabelo assanhado, lutando contra a baba que untava o peito rajado:

"Ó Mano cadê Miôa...
Ó Mano cadê Miôa..."

Esse refrão sombrio e mortificado, que não passa de uma toada gemida e puxada na rude dolência de um verso só, evidencia quanto era difícil para tio Burunga abafar as dores ali alojado na solidão do sobradinho, de cuja janela enxergava o mundo de dentro de sua insônia interminável. Com toda a desenvoltura que lhe era tão peculiar, ele certamente sobrava naquele ambiente sem vozes e sem novidades, onde só vivia porque nunca ganhara o suficiente para montar casa, nem para correr os trechos todos da terra, como de fato queria. Decerto, não se sabe nem se poderia tomar conta de si mesmo, pois tudo o que fazia com as mãos desfazia com os pés, na mais absoluta imprevidência, como fizera com a sua bolandeira de algodão.

Certa vez que meu avô o pilhou com os bugalhos vermelhões e de beiço pendurado, lhe abriu os olhos de vez: — nesta casa não se chora, Burunga! E pior ainda homem de minha raça! Não me torne a outra! Não me dê mais parte de fraco! E tenha opinião, homem!

Em quadra de lua nova, quando então as inquietações o perturbavam mais, o coitado se desempacotava de seu exílio e saía vagando de casa em casa — ofegante! —

em busca de encontrar alguém que partilhasse as suas palavras de tresloucado, jamais graduadas; alguém que fosse receptivo de sua magia teatral.

    Agora que me engancho nos seus passos, tio Burunga, me acode que nenhum de nós dois poderia durar ali: não somos o gravatá atrepado na paineira. Aquele, sim, durão em demasia! Durão e feito de cautelas: mal a noite virava, ainda enublado em penumbras, recolhia os cristais do orvalho da madrugada em suas folhas impermeáveis, onde descansava o gole de água fresca para aliviar as horas mais abrasadas. Não conto as portas que lhe empurraram na cara atamancada, tio Burunga! Alegavam que quanto mais lhe davam atenção, mais você malucava aos borbotões, sem nenhuma noção de tempo, como se a vigília fosse um estado permanente não apenas seu, mas de toda a gente que porventura caísse na grande besteira de o acolher. Mas nada se perde, nem as vezes que o vi e escutei passaram em vão: o tom marginal de suas palavras cegas para os ouvidos do mundo ainda bolem com este seu sobrinho, irmanado com as suas andanças. Para quem tem vistas a enxergar, os seus destampatórios são luzes que retinem; o difícil é apreendê-las...

Tendo vivido um lote de anos agarrado a meu avô, pude observar e sentir muito de perto todo o peso de seus escrúpulos. Mesmo em certos relatos urdidos por seus inimigos a fim de lhe diminuir o renome, nunca ouvi escapar uma palavra, um murmúrio ou hesitante jeito de olhar que se insinuassem contra sua decência. Também nas andanças posteriores em busca do seu passado mais remoto que não cheguei a conhecer como testemunha, nunca tropecei num rastro pisado em falso que arranhasse o seu jeito sisudo de ser leal, nem alcancei memória de que ele tivesse avançado as mãos sobre a herança dos irmãos, encolhido ou agadanhado os seus bens de direito. Por isso, não me consta que ele tenha usado de suas prerrogativas de primogênito, e de inventariante do pecúlio do pai, para consolidar a hegemonia sobre os irmãos e estender os seus domínios.

É verdade, porém, que sempre foi o cabeça do modesto clã, o mais bem-posto na vida, aquele que decidia e determinava sem controvérsias, o parente a quem os outros procuravam de cabeça-baixa, às vezes em curvaturas de servidão, e sobretudo o homem que não pagava visitas — e ninguém reparava nisso! Se não chegou a ser uma espécie de mandachuva neste município, é porque nunca se enfronhou em política. Tanto detestava as cerimônias e ostentações oficiais que concernem a qualquer cargo representativo, quanto se enojava do palavratório e do jeito maneiroso de granjear estima e eleitores. Embora não lhe faltasse tento e autoridade para conduzir um rebanho bem maior, preferia mandar no seu mundo acanhado e mais dócil, encerrado no seu canto, onde era senhor absoluto e não necessitava de se dar a conchavos para continuar reinando. Mas nem por isso Tucão, ainda muito moço e já chefe do município, deixou de se aconselhar junto a ele.

Mas a reputação tão decente desse meu avô, e por tanto tempo falada... já não me exalta ou desvanece como antigamente, isto porque, além de se originar em atributos de honradez que já não me sacodem com tanta veemência o coração inflamado onde também lateja um outro sangue — me aparece deveras esmaecida pelo estatuto ponderável das contingências. Pelo que vim aprendendo pela vida adiante, no mapa deste município de onde ele nunca se afastou, me convenci de que todos os primogênitos homens aqui nascidos são indistintamente preparados e educados para o mando, desde muito cedo cumulados de regalias: são sempre os mais endinheirados, dão riscadas incríveis sobre os cavalos fogosos, mandam e desmandam sem dever satisfação a ninguém.

Enquanto isso, suas irmãs vivem a ciscar no borralho doméstico, entorpecidas pelos servicinhos miúdos — sem falas, coitadas! — buscando consolo em missas e novenas, nas procissões e nas penitências. Se casam, se tornam para sempre senhoras, cativas de garanhões e tamancudos; se ficam solteiras, que nem tia Justina, coíbem o corpo a ferro e fogo, sob cilícios e cordas, renúncias e pancadas. É toda uma estirpe de fêmeas caladas, que a tudo renunciam com medo de viver, de antemão resignadas porque lhe inculcaram o costume de não se meter em conversa nem segredo de homem, proibidas de saber e perguntar. Sem nenhuma motivação para as expansões, terminam se contentando com os bilros e as agulhas, no tece-tece agoniado das malhas onde se esfregam e se encurralam, de vez em quando estendendo a vista para a cancelinha aberta, por onde lhes chega a réstia pendida de um passado de falsas grandezas.

Aqui, esta discriminação sempre lavrou como que despercebida, sem ser contestada sequer pelas vítimas arruinadas, pelas perdedoras de todos os tempos. Virou palavra de lei em torno da qual, por muitos anos, todos sempre se curvaram, vivendo e se entendendo, prolongando assim as iniquidades abafadas. Desse modo, neste estranho conflito de imposição e obediência, em que os tutelados jamais ofereceram resistência ao primogênito — e se conseguiam por algum tempo se rebelar eram posteriormente decepados, segregados para sempre do convívio familiar — as qualidades de meu avô já não realçam como de primeiro... sua lendária grandeza se encolhe e se apequena... a antiga mariposa de luz se esbate e se adelgaça... a plenitude do mito se decompõe em leves flocos de lã de barriguda... o bloco monolítico se desagrega em frações de formas desdobradas que já não me trazem a vertigem das sensações soberanas, e que me obrigam a enxergar o mundo sob nova perspectiva...

12

Desde menina, sinhá-moça ainda botando corpo no convívio com suas bonecas de milho, minha avó foi duramente empurrada para o trabalho. Entre os apelos da mãe e a carranca do pai todo severão, teve sua condição de mocinha refreada contra as pequenas fantasias, os anseios ainda indecisos retalhados pela cepa, sem tempo de acalentá-los. Sem outra escolha, logo cedinho foi se despegando da infância, obrigada a manter parceria com os adultos que se levantavam para a labuta, mal principiava o canto-de-corrida dos vira-bostas. Sua jornada sem descanso começava aí, antes mesmo do lusco-fusco se coar pela telha de vidro da camarinha, onde a trouxa de seus brinquedos jazia esquecida no canto penumbroso. Daí até o fim da vida sempre assim adiantada em horas, todas as madrugadas ela tateava o vestido de riscadinho às apalpadelas, e saía para a luta, se antecipando à barra do dia que — repontada no horizonte do canavial — sacudia a cauda franjada de luz e rumores.

Mesmo depois de casada, consta que continuou aderente a esse hábito, sempre teimando em acordar mais cedo o seu dia, pontual partidária de todas as alvoradas. Uma vez senhora no novo engenho, revelou-se a seu marido melhor do que a encomenda. Nessa questão de horas, chegou ao topete de competir com ele, um notório afeiçoado às antemanhãs, um birrento que quando dava na veneta sacudia os agregados em horas incertas, ainda embrulhados no turvo da noite. Com esse gesto que imputavam a seu alvoroço, o sabichão ia espichando o seu dia em busca de um rendo mais generoso para o acrescentamento de seus cabedais. Era o meio que ele tinha à mão para encompridar o movimento de suas almanjarras, onde cada volta das éguas encambitadas se revertia num bom punhado de torrões de açúcar.

    Esse meu avô contava prazenteiro — mas não sem uma réstia de penumbra acentuando sua rouquidão — que nos bons tempos de fartura, verões marcados por safras de papoco e carestia rendosa para a sua bruaca, minha avó fora o seu braço direito, a melhor extensão de seus poderes. O rojão duro principiava logo madrugadinha, quando então ela obrigava a criadagem a dobrar as esteiras, arreliada com mais um dia de serviço que nascia cedo demais e se espichava com lerdeza até as ave-marias. Sem mais tardança, ia recomendando a um e outro as suas tarefas, apressada em fazer cumprir as suas ordens com a dureza que se despegava da voz enérgica e dos olhos vigilantes.

    Nesse tempo a que meu avô se reportava, entretendo as suas saudades, eles contavam com mais meia dúzia de criados que trafegavam da casa-grande para o Engenho, desempenhando lá e cá alguns serviços avulsos, aperreados entre os gritos do patrão e a intransigência da ama. Como não cheguei a tocar nesse desfeito passado de abundância, sinto um ressaibo de coisa perdida por não ter memória dessa pobre gente que me antecedeu na paisagem de minhas melhores reminiscências. O pouco que daí sei por ouvir dizer não chega para me reconfortar. Desse tempo até os primeiros dias em que essa avó se embrulha nas minhas lembranças, estira-se um decurso lacunoso em que o massapê se retalhou em pedaços, o velame e a jurubeba comeram metade dos canaviais, os bichos rebentaram de sede e o grosso da criadagem sumiu no mundo. Nada enxergo no lombo desse intervalo nebuloso, pontuado de perdas e mudanças... ruínas e extravios: enseada vazia... ânfora de vozes inomináveis...

Quando então o meu entendimento deu conta dessa minha avó, já não encontrei senão alguém de corpo mirrado e costas arqueadas, sempre com as mãos ocupadas, e encostada em duros silêncios! Para se desincumbir de todos os encargos, ela passara a se arranjar então apenas com Sinhá Jovência e João Miúdo, comparsas entre si, e também seus parceiros de renúncia e sofrimento. Embora a casa-grande continuasse cheia de trabalho em toda a sua extensão, a cuja fadiga se somava a labutação com a netaria que ia aumentando de ano a ano, esta avó foi ficando mais arredada no seu canto, menos servida e mais só. Desde então, só consigo enxergá-la no adro da trabalheira medonha que se desdobrava no círculo dos dias e das noites.

Esse pelejar ininterrupto mais se gastava no capricho de bem cumprir as ordens de seu marido e senhor, no afã de melhor servir a sua gente numerosa, sem jamais se deixar ultrapassar! Estranhas regalias de senhora de engenho! Fadada a se consumir assim no esfrega-esfrega das jornadas, seu espinhaço foi se curvando, o pequeno corpo enrolado se desmanchando em pregas até diminuir o espaço físico que ocupava, teimando em desaparecer comprimido num resto reduzido de pessoa. A precoce anciã que sempre fora, por conta dessa faina desatada, terminou grudada no rosto chupado, copiada na dureza do perfil ossudo, audível nos muxoxos com que desdenhava das alegrias.

Creio que já inteiramente automatizada, todas as manhãs ela agrupava os inúmeros quefazeres numa única mirada, pronta a se botar para o trabalho, em cujas tarefas mais pesadas se revezava às vezes com Sinhá Jovência. Entretanto, havia três ocupações de que ela era muito ciosa e até ciumenta; se esfalfava por cumpri-las não querendo nelas a mão metida de nenhum intruso: era a lida com a sua bicharada, o ritual de acender e vigiar o fogo e o cultivo de seu roseiral.

Ainda agora revejo o seu vulto esguio se movendo e se esgueirando nas sombras, quando então se avizinhava de mim e deixava o quarto na ponta dos pés calçados a paina-de-seda para não desmanchar o sono do neto que ela não sabia acordado. Contornava a cômoda de enormes gavetões, abria e encostava a folha da porta sem o menor ruído, e lá se ia... toda embrulhadinha no velho xale de lã. Só depois de atravessar o longo corredor, tendo em conta que já não incomodava o sono de ninguém, aí então ela se desatava e se descontraía, arrastando as sandálias, se era verão; ou batendo os tamancos, se era inverno; sempre tangida pela cadência dos passinhos miúdos que a levavam para as bandas do galinheiro, porque a primeira atividade de seu dia era correr os olhos pelas suas aves de estimação, encher-lhes o papo e soltá-las para ganharem o mundo e ciscarem no imenso viveiro do pasto da porta, com suas pedrinhas e lagartas, suas bostas e insetos.

Ainda dormitando sonolento na umidade da rede urinada que ela mais logo estenderia ao sol, chegavam aos meus ouvidos de menino os seus gritinhos de xô galinha... xô galinha... secundados pelo abafado tropel das aves que se atropelavam entre si para disputar a ração de milho que ela recolhia da urupemba e atirava para as nuvens aos punhados, de onde provocava a chuva de pedras, o granizo dos grãos dourados. A seguir, dava-lhes de beber despejando a água clara da cacimba na gamela de mulungu; depois, pisava milho para os pintos com a velha pedra já entalhada com a marca de seus dedos, e se punha a raspar a sujeira da precária dormida deles — improvisada contra a sanha dos saruês — com o pedaço da faca-estrela enferrujada, punhal de lume e prata em cujos lampejos ela continua se refletindo no pouso da aura mítica que recolho e multiplico, desdobrada na minha saudade.

Mas não parava aí o cotidiano labutar com sua bicharada. Lidava com outros viventes desse reino variado, desde que, ou útil ou vantajoso, cada um deles mostrasse a sua serventia. Nada de cuidados com passarinhos, com bichos ociosos que nada rendiam, criados somente para enfeitar os olhos e cagar a casa. Lá isso, repisava contrariada: não e não! Não dispunha de tempo para gastar à toa com bichos luxuentos e imprestáveis, sem se falar no despesão do de-comer, no dinheirão perdido, no ouro atirado fora. Criação de mão cheia e de não se botar defeito não tinha como porco baié: com uma raçãozinha minguada e meia dúzia de meses, engordava de arrastar a barriga no chão, todo rechonchudinho de tão cevado demais. Por isso, lá vai ração larga e sem avareza: milho de molho, aipim quebrado, sobras de comida, roletes de cana, salmoura da charqueada, vísceras dos bichos miúdos e muitos outros refugos e rebotalhos destinados a abarrotar o cocho de putumuju reservado à engorda dos bacorinhos.

Também mexia e vascolejava — vigorosa! — o pirão do cachorro Zé Rufino, que aprendera a pastorear as ninhadas de pintos contra o assalto malicioso de gaviões e carcarás. Sonsos, os miseráveis! Aparentemente ausentes e distraídos, flutuavam parados e silenciosos na mais inocente levitação... sessando... e peneirando; mas vivo o instinto de rapina, o gosto de sangue dardejando no espelho dos olhos. Esquadrinhavam minudentemente sombras e volumes, dobras e buracos. Pinto à vista, instantaneamente a mansidão se desmanchava na caída precipitada do voo certeiro e vertical, os punhais recurvados escorregavam da bainha felpuda da plumagem... e se Zé Rufino não se apressasse a acudir a tempo, com as ladradas que estrondavam e a gana de suas dentadas — minha avó encabritava-se contra sua moleza em fúrias medonhas, porque... era uma vez um pinto que piava...

Contra as ratazanas e os calunguinhos, ela mantinha uma gataria numerosa que nem um pelotão de capangas, a quem deitava um pouco de mingau ou angu num alguidar de barro desbeirado. Concedia-lhe apenas uma porção magra e muito reduzida, aquém do suficiente para bem alimentá-la:

— Só assim, meu filho, essa raça de bichanos não se torna pachorrenta e moleirona, preguiçosa demais, que gato de barriga cheia não presta pra nada... vira relasso e mandrião... compadre de rato... padrinho de ninhadas de afilhadinhos que se multiplicam aos tufos, e danificam legumes e cereais que é um deus nos acuda! Quem quiser que mantenha esses diabos de tripa forra... pra ver só o tamanhão da desgraceira!

Nunca pude entender bem a sua ciumada em relação a esses animais cuja fome ela socorria maquinalmente, até mesmo com uma pontinha de fastio entrando pelos empurrões, sem jamais parar sobre eles um olhar mais demorado, ou demonstrar qualquer outro pequeno gesto de amorosa atenção. Já quando lidava com o fogo, seu semblante exprimia reações mais amenas: quem a olhasse fundo e com cuidado podia adivinhar na sombra da face um prenúncio de excitação jovial e sua remota promessa de entrega. Mas só mesmo em relação a seu roseiral é que ela pelejava mas não se continha, arrastada (a contragosto?) por uma mão maior do que ela, que escancarava a sua afeição sem nenhum rebuço.

Quantas vezes a contemplei dobrada sobre o fogão da cozinha! Acima da fornalha de chamas e brasas, estendia-se a negra chapa de ferro, aberta em oito bocarras de tamanhos diferentes: anéis ardentes onde se apoiavam panelas e caçarolas, caldeirões e frigideiras, todos impiedosamente lambidos por mangualadas de fogo, carregadas de hálito queimoso, tisnado de fuligem. Revejo-a assim arqueada, no amiudado tosse-tosse, aplicada em atear a chama tremida do fósforo nos cavacos secos e maravalhas inflamáveis, pequenos flocos retorcidos, cheirosas escamas cacheadas que Bertolino escapelara, ao aplainar os fornidos esteios de aroeira. Ela inchava as bochechas enfunadas de ar no sacrifício de atiçar o fogo, de avivar o lume das primeiras brasas que iam nascendo das mais delgadas lascas de lenha. Deitava ali o seu alento em assopros prolongados, insistia em gastar o seu vigor obstinadamente, teimando contra as chamas preguiçosas, até que uma faísca tremeluzia... rastejava... tornava a se aquietar... e corria deitada... de repente levantando na ponta dos tições, para enfim virar luz que reverberava os toros de lenha seca. Ligeiras... as réstias das labaredas mais atrevidas riscavam a sua testa de ouro, acendendo-lhe o rosto lepidamente agradado. Aí então, era muito bonito vê-la ocupada a vigiar o fogo, a domar as chamas do melhor modo possível, a amestrá-las a seu jeito, como se realmente carecesse de partilhar um pouco de seu calor. Mais bonito do que isso, só mesmo quando ela se quedava toda contemplativa e acobreada ao pé do fogo, atenta a seus estalos e acrobacias, devorando-o com os olhos incendiados, como se quisesse engoli-lo a bocadadas, como se as labaredas se insinuassem metendo por dentro dela o desejo de também se esbrasear e comburir para renascer numa outra vida e num outro mundo.

Quando ela topava com uma fornada de lenha verde, porém, esse ritual virava o mais torturante sacrifício. A fumaça espessa se endiabrava enrolada em caprichos, invadia a cozinha com a densidade irrespirável se avolumando. Aí então gente e bicho sufocavam, corriam dali tangidos dos cachorros para apanhar seu gole de ar mais adiante e bem depressa, porque a invasora perseguia e proliferava em rolos cada vez mais cerrados. Sem conceder nenhuma trégua, a condenada se enfiava por frinchas, portas e janelas, se alastrava pela casa adentro à cata não sei de quê, para mais adiante se adensar e sair enfileirada procissão, puxada pelo fôlego do vento. Para afugentar a demônia, esconjurá-la com todas as cruzes e benditos contra o seu poder de expansão, só mesmo o ânimo inquebrantável desta minha avó! Suas abanadas revoluteavam numa cortina invisível que avançava compacta, obrigando a fumaçada a se recolher ou evadir-se com os seus papos de resíduos irrespiráveis, ali no peito a peito renhido e porfiado. Muitas vezes, depois de aparentemente domada e vencida, essa encoberta manhosa repontava ainda mais forte, toda solerte e faceira, embrulhada no requebro das passadas macias. Mas nem por isso minha avó corria do desafio! Dessa peleja reacendida, ela se desobrigava sozinha, sem carecer de socorro!

No curso de seu ofício de iluminadora, em todas as bocas de noite, assim que meu avô chegava do Engenho, ou se apeava do cavalo ainda recendendo a sua lavoura, pronto para o banho amornado que lhe era servido numa grande bacia de zinco — ela então se movia silenciosa, abafando os rumores para não incomodar a paciência de seu homem, e se punha a acender candeeiros, lamparinas e lampiões, e mais os círios da Imaculada Conceição, madrinha de meu avô, e por fim o fogo votivo de azeite de mamona, com a sua luzinha trêmula de canoa perdida e desgarrada, boiando na moeda de cortiça que flutuava alumiando e velando até de manhã a santaria toda contrita do oratório que de dia recendia a rosas; de noite, a morrão de azeite.

Ela mesma me contava que o hábito de se dar assim ao fabrico desses bicos de luzes remontava à sua meninice, quando então se iniciara com muito gosto e curiosidade no amanho das mechas rudimentares, preparadas a mamona e algodão cru. Colhia, no próprio quintal do engenho dos pais, um bom punhado de sementes de mamoneira e punha ao sol para secar, até que a quentura rachasse o capote áspero que ela retirava com as mãos, fazendo brotar de dentro a capela pintada, chuviscada a preto e branco. Pegava de um pauzinho qualquer e batia nessa casca interna a fim de removê-la e obter o miolo alvo. Juntava então esses caroços desnudos a capuchos de algodão e pilava-os assim misturados até conseguir uma única mecha empastada que ela tomava nas mãos para abri-la e rolá-la numa tábua lisa em contínuos movimentos de vaivém, até conseguir um pavio comprido e cilíndrico. A seguir, fazia dele uma rodilha e a deitava na candeia apropriada, com a ponta dependurada do bico saliente, preparada para receber a chama no curso das noites, e onde ela ateava fogo com uma brasa assoprada. Quando, depois de uma boa hora de consumo, a pequena labareda vermelha ia enfraquecendo, ela então batia com um pauzinho no toco de carvão já comburido, e desenrodilhava mais dois centímetros da mecha, repuxando a ponta do pavio torcido, onde ateava nova chama e nova vida.

No andamento de sua intimidade com lenha e labaredas, ainda acendia, de semana a semana, o fogo da trempe de pedras no canto do terreiro, onde cozia a fumegante tachada de sabão à base de soda cáustica e sebo de carneiro. Nesse mesmo vasilhame de cobre fabricava o oloroso doce de araçá, não do cagão, mas do verdadeiro e graúdo, de ácido sabor inconfundível. Nos anos de boas safras dessa e de outras frutas, ela não largava da grande colher de pau até abarrotar a despensa com sua provisão de latas cheinhas de doces, que não só eram consumidos por patrões e empregados, como também presenteados a parentes, amigas e comadres.

Ali no Murituba, pouca coisa se comprava para o consumo: quase tudo era de lavra, como dizia meu avô, esporeando o seu orgulho com a roseta do vozeirão arroucado. E minha avó, além de cumprir todas as obrigações de dona de casa, era, também, desde a hortelã que amanhava a terra para o cultivo de suas flores, ervas e verduras, até a artesã amestrada, cujas mãos de exímia bordadeira sabiam arrematar com perfeição tudo o que produzia de útil para o consumo de sua gente. Lutava com tudo isso com a intenção de ajudar o meu avô, de remediá-lo contra os gastos sem retorno de que ele tanto se queixava à medida que ia ficando mais velho, arrepiado contra o mundo.

 Numa disposição verdadeiramente inquebrantável, esta dona de casa de mão cheia preenchia o seu dia com as ocupações que se comprimiam umas sobre as outras, porque se não andasse bem depressa, as horas todas do dia não chegavam para tanta lida. Tomava a peito até mesmo os serviços reservados à força masculina. Quando necessitava urgentemente de água, e João Miúdo estava por longe, cumprindo alguma ordem de meu avô — seus olhos o buscavam da janela da cozinha, secundados pela voz que se alteava esganiçada:

  — Aviiie... João Miúdo... já passa da hora de puxar ááágua...

 Se ele demorava mais do que ela poderia esperar, ou porque estivesse fora do alcance do chamado, ou porque se fizesse de surdo, procurando ganhar um tempinho contra a trabalheira danada — essa mulherzinha decidida arregaçava as mangas do casaco de riscadinho, atirava o balde para dentro do buraco cilíndrico e, segurando a corda com as mãozinhas miúdas, ia deixando que ela se desenrolasse resvalando no eixo do carretel de sucupira até que a vasilha enchesse lá na água do fundo. Aí então, fincava pé como um negro-macho, comprimia a boca emurchecida, e ia recolhendo a corda áspera de tucum com a força das duas mãos crispadas, de vez em quando entortando a face contraída pelo esforço para enxugar no ombro o suorzinho que porejava da testa, até trazer a água cristalina para fora da cacimba e despejar na talha bojuda, que tinha um pano de saco amarrado pelas goelas, a modo de coador onde se depositavam sujeiras e impurezas.

Repetia essa manobra fatigante tantas vezes fossem necessárias para encher o enorme ventre de barro vermelho, onde o líquido permanecia repousando, provisoriamente interditado à sede de todos nós. Aí devia se conservar recolhido religiosamente por toda uma noite, em cujo decurso ia se depurando e esfriando, protegido pela vigilância de minha avó. Com suas rondas inesperadas de espioneira, ela se multiplicava em súbitas aparições de ente adivinho. Meninos e empregados, quantas vezes caímos de susto! Nunca pudemos entender como ela atentava inesperadamente em pequenos furtos e traquinagens que a outros passavam despercebidos! Fosse alguém enfiar o caneco naquele remanso de águas quietas... e logo ela surdia invisível com suas tiradas secas, a voz crispada lascando tiras de pedra! Malinasse ali o atrevido para ver só o esculacho que levava! Logo virava porco imundo na repulsa do grito que escabriava, arrematado por puxões de orelha que ardiam como o diabo. Só no outro dia, ela transportava para potes e moringas a água cheirosa, dormida e bem assentada, finalmente apropriada para o consumo.

Crueldade! No meio de tanta consumição, ela tomava da corpulenta mão-de-pilão — um toro de pau condenado pelo seu peso de chumbo, dizem que até pelos cativos de antigamente — torcia um pouco o espinhaço e investia obstinada na cadência das pancadas sacudidas com valentia, esquecida de amansar a tensão que lhe subia dos braços. Do sobe e desce das mãozinhas agarradas no terrível pedaço de pau, sabíamos que, depois de quebrados, os grãos se desmanchavam em aromas deliciosos. E nenhum de nós botava reparo na violência desse esforço! Sequer pressentíamos que a criaturinha franzina mal aturava o rojão de boi erado, aguentando a pulso a empreitada que até Sinhá Jovência recusava, com medo de se arrebentar. Socava os grãos de milho para o preparo do fubá de cheiro rijo que então saboreávamos, misturado ao mel de engenho do melhor partido de cana, do bem-bom da safra. Um mel sem precedentes, sonoro e encorpado, cujo aroma caudaloso se deflagra da raiz de minhas origens, e em cuja fundura continuo imerso, prolongando como posso o meu mergulho. Tanto esse costume se repetia inalteravelmente em todos os dias que, muitas vezes, incomodado na sua brevíssima madorra dos domingos, meu avô cantarolava da barriga de sua rede:

"Neste Engenho Murituba
ninguém pode descansar:
com a pancada do pilão
com o cheiro do fubá."

Com o impulso do mesmo desespero, ela também socava a carne-seca com farinha de mandioca que, machucadas assim juntas, se convertiam na saborosa paçoca sertaneja. Ainda na bacia do mesmo pilão de braúna, três vezes por semana quebrava os grãos de café torrados por ela mesma. Com esse pequeno ritual, agradava filhos e netos, que em silêncio reclamavam café fresquinho, se possível pilado na hora, ainda exalando o cheiro das pancadas. Se consentíamos em bebê-lo pisado de véspera, era como se lhe fizéssemos uma concessão. Somente ela permanecia à parte como uma segregada do paladar, indiferente a essa veleidade do gosto que preparava e fervia para o regalo de todos nós. Contentava-se com qualquer sobra que sustentasse o pequenino corpo, visto que desde menina se habituara a não ter preferências, viúva antecipada de qualquer escolha. Pisava esses grãos com tanto empenho (ou desespero?) que os transmudava no mais aromático pó de poeira, muitas vezes quebrados, moídos e remoídos, justamente como ela percebia que gostávamos, adivinhando a exigência que lhe era imposta sem carecer de palavras.

Foi essa avó assim à sua maneira submissa e sem arrebiques, algemada no inquieto labutar silencioso, quem me ensinou (em vão?), com o refrão de sua prática rotineira, as primeiras lições de dureza, o jeito descarnado de aceitar em linha reta os infortúnios, o modo mais cru de domar o quinhão de dores batendo na desgraça de cara, aparando as cacetadas no lajedo do peito. Não sabia sequer implorar com a chama dos olhos! Sempre descera aos abismos que lhe couberam sem estugar o passo firme, a mão ensopada nas feridas. Nada de coleios nem atenuamentos, nada de melindres ou eufemismos! Com a mesma serenidade imbatível, sempre a vi se sobrepor aos assaltos que desencadearam a decadência de meu avô e aos novos tempos que regularam a prosperidade dos filhos, que nem sempre souberam preservar a sua inteireza, ou eximi-la dos dissabores que encurtaram a sua vida. Já minada pela metade, com as quizílias que se repetiam entre eles, muitas vezes punha-se a chorar consigo mesma, mas só nos seus refolhos de muito dentro! Nem esses desenganos foram capazes de amolecê-la: continuaria imperturbável até o fim, como se jamais houvesse esperado a menor gentileza de algum deles, acomodando esse pedaço travoso sem romper em desatinos, sem voz de gente para pedir piedade, sem dividir com ninguém o sangue pisado e moído.

Na situação oscilante em que me encontro, essa secura tem sido para mim fonte abundante. Quando mais me sinto perdido e encurralado pelos temores, a palavra lamentosa já pendurada dos lábios, é nessa avó devastada que reabasteço as forças e recobro novo alento, o suficiente para engolir em seco e abafar o queixume ainda não verbalizado. Sufoco então o quase grito de socorro no poço calado das agonias, ciente, como ela me dizia, de que nos bastidores de qualquer ato de solidariedade humana se abrigam tramas e ardis da farsa bem ou mal representada:

— Se enrosque dentro de si mesmo, meu filho... se dilua em pó... mas não se fie em bondades de ninguém!

13

Ontem à tardinha, relutava em riscar alguns exageros com que sobrecarreguei a minha avó — ainda trespassado pela ternura de puxá-la para tão perto de mim — quando o carteiro me trouxe um pacote da Livraria Modelo. Imediatamente cortei o barbante a canivete, desembrulhei os dois livros que há mais de três meses pedi pelo reembolso postal, na intenção de me municiar contra as reações imprevisíveis do júri — e por um momento me pus a decifrar a capa ora de um, ora de outro, já ansioso de desvendar o tipo de ajuda que tinha nas mãos e que me chegava numa hora ainda providencial, apesar dos meses de atraso. Como não tenho a quem confiar os temores por que tenho em vão lutado para esconder de toda a gente, achei que só com esses amigos surdos poderia me aconselhar.

Tomei nas mãos o volume mais vistoso e aparentemente vulgar, como se guardasse para depois o bocado mais saboroso; li a introdução pela metade e fui virando algumas folhas ao acaso, lendo um trecho aqui outro acolá, confirmando pouco a pouco a má impressão inicial, com o mesmo muxoxo com que meu avô reconhecia os homens cujas feições desajeitadas lhe pareciam irreconciliáveis com o trabalho que tinha por fazer no Murituba. Pelo que pude apanhar dessas linhas onde corri os olhos, presumo tratar-se de uma obra despretensiosa, simples divulgação de algumas lições práticas com um inventário de recursos já bastante sovados sobre o domínio do sistema nervoso. O cérebro recortado na capa em cores espalhafatosas, mais o título chamativo, realmente se congruem com um certo público que justifica os milheiros impressos nessa edição.

Já desenganado do auxílio que esperava tirar dessas páginas, dei de mão ao outro volume, assinado por famoso filósofo, e me compenetrei para abri-lo ao acaso, como se fosse colher de suas entranhas de sereia o rumo de minha sorte, realmente convencido de que a primeira frase onde pregasse os olhos me revelaria, certeiramente, a predição de meu destino. Aí então, instantaneamente, num único movimento conjugado, reabri o livro e os olhos na página 99, onde li alto para mais enfaticamente me convencer: "o riso é antes de tudo um castigo. Feito para humilhar, deve causar à vítima uma impressão penosa". Fechei-o mais que depressa num ímpeto que me tomou as mãos, como se me preservassem contra a frase seguinte, já condoídas desse mau augúrio, como se de súbito houvessem escutado o grito fedorento do rasga-mortalha, num encontrão que veio avivar o suplício que me espreita, e de que estou separado apenas por um par de meses. Ainda ouço a cabeça se lascando, pendida sobre a chifrada na boca do estômago: espasmo terrível e doloroso, repuxão que me rasga em tiras, talho de faca cega, carnegão lancetado a unha de tamanduá, ferida rebatida a cabeça de martelo.

No mesmo instante, assim desse modo devastado, perdi a curiosidade de me inteirar do conteúdo de ambos os volumes. Sequer me dei ao prazer de papariçar página a página, como costumo fazer quando tenho entre as mãos um livro novo, a ponto de periciar com a ponta dos dedos a sua textura, e mesmo cheirá-lo de relance, procurando de algum modo apreender uma certa magia que, cingida a preto e branco, daí se exala. Embrulhei-os então no mesmo papel-chumbo que me chegou do Correio, e fui logo trancá-los à chave, no gavetão do quarto do arquivo, abrigo onde ainda retenho, contra mim e contra o mundo, os retratos e os bilhetes de Luciana. Depois voltei a esta cadeira de couro onde escoro as espáduas, tampei a velha Remington com que tentava em vão diminuir a romaria das canseiras de minha avó — e me quedei aqui... abismado dentro de mim mesmo, matutando... matutando... a braços com esta ansiedade que não me dá descanso, e atropelado por tantas esbarradas desconexas das forças que me querem jugular. Horas e horas assim passei, sem conseguir me fixar em nada, fitando estes altos janelões como um apalermado, estas paredes quadradas e caiadas de cujo reboco pende a estampa de Chagall como uma rosa rubra que se despetalou no sonho em que vivi numa hora desmedida de combustão. No meio de tanta coisa reticente que me ia azedando as entranhas, fui correndo a mão pelo copo e bochechando o meu gole de aguardente, que atirei às goelas não sei quantas vezes, sempre seguido das baforadas de fumaça por onde tragava e procurava cuspir o magote de ruindades e apreensões, até me sentir entorpecido e derrubar o peso sobre a cama.

 Como abusei do diabo da pindaíba, hoje acordei com o estômago sensível como uma ferida aberta, onde tia Justina pelejou para derramar o seu café fervendo, sem desconfiar das minhas mãos trêmulas nem da boca mais azeda, uma vez que não rosnou as suas reprimendas costumeiras. Assim arrastei este meu dia, entregue a uma moleza desgramada, sem apetite para o feijão e a leitura, a duvidar se esses livros me trarão mal ou bem. E tenho de me haver sozinho! Certeza, aliás, caduca de já sabida. Por acaso algum vivente, na sua hora mais difícil, teve alguma companhia? Decerto que não e não, e Deus me livre que alguém me saiba interessado nessa matéria de conter os nervos e os apeirreios. Seria como se me desvendassem inteiro, como se apanhassem todos os meus trunfos contra estas mãos indefesas. Agora... neste prenúncio de noite, as energias vão se avivando e já começam a vencer a indolência. Para não continuar parado, de ilharga aberta às fantasias inimigas, enquanto não me decido à leitura dos livros, vou reencetar a caminhada em busca de meus avós, onde felizmente tenho me entretido horas e horas, até me sentir burro e cansado.

É difícil avaliar com segurança se meu avô, casando aos vinte anos incompletos, atendera mais a seus projetos utilitários de moço dado ao trabalho, ou aos impulsos e solicitações de tão jovial idade. Esse evento está tão distante, abafado por tantas mudanças e silêncios inapreensíveis... que até tremo de sopesá-lo. Além do mais, no meu convívio com esses avós, eles já eram tão avançados de idade, que certamente nada mais guardavam dos arroubos dos antigamentes. Nos casos assim difíceis de avançar um parecer, manda a prudência que melhor é calar ou contar o bem miúdo, sem nada concluir nem sentenciar, que é para iludir as injustiças.

  Resolvido de uma vez por todas a montar casa e família, e há muito tempo de caso já pensado, meu avô mandou escovar o cavalo rosilho, arreá-lo com a sela nova de Jequié, e se botou para o engenho do futuro sogro — um graúdo que tinha fama de sovina — logo mais riscando no terreiro da casa-grande a fogosa montaria. O dito-cujo da mão amarrada o recebeu familiarmente, de tamancos e folgada roupa de algodão cru, apressando-se em introduzi-lo na sala de visitas assoalhada, curioso de ouvir o particular que o moço lhe solicitara. Estendeu-lhe a mão indicando uma das duas cadeiras de palhinha com braços, e aboletou-se na outra, frente a frente. Aí então o pretendente (não sei se desajeitado ou nervoso; fica muito difícil imaginar meu avô pouco à vontade) despejou ali nas barbas do velho, sem panos mornos nem meias palavras, que desejava montar casa, sim senhor, casar com uma de suas filhas, naturalmente na Igreja e no Cartório, tudo muito limpo e de papel passado, na ordem de Deus e dos homens, se caso a mão de uma filha sua lhe fosse concedida.

    O velho ouviu tudo muito empertigado, com a cara sisuda mais inexpressiva. Pigarreou, tomou uma dedada de rapé para ganhar tempo, estendeu o tabaqueiro para que meu avô se servisse, e levantou-se de súbito, sem sequer pedir licença, desaparecendo em seguida pela porta que abria para o corredor comprido. De lá de dentro, mandou que uma negrinha servisse ao candidato, num pequeno cálice de cristal bacará e salva de madrepérola — que mais tarde vi na casa de meu avô —, o licor sépia e fortemente oloroso de jenipapo, muito encorpado no sabor vinhoso. Neste entretempo... o velho demorava... demorava... Lá por dentro as falas cochichadas se confundiam com o abre e fecha das canastras e o ranger dos gavetões; cá na sala, meu avô se diluía em impaciências, esfregando o lenço no carão suado e batendo salto e ponta da bota de cano longo sobre as tábuas de quiri.

    Um tempão depois o pai veio vindo, se deixando anunciar pelo eco anavalhado das passadas lentíssimas que lancetavam o meu avô. Vinha de cara rapada, paletó de brim mescla e roló de couro de vaqueta — todo compenetrado em conduzir as seis filhas igualadas pelos penteados idênticos que uma mão madrasta e coletiva espichou até deixá-los lambidos e bem repartidos no meio. Também iguais deviam ser os espartilhos apertadíssimos em que elas chegaram amedrontadas e espremidas, como se fossem todas juntas uma só. Contrastando com essas mocinhas aparadas de sua individualidade, se impunha e abria caminho a personalidade da mãe, emparelhada com sua beleza arrebatadora. A mesma cujo retrato a preto e branco eu mandaria reproduzir e ampliar, só pelo gosto de ver se avolumar e se expandir alguma coisa de extraordinário e estonteante que anima a sua fidalguia: tem o olhar altivo desviado da câmara, lá bem adiante perdido em lonjuras inacessíveis... A gola do casaco é curta e está suspensa, se abrindo em riscos de leveza para mostrar o prenúncio do colo, só o tantinho de ostentar o medalhão que pende da gargantilha rendada. Os cabelos, da seda mais preta, se despencam ladeira abaixo para esparramar sobre os ombros a profusão de cachos. Esta silhueta que vejo daqui, de tal modo me arrebata, que de repente... bate a pestana, ondula as espáduas e caminha da sombra para repousar nos meus olhos os seus movimentos retidos.

Como um pastor que tange o seu rebanho domesticado, o velho ordenou que as filhas formassem, por ordem de idade, um semicírculo diante de meu avô. Assim expostamente desprecavidas, sem tento nem ação, pareciam um magote de borregas encangadas pelos pescoços, incapazes de um gesto de resistência ou um laivo de firmeza. E agarrando com força o braço da mulher — como se temesse que por sua esplêndida beleza o pretendente pudesse confundi-la com uma das filhas —, o quase sogro lhe respondeu, antes mesmo de saber qual a filha que estava sendo pedida:

— Sim, senhor! Seu pedido está aceito. Esta aqui é a minha; das outras todas escolha a sua, a que caiba melhor no seu agrado.

As mocinhas, já cientes da cerimônia para a qual se aprontaram empurradas a contragosto, esperavam a sentença mudas de expectativa, encolhidas umas sobre as outras, e esfregando nos olhos encabulados o brilho do pudor ofendido. O que se teria passado em cada uma daquelas cabecinhas, naquele momento de espera e perplexidade? Como se teria sentido a caçula delas, uma menininha brincalhona de treze anos incompletos, na iminência de ser apalavrada por um estranho, que apenas esperava a cedência do pai para desferir o bote? Se o único sonho que acalentavam nas noites ermas do engenho era um casamento por amor, uma vez que nenhuma outra escolha, senão o convento, lhes restava nas voltas do mundo fechado de mocinhas, como terão enfrentado ali o avaliador, assim oferecidas como mercadoria? E se alguma delas já embalasse em silêncio o seu eleito, se já vivesse da contemplação de algum semblante ausente e estremecido, como aceitar a barganha sem se estropiar inteira? E se a escolhida enxergasse em meu avô apenas o pai de chiqueiro imundo e repulsivo, como abrir o corpo intocado ao odiento na agonia das noites de chuva e vento? Diante dessas hipóteses sobre o insondável, meus problemas se encolhem numa rodilha de nada; perdem, por um momento, a dimensão trágica que lhes atribuo, naturalmente levado pelo desencanto.

Para o noivo, porém, as coisas se passavam de outro modo. Nessa cerimônia toda, ele é quem escolhia e determinava: ele era o homem! Há muito já urdira os seus planos, com vagar e paciência de quem não sabe perder, avaliando os prós e contras de sua seleção, decidindo de antemão a sua escolha. Do bojo de sua firmeza, sem jamais haver consultado a preferida, e sem hesitações ou titubeios, ele optou pela mais velha entre as seis, a mais miúda e franzina, apertada entre as outras, e quase despercebida. A segurança do noivo a requerendo assim sem um olhar de agrado nem uma palavra macia já prescrevia o seu mando definitivo sobre o silêncio da noiva. Assim seria, avozinha, pelo resto da vida, assim seria!

14

Já não conto as vezes em que me ponho aqui de mão no queixo a ruminar... e ruminar... tentando em vão adivinhar os critérios que levaram o meu avô a se decidir em favor de minha avó, preterindo assim outras irmãs mais novas, mais sumarentas e vistosas. E o que costumo apreender desta fotografia que o flagra no exercício de uma audiência, somada à rudeza que destinava a sua mulher, e ao resto de tudo o que me lembra o seu perfil e as suas maneiras — certamente não são rubores que sobem do coração. Agora mesmo, nesta teima de pôr em letras a sua escolha, descanso as mãos sobre a velha Remington, levanto a vista até o porta-retratos, e nada encontro aí que me fale de delicadezas de alma. Mas, por outro lado, não posso esquecer que aos vinte anos de idade as motivações do coração são decisivas. Que posso saber dos impulsos de meu avô quase um adolescente, rapazinho ainda solteiro e decerto talhado a golpes de ilusão, se já o encontrei de sangue abrandado e com mais de quarenta anos de casado? Assim mesmo, sem minimizar nem um pouco o concurso das incertezas que me embaraçam, me toma um ímpeto de querer ir adiante para saber mais e mais, sobretudo agora que me encontro encorajado por certas intuições que me foram surgindo enquanto revivia a luta renhida de minha avó.

Levando em conta os seus hábitos, a fala de seus parceiros de idade, e a experiência que apanhei de sua companhia, presumo que meu avô tenha dado preferência a minha avó por força também de outros atributos, além dos emocionais. Que outras razões seriam estas? Descarto antes de tudo o interesse pecuniário porque, apesar de ser o mais frequente entre as pessoas que se casam, ele sabia muito bem separar a natureza das coisas: não misturava dinheiro com afeição, nem perdia o sono procurando conciliar esse conluio desajeitado. Além do mais, aqui nos limites deste município, jamais coube a alguma filha mais velha maior partilha dos bens herdados, ou quaisquer outros privilégios, senão a incumbência de trabalhar como uma moura para ajudar a mãe a criar os irmãos. O primogênito homem, este sim, usufruía um lote de prerrogativas que faziam dele, desde cedo, o prenúncio de um maioral. O irmão mais velho desta minha avó, por exemplo, um sovina proverbial que de muito farto só tinha amáveis palavras de agradecimento com que pagava os favores que não cansava nunca de pedir — deu um jeito de meter a mão na herança de todas as irmãs, inclusive nas terras de primeira que couberam a minha avó. Quando via dinheiro, o danado se sacudia todo, a dentuça embicava, a venta virava um fole e os olhos coriscavam. Por uma boa légua de massapê escuro e barro vermelho, pagaria à minha avó apenas uma pechincha, naturalmente embrulhada em falas bonitas.

    Mesmo ciente das intenções desse somítico que lhe frequentava a casa, o orgulho de meu avô o levaria a manter-se acima dessas pendências de herança. Inchado da besta vaidade, ele lavou as mãos machetadas de pudor, e entregou o caso a minha avó, que não sabia senão abaixar a cabeça a seu irmão mais velho. Após uma custosa e reticente transação, a lograda receberia dele a porcaria do dinheirinho, acabrunhada e desdenhosa, mas sem recriminar nada-nada, porque para ela palavras eram apenas palavras, um punhado de sílabas intransitivas que não valiam o preço das aperreações, visto que no final das contas todos cairemos no mesmo buraco bem preparado.

Altivo e desapaixonado em relação a esse negócio esquisito em que, sem dúvida, ele era o maior perdedor, meu avô continuou indiferente e digno, sem jamais permitir a mais leve referência ao assunto, e sem deixar de continuar assistindo esse cunhado fominha através de todo um ritual de pequenos obséquios: remendava-lhe a velha sela campeira; servia-lhe, todas as tardinhas em que ele passava pelo Engenho, a garapa azeda e fria da cabaça mais especial; concedia-lhe pasto de angolinha reservado para a fome de seu cavalo desdentado, que João Miúdo ia buscar todas as tardinhas em Rio-das-Paridas, para onde retornava em cada manhã seguinte, levando-lhe a montaria descansada de uma noite e de barriga cheia, já banhada e selada, e mais o leite tépido para o café da manhã. Por essas gentilezas nunca interrompidas, meu avô jamais receberia a mínima retribuição. Depois do café no bucho, sol já bem alto, é que o mão-de-figa se botava para sua fazenda, onde tinha uma irmã solteirona dedicada exclusivamente a seu serviço, danada de zelosa, sempre ocupada em cuidar de seu de-comer, dos seus bichos miúdos, e de tantos outros afazeres que a deixavam de mãos tronchas e escalavradas.

 Agora, depois desse arrodeio todo, volto ao fio da meada que perdi porque me lembrei desse unha-de-fome. Arrisco a dizer que também não foi a beleza plástica de minha avó que determinou a preferência e a escolha de meu avô. Apesar de muito simpática, havia outras irmãs bem mais lânguidas e sensuais, com o fundo do olho azul que ela não tinha. E se meu avô sentiu crepitar nela, sob os disfarces corpóreos, algum movimento irresistível? Se encontrou naquela mocinha miúda a sua promessa indecifrável, única capaz de o acalentar? Bem que pode ter sido isso mesmo! Mas não posso me calar sobre o outro lado, porque, embora carregue o propósito de tocar o seu cerne invisível, só posso partir dos aspectos exteriores, passíveis de decifração. E por aí sempre reparei que ele não era homem para se apoquentar com delicadezas internas. Não posso imaginá-lo aplicado ao ofício pouco rendoso de perquirir e indagar das entranhas de minha avó. Então, se é assim, que atrativo teria levado o esperto desse avô a escolher entre as seis irmãs justamente a mais velha, a menos portentosa e apetrechada de dotes físicos, se mal a conhecia, nunca lhe mandara recados, se jamais lhe ouvira a palavra?

Ocorre que, no natural cultivo de sua previdência, ele procurara se informar sobre as qualidades e hábitos das mocinhas daquela família, uma vez ou outra avistadas juntas, aqui mesmo, nas missas do domingo de Rio-das-Paridas. Antes de se dirigir à casa do sogro, decerto já sabia sobejamente que a fragilidade daquela que viria a ser sua mulher era inteiramente enganosa: desmentia a sólida resistência de uma adolescência muito saudável e dada ao trabalho; essas, sim, condições que realmente lhe pareciam indispensáveis a uma boa parceira. Estava suficientemente informado de que, desde muito cedo, minha formosa bisavó, refinada e muito requintada, se desvencilhara dos afazeres de doméstica o quanto pudera, entregando à filha mais velha não só a orientação da casa e da cozinha, como também a educação das irmãs, a quem ela fora incumbida de ensinar a ler e a escrever, e de iniciá-las no pequeno ritual das prendas caseiras.

Dizem que enquanto essa abelha pequenina se esfalfava numa trabalheira dos diabos, minha bisavó se refestelava na cadeira de balanço austríaca, bem-composta e empertigada, a sonhar com os translúcidos olhos azuis escancarados para paisagens que só ela via. Outras vezes, entretinha a solidão com o velho piano Pleyel a dedilhar para si mesma polcas, valsas e sinfonias. Perdia-se dentro delas com meneios da cabeça que não parava, deixando-se arrebatar, lânguida e vaporosa, fendida pela vertigem dos devaneios que entravam em suas desesperanças, alheada de tudo que a rodeava, como se exigisse do instrumento uma relação amorosa e sensual. Ninguém lhe entendia os suspiros e os ócios prolongados, as crises nervosas que a deprimiam e a anulavam periodicamente. Cochichavam pelos cantos contra suas sestas intermináveis, reclamavam do fastio absorto e ausente que de repente adquiria no meio das refeições, enlevada como uma adolescente trancafiada nos seus segredos.

    Os agregados e a modesta criadagem que lhe serviam em casa mexericavam contra suas esquisitices e sua pabulagem, censuravam que ela não se esparramava entre as comadres para ouvir confidências e necessidades. Não tinha jeito para tamanha rudeza, essa rosa esgalga e macerada! Não gostava do bafo catinguento da cozinha, não tolerava as nuvens de fumaça da lenha verde. Os longos dedos finos, adestrados ao piano, não se emaranhavam na carapinha dos negrinhos, não se davam bem com a colher de pau, jamais se crisparam sobre a dureza da mão-de-pilão. Também a parentada se regozijava em espezinhá-la de longe, com o despeito de quem não consegue bisbilhotar suficientemente uma intimidade tão impenetrável, e decerto também sem arejo adequado para entender uma natureza tão susceptível. Lia errado porque enxergava, no seu jeito reservado e natural da mais distinta fidalguia, apenas coisas de presunção e de vaidade.

    Eu quero muito a essa minha bisavó! Faço gosto em registrar este tardio desagravo pelas aleivosias que levantaram contra o seu mundo fechado, pela vida pródiga que ela parece que esperava. Estou inteiro com ela, com as secretas confidências que não se abriam a ninguém. Estendo a mão para enxugar o tropel de suas lágrimas despencadas das desventuras e fantasias que lhe roíam os nervos. Mas por outro lado, também ela me regozija, visto que não se deixou acanalhar, insatisfeita até o fim com o ramerrão das conveniências domésticas. Pelo que me consta, sempre exibiu no esplêndido semblante, a que os homens se curvavam ruborizados, o desassombro de acentuar a sua diferença hostil no meio da mesmice de sua gente. Soube mostrar, muito a seu modo, que fêmea não é ovelha encabrestada nem tampouco criada de carga. Se ela avançasse mais um pouco... decerto não teria se separado desta vida inconsolada. Que pena que não fosse assim! Aposto que bem dentro dela, onde jamais alguém meteu a mão, luzia em segredo uma lamparina que a conduzia e iluminava nas suas venturas amarradas. Uma estrelinha a que ela passou a vida, o melhor de sua existência, a queimar os círios votivos.

É possível que essas modestas especulações não sejam suficientes para desvendar os motivos por que meu avô deu preferência a minha avó, mas continuo convencido de que pesou na sua escolha o mais seguro e necessário para si mesmo. Vantajosa opção para quem não cultivava hábitos improdutivos, nem desperdiçava tempo com coisas insusceptíveis de rendimento. Por isso mesmo, sua mulherzinha laboriosa viera muito a propósito, e se congruía com o seu destino, pronta a labutar a seu lado sem dar fé dos anos que corriam e corriam, assimilando todas as miradas e pontos de vista do seu homem, sem jamais se afastar da casa-grande do Murituba. Deu-lhe uma boa penca de filhos saudáveis, de quem se gerou um número bem alentado de netos, e bisnetos que ainda andam nascendo por aí. No meio dos netos veio ao mundo este escriba tabelião de quem ele não chegou bem a adivinhar o futuro.

Já velhinho, à beira do último abismo, me aconselhava a escolher uma mulher que fosse trabalhadeira, saudável e fiel. Sem dúvida, contando nos dedos bem abertos essas três qualidades incontestáveis, ele calculava bem, repetia o mesmo raciocínio que decidira a escolha de sua parceira de toda uma vida, o que demonstra enfaticamente que ele não se arrependera, satisfeito até o fim com aquela decisão inabalável tomada aos vinte anos. Se mais tempo tivéssemos juntos convivido, talvez melhor me houvesse modelado e seguido por aí adiante arrastando o seu passo. Certamente hoje seria um ser mais inteiriço, mais sólido e reconfortado, sem as correrias da fantasia, sem gastar os meus dias de visionário com as forças invisíveis, a relembrar os meus gozos com Luciana, como um atoleimado no solar do devaneio. Ou então, quem sabe lá adivinhar as probabilidades metidas em ausências? Talvez quanto mais perto dele, mais atribulado, uma vez que o sangue dos Costa Lisboa destoa de minhas inclinações mais naturais.

O único vestígio de lirismo que entrevia neste meu avô remonta à minha meninice. Deitado a seu lado na grande rede de varandas brancas, com a cabeça recostada no peito fofo de algodão, na penumbra da madorra que sucedia ao jantar, ouvia-o ajeitar a voz arroucada para contar histórias de onças e macacos, príncipes e fadas. Desses relatos, nunca esqueci o que sugeriam de graça e heroísmo, astúcia e moralismo. Ainda guardo na memória alguns protagonistas desse reino encantado que nasciam e se impunham como gente de verdade, pulando de dentro das palavras.

Quando menos disposto e loquaz — não sei se porque moído de cansaço, ou por algum outro motivo segredoso — meu avô punha sentimento na rouquidão, que se desfazia num torrão de açúcar meloso, como se ele mesmo fizesse muito gosto em escutar a si próprio, aplicado a cantarolar estes versinhos atravessados de lirismo:

"Menina quando tu fores
Me escreva lá do caminho.
Se tu não achar papel
Nas asas do passarinho.

Do bico faça o tinteiro
Da pena carta molhada
Dos olhos letra miúda
Das asas carta fechada."

Até hoje, ainda não consegui saber onde e quando ele recolheu esse achado tão estranho a suas preocupações habituais, e que me veio acudir na noite em que sua afilhada dormiu no Murituba. Desde então, nunca mais pude esquecê-los, decorados tim-tim por tim-tim. Além e aquém dessa pequena rachadura por onde vazava esse fiapo de sentimento, o natural de meu avô era a dureza, o mando, o silêncio.

Depois que conheci essa sua afilhada, tanto ela pôde sobre mim, que nossa afeição foi misteriosamente se relativizando, ele me achando muito distante e distraído, brusco mais amiúde. Certamente percebera, com todo o tino que tinha, que eu me desviava de seus projetos, que não puxara a ele nem carregava opinião para retomar, inteira, toda a tradição a que ele vinha dando continuidade. Acho também que não via com bons olhos a natureza de meu pai que ia despontando nas minhas maneiras intratáveis, e por conta do que me diziam que eu ia pondo as unhas de fora. Enfermiço e sonhador, nessa quadra eu passava a maior parte do tempo embebido nas primeiras fantasias que prenunciavam a minha adolescência. Deitado com ele na mesmíssima rede de varandas brancas, já então um tanto encardidas, não mais prestava a devida atenção a suas histórias como antes, a ausência de sua afilhada me enchendo de exuberâncias que não cabiam ali. Como não me encantava mais com os relatos de bichos faladores e papagaios piadistas, passei a lhe pedir, insistentemente, que me repetisse os versinhos já conhecidos. Não sei em que esse apelo o importunava tanto, que ele chegava a responder, contrariado e áspero:

— Homem, me deixe! Não sei para que você tanto quer isto!

E se levantava num repelão dos diabos, sacudindo as mãos e sem me atender, me deixando ali sozinho, enrodilhado no fundo da rede, perdido dentro do meu sonho.

15

Mal principiava a reatar esta escrita, me antecipando a um ou outro gato-pingado a que se reduz a freguesia deste cartório, acostumada a me interromper logo depois das oito da manhã — lá me chega o advogado trazendo na ponta da língua a mesmíssima penca de recomendações com que me tem, invariavelmente, castigado. Maldigo a hora em que deixei os receios despontarem da serenidade que tanto tenho pelejado para aparentar. Se esse infeliz não tivesse percebido a minha intranquilidade, certamente não viria me passar avisos tão insistentes. E repisar tanta besteira logo a mim, que trago calos nos olhos de tanto enxergar nas audiências o cerimonial esmiuçador, urdido para atemorizar e infundir nos réus a ilusão de imparcialidade! Portanto, feitas as contas, culpa tenho eu que, por mais que peleje, nunca aprendo direito a me domar.

Em geral, essa raça de justiceiros se deleita em pavonear a própria presunção que se abate sobre os acusados em terríveis arrazoados. Este tal que cuida de meu processo é o segundo com quem me desarranjo. Vem chegando com a pastinha ensebada onde carrega os argumentos jurídicos e policiais — visto que nela traz o revólver embrulhado nas páginas do Código Penal — e mal me estende a mão, vai logo sapecando um palavreado cheio de citações e tiradas judiciosas, creio que utilizadas para todos os casos. Se a muito custo aproveito uma brechinha na sua falação e começo a me pronunciar, ele pega pela cauda a primeira palavra e segue impetuosamente argumentando por mim, confirmando, através de chavões, ideias que sequer me passaram pela cabeça.

Vejo que há neste tabelião, acostumado a fórmulas enferrujadas, um lado despótico que se impacienta e se azucrina, sempre que escuta um leviano acanalhando as palavras. Se embirrei com o primeiro advogado, ponho isso também por conta da maneira safada com que a sua delicadeza abusava dos termos. Mal ia eu soltando a língua para refutar algum pormenor com que não concordava; inconsequentemente, ele apoiava com alegria o meu reparo, ratificando sem pestanejar o pequeno senão que eu objetara. Abanava a cabeça para cima e para baixo, confirmatoriamente, achando tudo deveras maravilhoso. Com esse agrada-agrada louvaminheiro o sabido enfraquecia as minhas discordâncias e se desviava dos confrontos. Sob o império das amabilidades, a quem aprendera a servir para ganhar terreno e triunfar, esse homem gentil seria capaz de dar voltas nos dicionários até se perder... contanto que não arranhasse a susceptibilidade do cliente por via de desacordos.

Para dissipar o aborrecimento que me levou a estas considerações e estragou o começo de meu dia, destranquei o gavetão do quarto do arquivo, dei de mão ao livro sobre o domínio do sistema nervoso, e fui correndo os olhos por parágrafos vagamente assimilados, escolhendo os trechos mais congruentes com a minha situação. Se é certo que a ansiedade resulta da carência afetiva e se relaciona também com a irregularidade sexual — como aí está escrito — creio que Luciana tem muito a ver com as alucinações que me deixam insone como tio Burunga. Sempre que me deito, velado pela luz mortiça da lamparina, uma vez que não tolero o breu da noite, ouço essa mulher mandinguenta se alçar no bico dos pés e correr dentro da minha solidão, unhando as paredes de meu estômago. Nestes momentos susceptíveis, qualquer sinal de vida ajuda a arrefecer as terríveis contrações. Se tia Justina tosse do outro lado do corredor, se o tabuado do assoalho range sob o seu pezinho de ave angulosa — dentro de mim as dores se mitigam na trégua desse brevíssimo relâmpago que me aclara.

    Toda a experiência que ganhei neste ofício de recolher depoimentos de réus talvez até me esteja sendo prejudicial, porque conhecendo na intimidade o suplício das audiências, a ponto de descarnar a sua medula, sei perfeitamente como os acusados mais corajosos se desconcertam e se convertem em vermes untados a suores e tremores. Se assim é, a leitura deste livro também não me trará mais atropelos, à medida que vai me iniciando no meandro de todas as ânsias? Uma vez que *saber* não é *domar,* talvez seja melhor permanecer cego, sem a consciência das forças e das razões encarregadas de trazer os arrepios. Infelizmente, ainda não achei como retemperar as ameaças que me aguardam nessa tocaia, de onde, quem me dera sair imperturbável, bramindo o miolo dos olhos e cuspindo no chão — agigantado como Boi Menino!

    Durante quase todo o resto do dia me ocupei a ler este calhamaço de papel que vai se estirando descontroladamente, de certo modo já ansioso por me avaliar. Constatei que tenho exagerado a contragosto a ascendência de alguns antepassados enquanto força que move os meus atos e gera inquietações. Na verdade, vejo que deles me tenho prevalecido, na medida em que sempre empurro para um e outro as contradições que não tenho como enfrentar. Todo o mundo sabe que é tarefa praticamente impossível estabelecer a exata medida em que a pancada do sangue nos governa ou não. Aí, neste rio fundo, até os especialistas se movimentam nas sombras, babatando contornos indefiníveis; queimam as pestanas fuçando meio em vão os grossos compêndios que os iniciam no labirinto das experiências. E no fim de tanta canseira que se repete de gerações a gerações, os cálculos permanecem indefinidos e as estimativas reticentes.

    Se as marcas do sangue fossem assim tão abertamente lineares como estupidamente dei a entender em outros capítulos, se fossem tão inequívocas e discerníveis como um desenho geométrico, decerto todos os descendentes trariam qualidades e defeitos de seus progenitores, em consequência do que os irmãos em geral seriam muito semelhantes entre si. E vemos que assim não é! Por conta deste veio reticente... em que o filho muita vez acaba por desmerecer a linhagem de onde vem, é que meu avô cansava de reclamar, inconformado, contra a novilha Floresta:

    — É o diabo! Pois filha de Boi Menino, com uma tetuda e leiteira como Araúna, e me sai manhosa como o cão, sem leite sequer pra sustentar a cria, que pena por aí toda desmamada! Bem diz o ditado que filho só puxa a pai e mãe quando sai ladrão!

    Do mesmo modo, interessado em encontrar medidas e escalas para melhor me entender, eu me indago: que haveria de comum entre a natureza desse meu avô e a de tio Burunga? Chego a me espantar com as diferenças que separavam esses dois filhos do mesmo útero, tão desiguais e mesmo antagônicos na maneira de viverem e de se mostrarem! Se por acaso cada um deles fosse obrigado a desempenhar por um só dia o ritmo do outro, aposto que ambos morreriam: meu avô, encolhido de vergonha; tio Burunga, ressequido no silêncio.

    Nunca hei de olvidar um episódio em que a compostura do irmão mais velho se defrontou com o estardalhaço do outro, abrindo de permeio um abismo infranqueável. Numa manhãzinha de inverno, conversávamos no alpendre onde meu avô, já visivelmente impaciente, aguardava o resto de seus homens para se botar aos partidos de cana, medindo o adiantada da hora pela réstia de sol no rebordo da janela do sobradinho. Como chovia fininho, ele largou o capote colonial sobre os ombros, virou-se para abrir o portão gradeado e, olhando em frente, deu com um vulto que esbarrava estrepitosamente na cancela do pasto da porta. Pela risada estabanada e espalhafatosa, logo reconhecemos o danado do tio Burunga escarranchado em Tempo-Duro. Assim que empurrou o cavalo todo estrompado sobre a cancela, foi logo metendo as mãos para passar rapidamente, com pressa de fugitivo. Abria e fechava as pernas batendo com os calcanhares na barriga da montaria; sapecava o chapéu desbeirado nas ancas ossudas que escondiam o cu chupado; fungava e abria os braços em desespero, em tempo de pular da sela e sair em suas próprias pernas desabalado, se antecipando ao diabo do animal que não o ajudava. Como já o sabíamos inclinado às caçoadas e com uma pancada de menos, começamos a rir da figura desengonçada que se sacolejava, mais parecendo um monumento que vinha se desconjuntando.

Em tamanha atarantação, jogou-se da sela antes do terreiro empiçarrado, afundando na lama as botas desafiveladas, onde se metiam as calças coçadas, grudadas de carrapicho. Com dois pinotes e meio corrupio, veio se postar sob as barbas de meu avô, atirando sobre ele os olhos esbugalhados de quem vira alma do outro mundo. E ainda mal equilibrado pela pirueta que acabara de fazer, fez ali mesmo um rapapé danado, assoprando como um fole de forja. Atirou o chapéu aos pés do irmão, e esbravejou todo irado, com as roscas dos dedos pelancudos se mexendo acima dos cabelos despenteados:

— Mano! Roubaram as éguas das almanjarras... a manada quase toda, Mano!

Via-se que a notícia de que era emissário lhe dera no goto. Rebolou os olhos que lamberam a pequena assistência, levantou o chapéu com o bico da bota, apanhou-o no ar, atalou na cabeça a copa funda até tapar as orelhas, e continuou nos seus exageros destambocados, clamando nos peitos do irmão:

— O que é que se faz com estes leprentos, Mano? Diga logo... Mano!

De ordinário, meu avô o trazia à corda curta, sem lhe dar trela nem lhe permitir expansões, já prevenido contra sua tagarelice desenfreada, contra o estrondo de uma falação que começava mas não acabava, a não ser com a retirada do derradeiro ouvinte. Mas desta vez deixou-se trair pela colisão do desplante inesperado, pelo desaforo que lhe atiravam à cara dentro de seus próprios domínios. Por isso, antes que pudesse tomar tento e refrear de vez a indignação, deixou escapulir a pergunta monossilábica, simples murmúrio admirativo:

— Como, homem?

Pronto! Tio Burunga já conseguira toda a motivação de que necessitava para se expandir e transbordar. Desde que viesse da parte de meu avô, bastava esta brevíssima indagação para ele se derramar como um tresloucado, empenhando o corpo e a fala em contar o que vira e mais o que inventava, com suas voltas cheias de exclamações, floreios e babados, os olhos banhados de regozijo, acho que debochando dos próprios gestos entronchados. Vi como ele impava de importância, pavoneando de barriga empinada, garboso da nesga de palavra que meu avô lhe concedera. Parecia até que, em vez de uma miúda migalha, o irmão lhe atirara uma canada de louvores e grandezas! Espicaçando a nossa curiosidade, ele relanceava os olhos menineiros, já deliciado com a expectativa geral, gozando por antecipação o efeito de tudo o que já-já encenaria, sorvendo a ansiedade de cada ouvinte que ali estendia a mão à sedução de sua palavra endemoniada.

Contou então, torrencial e trepidante, que sonhava com uma botija abarrotada de ouro, quando de repente as almas penadas pularam de dentro do buraco com cheiro de azinhavre para o supliciarem a sapecadas de cansanção. De forma que o tal sonho, prenúncio de seu enriquecimento, se transformou num pesadelo onde não faltaram relinchos, coices e patadas que não o deixaram dormir na cama de couro do sobradinho. Sem esmorecer os lances de sua narração, tio Burunga levantava a camisa para exibir as costelas emplacadas, a barriga embastida de caroços com que o seu anjo da guarda, atracado em luta contra as almas, lhe anunciara o roubo das éguas que se fazia naquela exata hora — mas que ele, pecador e afadigado, não tivera merecimento para tudo entender. Mas logo madrugadinha, recordando pela metade esse aviso encoberto pelo tinhoso, deu de garra ao cabresto e saiu tão cedo em busca dos animais, que nem Mano tinha acordado ainda! E olhem que Mano é Mano! O malandro ou gatuno que maldasse em enganá-lo — a ele, Burunga Grande — estava perdido de todo! Então... não acreditavam que andava com ele um ente adivinho que lia pensamentos e enxergava no fundo da escuridão? Pra que então estes santos e benditos que não o largavam nunca, ali pendurados do pescoço, e mais o rolo de orações socado e cosido por dentro da algibeira?

Gostando desse compasso brincalhão, seu Ventura foi pouco a pouco se adiantando, até que abriu a boca maneirosa para gabar Burunga Grande, prosista de primeira! Bastou esta simples interferência fora de hora, embora elogiosa, para o danado se voltar fuzilando, com os olhos se remexendo de iras e o dedo espetando o ar:

— Não me corte a palavra, Ventura! Dê-se ao respeito! E dobre a língua que não sou de sua igualha! Agrado de canfinfento eu não quero! Burunga Grande não precisa de puxa-saco!

— Mas seu Burunga...

— Não lhe dou confiança! Vá cuidar de sua obrigação, levunco preto!

Com esta última tirada, seu Ventura deu as costas abanando a cabeça, e tio Burunga rascou mais um bocado, arrotou uma autoridade medonha, e logo reatou a história. De clavinote atravessado nos peitos, dera uma corra nas grotas, pastos e soltas. E cadê as éguas... meu Deus... cadê? Enfim topara com os rastros ainda frescos da manada, e fora cego na batida dos leprentos que se perderam para as bandas do Curralinho. Então, não viam como estava sujo de lama? Não tinham venta para sentir como fedia a catinga de brejo? Sim, senhor! Farejara como cachorro e fizera as suas invocações. E ao dizer isso e mais aquilo, todo esgrouviado, se arrastava de rojos no chão do alpendre, fungando e gesticulando muito excitado, aumentando a proporção de tudo o que poderia parecer verossímil — ora cômico e até debochado, ora babando de raiva como um boi reimoso. Batia o velho chapéu na coxa, punha o dedo em riste como um juiz furibundo e, com a veia do pescoço pulada, recomendava o castigo que Mano devia infligir à cachorrada dos gatunos:

— Fosse eu o senhor de engenho... rum-rum... a pisada era outra! Ia abrir o chefão desses vadios em talhos de mais de palmo! E no resto da cambada eu metia o cepo até o fel papocar! Ia esfuracar os malditos na ponta do ferrão, ia fazer deles todos um coador, pra remendar o malfeito, exemplar essa nação de satanás! Rum-rum... Burunga Grande é de arromba! Não ficava um só leprento que eu não capasse à faca: tzape! (Cortava com um gesto de mão.) Tô dizendo! Nem um só pra semente! Essa raça comigo não se criava!

Diante dessa exaltação exorbitante, transformada em verdadeira pantomima, meu avô não aguentou ficar para ouvir o irmão até o fim. Certamente o espetáculo espalhafatoso não lhe agradava. E sabia de velho que quanto mais desse atenção a tio Burunga, mais o assanhado carregava nos exageros e fantasias, se deliciando com uns relatos embutidos nos outros que ia improvisando numa enfieira estirada de nunca mais acabar. Depois de menear a cabeça num gesto reprovativo, meu avô desceu a carranca que ensombrou o rosto, como se quisesse fazer notar que seu irmão era mesmo um desmiolado sem jeito, a ponto de tomar do sério e do risível e misturar tudo numa embrulhada desgraçada. Onde já se viu tamanho destampatório? Burunga é mesmo um telhudo! Sempre a caçoar de tudo quanto é miséria. Pois não é que num aperto de tamanha gravidade fica aí com os seus pinotes e deboches, obrigando o povo a faltar com o devido respeito, a rir de uma desgraça desta? O diabo parece que tem o tutano mole! Só mesmo sina de um destambocado, de um desmerecido da cabeça!

Depois de despejar para si mesmo a zangaria, acho que mais atribulado com a desfeita primeira que sofrera do que com as graçolas de tio Burunga, meu avô deu meia-volta ríspido e rápido, e foi direto se trancafiar no quarto assoalhado, onde costumava se refugiar como um bicho acuado, para se recuperar das raras dores e tensões, e de cuja janela que dava para o pátio lá fora só abriu a boca para gritar por Juca e Maçu. Que se aviassem! Que andassem ligeiro! Que chegassem logo-logo!

Ainda motivado pela pequena assistência que continuava a tripudiar nas risadas, tio Burunga persistia malucando: repoltreava-se e levantava aos pulos, batendo as mãos estrepitosamente, se empinando todo para gritar as palavras, já suado como um pano de cuscuz, e fazendo caretas com pestanejos intermitentes que se cruzavam com os assopros da venta cabeluda, escancarada e arfante entre os bugalhos vermelhões de tanto lacrimejar. Não sei se concentrado no seu alvoroço, ele dera pela falta do irmão, que à sua maneira nos convidava a ir recolhendo a alegria em temida adesão a sua autoridade de dono da casa. Censurados por uma voz obscura, pelo peso de uma ausência que incomodava, todos nos dispersamos de uma vez só, como se estivéssemos acumpliciados contra o engenho de tio Burunga que ali magicava aos borbotões. Deitei os olhos para trás, e logo me penalizei do coitado, sozinho no meio de seus arrancos, abandonado no canto do alpendre. Na última e desesperada tentativa de reconquistar a atenção dos que se iam, ele insistia em extravagâncias: recompunha os gestos estabanados, dava barrigadas no vento, se entronchava renteando o chão e sapateava com as botas desafiveladas. Virava de um lado para outro de mãos suplicantes e estendidas, de veia já murcha e atarantado: mendigava assim o único gole de alento de que necessitava para viver e se expandir. Mas o socorro que pedia não chegava!

Possuído pela curiosidade sem peias de todo menino, tomado por uma vontade indomável de desvendar como meu avô entretinha as suas aperreações trancafiado por dentro da camarinha — subi no seu tamborete e o espreitei pelo vão da fechadura. Vi então que ele untava os seus três rifles, passando-lhes uma mecha de algodão embebida em azeite de mamona; manobrava-os para a frente e para trás, com as balas pinotando sobre o seu ombro e se esparramando — audíveis — no assoalho de maçaranduba. Logo minha avó, egressa não sei de onde, investiu para me arrancar do meu enlevo a palmadas, me descompondo muito zangada, crispada de verdade, rascando contra o pecado medonho de se espionar a vida dos mais velhos, contra o malfeito vergonhoso de moleque metediço. Meio pendido e injuriado, corri os olhos por minhas tias em busca de algum gesto de vaga compreensão, e percebi que nenhuma delas anuía a meu apelo. Silenciosas, elas se fechavam em círculo reprovando o meu despropósito. Só então pude intuir que alguma coisa de muito grave fora por mim mesmo violada, embora escapasse a meu entendimento. O certo é que se podia pegar no vazio do ar uma esquivança esquisita e contagiante que tinha tudo a ver com o incidente que tio Burunga relatara cheio de graça e paixão, um clima de tensão e mistério que a minha cabeça de menino não tinha como decifrar.

Daí a pouco, assim que ouvi o ruído da chave encolhendo a língua da fechadura, corri para abordar meu avô, para me inteirar de tanto segredo guardado, e indagar das coisas subtraídas que se anunciavam. Ainda muito apegado a ele, confiante como um bezerro que se achega ao úbere da mãe, não me passava pela cabeça que algum vão de seu mundo me pudesse ser negado ou escondido. Sempre espioneira, neste exato momento minha avó deixou de mexer a caçarola e veio direta me atalhar o passo. Mas como a cozinha ficava nos fundos, corri mais depressa e esbarrei ao pé do velho, de corpo e alma lançados a seu fiel amparo nunca desmentido, já de pergunta pronta a ser falada. Mas para espanto daquele menino, ele foi me metendo as mãos inabordáveis, a boca dura de pedra:

— Me deixe!

No terreiro da casa-grande, um pouco aquém da barriguda, Juca e Maçu o aguardavam, mudos e perfilados, com três cavalos árdegos seguros pelas rédeas de sedém. Meu avô bateu o portão do alpendre num ímpeto incomum, atravessou o pedacinho do terreiro aos arrancos, riscando a roseta das esporas no chão empiçarrado, e pôs o pé no estribo sem uma palavra para ninguém, nem sequer um vago aceno que sugerisse uma despedida. Partia petrificado dentro da raiva contida, do ódio coagulado como alguma coisa física que a gente chegava a apalpar com os olhos e com as mãos. Naquele transe intumescido pela ferroada com que lhe cutucaram o amor-próprio, ele realmente não enxergava ninguém, esquecido até de dar ordens aos agregados que ficaram remanchando por ali, quando já deviam ter seguido para o eito onde, puxando cobra para os pés, arrastariam as grandes enxadas de três libras e meia até escurecerzinha, aguardando as badalejadas de Hurliano sineiro.

Todos os presentes procuravam se anular diante do chefe que partia, se afastavam e se encolhiam com medo da feição durona. Só minha avó, que já dividira com ele cerca de quarenta anos de intimidade, teve a audácia de arriscar: — Vá com Deus... — enquanto se benzia esconjurando os demônios: que se arredassem para longe do caminho de seu homem! Decerto meu avô não sentia o desejo que aquele peito de mulher exalava de também partilhar da empreitada que se iniciava, nem sequer ouvira a saudação amedrontada. Acabara de atirar um rifle nos braços de cada um de seus homens de confiança, puxara as rédeas de sopetão, esporeava a grande roseta no ventre abaulado da montaria, e saíra a galope curto. Nem um só gesto lhe adivinhamos! Sequer um olhar para a minha avó! Certamente caprichava em ser imperscrutável, em também ostentar mais negra a sua fúria, a fim de tornar mais temerosa e adensada a grande honra!

Dali do alpendre, meio desarmados, só nos restava olhar os três que se encobriam e reapareciam intermitentemente, entre árvores, formigueiros e calombos de terra, até perdê-los de vista, desaparecidos na curva da arapiraca, no balanço do galope pontuado, os rifles com as gargantas entupidas de balas, invisíveis sob os capotes coloniais. Enquanto os avistamos no meio descampado do pasto ralinho, meu avô seguia na frente com ares de chefe já provado, e os dois outros apenas meio corpo de cavalo à retaguarda, fazendo-lhe costaneira: pajeavam e vigiavam com olhos de gavião e faro de cão de guarda. Sabíamos que não havia como aqueles dois, fiéis e leais até o desvario. Iam investidos de orgulho e confiança, prontos para o que desse e viesse. Sem dúvida alguma, em mil vidas que renascessem, morreriam fechando o corpo do patrão.

16

Enquanto durou a ausência de meu avô, a casa-grande se fechou em luto, todos nós esperando os mandados de Deus, o tempo sonolento e estirado, a ânsia das esperas enfestadas que bem mais tarde tanto me perseguiriam, enquanto permaneci aguardando Luciana que não vinha. Tia Justina, que era então moça ruidosa e dada a diligências, convocou logo as irmãs para o pé do oratório, onde se prostraram de joelhos a debulhar conta por conta a longa espiga do rosário, permeada por rudes invocações de sua modesta lavra. Pelejavam para comover os santos de cedro, rogavam a Nossa Senhora da Conceição que deitasse o manto estrelado e bento sobre o seu afilhado, que àquela hora, todo enfarruscadão, batia estradas e estradas, carecendo muito da proteção da madrinha.

As criadas cochichavam pelos cantos, assanhadas, se peneirando de curiosidade, mas ao mesmo tempo caprichando em coisas de cuidado, se acautelando para não parecerem abelhudas e confiadas, entremetidas na vida dos patrões que nunca era de sua conta. Se passassem dos limites — elas bem que já sabiam —, minha avó cuidaria logo de refreá-las até os seus devidos lugares, que ali mandava ela. Partiria para cima das erradas numa arremetida tão ouriçada, que as castigadas recuariam de cabeça pendida, como se fossem repelidas a empurrões.

Os meus tios, e mais os moradores antigos, iam e vinham do alpendre à barriguda, repetidamente, perfazendo uma ronda esquisita pontuada de meias palavras, tão sestrosos que pareciam na iminência de alguma aventura já meio encaminhada. De hora em hora, um deles dava uma chegadinha até o curral, onde picava olho de cana para os cavalos, que comiam no cocho, como se também estivessem de prontidão para partir a qualquer hora em busca ou socorro de alguma coisa ruim que a casa toda temia, irrequieta no estranho aguardamento. A todo momento os olhos de cada um de nós se espichavam até a curva da arapiraca, onde demoravam... demoravam... procurando identificar o meu avô por entre os raros caminhantes que às vezes apareciam e desapareciam, mais de uma vez provocando a confusão dos alarmes falsos. No meio dessa expectativa inaugural, capaz de mudar assim os hábitos mais rotineiros, minha cabeça de menino embolava tanto que eu perguntava... e perguntava sem parar, embora só recebesse de volta gestos tempestuosos, rabo de olho enviesado, ou indiferença velha de enfadada! Naquele tempo de lépidas venturas, foi aí que comecei a aprender que os meninos são expurgados de um território inacessível, cuja chave pertence só aos adultos.

De hora em hora, tio Burunga, vindo não sei de onde, riscava ali farejando novidades. Chegava de cara amarrada, muito agastado por fora, quizilado e desamigo dos parentes — e não passava do pé da barriguda, molestado e ofendido contra Mano, que não o escolhera para aquela merecida desafronta, com medo de que ele, Burunga Grande, fizesse uma bagaceira. Andarilho que era, não esquentava lugar. Mal desembuchava os agravos que sofrera pela mão de Mano — e trágico nesta ocasião — dava de rédeas em Tempo-Duro e partia pelas redondezas, errava de casa em casa em sisuda vadiagem. Sempre escoteiro, não tinha parceiro que pudesse com as suas tiradas debochadas, nem ele queria acordo com ninguém pela certeza de ser tão só! Daí a pouco, depois de haver cansado o cavalo na sua atividade de apregoar a um e outro o seu trabalho de detetive, voltava outra vez, insistente e recriminativo:

— É o que todo o mundo diz: o que falta é homem do calibre de Burunga Grande! E cadê Mano, minha gente? Ele tá é encrencado! E muito! Este aqui (e batia nos peitos as duas mãos espalmadas) é quem tem o corpo rezado, meninos! Nada pega! Nem feitiço do brabo! Quanto mais... balinha de garruncha! A esta boa hora Mano já vem vindo sem dar cobro aos leprentos... vem arrependido... vem dizendo que não há como Burunga Grande pra farejar no chão até subir à gorja do condenado. E é mesmo! Tivesse este ido... meninos... já tinha descadeirado os pestes de tanta paulada. Depois... tzape... cortava os ovos desses levuncos. Trazia os grãos pra vocês numa mochila! E deixem de ser risão que quando digo tá dito: rá quando rapa a cuia é trovoada na certa!

Assim que minha avó se inteirou desse destempero despropositado, e dos desconchavos que o danado andava semeando pelas estradas contra o meu avô — veio cá fora para lhe dizer:

— Te aquieta, Burunga... deixa de ser assim andejo... larga de vagar pelo mundo como um cigano... homem de Deus!

Aí então, satisfeito de se ver abordado publicamente por minha avó, mas sem ligar nem um pouco para o seu apelo de mulher, ele lhe respostou na bucha, usando chavões que já trazia engatilhados:

— Adivinhou! Burunga Grande é homem alforriado! Livre e desipotecado de tudo. Não chega pra quem quer! É todo o mundo agarrado comigo... até nas divisas da Bahia! Parece até que sou de mel de enxuí! E sabem vocês por quê? É que nunca dei parte de fraco!

Só à boquinha da noite do dia seguinte, meu avô esbarrou à frente da casa com Juca e Maçu, todos visivelmente afadigados, sem a viveza da expectativa que levaram e largaram ninguém sabe onde. Os cavalos desbarrigados fediam a suor dormido. Rememoro ainda agora as feições entorpecidas e inescrutáveis. Nunca consegui saber se por dentro ruminavam o logro da captura, ou a refrega com todo o ritual de crueldades que tio Burunga anunciava nos seus estonteios. Ao contrário do que eu esperava, não houve o menor ajuntamento de pessoas com a chegada tão ansiosamente esperada, nem um só tom que descambasse para um compasso festivo! Pareciam até que chegavam de um velório, ou de um enterro de longa caminhada, desenganados do morto que na funda cova ficara. As pessoas que rondavam ali por perto, ao invés de acorrerem para recebê-los e felicitá-los de algum modo prestativo — como o fiz na ingenuidade incurável daquela quadra —, se faziam de indiferentes e desentendidas, como se nada de incomum alterasse o ritmo daquela casa. Dissimulados, todos sufocavam a curiosidade se escondendo pelos cantos ou se apadrinhando nos portais, acho agora que para facilitar as coisas para meu avô, para ajudá-lo a enterrar bem no fundo do silêncio a verdade impronunciável, para sempre lacrada a clara de ovo e breu, na tácita conivência do círculo de tutelados.

Eu assistia muito decepcionado a essa esquisita acolhida, a esse estranho ritual subtraído em que não me integrava, e onde desmereci — pela primeira vez — a bênção de meu avô, que ainda não desasnara de suas cismas cruentas, e passou por mim aos arrancos, me deixando de triste mão estendida, intrigado com o peso do silêncio que abafava as vozes de sua viagem. Mas o que sobremodo me desapontava era a ausência de qualquer alusão ao furto das éguas, tão dramaticamente relatado por tio Burunga, e que desencadeara repentina mudança em todas as pessoas. Nem uma só modesta referência ao sucesso ou insucesso da empreitada que ali se concluía! Mudo meu avô saíra... calado chegava. E nada lhe foi perguntado! É verdade que os indiscretos davam tudo pela migalha de um simples pormenor, mas se borravam de medo e não falavam. E como já não pastam neste mundo as testemunhas que poderiam afiançar o que realmente acontecera, certamente vou levar para a cova as minhas conjecturas, já que alguém jamais confirmou se meu avô ganhou ou perdeu na sua viagem silenciosa.

  Ah! Que bom se tio Burunga tivesse ido também... escanchado no seu velho cavalo sem merma — como ele mesmo dizia! Aí então... a coisa seria outra! A gente logo ia se inteirar de todos os assucedidos, tim-tim por tim-
-tim! Dê por visto que ele traria nos olhos encantados imagens e vultos mais reais do que a própria cena em si mesma consumida. Embutiria nos termos mais vivazes o que só ele enxergava por dentro dos gestos e das feições dos inimigos medonhos que se batiam. Só este bicho indomável e talentoso tinha tutano de sobra para meter o cômico pelo épico e trazer à vida que pulsa e sangra o que na boca dos outros já não seria senão um punhado de cinza amortecida. Certamente injetaria uma esguichada de ódio nos olhos de maçarico, apontaria para o vazio um clavinote invisível... e o manobraria diante de todos nós a empinadas e arrancos estridulantes, se contorcendo pelo chão e vomitando balas de sua alma de fogo. Manejaria o facão-jacaré nas mãos cabeludas e desocupadas — tzape — cortando os ovos do vento — com meneios e piruetas da munheca muito destra, que ele desconjuntava toda para trás como se fosse de mola e não de ossos.

  E que ninguém se entremetesse! Ouviu, Ventura? Porque antes de sabermos todas as minúcias, nada o mudaria de rumo. Altamente inspirado, se desdobraria inteiro, chalaceando façanhas e façanhas, entrando de cabeça na representação dos detalhes mais insignificantes, inventando e repisando os incidentes mais comovedores. Comporia cenas de um realismo inesquecível, com o diabo da palavra arremedadora que nos arrebatava, ajudada pelo corpo que se espichava e se encolhia, tomando o jeito das imitações mais extravagantes, até se derreter em pingos de lágrimas verdadeiras, ou se entronchar em gaitadas debochadas.

Dentro de casa, via-se facilmente que todos continuavam doidos para se inteirar dos eventos daquela viagem encantada com o seu gosto de aventura sufocada. Mas mal cochichávamos pelos cantos, de vez em quando os olhares se cruzando com a mesma gana e a mesma sede, falando mais alto do que as bocas. Parecia que um nó de chumbo atava as nossas vozes pela cepa.

Mais logo, no jantar também silencioso, só se ouvia o tinir dos talheres, as lentas mastigadas cautelosas, as mariposas que se despedaçavam sobre o tubo do lampião. Sem aguentar mais a mudez do casarão calado, e me prevalecendo ainda do pegadio com meu avô, da intimidade bem maior do que a dos próprios filhos e dos outros netos, aproveitei o minutinho em que ele desmanchou a carranca quase aliviado, e lhe perguntei, na mais cristalina confiança de menino:

— O senhor achou as éguas?

Subitamente, com o antigo preceito rompido e violado, os talheres se cruzaram e os braços se quedaram. Todos os presentes abaixaram a cabeça como se aguardassem uma sentença terrível, atingidos no coração pela pontaria despropositada de minha pergunta que saíra como um torpedo. Alguns segundos se arrastaram lixando asperamente as minhas entranhas e não acabavam. Menino, menino, aprendi ali para sempre o poder coercitivo do silêncio. Tarde, mas tarde só uns poucos segundos, me dei conta da grande besteira que fizera. Bem que, sentada a meu lado, minha avó ainda me acudiu com uma beliscadura retorcida na barriga da perna, me avisando do perigo...

Em resposta ao apelo do menino, meu avô desceu mais a viseira da carranca, baixou a caneca de café e, por um instante imobilizado ante meus olhos apatetados, levantou-se de sopetão por dentro de um só arranco, derrubou o tamborete de gaveta e saiu para se espichar na rede, naturalmente trancafiado por dentro da camarinha, com medo das invencionices de menino, fugindo da pergunta que nunca mais lhe seria repetida, porque logo depois peguei a perceber que a resposta requerida ultrapassava os seus poderes. Naquele abandono todo, me arrastando na noite comprida, eu me aconchegava inteiro à saudade de sua afilhada que há poucas semanas passara ali pelo Murituba, necessitando muito de seu jeitinho delicioso. De certa forma, ia assim aprendendo a conviver com os desgastes que meu avô vinha sofrendo...

17

Sinhá Jovência contava de minha avó que, na sua primeira semana de casada, logo se apressou a assumir de uma vez por todas o comando da sua casa, se enfronhando diretamente nos serviços mais assoberbantes, ansiosa por governar o seu novo mundo sob a dureza do pulso enrijecido. Meu avô, porém, muito meloso e arredado de seus hábitos naqueles dias especiais, em vez de se botar para os partidos de cana tão logo rompia a manhã, se punha a arrumar pretextos para se demorar ao lado da mulher, rondando a doce presença de que muito carecia a sua reservada virilidade, receoso de que a sua querência se desagradasse de alguma coisa na nova morada. Intrigada com esses cuidadinhos num homem com tanto renome de infatigável e serioso espalhado por aí, ela aproveitou uma hora em que ele a assediava em demasia e, assentando as mãos nas cadeiras, o enfrentou cara a cara, assacando-lhe ali na bucha, quase ensoberbecida:

— O que é que você tanto remancha dentro de casa, homem? Me diga! Que machucação danada! Tanta fama de trabalhador e ainda não vi nada!

Casadinho de novo, o sabichão preferiu não despropositar com a sua mulherzinha embravecida. Engoliu a reprimenda sem tossir nem mugir, e o jeito mesmo foi abrandar a corte, por ela entendida como cerco, e ganhar as estradas dos seus canaviais, se ralando de saudade e de desejo para manter a fama e a ingrata sisudez. Daí em diante, por caprichos do pudor ofendido, ela nunca mais o pegaria atontado, a zanzar dentro de casa, cosido à roda de sua saia.

Decorrido algum tempo, já mais acostumado com o apelo indomável que exalava da jovem presença feminina, e seguro de lhe ter posto o cabresto pelo resto da vida a dois que mal despontava — ele se permitiu pregar-lhe uma boa peça, a modo de graciosa vingança: sacudiu a minha avó meia-noite velha, hora em que a bicharada formiga pelo mundo, e a persuadiu a que fosse reparar se a casa da sacaria estava bem fechada; que fosse de rifle na mão, e que pusesse na fenda da fechadura uma folhinha verde, confirmatória de sua vistoria.

No dia seguinte, mal as trevas se rompiam, o marido mandão se apressou a ir colher o testemunho da sujeição de minha avó. E de fato encontrou, metida no buraco de ferro, não apenas uma folhinha verde, mas uma rolha de picos de cansanção branco, terrivelmente urticantes. Meu avô contava essa partida aos mais íntimos se desmanchando de rir, acentuando bem-humorado a artimanha de sua mulher ainda mocinha, que tão cedo já armara tamanha arapuca para lhe popocar os dedos em bolhas e coceiras. Ouvindo essa brincalhona acusação, minha avó se mexia contrariada, dando vazão a sua raivazinha de mulher lograda que nunca conseguia desarranjar a naturalidade de seu homem. Esse tal episódio da fechadura era assim encarado pelos dois de maneira tão desencontrada que até hoje não sei assegurar se o ardil tributado a minha avó foi realmente um artifício de suas mãos ou apenas um gracejo de meu avô. Sei apenas que durante toda a velhice ele nunca se apartou desta mania de acordar alta noite e mandar que minha avó, ou Sinhá Jovência, ou João Miúdo fossem averiguar se estavam mesmo fechados cancelas e cadeados, porteiras e janelas: tudo balda de gente velha.

Todas as manhãs de quarta-feira essa minha avó já se levantava um tanto agastada, meio desatenta das pequenas coisas que lhe pedíamos, respostando as perguntas aos repelões, certamente ocupada em agregar todas as forças para se desincumbir do serviço adicional que neste dia se impunha. Amanhecia muito apressurada, se movimentando aos arrancos como um pé de vento, porque precisava ganhar tempo para aprontar o carneiro gordo que meu avô logo abateria com uma cacetada segura no cabelouro.

    Afora o rolo das vísceras do fato molengo, que ficava por conta do desempenho de Sinhá Jovência, geralmente cabia só a ela dar consecução ao preparo de toda a carne. Depois de apartar uma banda inteira que assava e cozia para o almoço e o jantar, e que comíamos à tripa forra, costumava moquear a outra metade, cujos pedaços eram depositados nos grandes alguidares de barro. Sempre cuidando em ser previdente, ela inventara de colocar esses vasilhames sobre um jirau de tábuas, suspenso por quatro cordas de pindoba no meio da despensa: abrigo seguro contra as ratazanas que, ao tentarem descer do telhado pelas cordas, escorregavam nas cuias lisas, aí enfiadas, mergulhando de focinho contra os tijolos do chão.

    Se bem que não tivesse as mãos endurecidas pela avareza, meu avô gostava muito de encurtar os gastos, amigo que era de reclamar contra esbanjamentos, desperdícios e mesmo sobras inaproveitadas. Assim procedia na ordem das despesas e aquisições: no pagamento dos agregados e nos objetos de casa, ou de uso pessoal, que batia até puí-los. No que concernia, porém, à quantidade do de-comer, o homem virava outro! Fechava questão em ter a mesa sempre farta e generosa — não de verdurinha, que aqui, naquele tempo, isso não era comida de gente — mas sobretudo de carnes e mais carnes, servidas abundantemente três vezes ao dia na mesa bem-posta do ano todo, com exclusão apenas da quinta e sexta-feira santas, que eram guardadas por razões de fé e penitência.

Acossado por essa mania de carnívoro, às vezes meu avô destemperava... perdia a cabeça e abatia dois ou três carneiros de uma só vez, num verdadeiro despropósito, que contrariava a austeridade de seus hábitos e não se coadunava bem com o ritmo ponderado de sua casa. Em face dessa matança desregrada que de vez em quando se repetia, minha avó levava as mãos à cabeça, assentava os polegares sobre as têmporas, mexia os olhinhos miúdos e se punha a resmungar, contrariada, queixosa da vida sem descanso. Reclamava contra o despotismo da carne por cuidar, contra o trabalhão que havia de enfrentar sozinha, sem contar com nenhum vivente abaixo dos poderes de Deus. Depois de assim muito gungunar, arrastando a sua irazinha pelos corredores e pela cozinha, achando até bom que o diabo da carne se estragasse para corretivo do seu homem — sempre terminava abrandando e cedendo, que não tinha natureza para conviver com o desperdício. Logo-logo, afundaria as mãos na gamela abarrotada de carne, se socaria lá dentro de unhas e dentes, aplicada no fabrico de sua charqueada caseira.

Com perícia de velho carneador, primeiro ela tomava da faca-estrela mais delgada e se punha a despegar a carne dos ossos, até que ficassem burnidos de tão raspados, imunes de qualquer migalha contra a solidez branca e nua. Aí então, pegava dos pedaços assim convenientemente desossados e retalhava-os em postas logo imersas na salmoura, onde descansavam durante o resto do dia. Só à noite recolhia todas essas mantas abertas, já inteiramente saturadas, e passava a estender e alinhar peça por peça entre camadas regulares de sal de pedra. Mas o trabalho iterativo e danado de dificultoso não terminaria antes de outras práticas e intervalos que não podiam ser abreviados! Até a completa maturação da carne curtida, pronta para o paladar, somavam-se outros degraus fragosos, traduzidos em etapas e cuidados que iam se cumprindo no percurso dos dias seguintes, onde a pressa ou urgência nada podiam. E ao rememorar assim as exigências imprescindíveis ao preparo do jabá, me acode agora a perceptibilidade de que a produção dos bens mais caros, e de humana qualidade, inflige em quem os executa as suas imposições e tiranias que regulam o andamento do tempo necessário. Assim essas anotações vão sulcando o papel quase não ligando para minhas previsões e disponibilidades: se me convenço de que tenho pela frente um trecho leve e ameno, aí o diabo da mão empaca, embrutecida como uma mula manhosa; outras vezes, se me posto diante desta máquina ressacado de pindaíba e a contragosto, sopesando as dificuldades miúdas e graúdas — de repente as palavras me torcem e me governam, enganchando em meus punhos um ritmo vertiginoso que se materializa em frases e parágrafos. Também não são diferentes as recordações que lambuzam os meus olhos de ternura, como se gostassem de ouvir os gemidos de minhas inquietações, justamente quando estou mais desarmado, e não me preparo de antemão para suportá-las. Assim também o júri impõe o seu trânsito capcioso, cuja tramitação não pode ser contraída, nem despojada do viés e dos suplícios que os vigilantes do mundo legalizam, inarredáveis em suas certezas.

    Na próxima jornada desse parcelado labutar, minha avó virava as mantas alternadamente, uma vez pela manhã e outra pela tarde, durante cinco dias consecutivos. Findo esse prazo, ela banhava todas as postas, insistindo em extrair delas, com uma vassourinha de piaçaba, o excesso de sal e sucos entocados nas rugas fendidas, depois do que começava a pendurá-las num arame esticado ao sol, para que escorressem resíduos e impurezas. Aqui a memória se aviva em sensações que ainda me entram pelos sentidos. Escuto as suas mãos a empilhar as peças num oleado de algodão, embrulhá-las aí tão cuidadosamente umas sobre as outras, que parecia embalar o aroma que se desprendia das grandes pétalas maceradas, tomar a pulsação da carne morta e curtida, interessada em apalpar de antemão a sua febre. Dentro do embrulho, as postas jaziam amontoadas e completamente abafadas, se curtindo na quentura recíproca, até que entrassem em maturação e exalassem o áspero cheiro sazonado.

Embora pareça fora de propósito que minha avó empregasse tamanho zelo num serviço executado a pulso, à revelia de sua vontade — continuo convencido de que ela se desincumbia dessa tarefa com fastio e desinteresse. Por isso ressalto quanto é embaraçoso entender como um trabalho tão acurado, feito por uma natureza tão aferrada, pode se combinar com um querer tão mendigo e desapaixonado. Na verdade, o serviço adicional dessas quartas-feiras especiais ajudou a consumir as energias daquela que nunca esbarrou de se gastar enquanto pôde servir, persuadida de que era este o seu quinhão mais natural, o destino a cujo apelo nunca soubera mentir.

Além desse e de outros serviços mais consistentes e delineados que demandavam alguma habilidade e muito vigor — e de que já tracei os vagos contornos —, minha avó ainda rolava o dia inteiro para lá e para cá, sem migalha de compaixão para o pesar de si mesma, pouco ligando em se resgatar desse estranho cativeiro de senhora. Na sua lida inestancável, deixava-se tomar continuamente por outras tarefas da mais rasteira e dura rotina, mesmo porque o meu avô queria a sua mão metida em tudo, destinando-lhe até mesmo as miudezas exequíveis por qualquer criada com um mínimo de boa vontade.

Na confusão desses servicinhos entrelaçados, ainda guardo alguns que se impunham pelo vigor do hábito. Atrepada numa cadeira de assento de couro, de três em três dias, minha avó se esticava na ponta dos pés para dar corda ao grande relógio de nogueira, o poderoso maquinismo que governava o tempo implacavelmente, pontual no rigor das badaladas que destampavam as horas corridas que ela haveria de preencher com os seus suores. Polia os metais que lhe couberam por morte de seus antepassados, como se cuidasse de pedaços vivos de sua velha gente retalhada, em cujo corpo esfregado a rigores sopesava o filão das mulheres deserdadas que também esbarra em seu destino. Desencardia e lustrava os móveis pesadões com generosas doses de óleo de peroba despejadas nos capuchos de algodão seridó. Entre agachada e doída, lavava os tijolos da sala de visitas, de quando em quando interrompendo o esfrega-esfrega para se queixar da dor no espinhaço, para relancear os olhos pelo canto do oratório e lamentar a demora da morte que não chegava.

    Em posição contrária, mas não menos incômoda, empertigada até onde o espinhaço recurvado lhe concedia — estralejando! —, ela vasculhava frequentemente as telhas de barro que cobriam todos os aposentos. Naquele tempo, sequer reparávamos que, mais pendida e derreada ano a ano, ela mal podia sacudir a vassoura desequilibrada na ponta do cabo comprido demais, na teimosia de desalojar pucumãs e teias de aranha que se alastravam sobretudo nos cantos onde o vento não chegava, apesar dos janelões abertos de par em par. Às vezes, algum cisco rolava dessa sujeira para os seus olhos cavados, provocando-lhe um ou outro gesto hostil que ela pontuava de interjeições arranhentas, resmungadas enquanto tomava da esparramada vassoura de pindoba para varrer, de dentro para fora, quartos e salas, corredores e alpendres, calçadas e terreiros.

    Entre os cuidados com que mais de perto cumulava o seu marido, lembro-me de que lhe dava infusões e escaldapés, raspava a bosta de boi de seu roló, untava e esfregava-lhe as juntas emperradas com unguento, arnica e sebo de carneiro capado, limpava as cusparadas no assoalho, lavava-lhe os pés na água morna da gamela, apenas quebrada a frieza, sem se falar na farofa suculenta de todas as tardinhas.

    No que concerne à parentada em geral, basta dizer que criou uma redada de irmãos por anos a fio até tomarem estado, e outra ainda mais numerosa de filhos que nasciam todos os anos, sem contar com os cunhados solteiros que se abrigavam sob seus cuidados, e mais o bando de netos voluntariosos de quem frequentemente se ocupava. Dentre estes, decerto fui o mais birrento e intratável devido ao pegadio com meu avô, que me cercava de impunidade e me enchia de regalias. Sem uma simples careta de enjoo, ela recolhia os nossos panos melados de bosta e mijo, apressada em lavá-los e batê-los na gamela de mulungu, escorada no rebordo da cacimba; aparava nossas unhas entupidas de sujeira; assoava os narizes encatarroados; sujeitava-nos periodicamente a purgantes de óleo de rícino e outras beberagens detestáveis; curava os nossos talhos e feridas com cinza ou capa de fumo de rolo; debelava resfriados e gripes a grandes doses de mastruz com leite, juntos fervidos no grande caldeirão de ferro.

    Como se esses afazeres não bastassem para responder pelo seu desvelo, de quebra ela ainda se levantava de noite, impelida por repetidos acessos de tosse que nunca a largaram de todo, e vinha velar o nosso sono, vigiando ali de pé — e obstinada — até nos amolecer em sonolências. Sem jamais se negar a esses laços familiares que subtraíam a sua expansão, ela vivia esquecida dos atavios femininos e outras coisas de alindamento a que cedo renunciara. Mesmo depois de cumpridas todas as obrigações, nem assim ela se permitia o seu quinhão de descanso, uma vez que qualquer coisa fora do lugar a requestava, traduzida em dissonâncias que ela teimava em domar, contrariada, o rosto pontudo vincado, as passadas em ânsias.

Às vezes, desobrigada por algum momento, ela lavava as mãos e dizia entre dois muxoxos: — ah, lá! Também não sou de ferro! — já se encaminhando para o banquinho de lona onde se entretinha em trabalhos de bilro e agulha, prendada e jeitosa que era desde a mocidade, quando então aprendera a tecer e tricotar para toda a comunidade de seu sangue. Pregava botões, cerzia e remendava, tecia rendas e bicos, abainhava fronhas e lençóis, bordava em ponto-cheio que era uma beleza!

De saia entalada entre os joelhos, e mais miúda ante o volumoso almofadão cilíndrico, estufado de folhas de bananeira — ela estralejava as juntas dos dedos, deslocava os óculos para a ponta do nariz, derreava as arcadas do peito cavado, e se punha a misturar os bilros de jacarandá com a perícia das mãos que não paravam. Se de vez em quando interrompia o frenético jogo desses pedacinhos de pau que formigavam, era apenas para limpar o suorzinho da testa e movimentar os passinhos mágicos de seus alfinetes com o milagre dos dedos já muito trêmulos. Deles nasciam as belezas entrelaçadas, rendas e labirintos que ela nunca usava, a que jamais concedia uma palavrinha de louvor, embora parasse neles, sem que ninguém percebesse — senão a minha maluquice de menino — o olhar ali contemplativo, na teimosia de desprender-se do limbo, de repontar um nadinha, de resgatar uma fagulha do brilho perdido. Entre solerte e dissimulado, eu tocava assim o encalço de suas ilusões, me fazendo de desentendido, receoso de fazer arder a pétala sensitiva de tamanho enlevo. Dava-me pena o que adivinhava no bosquejo daquele brilhinho cravejado nos labirintos, mal vendo o que se passava por perto.

No convívio com sua gente, minha avó preferia ser prática e ríspida, a se deixar demover por atropelos sentimentais. Como a última enfermidade de meu avô se espichasse no curso de muitos anos, entre abalos e esperanças, melhoras e recaídas — ela encomendara com bastante antecedência, na sua dureza mais natural, o terno preto a que atribuem poderes de azar, mortalha medonha com que muito depois ele seria sepultado. Durante muitos anos ela manteve esse trajo guardado em silêncio na grande canastra entalhada do sobradinho, de cuja janela tio Burunga viajava pelo mundo nas suas noites indormidas. Tantos anos essa mortalha repousou ali no esconderijo de cedro, subtraída dos abelhudos, que, uma vez assentada no corpo do morto, este viria a tresandar o cheiro vegetal exalado do coração de suas matas, cujas árvores ele tanto acalentara com a rudeza das mãos, quando então se adentrava renteando os troncos para recolher o seu feixe de fragrância.

A esse passamento, minha avó sobreviveria apenas nove meses — o tempo exato de uma gestação — vindo a sofrer uma morte de passarinho, breve como um pequeno desmaio, guardada contra os gestos teatrais das longas agonias. Nesse pequeno intervalo, engoliu o diabo que só as viúvas sabem, a ponto de se dizer desamparada sem o homem que a resguardara de desgostos que ela nunca pudera imaginar! Cada vez mais arredada das pessoas, foi despencando de mansinho sem um protesto, pétala que se despega imperceptível, incapaz de incomodar com a sua leveza! Rigorosa consigo mesma e, a seu modo, indulgente com todos os parentes por quem nunca deixou de se gastar, partiu assim sem um só pedido a ninguém. Foi mansamente se encostando no horizonte esperado de sua saída até certo dia amanhecer morta sem ninguém que lhe recolhesse o último suspiro. Depois de se consumir a vida toda na combustão das empreitadas, passou assim a pequenina sombra, resvalando para o fim sem ruídos e atropelos, desencantada do mundo e desatenta de si mesma, fazendo jus ao que sempre me dissera:

— Não se prenda a nada... menino, não se prenda a nada...

18

Em quadra de lua nova, tia Justina como que fica um tanto apertada da cabeça e com a língua mais desatada, a ponto de olvidar ou desmerecer tudo o que não lhe traga a resina do passado, que escorre em suas entranhas aos gorgolejos, em pancadas e jorros tão audíveis, que chega a lhe infundir um certo pânico e desregular os seus resguardos. Nesta última noite de tanto vento se esfregando nas telhas-vãs, ela não se conteve dentro de si mesma e, vulnerável ao novilúnio, veio se encostar na minha receptividade, muito necessitada de dividir com alguém os capuchos da solidão. Pediu que a sentinela arrastasse até aqui a cadeira de balanço e, apertando na mão o seu feixe de agulhas, fala que me vem fazer companhia e deitar alguns avisos de gente velha, coisas, segundo ela, que os mais novos não se prestam a escutar, na teima de não saber o que perdem.

    Diz assim e, enquanto escolhe e separa as longas agulhas, vai divagando em incursões luminosas sobre os velhos acontecidos do Engenho Murituba, recompondo à minha frente um pedaço da moldura carcomida pelas vicissitudes dos últimos anos, e em cujo retângulo vou voltando a me encaixar, interessado em reconstituir os idos que ela vai relembrando, enriquecidos com novas nuanças e gradações que só agora me absorvem, como se tia Justina estivesse a desvendá-los pela primeira vez! Decerto que a palavra meio destrambelhada desta criatura já encardida pelo tanto que vem vivendo não pode ser assim tão outra, a ponto de só agora me atar a seu fervor. Eu sou quem me predisponho a agasalhar contra o peito uma certa magia que ilumina os disparates de sua caduquice com lampejos de uma tal clarividência que pouco a pouco vou me convencendo de que o seu lado desmastreado possui um pavio revelador.

Muito para trás, com modos de quem afaga uma lembrança porosa, tia Justina, enquanto tecia ou tricotava, costumava falar toda engolfada de uma afeição que apesar de irrompida entre duas criaturas tão afastadas na idade — se espichou pela vida afora em léguas do melhor entendimento. Olho para ela, remiro a sua face, e baixo as pálpebras em busca de uma boca menos murcha e uns olhos menos cavados, e por dentro da sombra vai tomando forma o seu vulto de outrora, sentado na tampa cravejada do baú de guardados — pejado de auras e mantilhas — e de onde o seu olhar se alongava até os velhos santos calados do oratório de cedro, em cujos pés depositava as suas evocações e um resto de esperanças que ainda trazia enrodilhado na sua vida de solteirona. A seguir, abria a gaveta mais íntima, inundada de véus e essências capitosas, de onde exalavam pedaços de um mundo já defunto, mas vivo nas suas mãos, e amaciava a voz para tanger o prelúdio do antigo enleio que ia de avô a neto, e não voltava sem uma resposta muito calorosa.

Agora... enquanto cruza e recruza as longas agulhas que apunhalam a talagarça, apanhadas do antigo quadro onde também acionava o tear que já não existe senão na sua saudade de manusear o algodão cru — tia Justina vai desdobrando as suas lembranças, se comprazendo em reviver a antiga cena retalhada, e urdindo com as suas cores a teia de um tempo já despojado de suas amarras, em cuja ausência venho procurando em vão os fiapos de minha face, a fim de ganhar forças para a próxima encenação cuja data está fixada no Edital publicado a mando do Meritíssimo. Pressuroso, logo me ponho a fiar a malha invisível dos primeiros dias em que — face a face — eu e meu avô nos reconhecemos para muito além das falas nomeadas. Ela conta a exultação com que aquele projeto de neto levantava os bracinhos então guarnecidos com rendas da minha avó, nem bem chegava meu avô, silente nos seus segredos, guardado no seu mundo lá de dentro. Logo-logo, abrandava o vozeirão de mando, e pregava o olhar no neto sem tocá-lo, certamente — sabe Deus — temeroso de que se desmanchasse aquele fiapinho de gente e esperança.

Assim me vou reinteirando de que a presença enorme de meu avô já era sentida e acusada mesmo quando eu ainda vivia paradinho, inábil em façanhas de se mover e se revirar. Decerto reservava e lhe destinava, instintivamente, o quinhão de carinho que de ordinário caberia a pai e mãe. Tudo me leva a crer que esses primeiros encontros e entendimentos se fizeram no puro faro, arrimados em pequenos gestos, pedacinhos de sorrisos, olhadelas de reconhecimento e cumplicidade, tudo embrulhado no feitiço que não carece de explicações.

Na quadra seguinte, quando já não regulava a idade de menino de peito, tia Justina relembra que eu respondia com meneios de cabeça ao eco do vozeirão que trovejava em fragores afetivos. Até me conta que os de casa, invejosos como toda gente grande, se ressentiam aos resmungos e chiavam de ciúmes, censurando pelos cantos tão desmerecida predileção. Sobre as experiências desse tempo lacunoso, as atribulações que sempre me perseguiram afastaram de meu horizonte uma sondagem mais penetrante e demorada que ainda estou a me dever, mas nem por isso deixo de sentir, neste momento especioso em que me abro às mais leves impressões, que lá na minha fundura mais íntima se acendem e faíscam algumas brasinhas mortiças que sempre carreguei comigo, e que vão sendo avivadas pelo assopro de tia Justina. Fora do miúdo crepitar nessas ranhuras, tudinho é pasto de limbo, onde ainda não medra, nem com enxurradas e aguaceiros, senão o vago germe da voz que ouço.

    De muito mais para adiante, me acodem as primeiras tirinhas de vagas imagens, esboçadas ainda pela metade, que acendem e apagam o seu nadinha feito vaga-lumes, adejando com aquela minúscula faisquinha que persigo e agarro pela cauda, e que tia Justina, muito prestativa, me ajuda a colher e rendilhar. De sorte que, ao me inteirar dessas reminiscências que agora passo a traduzir em frases escovadas, reparo que, entre elas, a primeira que abrolhou só veio a se esgalhar no meio das outras, ainda pela prestança alheia. Enquanto as agulhas da antiga fiandeira fecundam a talagarça espichada que desabrocha em vistoso cacho de botões vermelhos, sorrio intimamente para minha avó, roseirista que já não existe, e vou escutando, entre neblinas e fugitivos clarões, a voz de tia Justina a me avivar que o meu avô passou mais de ano com as juntas das pernas duras e emperradas, atado ao diacho de um reumatismo que nem sequer o deixava montar no cavalo estradeiro para vistoriar o gadinho pelancudo que, já sugado pelo chupão de mutucas e carrapatos, ia pouco a pouco amunhecando de fraqueza no verão escaldante, onde parece que vi muitas reses nebulosas grudadas nos atoleiros da Solta do Cardoso: elas se mexem e se revolvem em corropios que me entontecem a memória, sacolejam o corpo numa peleja desmantelada; espanejam o rabo, se retesam no último finca-pé e amunhecam outra vez, mugindo pelos grandes olhos o desespero de não ter como se desgrudar da lama viscosa e fedorenta onde esvaziam o fôlego, silenciam e permanecem... e em cujos abismos me refrato com os meus temores, porque também não sei me desagarrar do lodo onde estou metido, nem me apraz ser pasto de urubus.

    Numa má hora infeliz, essa mazela de meu avô veio suspender nossas andanças, onde eu já começava a participar de seus zelos e de suas vistorias, descobrindo o mundo pela abrangência de seu olhar e pelo alcance de seu passo, pela pontaria de sua palavra e pelo vigor de sua mão. De uma hora para outra, por conta desse assalto inesperado, me encontrei sem a garupa do sendeiro Retrós, onde vinha aprendendo a intimidade com o lombo das montarias, ainda com as mãos entrançadas nas correias de couro cru, receoso de despencar lá de cima do pé do rabo. Coitado! Não de mim... mas de meu avô, que teve de se confinar a contragosto na casa-grande cujo balaústre do alpendre passou a ser a sua barreira e o seu calvário, o miradouro de onde esparramava os olhões compridos pelo seu pasto da porta, farejando a terra tão enamoradamente como se fosse tragar às bocadadas, palmo a palmo, as suas cores e os seus aromas, a sua textura de relevos e a fecundidade dos torrões; como a se compensar da ausência impiedosa de roças e canaviais até onde não podia mais chegar. Nesse transe de aleijado, ia puxando os cordões do seu mundo só pela metade, porque a outra banda, que só podia assimilar se lhe entrasse pelas pernas, permanecia imobilizada e cega; e, de sobra, ainda provocava as vagas tumultuadas de seus ímpetos represados. Eu achava até que as energias escapulidas das pernas lhe tinham varado o corpo e se acoloiado nos braços que não paravam de golpear os ares, enquanto ele lamentava a espatifação de seus haveres, o abandono de suas transações, o mata-pasto que tomava conta das terras longe do olho do dono, que é o melhor arado e o adubo mais produtivo.

    Com as más notícias do roubo de lenha na mata do Balbino, mais tarde vigiada por Garangó, ele gritava o seu poderio, sofreado por tantos meses de inatividade, em girândolas de esporros e esculachos que zonzeavam e abatiam os agregados. Também despachava o rancho de suas mazelas na paciência de minha avó, sempre em torno dele obsequiosa, adivinhando a hora e o lugar de melhor apaziguá-lo, desembrulhando os seus cuidadinhos para atenuar o destempero das zangas. Mas ninguém vá pensar que ela era mulher mofina para se aperrear com esses maus bofes ou se fazer de rogada, ou andar encolhida a rezar na camarinha ou ao pé do oratório. Lá isso não! Ela até que muitas vezes se irava em rasgos de valentia. Quem duvidasse que fosse pôr tacha em qualquer dos seus filhos, para ver só o tamanhão do seu topete. Experimentasse um atrevido e logo se defrontava com uma onça caetana de unhas arreganhadas. Só que na sombra daquele jequitibá copudo ela se resignava que as leis não eram outras. Encurtava-se na sua autoridadezinha de nada, enganosa, porém!

      Farto e cansado dessas rajadas de impaciência que estrondavam em ecos na casa-grande — pois quem há de tanta constância aguentar na zangaria? — quando enfim lhe acudia uma rebarba de doçura — esta sim! — ele guardava bem escondida para o neto, e pouco a pouco se alojava no meu mundo de menino. Aí então, eu aproveitava essa abertazinha, esse tiquinho de aragem, e ficava — de pura pena e afeição — assuntando um jeitinho de engambelar aquele atormentado, de arrastá-lo daquele cipoal de desassossego, nascido das duas pernas entanguidas que nem doutor estudado nem raizeiro famoso sabiam desentrevar.

      Juntando coisa com coisa, eu me empenhava todinho em lhe puxar as remelas do coração. Quando era daí a pouco — que beleza! — ele já se divertia e caçoava comigo que nem menino. Muito arredado de sua soberba lendária e das lufadas costumeiras, rolava na boca agradada o torrão de açúcar mascavo apanhado da minha coité castanha. E tia Justina encarreira, desenrugando a face e quase sorridente! que logo tios e primos se indagavam inconformados, digo eu que ressentidos da afeição que não tinham:

— Cadê o velho encruado no grude de suas teimas? Cadê encasqueto e arrelia, emburramento e rezinga? Cadê suas macacoas? E que diabo de cosquinha o moleque terá feito pra mode o velho se derreter assim tão pachola e desmanchado?

Hoje é que mais me despetalo condoído dele, que mal podia com tanta sisudeza encaroçada, ao relembrá-lo quanto era recolhido nas mínimas expansões, a ponto de aparar até o sabugo os descompassos naturais de qualquer homem, apegado em demasias a suas funções de lei, encruado no acanho do silêncio. Passava os dias inteiros encolhido no estranho poderio de pobre senhor de engenho, coçando as barbas em cismas duradouras, às vezes tendo prejuízos medonhos pela tenência caprichada de manter os acordos selados apenas com o fio da fala, que muito honrado era e tinha de ser.

Já no termo da vida, sua palavra ainda era tiro que nunca mentia, mais confiável do que qualquer documento assegurado por fé de ofício ou força de lei. Os abatedores de gado, então, magarefes para quem *escrúpulo* era um vocábulo desaprendido porque remetia a um hábito desusado de tão antigo — se aproveitavam dessa veneranda mania que meu avô trouxera de tempos que existiram mais para dentro: pediam-lhe o preço de uma rês num certo dia, silenciavam durante meses de boa capineira onde o novilho apalavrado ia engordando de rebentar, e vinham fechar o negócio dali a um ano, exigindo do velho o mesmo custo antigo, alegando que ele hipotecara a sua palavra! E meu avô — coitado dele de tanta decência que arrastava! — mesmo assim extorquido estupidamente, nem dava mostras do brutal arrependimento! E ainda gritava com os filhos que lhe advertiam do esbulho. Só lhe importava que sua palavra de bronze retinisse em lei municipal. Mais soante por estas bandas, só mesmo a devoção do primeiríssimo Costa Lisboa.

Até mesmo comigo, ele cansava de conservar a sua privança inquestionável. Reparando bem, só depois de muita pendenga e traquejo, em que me empenhava em artes todo maneiroso para o abrandar, é que o cismarento ia arriando de mansinho o crespo poderio. Se acontecia de aparecer alguém inesperadamente, uma sombra tornava a enevoar o rosto que ia se entreabrindo: mais que depressa ele recolhia o prenúncio de descontração e recuperava a estatura de infeliz dignitário. De dentro do couro franzido do carão dependurado, ele apertava os olhos e ficava minutos e minutos botando reparo, simplesmente quarando como uma jiboia, disfarçando nas mangas do croasê a boca de riso que teimava em repontar. Só quando não pressentia nem fumaça de algum entremetido, aí então o rojão era outro! Ao invés de apenas entremostrar-se meio sem jeito e de banda, dava vazão ao regozijo represado! E como rendia! Daquele banjo de dentro, ordinariamente entravado, rebentava um correntão de gargalhadas.

 Do alpendre aberto para os confins que avistávamos sob a galharia rala da paineira, meu avô se botava apenas até a casa da sacaria, assim mesmo conduzido na pança de uma rede, cujos punhos eram amarrados à corda nos esteios de pau-preto por Maçu e Bertolino. Sob essa dita rede, estirado num courinho de bode chuviscado, levei mais de um ano grudado a meu avô. Ali naquele andar de baixo me entretinha com meus miúdos pertences, ou ficava imaginando as minhas besteirinhas de menino mesmo, ouvindo o enfermo repetir, em rasgos de indomável impaciência, que era muito difícil dirigir o seu engenho só com o tino, sem pernas para caminhar. Dali da casa da sacaria, entupida de açúcar até o gogó, trescalando a bombom e mel, ele meio que governava o seu mundo apenas dentro dos conformes, por isso me fez logo de caminho, moleque recadeiro:

— Ô menino... vá dizer a Maçu que não deixe a moenda pedir cana... ande, aproveite e mande João Miúdo botar a serigola na cancela da gamboa. Vá ligeiro, homem...

Nos intervalos da enfiada de recados, me estirava no courinho curtido a angico, cruzava as mãos sobre a nuca, e me pegava aos lamentos de meu avô, pontuados pelo vaivém da rede que gemia agarrada nos esteios, aprendendo muito cedo a retesar as lágrimas diante do vagido do mundo. Hoje é que sei que, se a gente for de tudo se apiedar nesta terra lavrada a dores, não sobra nem um só cantinho para os sentimentos que redimem o espírito e agradam o corpo. Esses sons abafados tanto me estraçalharam, me empurrando para a angústia e as preocupações de meu avô, que me deixaram precocemente meio surdo e esquivo ao vozeirão da vida com todas as suas solicitações que só me chegaram tardiamente, mas com uma tal intensidade de tragédia, que ainda hoje vivo do alento que delas recolhi, e se até no momento não amoleci de todo, certamente é porque ainda me apraz recuperar seja lá o que for.

Felizmente, essa entrevação de meu avô só durou um ano e coisa. Logo-logo destravou as pernas, movimentou as articulações azeitadas de novo e deixou o choco da rede para andar aos berros por todos os quadrantes de seu pequeno mundo, sua presença enorme se sacudindo aos atropelos, ansioso para apalpar os seus possuídos onde entravam bichos e pés de pau, canaviais e roçados, soltas e capineiras, e para remendar as malfeitorias de mais de ano num abrir e fechar de olhos. Ali de testemunha, vi muita gente que andava à solta e no desfrute se encolher e se anular zonza dos gritos que fuzilavam e retalhavam o ar. Como meu avô era um sujeito aprumado, e manejava ali no duro os braços de seus homens, com poucos dias cada pequena coisa desmantelada foi devidamente reposta em seu lugar. Daí por diante, na espontânea calmaria que retornava e lhe trazia de volta seu pedaço de sossego, muitas vezes, sozinhos os dois, corremos atrás de passarinhos molhados, em dias de escorregos e chuvaradas. Sacudindo o velho chapéu de baeta, ele se virava muito ágil em pernadas e voltas fechadas, até agarrar os canários amarelinhos, puros gemas de ovo, que eu prendia nas gaiolas de ponteiros de bambu ou de barba-de-bode feitas por João Miúdo e penduradas diante do roseiral de minha avó. Não sei se me deliciava mais com esses pássaros, cujo coração palpitava de medo nas minhas mãos trêmulas de contentamento; ou se com meu avô, ali correndo na chuva e escorregando no chão molhado, em artes e folia de verdadeiro menino, dando pulos e corrupios no encalço dos passarinhos, até se esparramar entre as moitas e me trazer na ponta do braço esticado — triunfalmente! — o canarinho que me entregava todo maravilhado e criança, como nunca o vi senão nessas ocasiões. Só que numa das vezes terminei derrubado por bruta pneumonia que instarou em nossa convivência o segundo grande transtorno, destinado a estreitar mais a nossa amizade, que assim ia se consolidando por dentro das adversidades.

 Tia Justina me ajuda a confirmar que durante uns bons quinze dias a casa-grande não se aquietou, num entra e sai de gente apressada que virava rebuliço tumultuado. Lá dentro, na camarinha de meu avô, eu ia aguentando a pulso, num febrão danado, o embate da vida e da morte enrodilhadas no chiado de peito. Arranchado ao pé do neto, meu avô nem comia nem bebia. Era um bicho ferido, era um boi amocambado! Como o doente parecia que não sarava, mesmo sendo tratado às mais reputadas beberagens — ele logo despachou a gorda montaria para a vinda incontinenti de dr. Persílio, que daí a horas esbarrava o cavalo esquipador e apeava suado e solícito, sobraçando a sua caixa de coisas. Muito agastado por dentro, afastado de seus costumes para com os hóspedes por quem habitualmente se desfazia em gentilezas e agrados, meu avô o recebeu carrancudo, de cenho muito enrugado: ponderava que o doutor havia se demorado demais, e até indagara rudemente que diabo acontecera na estrada... mas logo remendando ligeiro se o tinhoso do cavalo não empacara, que de um lado ou de outro, por parte do pai ou da mãe, todos são meio parentes de jumento. Também sem mais delongas nem conversa fiada, foi logo deitando a sentença que já coçava na ponta da língua:

— O doutor pode tomar conta da casa, se abolete à vontade e vá pedindo tudo o que quiser... mas tenha paciência que só me sai daqui com o menino fora de perigo.

A partir daí, nos intervalos em que não assediava o doutor com perguntas e desconfianças, procurando arrancar a muque respostas mais positivas e confirmatórias do que as evasivas que recebia — deu para andar sombrio, casacudo, moído por dentro e de alma pisada, sem perder de vista o ritual de chavões, gravidade e apalpadelas com que o médico defendia a sua fama e sabedoria. Mas via-se bem que nada disso conseguia abrandar as inquietações de meu avô, que abanava a cabeça e torcia a boca para um lado no mesmíssimo gesto de abandono com que se habituara a enfrentar as perdas irreparáveis. No meio dos intrusos que farejavam a morte de perto, ele se movimentava num desassossego medonho, abrindo e fechando os braços como se tangesse urubus, indo e vindo sem pregar o olho nas noites intermináveis. De vez em quando, se destampava todo gritando uma ordem sem propósito, de puro desabafo, arreliado com a inutilidade e a sem-serventia das pessoas, espelho de sua própria impotência. Com o capote colonial largado sobre os ombros, por onde passava ia derrubando os candeeiros como um vendaval indomável, as abas abertas jorrando por homens e mulheres a quem ele ia imputando indistintamente a culpa de não terem tido o merecido cuidado com o neto que amolecia.

 Na noite em que me deram como vencido, porque eu não voltava do delírio que principiara na véspera, nem as unhas arroxeadas ganhavam outra cor, aquele ajuntamento de gente alarmou-se. Aqui tia Justina só confirma o que ouvi de mais de uma testemunha: entre o choro de minhas tias, que se alastrava como uma correnteza braba, meu avô abriu caminho no peito, transtornado e cego a tudo o que não exalasse do neto miúdo. Fitou o dr. Persílio no miolo dos olhos como se depositasse uma promessa intimidativa; debruçou-se muito recurvado sobre o corpinho ferido de morte tal um rei que se despede do herdeiro alumiado; e repuxou o cobertor para recolocá-lo no mesmíssimo lugar, alegando muito protestativo e contrariado que nem sequer o cobriam contra os calafrios, esse bando de mulheres aluadas! Semiconsciente, menino morto-vivo, rodeei o cachaço de touro com os cambitos dos braços em chama, e arrepanhei o resto das forças que já não tinha para me agarrar a seu tronco na agonia do último adeus. Aquilo foi demais! Um soluço mais estrondoso e sofrido rebentou não sei de onde, porque esse homem de ferro não chorava. As pessoas se olharam sobressaltadas... e só eu ouvi o peito desse avô arfando e explodindo nas minhas entranhas: ainda trago nas mãos o relevo do mourão de aroeira se sacudindo pelas raízes.

 Este homem já cinquentão e esvaziado, praticamente apartado do convívio humano, e a quem já ninguém endereça um gesto fraterno, pode ser aquele menino assim tão aquinhoado? Decerto que não e não! Cadê o rosto de minha mãe... que só escuto os olhos de meu pai me perseguindo? Cadê Luciana com as promessas de vida e o castigo de fogo? Escaparam de mim e estou só. Dos outros de quem fugi, culpa severa me caberia, se me importasse de ter errado com eles e merecido a hostilidade que sempre me endereçaram. Mas... e a mãe que não conheci... e o pai roubado... e a paixão enganosa... que fiz, para merecê-los assim subtraídos? Quanto valerá uma criatura assim desamparada, cutucada por vozes inimigas, e que só tem a seu lado um rol de mortos?

19

Logo que se cumpriram aqueles sustos e atropelos da minha derrapada, as dívidas quitadas, passamos a viver no bem-bom. Daí me lembro de tudo muito vivamente, a ponto de fazer reparos nas lembranças faladas de tia Justina que não me canso de remendar. Mesmo no corriqueiro, todo santo dia minha vida se renovava nos escorregos das poças d'água, no cheiro de alecrim, no sabor do maracujá-de-cacho e do cambuí, na paina da barriguda. Menino sem obrigação, criado no muito fofo — porque, apesar de ainda criança, a orfandade naquele tempo não me doía e castigava como hoje —, já começava a entender que meu avô se antecipava, varrendo a minha estrada e escorraçando as carências que apontavam lá longe, pondo muito gosto nos meus castelos de gravetos e nas minhas arapucas. Um pouco mais adiante, já então bem crescidinho e metido a homem-feito, vontade que não me largava desde que eu era menino-miúdo — ia farejando novas incertezas de gente grande, esquecido até de pegar catendes com laçadas de pindoba na ponta das varas de fumo-bravo. Ele ia percebendo as minhas precoces inclinações, me modelando pacientemente a seu jeito, me iniciando nos ofícios manuais, porque o trabalho sempre foi a sua maior crença e cotidiana lição. Eu, então, dava-lhe a resposta que podia, pondo muito tento e perícia nas cordinhas de sedém. Via-se bem quanto ele queria o meu olhar metido em tudo, pondo atenção nos meus trabalhinhos, acho que até carecendo muito de minha opinião de menino.

Vivendo tão irmanados em aberta camaradagem, é natural que eu perseverasse em minhas invencionices, pontes para o tráfego das coisas todas que lhe requeria, mesmo porque todo menino é assim muito pidão. Quando então solicitado a dar isso e aquilo, ele se fazia de tolo e desentendido, mudava de assunto absorto nos vazios e reticente, o carão embicado para cima, se esquivando de minha fala para lá longe distante, na treita mais genuína da surdez que ainda não tinha; ou, senão, amuava em calundus de silêncio e não dizia palavra — mudo como um pau-de-porteira que a gente empurra e larga por onde quer, e ele nem um só pio —, a feição inabordável de quem estava ferido de bruta indignação. Tudo arrufos de--mentira! Como eu nunca deixava de insistir, esgotadas essas e outras estratégias, ele martelava que não e não. Pois sim, eu é quem sabia! Só mesmo pelo gosto de se fazer de insensível e de rogado, discordante à queima-roupa de qualquer iniciativa que não fosse colocada por sua boca. Mania decorrente do seu centralismo nos negócios da família, e no trato com os empregados. Então eu não assuntava? Com todo o mundo era assim mesmo: primeiro que tudo, a discordância dilatada pelo exagero de não poder de jeito nenhum!

Quando seu Ventura desbaratava o dinheirinho da semana a rechear outras mãos na mais humana imprevidência, ia a ele com a cara mais lambida pedir uns cobres emprestados para a farinha e o querosene, quantia que jamais seria devolvida porque, alheio a coisas de compromisso, o grande zabumbeiro não cobrava nem pagava. Primeiro meu avô rascava, batia as mãos no balaústre com o olhar duro pregado no suplicante, a veia do pescoço estufada, e lhe gritava que desta vez não e não. Mas seu Ventura precisava matar a fome e esperava... não de todo desagradado com o destempero do patrão, porque nunca deixou de acreditar que na vida tudo se remenda.

Coçava o queixo e deixava que se abrandassem os desconchavos, certo de que o dinheirinho ia pingar. Algum tempo depois de despender as energias em esbravejadas negativas, seu patrão ia diminuindo de voz e amansando os estrondos, já indagando disso e daquilo, com o único propósito de ir tapando os buracos de silêncio que não se casavam bem com o trovejar repentino do destampatório, e o incomodavam visivelmente, a ponto de seus olhos se embaraçarem, descambados sobre a face por meio segundo, acho que arrependido da grotesca encenação. Nesse justo intervalo, ele metia a mão na algibeira, desdobrava a carteira de couro e estendia os poucos mil-réis em notas novinhas de bom pergaminho.

Ciente dessa virada antecedida de trovões e ventania, assim que meu avô empurrava as suas negativas contra os meus pedidos, eu me prevalecia das mesmas simulações tão a gosto de seu uso, e pegava a ficar emburrado, trombudo, em desacordo com o mundo todo, mesmo porque não tinha a natureza nem a experiência do zabumbeiro, cujo semblante nunca se ensombrava. Mas quer fosse assim ou assado, também comigo, daí a pouco, lá se vinha o meu avô abrandando o vozeirão arroucado, puxando conversinhas para diluir o desacordo com o neto, na verdade já todo rendido por dentro. Quem é que não enxergava? E sobranceiro de-mentira eu fincava pé só de puro ardil, até que o danado ria de fininho, se achegando já apaziguado para me passar na cabeça o afago da mão crespa e pesada, secundado pela dádiva vestida de queixa: — Este menino mesmo não tem jeito; pois toma lá!

Mas ninguém vá pensar que essa pendenga toda se resolvia assim de mansinho, sem mais nem menos. Muitas vezes tive de me bater contra a sua dureza, urdindo meios de abrir caminho até o seu peito, empenhado em quebrar a resistência que não me deixava comover o seu coração. Daí, depois de sete pelejas, eu arrancava as maravilhas! Ardiloso, parado de sonso, muitas vezes me apliquei nesses arranjos, com uma paciência que ainda hoje me admira. Como meu avô descompunha qualquer suplicante de mão desocupada, perseverei na invenção de pequenos servicinhos que bem cumpria para o regalo de seus olhos, principalmente quando muito carecia de seus favores. Certa vez, durante horas e dias, eu o espreitava de longe, com o pedido da bezerrinha moura já zanzando na cabeça. Assim que ele apontava na cancela do Engenho, mais que depressa eu me acocorava no oitão da casa-grande, perto da biqueira onde vicejavam os bredos, justamente no meio do caminho que seus pés logo pisariam. De borco sobre o chão, eu esgaravatava a terra com o toco da faca rundunga, arrancando o capim-de-burro das junturas de entre as pedras. Muitas vezes, ele passava rente a mim fazendo boca de riso, como se desse conta das minhas artimanhas, mas a verdade é que assim me chegaram cavalo, carneiro e bezerrinha. Só que hoje, contra todos esses bens que lhe arranquei, muito mais me desvaneceria se pudesse saber o rio que corria dentro dele, naquelas horas em que me avaliava.

 Para compensá-lo de todo o carinho que me concedia, nunca descuidei de evitar os modos que não lhe agradavam. Alheio a ponderações de todo tipo, ele jamais permitia liberdades de menino diante de gente grande. Mesmo comigo, se me expandia com ele na vista de meus tios ou dos agregados, o danado arrepiava-se trombudo, todo desfeito em rudezas. Montados em Retrós, enquanto andávamos nas cercanias da casa-grande, em torno da barriguda ou do Engenho — lugares onde havia sempre olhos a nos espiar —, ele permanecia fechadão e inabordável. Bastava, porém, cruzarmos a cancela do pasto da porta, ele mesmo é quem primeiro tossia, interessado em desfazer o silêncio e a postura de mandatário. Sozinhos os dois, de sobra eu já sabia: as durezas se dissolviam, o sobrecenho se descerrava, e perdia os rompantes lendários de homem cismarento, a voz outra vez encantada por dentro da rouquidão, desenterrando episódios de seu tempo de menino agarrado com o bruto do pai Honório, um velho barbudo que só vinha para a feira de Rio-das-Paridas com a espadona pendente do cinturão, e em cujo guarda-mão sobressaía o relevo da coroa imperial com as insígnias de Pedro II, ostentando assim a sua patente de Coronel da Guarda Nacional.

Meio absorto, eu ia saboreando o fio de sua palavra, me deixando agarrar pelo fascínio da rouquenha sonoridade. E pouco a pouco, não sei por vias de que mandinga, começava a me mover no bojo do tempo antigo, confundido com o avô-menino que me tomava pela mão e ia recuando em fanfarras incríveis até o começo do mundo. E o caminho se contraía de tal modo que, mal dávamos conta do percurso andado, já estávamos nas franjas da mata. Aí meu avô amarrava Retrós perto de uma touceira de capim-gordura, tirava-lhe o bridão, zeloso de que sua montaria se repastasse à tripa forra e, floresta adentro, afundávamos os pés no colchão de folhas secas que abafavam as nossas passadas, e sorvíamos a grandes goladas o cheiro aconchegante da virgem natureza que torna a gente mais irmanada com este mundão de Deus, esquecida dos irmãos malvados. O seu olhar de homem mítico abraçava as grandes árvores em derredor, escolhendo as espécies mais soberbas e mais úteis, a cujos troncos ele se achegava para me ensinar a reconhecê-las pela textura das cascas arrebitadas, pela conformação dos galhos que se cruzavam, ou pelo desenho das folhas e o aroma que exalavam amassadas entre as mãos. Mais adiante, com a face recortada de jovial entusiasmo, meu avô me apontava a jabuticabeira encaroçada de negros frutos redondos, como se quisesse fazer chegar até ela sua mão aveludada de um século inteiro de querência. Meus olhos saltavam arregalados com aquelas bichonas danadas, opulentas como a bunda das tanajuras. Perebas... bolhas imensas! Só este desbravador, congruído com suas matas, sabia chegar até essas fruteiras silvestres, socadas nos serrotes e socovões, isoladas do olhar dos outros homens, proibidos de desvendar os segredos e as passagens que ele não contava a ninguém. Adiante dali, depois de um cruza-cruza de atalhos e muita caminhada, a minha alegria de menino se destampava com o pula-pula desesperado dos preás bulindo dentro das esparrelas que meu avô armava nas veredinhas para apanhá-los. Não que ele comesse daqueles animaizinhos; apenas se comprazia em descansar os olhos na minha alvoroçada comoção.

Dali seguíamos para o canavial do Balbino, onde o vento acamava a ponta aguda das folhas muito compridas, enchendo de verdes ondulações aquele mundo sonoro e proceloso. Bastava a presença dos cortadores de cana, e lá se vinha meu avô com as suas besteiras, recolhendo de vez as alegrias. O vozeirão retornava dando pontadas terríveis, até o passo era duro como se arrastasse um roló feito de pedras, a espora de ferro retalhando o chão de massapê, juncado a palhas de cana. Muito carrancudo, gesticulando com o guarda-sol em riste, ele ia seguindo azuretado, gritando aos repelões — e lá vinham as medonhas descomposturas que rolavam de lombo a lombo porque este serviço está moroso demais. Não há patrão que ature este safado remanchar, esta lerdeza de rueiro e mulher-dama.

Assim ia levando minha vidinha de menino de roça, ajustada à medida de meu avô, atada às franjas de sua grandeza e sabedoria, senhora daquele pequeno império donde eu nunca me afastara. Estar ao pé dele era estar encravado e seguro no domínio daquele sólido mundo, absorvido nos seus ruídos e aromas. Fora dali, todas as formas se dissolviam, perdidas nos vazios inomináveis.

20

Muito tempo depois, esse menino tão agraciado começaria a quebrar a cabeça e se partir pela vida afora, até vir a se tornar este molho de ossos que ainda resiste e sacoleja, nesta hora de luto e desgoverno. Neste compasso de aguardar e reviver, vou me deixando sulcar como este chão lajeado cujas nervuras irregulares, emendadas e repostas a cimento, mapeiam os contornos das pedras e vão se desfazendo em pedacinhos de torrões granulados que me entretenho a esfarelar sob os pés, apressando assim as marretadas do tempo, quando então arrasto as chinelas e me movimento em busca da nesga de sol que vara de luz a romãzeira e entra pelo janelão lateral me trazendo o cheiro dos frutos e a tepidez de seu calor para me reanimar as articulações dos mocotós inchados. No fim dessas passadas de tanta ida e volta a que se reduz isto a que chamo de passeio matinal, me recosto no espaldar desta cadeira de couro, puxo a tábua da escrivaninha onde apoio os pés contra o formigamento que me pinica a miúdas beliscaduras, e fico a fechar o meu cigarrinho, numa posição tão reclinada que meus olhos vão bater lá em cima, no soberbo pé-direito de quatro metros e meio. E a simples sensação que me chega ao mirar essa altura toda me transporta a um certo sobrado onde, de papo para cima numa cama de viúva, me punha a decifrar os desenhos das velhas teias manchadas, ainda amolentado do regaço febril de Luciana.

    Entre o teto de telhas de barro e os lajedos do piso, estas paredes alvacentas por onde tenho cansado de escorregar os olhos que derrubo de cima a baixo são a minha paisagem mais constante. Isso é muito pouco para quem teve, além de florestas e canaviais e descampados para a vista da infância — uma ilusão sobre-humana que faria do peito de minha madureza um estuário de volúpia e de ardores — um sentimento que depois seria por Luciana triturado em fino pó, mas que, inexplicavelmente, e contra todas as probabilidades de sua possível renascença, ainda continua a judiar de mim, se encaixando num bosquejo neblinoso de errante espera que não diviso bem o que seja. Posso dizer que para retê-la todo me avessei, adaptando os meus hábitos ao gênero de sua inteligência, e me roendo para abastecer as suas tiranias e caprichos. Mais ainda: por ela me perdi e aqui padeço nestes limites apertados a repassar as emoções que vivi a seu lado, ou a fantasiar outras que poderiam ter acontecido, embora não exatamente como emergem dessas divagações: um lanço atolado no passado, outro lanço despontando no futuro.

Não tenho a menor dúvida de que jamais se repetirão as sensações e os êxtases que, apesar de nunca se deixarem ultrapassar, se finaram... sem o legado de um simples relevo aparente, sem nada... nada... senão o corte das navalhas que não vejo em talhos do castigo aberto em acerba saudade: a boca febrente a balbuciar que ruim mesmo era estar desgrudada de meu peito; a indignação chorosa com que me recebia atrás da folha da porta, se apenas me atrasava meio minuto, medrosa de que me tivessem comido na ponta da faca; o jeito muito especial de se vestir e me esperar, ofegante e estonteada nos grandes lenços encarnados, e em outros atavios e adereços que só cabiam no seu modo de resplandecer; a pindaíba áspera que não tomava sem a alquimia de minhas mãos ainda amornadas de suas espáduas; a volúpia que se alastrava em flama ardente e arroubos marulhosos da ternura mais brutal, me oferecendo numa bandeja de rosas amarelas o esplendor do branco corpo desnudado. Nada disso retornará, muito bem sei! E mexer nessas velhas sensações é mais me desencantar. Delas todas já devia me ter distanciado, se de fato me fosse dado escolher o rumo desse sentimento que me ultrapassa e tudo justifica.

Depois, muito depois, já no ocaso desse enleio, em cujo termo nunca havia cogitado, quando Luciana se enchia de serenidade eu me inquietava, porque estava acostumado a tê-la na rodada dos desvarios, e mesmo já sabia que em coisas de paixão essa botada de tanta calmaria é prenúncio de lances perigosos. Fui pouco a pouco percebendo que a sua entrega delirante ia perdendo o torneado vivo das labaredas — embora me mantivesse calado, fazendo cara de desentendido, temeroso de ensoberbecê-la ou até precipitar sua partida. Mesmo conferindo as suas desatenções cada vez mais amiudadas, o meu lado cativo permanecia cego à inconsistência daquela frágil ilusão que tanto me arrebatava, e que Luciana começou a me arrancar a fugas intermitentes de um ou outro dia, até o desaparecimento para nunca mais, que, enfim, abreviei. Tanto constatei e não me convenci, embrutecido do cheiro que me vinha dela! Tendo chegado a mim eruptiva e trovejante — vulcão que se destampou como a rolha de um champanha muito sacudido — nunca pensei que paulatinamente se esfriasse a paixão tumultuada, noite a noite mais embrandecida. E saber que por força dessa crença me vejo aqui dentro atramelado! Só muito posteriormente, ocupado em retraçar a coivara de fogo que vivi, é que me dei conta da cegueira desatinada destes meus olhos que tanto já tinham visto sem se convencer.

    Se por conta deste lutuoso desenlace se acentuou em mim uma segunda natureza mais desapontada que já vinha se desenvolvendo de ano a ano, é porque, lacerado, virei o que o mundo me ensinou depois que se foram pais, avós e essa Luciana, três vezes largado aí sozinho! Decerto que nunca fui amável, mas também não era esta criatura tão arredia, e sempre me dei com um pequeno número de pessoas de cuja intimidade passei a me distanciar. Reconheço que se apartar assim dos semelhantes é desinteressar-se da própria vida e tragar pela cepa as novas oportunidades que poderiam desembocar numa nova relação afetiva; mas assim quando as outras pessoas se tornam meros figurantes no teatro cuja protagonista se elidiu, esse raciocínio que condena a reclusão só vale para quem olha de fora as dores que não pode sentir. Dizem que tudo passa sob o sol ou sob a noite, que um e outro são depósitos do tempo que não estanca, mas a verdade é que, uma vez dela privado, nada continuou a fluir como antes, apesar dos esforços para ultrapassar este vazio abstrato que tem desafiado o ritmo das mudanças.

Mas o tempo é o tempo! E tanto pode que nunca mais o tipo mal-ajambrado veio inclinar no rebordo destes janelões as duas pipocas dos olhos saltados. Fico a matutar nas feições do oculto vingador que se mete na pele desse estranho emissário, aqui desconhecido de toda a gente. Ou será que a culpa que me imputam me impede de enxergar nele apenas um obscuro passante que entretém aqui a sua curiosidade? Seja como for, mesmo sem querer, me ponho a especular sobre suas idas e voltas, há meses arrematadas com o seu desaparecimento. Às vezes chego a supor que ele recebeu o seu soldo apenas para me amedrontar, para sugar o meu medo com a sua venta de jiboia, o instinto roaz de estraçalhar os dias e encompridar as minhas noites no cutelo do pânico. Ou é assim, ou então o inimigo cochila nos cálculos da tocaia, aguarda, obstinado, que o tempo se dilate e que a sentinela arrie a trouxa de vez. Só assim poderá cumprir o intento tão acalentado sem deixar rastros para a polícia, cujo faro tacanho tenderá a se perder no fartum das mil veredas que se cruzam e recruzam nos descampados dos pastos e no cipoal das matas.

Já contei que a princípio, aborrecido e sobressaltado, me maltratei demais com essas dúvidas, e esse abrutalhado de cara aberta em sulcos, vendo a minha vida assim espreitada, a pender de uma simples puxada de gatilho — mas diante da iminência e inevitabilidade do júri, essa apreensão primeira, aliás muito justificável, vem se deixando retemperar de inflexões naturais. Ao me avizinhar do momento em que com toda a certeza minha intimidade será desvelada, os meus pesares se agravam e me arrastam a avistar bem de pertinho a sombra dos estertores. Já antevejo a sala das audiências formigando de curiosos. Sei que muitos deles não poderão disfarçar a avidez com que fruirão os prenúncios de mais uma condenação.

Como já não existem os festivos espetáculos públicos de enforcamento que eram encenados no grande cruzeiro defronte da antiga capelinha, só resta a este povinho o réu esporádico — e por isso mesmo mais vorazmente aguardado — das pequenas tragédias sem grandezas e sem lances de heroísmo, o réu que se recurva no tamborete baixinho, as pernas encolhidas e ladeado de sentinelas. Muitas vezes pude observar como essa malta sequiosa se espoja na gosma dos instintos escancarados, se deliciando com as sentenças mais terríveis. Os mais sinceros, então, arreganham os dentes como se fossem abocanhar um pedaço de carne sangrenta da presa ainda nos estrebuchos da vida. Quando pressentem que são surpreendidos assim na intimidade transparente da fome canina, tratam logo de dissimular o descomedimento de bichos com vagos gestos que denunciam o desaprumo de quem foi apanhado com a mão na botija.

O outro lado por onde essa mesma plateia se identifica responde a seu mal contido anseio de admiração.

É inacreditável como aprecia, de dedo na boca e toda embasbacada, o juiz, o promotor e os advogados empoleirados no estrado, suando sob o peso das negras vestes talares. Gosta dos atavios solenes que infundem medo e reverência; aplaude a eloquência farfalhuda que despenca de cima, acompanhada de gestos derramados. Parece não se dar conta do cenário montado para coagir e disciplinar, da empáfia de tão nobilíssimos doutores! Sob as roupas domingueiras, essa triste gente desavisada se gruda ao lado externo das audiências, sem cogitar das relações encobertas que as regem, sem um naco de piedade pelas vítimas indefesas. Só sabe se entregar ao gozo inestancável que tira dos galos de briga que se estraçalham. O que mais quer e deseja é preencher os ócios dilatados nesta terrinha sem novidades, e tomar da ocasião para escancarar as mandíbulas carniceiras. Vejo como alguns se babam de gozo com esses rebuliços que quebram a monotonia e abastecem as imaginações mais insidiosas. Diante dessa gente que se delicia com o infortúnio dos mais abandonados na hora capital de seu calvário, certamente terei sensações imprevisíveis.

 Calejei nas audiências onde mais de uma vez me perdi a avaliar os acidentes que iam minando a resistência do interrogado. Vi valentões de palavra petulante e gestos insolentes se desmancharem de repente, atacados inopinadamente por acessos de choro ou tremores de maleita. Muitas vezes cheguei a indagar de mim mesmo, me antevendo ou devaneando, como me comportaria numa condição tão delicada e vexatória, as pernas sobrando do tamborete. Enquanto observava e media as reações de cada réu que ia se acanalhando, sentia calafrios demorados, as mãos pegajosas e suadas resvalavam no teclado desta máquina, como se eu passasse a assumir antecipadamente a condição de acusado a que me endereçava sem remissão.

Essas experiências, e aquelas outras que já trago das audiências de meu avô, ambas assimiladas numa aprendizagem a pospelo, de nada me valem agora, já que, ao invés de me trazerem sossego, me enchem a cabeça de caraminholas. Pelo que sinto apalpando dia a dia os sintomas de meu corpo, infelizmente aqueles ensaios não me eximem de ansiedade, não me desobrigam de sofrer por antecipação, nem certamente vão me impedir que fique só e acuado diante dos justiceiros no dia do derradeiro interrogatório. Debilitado com este áspero aguardamento, sei que tendo a emprestar importância excessiva aos ecos que me cercam, mesmo porque já me escapa o tino necessário para enfrentar a sangue-frio a dimensão deste castigo. Presumo, porém, que num ponto se iguala à morte: é inútil o ensaio das agonias alheias que sofremos como se fossem próprias.

O temor que mais me suplicia se vincula à perda da serenidade no meio de uma gente tão inimiga e janeleira, acostumada a tecer e acrescentar, a esta altura já contaminada pelo assunto picante que certamente o Promotor porá em exageros até cansar a pontuda língua de trapos. Receio ser incapaz de debelar o pânico, e me exibir acovardado, coagido pela zoeira de mau presságio que exalará dessa gente em coro fatídico a me azucrinar e endoidecer. Preciso prestar bastante atenção ao espetáculo, agrupar as forças todas do meu domínio para evitar o tremido da voz e a cabeça acarneirada, o olhar acanalhado e os gestos embaraçados. Tenho de me concentrar num único propósito e me coser por dentro dele a pontos de arame: frustrar a expectativa dos desalmados, impedir o repasto dia a dia aguardado, decepcioná-los com lufadas de coragem e nítidas convicções que ainda não sei onde vou apanhar, mesmo que precise me ultrapassar.

Se o que bem me intriga e sobressalta concerne mais diretamente ao conluio de encenação, do que à sentença a me ser imposta, não é que abra mão da liberdade ou largue ao borralho os dias que ainda tenho pela frente, embora já não me sacuda nenhum otimismo desconcertante. É porque estou convencido de que a pena ou absolvição que me couber dependerá muito pouco do que se desenrolar nas luzes do palco armado para intimidar. Conheço de dentro a sisudez desses nobilíssimos doutores! Aprendi como eles preparam e decidem tudo nas entrelinhas, suando duro para salvar as aparências, danados de precavidos que são, porque sabem que lá no bem fundo a Justiça a que pertencem não pode prosperar sozinha e desconjuntada, batendo o pé a outros poderes que andam com ela em estranha parceria. Por isso mesmo, o meu processo corre na pista comum, entrando em túneis cheios de subterfúgios e atalhos em zigue-zague, até adequar as suas conclusões aos interesses mais persuasivos, de forma que a maior parte dos "homens de bem" não saia perdendo. Nessa maquinação toda, os autos sabem a pretexto, onde o que menos conta é o meu destino! E as leis do Código Penal são ferramentas estendidas num mostruário onde os doutores incorruptíveis podem escolher à vontade os artigos e parágrafos que se conjuguem e se prestem a levantar os bastidores do teatro onde se ordenam as culpas.

     É terrível a convicção de que os próprios dias futuros pendem desse encaminhamento flutuante, tecido de evasivas e reticências, com avanços e recuos inúteis, feitos apenas para criar expectativa e retardar as conclusões. As criaturas interessadas no meu caso, como em todos os outros, se acumpliciam em dois grupos confrontantes: um deles, certamente o mais poderoso, me acusa das crueldades que não cometi; o outro me defende contra o crime de que me dizem portador. O aparato judicial é o fiel da balança que oscila de uma ponta a outra para fazer de conta que acompanha as hesitações, mas que termina mesmo é se inclinando para a banda onde mais se adensam os poderes. Na verdade, pouco contam a falação empolada do promotor ou advogado, a incongruência ou não do réu interrogado, ou o depoimento das testemunhas, uma vez que a única existente se escafedeu e foi vista na divisa da Bahia com Minas.

    Como escrivão, aprendi a me resignar com este trâmite legal: ganha quem pode! Mas como réu inocente não consigo me conformar: me impaciento dia e noite, a pele me arde e perco o sono, me aborreço até à exasperação, muito longe de encarar a trança dos maus dias com o mesmo ânimo imbatível de minha avó. Por mais que peleje, por mais que encareça o seu destino, não consigo copiar a firmeza de seus passos, nem me amoldar ao punhado de renúncias que a vida larga na mão de cada suplicante. Quem me dera... aqui e agora, a força de sua valentia dentro dos redemoinhos:

    — Não abaixe a cabeça, menino... não abaixe que é disto pra pior: morto nasceu quem destinado veio a não sofrer!

21

De tanto pegadio com o neto, até nos menores quefazeres fora de hora meu avô me queria com a cara metida nas coisas que as suas mãos manejavam. Era o seu jeito mais congruente de me passar o afeto calado de sua companhia, e ao mesmo tempo me adestrar na sabedoria que apanhara dos antepassados rurais: pequenos conhecimentos cristalizados em hábitos recorrentes que eram exercidos todos os dias no amanho da terra e no cultivo dos animais, com a entranhada naturalidade de quem já nasceu posseiro de seus segredos e de sua magia. Além de lavrar no Engenho Marituba os bens de consumo que abasteciam a sua gente, meu avô ainda tinha o domínio razoável de todos os pequenos ofícios necessários ao bom andamento de sua produção. Essa desenvoltura tão abastada, provocada pela condição de não dispor de pessoas qualificadas a quem recorrer nos múltiplos embaraços, lhe daria motivação e habilidade suficientes para o desempenho inventivo e excelente de alguns desses serviços a que se botava: era o mestre de açúcar de mão de doceira gabado até nos confins do Engenho Maratá; era o ferreiro de pancada rija e firme rebatida; era o batedor de sola de quicé anavalhada e pulso maneiroso; era o magarefe de cacetada segura e corte certo e macio.

    De uma feita, ainda de telegrama desdobrado na mão, chamou minha avó a um canto, para lhe passar em primeira mão uma certa notícia. E só depois de conversarem com os olhos e de se entenderem batendo os beiços aos cochichos, é que nos disseram que o dr. Maneca

Tavares, compadre e amigo dele, meu avô, chegaria da Capital pela marinete dos Campos de Seu Tomé para uns dias no Murituba. Na noite seguinte, o velho foi logo me prevenindo:

— Amanhã bem cedo... olhe que é cedo! Vou lhe acordar pra um servicinho. Às quatro, ouviu?

Adiantando-se à hora combinada, costume com que adubava a sua fama de madrugadeiro, veio me puxar a coberta com o chiado dos primeiros vira-bostas, muito antes de minha avó se botar para o milho de suas galinhas. Juntos, lá nos fomos até o cercado de suas ovelhas, apalpar e escolher a marrã mais gorda para o melhor passadio do compadre doutor. Depois de abatida a infeliz com uma cacetada certeira bem no meio do encaixo, meu avô amarrou as pernas da morta num dos esteios do alpendre, a cabeça balangando lá embaixo na ponta do pescoço desgovernado. A seguir, empurrando as costas das mãos num vaco-vaco apressado, ia esfolando a marrã e desnudando a sua brancura azulada e meio leitosa. Eu chegava a sentir na cara o quentume copioso e quase humano daquele corpo inocente estirado em vertical, ainda carregado com o bafio da vida. Empunhando uma faca amoladíssima, ele rasgou um talho comprido que abriu a barriga da morta de cima a baixo, se rompendo numa fenda que mostrava a caverna bojuda onde os órgãos internos se alojavam. Mais que depressa, empurrei a gamela redonda para o pé do esteio, pronta a receber miúdos e vísceras que meu avô despegava das pelancas e dos cordões raiados de sangue, para despencarem na vasilha molengos, desarrumados, exalando um fartum de coração que ainda se estrebucha.

Mais uma vez me chegava a ocasião de estender os pensamentozinhos que ultimamente se vinham encorpando: então a vida era assim só isso? Lá bem no fundo dos viventes, nos abrigos mais reservados, só tinha coisas melentas, fedidos rolos de tripas esticados de merda e bosta? E para me convencer dos vazios ainda inomináveis que começavam a bulir comigo, mergulhava as mãos ali na gamela, tateando e procurando nas dobras mornas e viscosas do fato esparramado alguma coisa de mais concreta e no entanto ainda impalpável, cuja ressonância pudesse me conduzir a revelações mais indicativas de algum sentido oculto, do que o simples cheiro morno e adocicado onde meu faro esbarrava. De dentro do crânio escalpelado, a marrã me espiava com os grandes olhos abobados de desalumiada, me passando para sempre a terrível evidência de que a vida é o acaso mais imperscrutável, e a condição de toda criatura, uma pequena miséria orgânica espremida entre parênteses.

 Depois de se acomodar no quarto de visitas onde havia uma cama marquesa e um urinol de louça inglesa com tampa, o compadre Maneca Tavares desceu até ao Engenho, onde palestrou à vontade, muito perguntativo, e saboreou grandes goladas da garapa de cabaça que meu avô reservava para o cunhado fominha, o povo reparando muito nas suas roupas muito alvas, na fala toda difícil, nas mesuras meio despropositadas e nos modos desusados. Mas o que me pegou mesmo de arrasto, com o deslumbramento de grande maravilha — ai de mim! —, foi sua filha bonita, afilhada de meu avô. No intervalo do momentinho em que ela arrepanhou a saia para pular o fio de água que corria sob as biqueiras da cancela do engenho, nesse minúsculo relâmpago de tempo, meus olhos bateram nela e sua imagem se petrificou nestas retinas num ímpeto tão instantâneo como a luz que bate e se deixa aprisionar numa chapa fotográfica, uma luz que chega para marcar e ficar. Mal e mal assim a vi e me dei todo, estonteado como nunca no descompasso do abalo. Numa pasmaceira medonha e de miolo meio mole fiquei de longe com o olho duro pregado nela, apreciando a doçurinha que se abria toda catita, aveludando lepidamente aquela manhã. Assim que relanceou o olhar em busca de mim — todinha bonita! — foi logo me cativando, de tal modo que comecei a ficar meio tantã, desmerecido de tamanha aparição.

 Rodopiando no eixo de uma sensação esquisita que nunca havia me tomado antes, ia achando, com o apelo de todos os sentidos, que aquele pedacinho de rosto era demais — Santo Deus! Nunca caberia num menino capiau do Murituba! Besta e pasmo, mal levantava os olhos para a súbita boniteza que ali se alastrava, muito mais estupenda do que as moças das estampas das folhinhas, penduradas na parede da sala, as mesmas que, no meu fogacho de menino macho, daí a algum tempo desenganchava do prego para me entreter com elas bem no escondido, fazendo assim as primeiras incursões na doideira das fantasias sexuais que sempre haveriam de me acompanhar. Reagindo contra o meu encabulamento, a danada saçaricava com uma desenvoltura que descontrolou todas as minhas reservas de menino. Eram de cambuí os olhos parados no meu semblante! Com essa agressão bem-vinda e generosa, de tão apatetado, só lhe pude responder no pique de meus instintos: o rosto de pimentão rubi pregado no bico dos pés, as mãos frias sobrando do corpo, um busca-pé sacudindo a cauda faiscante, abrindo um caminho de chamas na minha cabeça, explodindo em rajadas de fogo com seus estalidos e estilhaços a me lascarem o peito.

 Ainda afobado com tamanha animação, senti ali mesmo que as mulheres e meninas que já conhecia de suas visitas ao Engenho começavam a desfilar na minha memória, dando voltinhas pela cabeça em parafuso; me reapareciam ordinárias e apagadas, desapetrechadas de corpo e cara, tão desinteressantes como se fêmeas não fossem. Sobre essas malsofridas já afastadas, a afilhada de meu avô se impunha ali e reinava, toda apinhada de brilho a esbanjar boniteza: sumos espumas ruídos, sucos caldas labaredas. Todo atordoado como se tivesse levado uma ripada na cabeça eu me indagava: pra que tanta beleza, meu Deus, pra quê? Será que só mesmo pra bulir com a gente, pra arrancar o sossego do peito e atarraxar o diabo das doideiras? Logo associei esse sentimento em pânico a algo que me impressionara numa história de trancoso, onde a mulher mais sedutora era chama pecadora, recadeira de satanás. Menino ali de prontidão, me arrepiava todinho chamado pelo cheiro daquela doçurinha, mas assim mesmo ainda resistindo a me achegar bem de pertinho, porque me achava desmerecido, sem nenhuma valia para apreciar o seu esplendor. Sem querer, eu repetia o mesmo movimento de oscilação que me governava os olhos quando passava com meu avô diante da tapera do velho Garangó, plantada na boca da mata: um apelo violento me chupava o olhar, que se enviesava desconfiado em busca do bicho rabudo; porém, mais forte me repuxava o diabo do medo, me obrigando a recusar a visão do feitiço cabeludo que habitava aquele buraco.

Só bem mais tarde e a muito custo, pouco a pouco sendo esmigalhado pelo rodeiro dos anos, é que fui deixando de me comover com a recordação do árdego desejo que assolava as minhas entranhas naquela ocasião em que me deu um desespero indomável de salvá-la, de amparar e proteger a sua vida vulnerável de menina, de defender, briosamente e a qualquer custo, a minha mandingueira aparição. Mas logo me acabrunhava e me retinha, atarantado com a desvalia que se evidenciava das perguntas sem respostas: salvá-la de que doença ou abismo, das patadas de que bicho, das mãos de que carniceiro? Protegê-la contra a pancada de que sorte de perigos, contra o desatino de que cabeça maluca? Enquanto assim pude ir indagando, indaguei, me castigando um tempão sem fim, sem saber onde meter esse desejo falhado que arfava e se estrebuchava, embora ainda pronto a reagrupar e desferir todas as forças em busca da mais insignificante besteirinha que pudesse agradar à minha querência. Um pouco mais, e já não me aguentava parado, invadido por um formigamento que me tomava o corpo, e por uma descontrolada vontade de me doar inteiro à procura de alguma coisa que me fizesse digno dela, necessidade imperiosa de ser notado por aquele torrãozinho de açúcar que nunca, nunca mesmo, eu queria que se dissolvesse. Na voragem dessas intenções cujas faúlhas me escaldavam, fui me sentindo miseravelmente desmerecido dentro das calças curtas que então minha avó ainda me obrigava a vestir, apesar das minhas relutâncias, pois embora me reconhecesse já rapazinho, seu sentimento de austeridade impedia que junisse fora qualquer muda de roupa ainda com serventia e sem remendos. Dessa forma, assim tão abertamente denunciado como menino, e despojado das marcas de homem que principiavam em mim, fiquei matutando e espremendo os miolos, até que enfim me acudiu um repente que de certa forma servia para alardear a minha macheza.

  Pra bancar homem e raspar as nódoas de menino conferidas por imposição de minha avó — me espichei todo, dei um salto de banda e por sorte consegui me dependurar da almanjarra que rodava arrebatada, puxada pelas águas encambitadas que galopavam. Ainda mal refeito de tamanha afoiteza — ou por ela mesmo empurrado, nem hoje sei — ao invés de me pôr sentadinho, como sempre fora até aquele dia o meu costume, preferi me equilibrar de pé na ponta da tábua delgada, como só se arriscavam os tangedores de cavalo mais experientes e audaciosos. E muito satisfeito com o atrevimento de moleque de bagaceira que de repente se deflagrava de minhas energias, eu rodava o relho cru em círculos sobre a minha cabeça, vezes e vezes, até quando principiava a ouvir o gemido do vento açoitado, e só aí derrubava as mangualadas estrepitosas no lombo das éguas. Quando a almanjarra passava renteando bem de pertinho a afilhada de meu avô, eu empinava o peito contra o assopro da velocidade, rodava ainda mais célere o mangual, entesava o pescoço de frangote e gritava o mais grosso que podia: — ô vira cavalo ôô... — outra vez descendo as lapadas do relho nas ancas da parelha já meio cansada, que resfolegava, recendendo a suor e cabaú.

Mal apeei dali me arrojando sobre o picadeiro para não ser pisoteado, meu avô foi logo me acenando com as duas mãos, num movimento muito seu, de inconfundível princípio de impaciência. Naquele instante indeciso e particularmente vulnerável, por mais que puxasse pela cabeça, não pude descobrir se ele estava sendo conivente com o meu enrabichamento, ou se queria apenas me arreliar com os seus gracejos, danado de malvado que era no rala-rala das fraquezas dos meninos e de seus subordinados. O certo é que pôs a mão no meu ombro, repreendeu em tom baixo, mas com firmeza, a minha imprudência, deu com a outra mão chamando a sua afilhada e, como se me concedesse uma importância bem maior do que aquela que se acostumara a me tributar diante de outras pessoas, foi me encarregando de mostrar à visitante novinha em folha todas as dependências do Engenho, encarecendo, com uma formalidade que nunca me destinara, que eu tivesse paciência de lhe explicar coisa por coisa, não importava a demora...

Mal ia gaguejando meio protestativo, os olhos de cambuí se fixaram neste menino assim atormentado, como se a diabinha me indagasse melosa e convidativa: — Então, não me quer só com você? — Se sua boca falasse, não me faria pergunta que tão brutalmente me desequilibrasse! De venta aberta — gozo-agonia — fiquei ali apatetado como um babaca, zonzo da mais linda comoção, a fala enganchada no pé da goela. Como se não levasse em conta tamanho embaraço, ou quem sabe se para contrabalançá-lo, ela resplandecia muito dona de si, a voz desobrigada me seduzindo e arrochando. Até riu cariciosa — meu Deus! — a boquinha de pitanga aberta em cima de mim: chamas-coriscos-estrelas-foguetório-bombas-de-são-joão! Até me deu medo, nós dois ali tão pegadinhos, de que ela escutasse as estocadas, o gongo, as trombetas do coração sacudidor tinindo as suas pancadas.

    Por dentro dessa tontura que me transitava no corpo e se espalhava pela cabeça, fui andando a seu lado maljeitoso, aperreado, sem saber sequer entabular um prenúncio de conversa, procurando me desobrigar dessa triste tarefa de ciceronear com o coração afogado em delírios. Menino envergonhado, incapaz de meter pelo silêncio dois dedos que fossem de boa prosa, ou de tomar qualquer outra iniciativa razoável, sem mais me aguentar de tanto vexame, do papelão que fazia ali atarantado, além de mudo como um moirão, dei então para fechar os olhos a fim de tomar fôlego, me aliviar de tanta beleza que pingava dela! Falar-lhe e olhá-la a um só tempo, eu ainda não podia: era vantagem demais! Então assim de pálpebras caídas, enfim soltei as palavras para lhe dizer, em tom de grande descoberta, que mesmo de olhos tapados podia distinguir e enumerar o chuveiro de sons que ali faziam a vida do Engenho: o assobio do carro de bois, os estalidos da cana se lascando, o relincho das éguas na gamboa de baixo, o chiado fanhoso da moenda, o jorro da garapa borbulhando na bica de madeira e despencando no chão do parol.

    A espevitada então, ao invés de me deixar colher a admiração que semeara desajeitadamente, começou a debochar à larga, tripudiando sem nenhuma misericórdia sobre o logro da minha pobre façanha. Foi logo me adiantando de dedinho espetado na minha cara, imperturbável e petulante, que para se ouvir bem de nada adiantava abrir os olhos, e que a minha experiência maluca era tão boba, que nem dava gosto de perder tempo com semelhante besteira: — Se quer ver, espie se eu não faço ainda melhor! — Dito e feito: inclinou para trás o rostinho aberto em festa e muito do maroto, apertou os olhos fulvos de cambuí e, rindo muito solta e despachada, começou a repetir ruído por ruído, sem esquecer nem um só, quero supor. E se isso não afianço com mais certeza, é porque enquanto ela se mantinha de olhos cerrados, me perdi a contemplá-la inteirinha, esquadrinhá-la, rodeá-la de todos os lados, apalpá-la com os olhos duros de enfeitiçado. Sem querer e sem saber eu tirava a minha desforra! E com que vantagem! Fui apreciando os contornos de potrinha, parando maliciosamente nas partes mais proibidas e nos relevos mais resguardados, apurando bem de pertinho cheiros e sabores. Naquele tempo, este olhar míope de hoje era uma lupa luminosa! Por força de tanto assim degustar as miudezas só enxergadas a microscópio, mal e mal vi as lanosas penugens do seu cangote, o desenho sensual que elas faziam, sem mais poder me conter, fiquei duro e ouriçado. Doidinho varrido, ia escutando a sua voz de riachinho entre cascalhos despencando nas minhas artérias, o cheiro tépido de suas raízes ateando labaredas no meu corpo. Cruz, credo! Se essa espera fogosa demora mais um bocadinho, se a bichinha não reabre logo os olhos dengosos de suçuarana, nem sei o que seria daquele menino ali todo emplastrado de fogo, mil vezes comburido em negro pó. E tanto me demorei assim trespassado do cheirinho de perdição, que mesmo depois que ela abriu as pálpebras escancaradas em cima de mim, continuei banzo e tonto, como quem toma chá de dormideira.

Já esquecido da troça que me ralara por força da minha parvoíce, e mesmo contente e animado com a esperteza ocasional que me ensejou atentar no emaranhado do belíssimo cangote, fui logo adiantando à dona dele — sem me preocupar nem um pouco com esta segunda besteira — que também de olhos fechados eu podia enumerar pelo simples faro todos os aromas que levavam bem longe a vida palpitante do Engenho, e pelos quais ele era sentido e apalpado também pelos cegos e pelos ciganos que passavam nas estradas reais, em busca do Curralinho: o cheiro de mel se retorcendo aos requebros nas grandes tachas de ferro, as raízes de aipim se rachando de amolecidas e exalando como uma grande flor de mel, o cheiro encorpado do bagaço molhado, o fartum ardido do suor das águas. Naturalmente, tudo isso era muito inventado e de-mentira, porque naquele momento ilhado eu só sentia mesmo o seu cheirinho de mulher que se propagava pelos caminhos de meu corpo, me pondo todo encrespado, alheio a tudo o que não se desprendia daquela frutinha ainda verdosa, e já trescalando sumarenta!

Ah! Quanta ansiedade em tão contados segundos! Em vão esperei que outra vez ela troçasse de minha tolice e fechasse os olhos para declinar o nome de cada cheiro que eu acabava de nomear, me dando assim ocasião de apalpá-la de novo em loucura e frenesi. Mas qual nada! Eu não tinha como não ser mesmo o logrado naquela segunda partida que jogávamos. A danada negaceou entre gracejos, deu duas voltinhas com o corpo de carrapeta, me largou ali emurchecido, sozinho com o meu malogro, e saiu toda fanfando. Parece que já tinha faro de mulher para pressentir o meu transtorno se alastrando em cada palmo do corpo, o molhado dos olhos borrando o meu enrabichamento alucinado.

Essa primeira recusa de mulher arisca de tal forma veio mexer com os meus brios, que me tornou para sempre arredado dessa gente, e tão acanhado que daí por diante, de modo geral, passei a padecer por antecipação o fracasso das iniciativas que dificilmente chegam a ser verbalizadas. Ainda hoje, mais estropiado e sem ter nunca me descartado da timidez daqueles tempos, quase que só em sonho me arrisco a fazer a corte às mulheres atraentes; chego até a dar cantadas de boa lábia em investidas repassadas de audácia. Fora daí e das fantasias que multiplico, quando muito raramente cruzo com uma ou outra boniteza que me atiça o sangue, sempre me faço de muito sério e desinteressado, embora por dentro me requebre e desespere em volúpias de bem-querer.

No fim do dia, depois que prendi as ovelhas no cercado pegado com o galinheiro, desta vez sem a ajuda de João Miúdo, o meu avô, com pregas de riso na cara boa, foi me dando a entender, mais com as feições do que com as palavras, que pressentira muito bem o meu desvario. Em vez de me passar uns bons respes e coisas de descompostura, se mostrou ligeiramente agradado e descontraído, mas não tanto que me pusesse à vontade, pois continuei cabisbaixo e desconfiado, com medo de que ele me pusesse em confissão e se risse divertido, profanando assim o meu embeiçamento. Por isso, naquela hora hesitante me desviei dele o tanto todo que pude, resguardando a culpa que não tinha.

De noitinha, quando abanquei para o jantar, fiquei estarrecido com os cachinhos molhados, mal saídos do banho de cuia, e ainda pingando sedosos. Luziam sob a chama ocre da placa de querosene, trescalando água de cheiro e resedá. Neste último confrontamento de tão intensa emoção, ela me pareceu ainda mais distante e inatingível do que no momento de sua chegada. Por isso mesmo, tornava-se maior a angústia do menino infeliz que pulava de dentro de mim, outra vez desmerecido e sem nenhuma valia, atentando desesperadamente para alguma coisa que pudesse fazê-lo notado e importante aos olhos daquela por quem se debatia. No percurso desse transe, senti claramente que uma força invisível me puxava da cabeceira da mesa. Aí me voltei meio adivinhando e como quem pede socorro, e mal encarei meu avô nos olhos que me chamavam, tive a certeza de que já não estava só no meu embaraço. No mesmo instante ele se mexeu no tamborete de gaveta e, como se fosse tomado por uma lembrança repentina, foi batendo a mão espalmada na testa e me passando a ordem: — Ô rapaz... garre da candeia e vá botar a tranca na cancela da gamboa, vá logo pra mode as éguas não arribarem. — Imediatamente, dei de mão ao candeeiro e saí como um pé de vento, sob o chuvisco e a friagem, ia depressa e confuso como quem corre para se aliviar, mas ainda sem entender exatamente o que se passava.

Uma vez na gamboa, encontrei a cancela não só com a serigola, como também amarrada com um pedaço de corda a nós que só meu avô sabia atar! Só então pude compreender que a cumplicidade de meu avô ultrapassava o alcance daquilo que eu podia enxergar. Meti as mãos no bolso do pijama e fiquei dando umas voltinhas em torno do engenho, pensando mais em sua afilhada do que nele, e gastando tempo para que parecesse aos olhos dela um rapaz corajoso e destemido, acostumado a conviver com os bichos todos da noite e com a escuridão. Procurava a todo custo domar a ansiedade para me fazer esperado, como só faziam as pessoas importantes.

Assim que voltei meio molhado da noite que serenava, com o candeeiro apagado e aparentando uma segurança que não tinha, procurei instintivamente as duas continhas de cambuí. Ah! Graças a Deus que tinha dado certo! Lá me achava boiando no sorriso acetinado, preso ao olhar de verruma e de carícia! Um tio invejoso, que sempre reclamava da generosidade que meu avô me destinava, ainda me cravou os olhões injetados de despeito, doido para recriminar a afoiteza de minha demora. No mesmo instante escutei a voz amiga de meu avô interceptando o seu gesto! — deixe o rapaz! — Só aí atentei que era a segunda vez que me chamava de rapaz. Agora, olhando para o brilho maroto que pingava de suas pupilas, eu não tinha mais dúvidas. Do alto do tamborete, seu faro de cão de guarda vigiava a meu favor.

 Mas apesar de agradecer muito de dentro esse gesto solidário, um favor que não tem paga, suponho que naquela noite qualquer coisa lhe escapou, meu avô, segredo que nunca lhe confiei e que, por isso mesmo, venho tardiamente lhe prestar contas. Ou talvez, quem sabe lá... você tenha tudo entendido e calado para melhor me ajudar. A verdade é que enquanto agradecia, ali mesmo e em silêncio, a sua cumplicidade generosa, principiei a sentir no peito, agora pela primeira vez ocupado de verdade com outra pessoa, o limite da afeição que lhe dedicava. Antes, era uma sensação enorme, desdobrada por todos os ângulos, espalhada num turbilhão desesperado. Naquela noite, porém, quando pouco depois balançava a rede inconciliado com as horas arrastadas demais que empacavam no relógio de nogueira, traduzidas na primeira insônia de minha vida, fui tendo a revelação de que alguma coisa escapava de suas posses e de seu poderio. Descobria que para além do seu grito, da fama de homem cismarento e endinheirado que reinava em suas terras, havia coisas como a sua afilhada, que eu tanto queria, que você notava que eu queria, mas que, apesar de tanta grandeza e tanta boa vontade, mal podia arrumar uma maneira de me ajudar. E mesmo alguma coisa me dizia cá nos miolos que se eu levasse aquele embeiçamento a sério e passasse da conta concedida aos meninos, você me agarraria no braço para me deter. No compasso dessas intuições, eu sentia a sua totalidade se dissolvendo, os laços que nos estreitavam se desatando, as cordinhas de sedém se desfiando...

Nessa hora, tive acesso a um novo tempo, que me apartou a cabeça em duas bandas, como se minha inteireza houvesse se diluído. Era uma ingratidão desalmada conceber meu avô só pela metade, apeado de sua altura estelar; mas ao mesmo tempo o seu carisma já não me dizia tanto, porque nada tinha a ver com a sua afilhada, uma criaturinha que podia me governar sem nada dever a ele, nem a seu Engenho. Enquanto me debatia nesta confusão, ia me desbastando por dentro sem deixar de lembrar a toda hora a quenturinha fofa e cheirosa daquela menininha ainda botando corpo, mil vezes recompondo todos os seus traços, revivendo todos os seus gestos, perquirindo o espaço tortuoso de seu corpo, até parar nas penugens do cangote.

Quando arrefeci um pouco essa fantasia e dei cobro de mim mesmo, já havia saído da rede e atravessado a sala de nove metros. Me postei então ao pé de seu quarto apalpando a folha da porta como só pode fazer um menino infeliz. E fiquei ali todo jaburu dependurado de sua ausência, do cheiro e do levíssimo ressonar que me chegavam de dentro da camarinha; vigiava e patrulhava fazendo a ronda dos sentidos, alisando em pensamento os peitinhos de romã que mal nasciam. Ainda seco de sono, voltei à rede abertamente receptivo, desejoso de me inteirar de seu passado, de suas amiguinhas, de suas preferências, das suas coisinhas mais insignificantes, doidinho para me afundar de vez na sua intimidade. Febrento e latejando, eu me indagava: como seriam — Deus meu — as voltas nuinhas daquele corpo saindo do vestido alaranjado, tão chamativas nos requebros do caminhar? Só de pensar que daí a três dias ela partiria, que ia perdê-la irremediavelmente para sempre, que nunca mais a veria... me dava como abandonado no meio do mundo, sem nenhuma resposta para o futuro. Que sentido teriam as coisas que me rodeavam dali por diante, já então transformadas e murchas, depois que ela partisse? Como ia ficar esse menino assim viúvo e tão só? Sem encontrar saída para tamanho atordoamento, o meu peito doía... doía... e eu apertava os olhos em tempo de morrer, com uma tensão danada espremendo a cabeça, um entalo dos diabos rolando no pé da goela. Fui me consumindo assim mais e mais, até que uma aguinha começou a escorrer pela cara abaixo, marcando o novo aprendizado em que acabara de me iniciar de maneira tão mendiga e desastrosa.

22

O que vai aqui, minha avó, vem confirmar que somos companheiros da mesma condição. Para me escutares, não precisas baixar a cabeça nem ficar ruborizada, que não venho te endereçar sequer lampejos de elogios. Sabes que nosso apego foi sempre sisudo e entranhado, sem negligências, é certo; mas também sem nada de salamaleques. Não vou mais falar de tua vertente laboriosa, pontuada de silêncios e mortificações, mesmo porque não é daí que posso recolher o encandeio que te embeleza. Não é nesse alucinado torvelinho que desejo te reencontrar, nem nos reveses que viriam a inverter o teu destino, a ensombrecer o teu semblante gretado de arranhões. Se mais atrás principiei por recontar-te a partir da carapaça de calcário que encobre a tua vida carunchada, bem sabes que é porque sempre te apresentaste assim — murada na tua rijeza. Gostavas de que te identificassem por esse ângulo acerbo e duro porque experimentaste como são ásperos os relevos do mundo: caatinga rala de pedras, claros desertos de espinhos.

  No ruge-ruge abrutalhado do Murituba, foste primeiro a parideira de homens e mulheres; depois... a criatura mais atribulada, se rompendo para cumprir o fadário de cuidar de tua colmeia, convertendo os dias em dar-te a toda a hora, convencida de que viver é perder-se e separar-se; por fim... foste a sombra mais delicada e pendida, a mulher indefesa e sem espaço, assediada nas tuas susceptibilidades, cavando dia e noite o buraco de tuas recusas, mal arrolhando a sangria aberta no ventre esfuracado de seara. Se isto é vida, assim viveste, até te tornarem numa casca seca de cuja cabeça despencavam os cabelos sem brilho, quase sempre arrepanhados num coque pregado atrás do cocuruto, para melhor exibires o teu perfil torturado. Decerto tinhas razão: um destino mais decente tivera o burro Germano, a quem pelo menos acariciávamos as grandes orelhas, enquanto lhe atirávamos bagos de jaca e talhadas de melancia, só para vê-lo explodir em balanços de rabo e em zurros de cara boa.

    Quem te fez assim tão árida e pouco amigueira? De onde advém esse teu compasso extraviado das alegrias? Quais as origens desse teu emparedamento? Por mais que me interne a buscá-las, por mais que me volva a perder de vista, decerto não vou ter tutano para repô--las, uma vez que o teu cativeiro advém de um tempo sem memória, enramalhado pelos quatro cantos do mundo. Mas sei que, depois de criada a rigores do pai tamancudo, habitaste um recanto do mundo regido por um homem macho cujos herdeiros e sequazes faziam de tudo para cumprir os seus menores desígnios. Falo do próprio marido que te tomou, severo demais até na rudeza com que te distinguia, mesmo porque naquele pedaço de chão onde as delicadezas amorosas eram atributos apenas femininos, os homens eram ordinariamente ásperos, a ponto de muitas vezes se prevalecerem de métodos cruéis a fim de se mostrarem viris. Foste decerto amada com exclusividade durante cerca de sessenta anos! Ninguém põe dúvidas. Mas o teu homem tinha uma maneira muito estranha de reparar em ti: não abrandava as exigências, recriminava com o rabo do olho os ócios que jamais tiveste, não te dirigia falas amorosas, esquecido de que também se vive de palavras.

    Os homens de tua família, ocupados com safras e pequenos negócios, nunca enxergaram a brandura que se metia nos teus desvelos sem palavras, nem reparavam no constante estado de doação em que vivias. Nunca tiveram um gesto de louvor para a tua canseira, nem levaram em conta o quanto te entregaste, sem nenhuma esperança de recompensa, aplicada a suprir-lhes as necessidades mais grosseiras, a adivinhar-lhes os desejos mais guardados, para melhor chegar até eles o teu zelo de samaritana. Do tanto que fizeste e tão desinteressadamente, ficou-me a impressão de que te mortificaste em vão: quanto mais te davas sem reservas, mais exigíamos indiferentes, sem ligar para as tuas mãos encaroçadas.

    Deste modo, até onde posso recuar, fomos nós quem abafou a tua expansão, a ponto de não teres nenhum discurso sobre o teu próprio trabalho, nem voz de gente para te alçares pela palavra. Só agora entendo o quanto contornavas as alegrias, quanto qualquer desabafo te causava estranho desconforto, quanto te fizemos inadequada às mais simples manifestações afetivas! Sequer recordavas alguma coisa com saudade: certamente não tinhas mesmo de quê! De ordinário, apenas rosnavas, seca e açodada, pela fenda dos beiços franzidos. Fomos nós os portadores da tua dureza irritada, o lajedo contra o teu peito espremido e varejado, as mãos que te puseram na face o crespo relevo.

    Apesar do trabalhão que te dei, das maneiras intratáveis de menino saliente ou embuchado, agora me ocupo de ti sem vexames, empenhado em desagravar de algum modo o jugo que te impusemos. Quisera resgatar para mim e para o mundo o fiapo de lume que tremeluzia bem no cerne algodoado de teu ocultamento! Para isso é que te falo e interrogo sem rebuços e diretamente, rendendo homenagem a tua preferência pelo trato aberto e descarnado feito lasca de vidro que não engana nem verga. É pena que, mesmo te puxando assim para o centro de minhas preocupações, a rudeza deste meu verbo não consiga fazer de ti uma legenda!

Quisera restaurar aqui tua face indevassável que durante toda a vida permaneceu subtraída, emparedada nas tuas entranhas de gente, esperando em vão que alguém mais audacioso a desvelasse. Mas sei que do lugar onde estiveres agora, teimas ainda em não seres lida, em baldar--me os passos e o intento, em embaraçar o faro de cachorro que uso e apuro para decifrar o teu silêncio de esfinge. Mesmo assim, apesar de toda essa tua obstinação de sertaneja, de uma natureza tão reimosa e entaipada, mesmo assim, insisto em interrogar-te. Não vou permitir a delícia de teu segredo por mais tempo. Não, de jeito nenhum! Não sou eu quem vai desanimar com a tua carranca de--mentira. Quem motivou o teu desvelo exagerado pelas rosas, embora alegasses, recriminativa, que não cuidavas das flores, mas das roseiras com as quais te congruías, porque estas também tinham o seu feixe de espinhos, justamente a parte que te coubera na partilha de teu destino? Mal sabias que quanto mais acumulavas os teus disfarces, mais revelavas a pospelo a fundura de tua devoção, exibindo no semblante costurado a pingos de alegria as motivações indevassáveis. Esta descoberta faz correr por dentro deste teu neto o condão de tua vida a que me agrego.

    Entre o alpendre de lado da casa-grande e o curral dos cavalos, vicejava o teu imenso jardim, onde, desvelando a tua estrela, te enchias de estranhas susceptibilidades. Aí mesmo, e a contragosto, muitas vezes provoquei a tua ira. Na desbragada incontinência de menino, no cego afã de andar pelos pastos a cavalo com meu avô, ansioso de encurtar caminho e ganhar tempo, cansei de meter os pés pelos canteiros e atropelar as tuas roseiras, que, vingativas, sempre me tiveram na ponta de seus espinhos, decerto me punindo a dor e sangue contra a mágoa exasperada de sua dona e senhora. Não me ressinto dos respes que então passavas no menino peralta e rezingão, sempre obstinada nas tuas justiças.

Ainda me admira o jeito amorável com que te adentravas no jardim, bordejando as roseiras como se outra fosses. Previdente, nunca olvidaste o ramo de arruda enfiado atrás da orelha, amuleto contra o mau-olhado de pupilas ominosas que pudessem fenecer o viço de tuas rosas. Nesse pedaço de chão estremecido, te refugiavas sedenta da orgia de cheiros e cores que compensavam o teu desterro cá de fora. Gozavas aí o teu estreito domínio, entretida nas perícias de jardinagem que eram para as tuas mãos uma prazenteira jornada de fugas e ardores. Nessa faina de roseirista te tornavas tão enciumada que não permitias mão alheia metida no cultivo de tuas flores. Sozinha, amanhavas a terra com tamanho afinco que a tornavas porosa, com fofuras de leito macio, apropriada a receber regas abundantes e a drenar o excesso de água dos invernos mais generosos; sozinha, davas de comer a esse chão com o esterco moído de ovelha ou de galinha, ou com cinza de borralho e farelo de mamona bem esfareladinho, reativando assim os canteiros mais velhos e esvaídos, cujas mudas passavam a rebentar com mais pujança e verdor; ainda sozinha, cuidavas das tuas enxertias tão perpassada de aviamentos de ternura como alguém cuja criação fosse irrompendo em febrento enlevo. Para este fim, mantinhas um viveiro de cavalos previamente preparados com hastes de roseiras nativas, cujo reconhecido vigor fazia rebentar em tufos os brotinhos que mal começavam a abrolhar. Com as mãos de boa parturiente, tomavas da faca-estrela feito bisturi e rasgavas em cada caule uma pequena incisão em forma de T, onde incrustavas uma borbulha retirada dos galhos mais robustos das espécies escolhidas para multiplicar. Feito isso, por fim amarravas uma tira de tucum sobre o pequeno golpe do caule, deixando saliente apenas a cabecinha da borbulha.

  Habitualmente, perante o meu avô, eras uma vassala submissa a seu mando! Poucas vezes as vossas opiniões colidiam, já que te desdobravas para melhor consolidar a autossuficiência de teu senhor, sem sequer defenderes o teu amor-próprio. Gostavas de aceitar sem relutância as opiniões dele, com quem, se de algum modo entravas em desacordo, preferias silenciar a aduzires contra-argumentos e desobedecer-lhe. Quando, porém, balançando a cabeça negativamente, ele desaprovava o teu cultivo dispendioso, sabias enfrentá-lo impávida e irreconhecível. Acerada de audácia, apertavas os beiços em comissuras de desafio; amuavas contra as suas investidas, toda reprovativa e insolente de gestos, o rosto falando sob pregas de contrariedade. Chegavas a avançar contra ele o olhar hostil, resmungando as tuas respostinhas ásperas, embora previsíveis a tua condição de mulher daqueles tempos: mais não podias, os ares não comportavam...

De que canto arrebanhavas tanta coragem e determinação? Que motivava, minha avó, essa ocupação escandalosa e sem retorno, tão excluída dos hábitos de tua casa e do teu quintal, onde só prosperavam as plantações úteis? Por que tanta obsessão pelas rosas, ou, como gostavas de insinuar, pelas roseiras? De onde retiravas o teu pendor de zelar por elas? Que estranho vaticínio te conduzia a regar essa paixão sempre acesa e desdobrada, em desacordo com os teus afazeres utilitários? Por que te consumires todos os verões num servicinho exasperante (ou delicioso?), apenas para que exalassem as flores efêmeras e delicadas, tão estranhas a tudo o mais que te cercava? Depois... resmungavas constantemente contra todas elas, alegavas que as ingratas atraíam abelhas arapuás e formigas cortadeiras de terríveis ferroadas, sem falar nas lesmas e caramujos que chupavam os botões florais. Reclamavas contra o trabalhão que te davam, contra a cutelada dos espinhos traiçoeiros. Obrigação muito da desgramada, que te requisitava de todos os lados, compelindo-te a passares a vida combatendo pulgões e cochonilhas, ferrugem e verrugosa; esta derradeira, mais danosa do que o cancro dos ramos e o mofo cinzento, devido a suas nódoas purpúreas e letais. Repisavas que nos verões estirados bebiam água em demasia de escaldante sede canina.

Assim protestativa e arranhenta, procuravas persuadir todos nós de que trabalhavas forçada e a pulso, como se cumprisses uma promessa que infelizmente não podia deixar de ser paga. Não raro, falavas mesmo em arrancar roseira a roseira, tinhas ímpeto de acabar com tudo, que aquilo era mesmo praga rogada, encosto de algum despeitado apodrecido de inveja. Entretanto, bastava que meu avô acudisse já de chibanca na mão para dar consecução a teu intento — prestativo e espirituoso como se nesse instante ele é quem fosse o teu vassalo — prontamente outra mulher se levantava de dentro de ti, a empurrá-lo com gestos de vai pra lá e não me amole!

Nos teus dias de maior inquietação, com as mãos indecisas, chegavas ao extremo sacrifício de arrancar, enraivecida (ou dolorida?) as roseiras muito velhas que já iam definhando (embora silenciasses sobre este motivo); mas antes de arrastar para longe dali as carcaças imprestáveis e cheias de fungos, antes de perdê-las para sempre — recolhias disfarçadamente as borbulhas mais sadias que, uma vez enxertadas, um mês depois rebentavam em brotos viçosos para estancar a tua sede vagante! Com esse estranho ritual, enquanto nos persuadias à certeza de que destruías algumas espécies do teu roseiral, na verdade as multiplicavas em silêncio, obsequiando a tua face inaparente que te espia de longe-perto, com a espontânea intimidade de quem manda sem pedir.

É deveras esquisito que jamais tenhas comentado com alguém o esplendor de tuas rosas! Por que toda essa reserva, esse acentuado pudor e retraimento? Por que silenciaste sobre as suas cores, calaste sobre os seus perfumes? Por que dissimulavas o jeito amável de falar delas, enquanto em tua boca a palavra *espinhos* adquiria um sabor de carne rasgada e esperança esvaída? Só agora entendo o quanto refreavas o sentimento de indiscrição, ao cultuar nos teus refolhos a tua oferenda desbragada. Igualzinha a minha bisavó, perdida nos ócios estiradões... os olhos azuis enormes, derreados nas lonjuras...

Como sempre constou que entre mãe e filha se entrepunham numerosas diferenças, desiguais que eram nisso e naquilo; como esta opinião de lei foi difundida e consolidada pelas gerações a que cada uma delas pertencia, acrescento aqui esta nota dissonante: só na casca elas se contrapunham — pois no avesso de todas as discordâncias que enxergaram e propagaram, adivinho a mais absoluta paridade. O que houve, minha avó, é que foi maior o quinhão de atropelos que minou a tua resistência: não a física, que te mantiveste sólida até o fim, como uma moura vigorosa; mas a outra, com quem fazias de conta que não te congruías... Deste modo, mesmo que muito me engane, dou por cumprida a missão de reaproximar-vos e resgatar de ambas a mesma chama retorcida que ficou entaipada bem no âmago do âmago, sem força para rebentar as argolas — quisto amoroso que também trago sangrando por dentro, como pedaço que sou de tuas recusas.

23

— Ai! meu amo... pelo leite de sua mãe... não judia mais do neguinho. — Mal fechou a boca, outra cacetada no ventre o obrigou a dobrar o tronco e os joelhos: repuxão terrível, solavanco de todos os diabos. O pretinho zonzo e machucado persistia a berrar de joelhos, mendigando a única esmola que queria: — mais não... amo de Deus... — E antes mesmo que pudesse terminar de novo a rogativa repetida, outra paulada atravessou os braços espichados em clemência e resvalou queimando os beiços, amassando a súplica num mugido de bicho que, de corpo inteiro, estatelou-se nas pedras. Mas, intuindo alumiado, como se de repente recebendo aviso, tratou de engatinhar meio tonto, se arrastando de asa quebrada, forcejando pela destreza que lhe fugia. Trotaria se fosse o burro que amansara, correria se as pernas o ajudassem, mas bom mesmo era se fosse carcará ou gavião. Pressentira, no atordoamento da última ripada, o destino que a fúria do amo lhe endereçara: os exemplos que já vira lhe bastavam. Ainda se sacudindo de gatinhas, que melhor a tonteira não deixava, tratou de se largar dali manquitolando meio trombado, rechaçando o zumbido da cabeça só com o ímpeto de viver, que até mesmo se arrastar em trompaços de aleijado o corpo pesadão já não queria. Da boca afolozada, o sangue ia escorrendo por conta do amo, que, na ponta da ira desatada, decidira de sua sina, laborando sobre o seu corpo a pauladas.

    Retorcendo-se sobre as pedras em esgares de quem se fina, o negrinho parecia tomado do demônio para a morte. Ou porque agonizasse de verdade, ou porque simulasse os estertores só para ganhar tempo e se refazer, a verdade é que teve a trégua que merecia, e só mostrou que se recuperava depois de reagrupar as forças por dentro de uma lufada só. Mal foi se pondo equilibrado, o patrão que vigiava de pertinho tentou levantar o corpo bambo a pontadas de botas, testando assim a resistência do semimorto, sequioso de outra vez agudizar-lhe o sofrimento, o porrete de pau-d'arco já alevantado, prestes a abrir uma brecha vermelha na cara de carvão.

Mas o que mais doía no condenado era morrer inteiro vendo que morria! Por isso o patrão esperava... queria o desinfeliz de olho bem aberto para que mais o matasse a última golpeada desferida. Se aquele porretão já alçado despencasse em iras lá de cima... era uma vez um negrinho que engatinhava... Mas desta vez a seu favor se conjugaram sorte e agilidade: assim que a cacetada retiniu nas pedras com uma violência de arrancar faíscas, o renascido acabara de escorregar o corpo e se firmar de pé. E no clarão do mesmíssimo relâmpago, mal o porrete voava das mãos do amo, sobre este o negrinho se arremessava a marradas de novilho alucinado, acertando na barriga duras cabeçadas, até que o grande corpo branco foi se desgovernando e desabou de vez. Bicho ainda desvairado, o negrinho malhou, com os calos das mãos, os rins e a cara do amo. Depois, ainda aterrado e fungando forte, mas já dono de uma pontinha de alívio, fez uma invocação a seu Deus... que Ele fosse maior do que a desgraça em que acabara de cair. E nu da cintura para cima, sem os seus teréns e a mochila da matutagem, fugiu para o oco do mundo, desabalado e de cabeça no tempo, bicho para sempre caçado pelos cachorros.

Só assim consigo imaginar o desfecho dramático que levaria essa criatura a carregar inapelavelmente o pavor de negro fujão como se fora marcado na cara a ferrete incandescente, desde então desertado da banda de lá do São Francisco, em cujo quilombo Palmares, muito anteriormente, os seus avós teriam enfrentado as forças do Governo com valentia, e resistido enrodilhados na morte. Essa versão sobre o negrinho se respalda nas informações que ainda consegui apanhar, e se coaduna perfeitamente com o desviver arredio e suspeitoso que contraíra daí por diante: sem língua e sem memória, sem nome e sem passado. Tanto foi assim que a sua referência mais pretérita passou a ser a chegada furtiva e segredosa ao Engenho Murituba. Uma aparição desajustada do ramerrão habitual, de certa forma transgressiva, porque veio quebrar um costume muito arraigado, segundo o qual alguém só devia se dispor a pedir rancho ou morada em qualquer fazenda se aí se apresentasse munido de recomendações de algum homem de bem, ou se, depois de penosamente inquirido, se dispusesse a oferecer informações satisfatórias e convincentes de uma vida pregressa miudamente explicada, dada ao trabalho e serviçal.

À primeira vista, toda essa precaução pode parecer exagerada e desnecessária, desconforme com o meio rural daqueles tempos, mas a bem da verdade ela se exercia a rigores danados, porque ainda com esses cuidados, qualquer fazendeiro estava sujeito a ser tapeado, a sofrer o terrível mal-estar de ser enganado por um sujeito aparecido, e vir a saber mais logo que seu nome de tolo andava rolando nas propriedades vizinhas, nas estradas reais e nos arruados. Mesmo porque, bem dizia a voz corrente, se o logrado não desse logo cobro ao dano que padecera, se vacilasse mostrando bondades que eram recebidas como fraquezas, e se não perseguisse incontinenti o infrator até a trincheira dos infernos — dali em diante, com toda a certeza, cada novo dia o respeitariam menos e o enganariam mais, debaixo das próprias barbas, tripudiando nos acintes. Quem duvidasse que não se aviasse e dormisse no ponto! Entre os fazendeiros corria mesmo o consenso de que se eles chegavam ao requinte de competir entre si no exercício das mais perversas e engenhosas formas de crueldade que destinavam aos infratores recalcitrantes, é porque nenhum deles queria ser reconhecido como um toleirão de bunda mole, nem como o alvo mais vulnerável à pontaria dos gatunos que calculavam e espreitavam espalhados por aí. Se preciso fosse, arrastariam pelas estradas da noite as tripas de cada filho da peste, mas ser besta não! A truculência era então, naqueles tempos despovoados, tão propícios ao furto e ao homizio, um modo natural de se defender e se impor.

Meu próprio avô, por exemplo, um calejadão cuja experiência de muitos anos o levaria a não ter nenhum prurido de complacência com os desconhecidos ou aventureiros que cansavam de aparecer no Murituba em busca de rancho ou favores — já bem mais tarde, lá pelos idos de nosso mútuo agarradio, só porque saiu da guarda um instante e amoleceu um pouco o coração que ia se destemperando com a idade, foi por isso mesmo enganado tão estupidamente debaixo do próprio queixo, que daí até o fim dos dias, desconfiadíssimo, implicava com qualquer novato que lhe aparecesse; e muito ofendido e encabulado que a antiga vergonha ainda minava, se metia em contrariedades de doer o peito, toda vez que algum de nós remexia no calo que lhe deixara esse mal-assucedido.

Na boquinha da noite de um domingo daquele ano tão remoto que só guardo a década, cavaqueávamos sob a paineira enquanto Araúna remoía pachorrentamente sua braçada de palhas de milho, quando avistamos um homenzinho que veio vindo... veio vindo... até esbarrar a poucas braças, com medo da vaca de estimação que não pegava ninguém. Achegou-se muito maneiroso, se descobriu em cumprimentos para meu avô, e apadrinhou perto de si a mulher e os quatro filhos, não sei se para protegê-los contra Araúna, ou se para amolecer o coração do dono do Engenho. E de repente, torcendo as suas maneiras macias que se anunciavam, deixando de lado os arrodeamentos que prefaciam essas ocasiões, pediu rancho a meu avô com a cara mais desassombrada e a fala mais convicta: queria só pernoitar. Inquirido como era de praxe, apresentou tão boas credenciais, com um jeito tão sisudo e positivo, que deve ter impressionado o meu avô, pois embora, nessa ocasião, não houvesse nenhuma casa desocupada no Murituba, o patrão inventou meios de alojá-lo, certamente também sensibilizado com os quatro meninos pequenos que mereciam ser resguardados contra o sereno. Desarmado pela fraqueza e desamparo dessa família ou até mesmo agradado de encontrar em alguém certos atributos que tanto encarecia — meu avô foi lhe abrir com as próprias mãos a tenda de ferreiro, onde só ele mesmo entrava de vez em quando, para travar peleja com ferros e cobres metidos nos carvões de jurema, bombeando o grande fole de couro para o caldeamento e a têmpera de seus metais, que, quando remexidos no fogo ou batidos na bigorna, espargiam borrifos de faíscas que me encantavam!

  Na manhã seguinte, indo reparar mais cedo as suas galinhas, minha avó voltou estupefata, imprecando contra a mão de gancho do maldito que apanhara os seus mais gordos capões, e ainda de quebra deixara outros estrangulados ao pé do poleiro, naturalmente sufocados para que calassem na goela o brado de alerta apenas prenunciado. Bem que meia-noite velha ela ouvira as aves se alvoroçarem! Bem que, avisado pela mulher, meu avô ainda pusera uma mão no rifle e outra no ferrolho da janela onde minha rede se dependurava atravessada! Mas considerando que o neto corria o risco de receber as lufadas de vento frio no peito frágil, ainda vulnerável à inimiga que por pouco não o levara — hesitou e esperou... o ouvido bem apurado. Os rumores da noite se aquietaram como se também pegassem no sono, e ambos adormeceram deixando o pequeno alarido das aves por conta dos sanhudos saruês que costumavam trafegar pelo galinheiro.

— Um diabo deste só capado à faca! — rosnava em iras a minha avó, nas barbas do marido empacado e sem ação, afrontado no miolo de seu cerne. Cadê o senhor de engenho tão reimoso e tão temido, cutucavam os olhinhos dela se mexendo sem parar. Não precisava tanto para que de dentro do velho se alevantasse o homem de brios: eriçou-se em espinhos arrebanhando os furores no caroço de um ódio só que pendia da cara enfarruscada para o bico dos pés que cadenciavam o tamanhão da contrariedade, visto que sempre reservara sua soberba mais estridente justamente para desancar e perseguir essa raça leprenta de gatunos. Deixou minha avó no alpendre ralhando sozinha e ainda azuretada na alma ofendida — e mais que depressa, intuindo a grande besteira que fizera na véspera, correu até a tenda de ferreiro. Deu volta à chave que ficara na porta e entrou desarvorado remexendo em tudo; contou as valiosas chapas de metal, as ferramentas de muita estimação. Nada! Tudo na mesma ordem! Não podia ser o tal João Marreco que lhe pedira rancho: o diabo não teria tal atrevimento, tamanha ingratidão; nem podia ser assim tão besta!

Com a mesma afobação, desceu ao Engenho e gritou que selassem duas éguas dali mesmo da gamboa, que não tinha tempo a perder contra o safado do rato que àquela hora já ganhara tanto chão de dianteira! E despachou Juca e Maçu aos empurrões, cego a tudo o que não se prestava para remediar o desacato que sofrera: que a moenda parasse sem o braço regedor, que as almanjarras deixassem de rodar, que parasse tudo... tudo... mas que por Nossa Senhora da Conceição caíssem logo nas estradas reais pedindo informações e fazendo de conta que não seguiam ninguém, rastreassem o pinima até os confins do mundo, entupissem em cima do leprento, e só lhe voltassem ali com o pinoia amarrado a couro cru.

A caçada dos dois recomendados durou menos do que o previsível. Logo no outro dia o desprecavido foi flagranteado no Curralinho, onde mercadejava de porta em porta, e por bagatelas, os capões cevados de minha avó. Amarrado a nós-de-porco, foi recambiado dali e arrastado pelas estradas até a cadeia de Rio-das-Paridas, de onde a autoridade, impando de orgulho como se fosse ela a caçadora, o reconduziu até meu avô, não tanto para que reconhecesse o atrevido, mas para ela mesma ter ocasião de servir ao senhor de engenho, satisfeita de receber ordens sobre o castigo que devia dar ao prisioneiro.

Era mesmo o João Marreco! Enganara meu avô com tanto tato que parecia enfronhado nos seus modos e costumes! Do mesmo jeito, se deixara apanhar com tal facilidade, como se fosse dos bandidos o mais parvo! Mal o viu, meu avô inchou a veia da testa e o destratou a torpedos de desconchavos, repisando que, além de ladrão, o peste ainda traíra a sua confiança! Mais ingrato e desleal, nem neto de satanás! Quando gritou que sequer sabia como desagravar a negra afronta e punir tamanho desacato — minha avó surgiu não sei de onde, rilhando os dentes de caititu e apertando os dedos das mãos convulsas, como se fosse rasgar o marrequinho a mordidas e beliscões. Mas logo vimos que, insatisfeita com esses terríveis penicões que imaginávamos, ela queria ainda pior, grunhindo nas barbas de meu avô:

— Pois se você não sabe o que merece este diabo fedorento, bem que sei eu! Não mate! Lá isso não, que é pecado de mandamento. Mas acabe com a homança dele! Corte-lhe as partes e juna pra os cachorros! Quebre as forças deste mão de gancho... ou mais dia menos dia ele volta pra levar o resto! Veja só o que lhe digo! Quebrente a natureza suja... exemple à faca cega... senão ele torna e é pior!

    Deixou jorrar esse desabafo num fôlego só, atirou uma cusparada aos pés do infeliz, e rodou inteirinha nos calcanhares para desaparecer porta adentro, desobrigada de ter arrotado a sua valentia. No seu íntimo, ela bem sabia que quase passara da conta, pois naquela questão de ofensas e honras só prevalecia a palavra de seu homem, que certamente já engendrara na cabeça alguma desforra e bom castigo, pois enquanto ela vomitava a sua ira de roubada, viu que as mãos dele trabalhavam, encastoando numa corda de pindoba a meia dúzia de capões que o bandido não tivera tempo de vender. Embrenhada dentro de casa, ela pode já não ter visto quando meu avô depositou o estranho colar de aves nos ombros de João Marreco, mas certamente ouviu quando a voz arroucada bradou ao delegado que o levasse dali e que o obrigasse a descer e subir todas as ruas de Rio-das-Paridas, arrastando a sua estola de capões, e apregoando de porta em porta: "— Sou o ladrão de galinhas do Engenho Murituba."

    Mas essa cena, que parecia encerrada sem contestação depois da ordem de meu avô, seria protelada por um pequeno contratempo provocado justamente por aquele que ali não tinha voz. João Marreco se exaltou, para o espanto geral, que não levava jeito para pregoeiro, nem tão nojenta vergonha aguentaria! Embravecido o quanto ainda podia, metia assim em desespero os seus brios. Não sabia, o infeliz João Marreco, que ali o truque de quem era preso consistia em se calar! Mesmo quando delegados e juízes concitavam réus e detentos a dar com a língua nos dentes, eles que se atrevessem! Era só abrirem a boca e lá se vinha a sentença de condenado confesso, lavrada em autos que jamais se apagariam! Mas ante a cara iracunda de meu avô, João Marreco encolheu as unhas e mudou de tática: choramingou que o perdoasse pelo bem da mãe, dos santos e dos filhos; que pagaria tudinho e muito mais trabalhando ali no Engenho, dia e noite do inverno inteiro. Mas quando percebeu que promessas e rogativas não impressionavam ninguém, torceu outra vez a fala e os modos, contrariado! Sentou-se no chão a esfregar as pernas inchadas e a gemer, se dizendo entrevado de reumatismo: ninguém podia obrigá-lo a subir ladeiras, dizia, que mesmo ficar de pé quase não se aguentava.

Nesse justo momento, como que mandado do diabo, tio Burunga irrompeu num estrupício abrindo estrada no ajuntamento, tangendo as mãos em fúrias e rajadas. Já informado do êxito da caçada, chegou de venta arreganhada como um bicho feio e encantado, a cabeça no tempo, os olhos destampados fuzilando o penitente. Segurava o cabresto de Tempo-Duro, que ansiava, estropiado pela sofreguidão do velho que corria... corria... e não parava. Postou-se acintosamente diante de meu avô, e foi mexendo as mãos cabeludas em busca de João Marreco:

— Esta raça de sarará não presta, Mano! Antes confiar em bicho que dorme no sereno do que nesta catende sapecada de fogo! Isto é pior do que negro-preto! Mas deixe comigo, Mano! Pode deixar! Vou já-já montar no leprento! Vou lhe romper a barriga num talho puxado da curva do sovaco até o pé do pente! Que homem como Burunga Grande não dorme direito com desfeita de gente sua encavernada nos peitos. Ai, Mano! O sangue me ferve, que não sou de limo! Ou este levunco caminha, já-já, ou morre que nem um porco! Sangro-te, diabo, sangro-te da titela até a veia do cu. Xibungo!

Como em ocasiões anteriores e semelhantes, meu avô levantou a mão que já bastava, e tratou de apressar o desfecho da cena que certamente tio Burunga encompridaria além da conta, mesmo porque as pessoas mais sérias iam começando a se coçar de-mentira e a se descontrolar, visgadas pelos dichotes do velho destemperado. Se mais tardasse, logo-logo acabaria sozinho, encurralado no seu ódio sem nenhuma solidariedade alheia, porque os ofendidos eram realmente ele e minha avó, e nenhum dos outros ia aguentar por muito tempo as chalaças desse tio sem se descontrair e se curvar ao império das caçoadas que os obrigavam a rir até a barriga papocar. Ordenou então que amarrassem no recavém do carro a ponta da corda atada aos pulsos de João Marreco, e gritou a seu Ventura que tocasse a junta de bois. O velho carreiro, que assistia a tanta violência já contrariado, ensombreceu a cara boa e vacilou: via-se que aquela impiedade varejava o seu feitio conciliador. Então, possesso de uma ira amalucada — ou porque fosse mesmo malvado, ou porque quisesse aliviar o carreiro —, tio Burunga investiu: — Vai pra lá, Ventura! Vá cantar suas loas no inferno! Isto aqui é pra homem genista! — Como seu Ventura tentasse lhe responder, o danado gritou-lhe com o dedo espetado na cara: — Entupa-se! — E num arrojo arrebatou-lhe a vara de ferrão e cutucou os bois. Mal o carro rolara três metros, ouvimos a voz generosa de seu Ventura, que retornava, esbarrando os seus bois obedientes, porque o reumático já se levantara desentrevado para não mais se sentar naquele dia.

De Rio-das-Paridas não tardaram a chegar as vozes e os mexericos mais desencontrados sobre a penitência que João Marreco ia cumprindo, subindo ladeiras, correndo ruas e dobrando becos. Indignada com tanta conversinha maliciosa, minha avó me atirou uma muda de roupa limpa, e fui despachado com a infeliz incumbência de dizer a tio Burunga que viesse cá, que deixasse de ser chameguento, porque o diabo de tanto destampatório só servia para vergonha de sua gente.

Deparei-me, então, com a algazarra e a pantomima mais desrespeitosa e estapafúrdia. João Marreco me deu a impressão de um trapo humilhado pagando os pecados que não tinha, punido em lugar dos grandolas que não podiam ser apanhados. Gritava o seu triste pregão espremido por uma turba de moleques de todos os calibres e vencidade que lhe atiravam os insultos mais cabeludos, xingavam os nomes mais feios, secundados de assobios insuportáveis, que cortavam a mesma vaia estridulante, rebentada num coro só. De medalha metida na botoeira, tio Burunga capitaneava! Ia encostado na rabada do condenado, com a ponta da corda entre as mãos, montando guarda e mandando em tudo, posseiro definitivo de João Marreco!

Mas a seu modo, esse estranho verdugo zelava pela banda mais visível de sua vítima, evitando que os maus-tratos passassem da conta, e até mesmo abrandando as agruras: afrouxava a corda dos pulsos que doíam de dar cãibras nas mãos, parava numa porta ou noutra para lhe darem de beber, gritava ordens severas para que os dois soldados não o empurrassem. E se insistiam, ele bufava: — Não me tornem a outra, que não sou de sua laia! Neste mando eu não tenho igualha! — E quando um moleque mais afoito arremetia sobre o seu preso a beliscões, ele lhe metia o peito de Tempo-Duro e bradava: — Arreda, leprento descomungado! Se me torna a outra, ferro-te na polpa da bunda! — E apontando para João Marreco, endireitava a voz para clamar: — Isto aí também é fio de Deus! Tem carne e sangue que nem gente! — Mas apesar desses cuidados tão palpáveis, era ele mesmo o carrasco mais truculento das dores que não podia enxergar. Como nunca soubera cogitar senão no que podia apalpar com os olhos e as mãos, este destambocado parecia não se dar conta das maldades que cometia, acorrentado a seu tempo de menino.

Apadrinhado nas esquinas, eu ia acompanhando, com medo de chegar perto, o cortejo em rebuliço que se movimentava ladeira acima, ladeira abaixo, levando as dores de João Marreco, de cujos ombros se dependuravam os capões que lhe cagavam os peitos. De porta em porta, abria a boca desdentada para apregoar: — Sou o ladrão de galinhas do Engenho Murituba! — a que se acrescentava o coro puxado por tio Burunga: — Ou você diz a verdade ou então nós lhe derruba! — Como convinha a seus arrufos de graúdo, o velho ia reinando no delírio de sua função festiva, espargindo as chispas de suas graçolas. Todo próspero de contentamento, este capitão relampeava!

 Muito condoído do espetáculo que remexera os meus sentimentos, voltei ao Engenho sem me ter desobrigado da incumbência que recebera. Procurei de todos os modos contornar os olhos de minha avó, que não tardaram a me verrumar, raiados de desdém. Contei-lhe então, meio obrigado, mas sem que ela carecesse de perguntar, que no meio daquela gente toda tio Burunga era um homem importante, que não se abaixava de seu cavalo, nem reparava em ninguém, soberbo como um grande rei. Assim falei, mas continuei desmilinguido e desconsolado, porque não pudera fazer chegar até ela a minha piedade por João Marreco, intuindo e acertando que aquela gente roubada e ludibriada nunca ia perdoar nem entender.

 O sentido do tragicômico que experimentei naquela ocasião nunca me desacompanhou, e recrudesce agora quando me vejo com uma metade metida na pele de João Marreco e a outra atada ao pavor do negrinho fujão. Nada fiz por eles. O respeito fechado a meu avô ultrapassava de muito as intenções generosas do menino que podia pelo menos pedir-lhe alguma proteção para mitigar as dores deles. E se mesmo agora recupero a memória destes dois infelizes — o negrinho mudo de medo e João Marreco vaiado — é só porque penso em mim mesmo e não sei ultrapassar a ansiedade onde me afundo. Não foi diferente com as audiências que meu avô regia, onde muitas vezes cheguei às lágrimas, estropiado de medo e condoído dos que perdiam, mas sem jamais fazer o menor gesto a favor dos que mereciam. Agora chegou a minha vez. É recordar e aguardar!

24

Indo apanhar a junta de bois na Solta do Cardoso, seu Ventura começou a ouvir, a varas de distância, uma pedra que batia noutra pedra. Apurando o ouvido de bom músico que tanto o acudia nas empreitadas de oitiva, foi se aproximando furtivamente com suas passadas de pássaro, no encalço da pancada que batia e rebatia, até dar com um negrinho acocorado, quebrando ouricuri para entreter a fome. Pego assim de surpresa, este infeliz cujos olhos, perseguidos a partir do pega com o patrão, só sabiam avistar soldados e capangas — virou a cara ligeiro e quebrou o corpo de banda, já fazendo tenção de escapulir e embrenhar-se no mato. Mas o velho zabumbeiro, muito estudado em coisas de dar bom jeito, misturando conchavos com astúcia, conseguiu se entender com o fujão e abrandá-lo, a ponto de o convencer a acompanhá-lo à presença de meu avô, que naquela quadra vasqueira de agregados carecia de mais braços para os canaviais que se ampliavam.

No dia seguinte, meu avô recebeu seu Ventura, e fez a devida vistoria no negrinho esmolambado, demorando a vista nos calombos e arranhões, que já não sangravam: decerto adivinhava que ali tinha segredos! Em resposta a estes olhos pendidos de tanta desconfiança, que o verrumavam e ainda queriam mais — o suplicante encrespou as mãos no cós da calça folgadona que seu Ventura lhe emprestara, e baixou a beiçola, que batia de pavor, tenso como um cipó arqueado, bicho entregue à espera que o nó desate para se meter de novo na capoeira, sestroso de falas de gente e estradas, de pastos rasteiros e ares destampados. Mas mesmo assim espantado e perseguido, ou talvez por isso mesmo, permanecia obstinado em evasivas reticentes, empenhando a própria vida em morrer ensegredado. Inquirido frontalmente por um homem já então engenhoso nos interrogatórios que depois o tornariam temido nas audiências que concederia, nem por isso o negro réu se deixou denunciar, apesar do mijo que pingava, ninguém sabe se do medo reprimido, ou das pancadas nos rins que ainda doíam... doíam... e não saravam...

Às investidas mais certeiras de meu avô, cujas respostas, quaisquer que fossem, poderiam de algum modo comprometê-lo, por força de tanto ardil que continham — o negrinho resvalava sobre elas de lado a lado sem atinar com a saída, que nem um novilho num estreito corredor de porteira bem fechada. Aí então, virava um bicho encurralado e babava desentendido. Para sacudi-lo da leseira que tão de repente adquiria, meu avô gritava as suas desconfianças, que, na verdade, sabiam a acusações! Mas nem assim o assombrado respondia, idiotando de beiçola tremida, a cabeça desregulada de pura manha. Constrangido quase fisicamente a desembuchar o próprio nome — coisa impossível de não ter ou esquecer — mesmo assim, indiferente como se as coisas não se passassem com ele, pôs preguiça na voz e abriu a boca torta para balbuciar: — Neguinho é cuma eu chamo. — Nessa peleja mastigada e remoída de cerca de meia hora, meu avô impacientou-se com a inhaca ardida do suplicante que não se dobrava... e alegando que já perdera um tempão fora da conta, o despachou com ameaças de que logo-logo queria saber mais: — Já esteja intimado de agora! E não me trasteje em nada nesta pura vida! É da casa pro eito! Senão... cai na mão da autoridade! — A seguir, chamou seu Ventura de lado e passou-lhe as ordens baixinho: que fornecesse ao novato enxada, farinha, rapadura; que fosse sem mais demora botá-lo no eito, e que só depois de arriado o serviço, lá pelas ave-marias de Hurliano, o largasse enfim na tapera desabitada da boca da mata. Mas sobretudo encareceu que botasse o olho em cima do negro, que não o perdesse de vista de jeito nenhum, que debaixo de tanta toleima e calundu... certamente tinha merda que fedia...

    Apesar da inquirição vexatória por que passara — abrandada apenas pela palavra de seu Ventura que aqui e ali intercedera a seu favor —, o negrinho conseguiu se safar do interrogatório com morada, trabalho e patrão novo, graças às contradições que evitara por força das recusas que soubera impor, satisfeito de não se ter comprometido com nem uma só palavra a mais sobre o passado que largara na mão de meu avô como um buraco vazio, um oco desabitado. Desse jeito, pois, triunfando sobre o amo, a mão da desvalença subia além dos poderes! Mas sua nova história apenas começava! O vencedor que bem se acautelasse! Pois o novo patrão não sabia perder, não gostou de seu olho amarelo de negro remanchão, nem botou fé nos pequenos achados e recusas com que o suplicante procurara remediar o malfeito que deixara atrás. Ponderara, entretanto, que não custaria nada experimentá-lo no cabo da enxada, que assim exigia e mandava a sua lavoura sufocada pelo mata-pasto, e ainda porque, depois que tão esquisitamente morrera o Zé Guardino — assim alcunhado porque guardava a Mata do Balbino contra todos os machados do município —, não havia em todo o Engenho vivalma que se dispusesse a habitar a tapera mal-assombrada que lhe destinara.

    Dito e feito! Penitência para o tal aparecido! Meu avô, muito suspeitoso, com medo de ser ludibriado no coração da besta honra, tratou de trazê-lo à corda curta, espionando pelo olho delator de uma redada de agregados que também maldavam de seu presente sem passado, além de o tomarem como competidor na estima do patrão, que antes de mais nada o deixara ficar, e já lhe dizia coisas indicativas de certa simpatia. Hábil que era no ramo da apelidagem com que já nomeara Catingueiro, o finado Zé Guardino, Zé da Mola (a um sarará que coxeava) e tantos outros — o meu avô logo o chamou Garangó, que neguinho não é nome de ninguém. E por tão feliz alcunha o rebatizado atenderia até ao fim, satisfeito de que, por este viés assim muito a propósito, mais e mais se diluísse a identidade que deixara atrás.

  Esses homens que passaram a vigiá-lo inicialmente redobraram a malícia e as suspeitas que aumentaram de semana a semana, não só pelo gosto de acatar as ordens do patrão, mas também porque se sentiam excluídos da vida de Garangó, que se protegia no anel de um silêncio empedernido, baldando assim as intimidades e o atrevimento dos mais entremetidos. Contra a boca de defunto, urgia uma desforra que o desalojasse daquela mudez entaipada por todos os mistérios. Os mais condoídos, então, recrudesciam a vigilância nunca esmorecida, cada vez mais espichada pela cumplicidade comum. Nesse clima de desafronta e animosidade, levantaram suposições e aleivosias, prenúncio das vagas denúncias que, para a sorte de Garangó, se perderiam sem nenhuma confirmação.

  Com o rolar dos anos, tanto se amoldara à tapera onde penara o finado Zé Guardino, um adivinho conchavado com o cão, que morada e homem passaram a ser um ente só, única referência daquele vazio; congruídos de tal forma e tão metade um do outro, que ambos se combinavam aos olhos do mundo no ermamento de uma fama só: ela, o covil mal-assombrado, tabuleiro das maquinações de satanás; ele, o seu feto rabudo na madre fedorenta enrodilhado. Muito depois, enjoado de passar a vida toda ensimesmado, consumindo dias e noites na retranca de não se dizer nem se mostrar —, Garangó passaria a sair embrulhado na escuridão para ir esgolepar a coité de pinga na bodega Fé-em-Deus, escondida na curva da estrada que leva ao Curralinho, certamente abrandando os relevos da solidão e da lucidez que doíam.

 Intuindo a nova oportunidade que se oferecia, a rapaziada do Engenho, que ainda não tirara a sua desforra, passou a assediá-lo mais insistentemente com dúzias de perguntinhas insidiosas que o dito-cujo, sem se negar diretamente a responder, dava sempre um jeitinho de resvalar sobre elas ou se calar de queixo caído que nem cavalo de muda esquecida, meio leso dos miolos. Muitas vezes, pagavam-lhe rodadas de pinga crua e o convidavam a beber amistosa e irmanamente na mesma coité que corria de mão em mão; a princípio, até cheios de pilhérias e rudes deferências; quando, porém, maliciavam que o suplicante já estava embriagado, saíam da tocaia e se excediam, chegando ao desplante de lhe darem, malvadamente, a terrível infusão de cachaça com pimenta-malagueta bem ardida. Empurravam-lhe a cuia pelos beiços tronchos, despejando o caldo ardente que escorregava pela bica da goela e se alojava na caldeira do estômago. Ainda esperançosos, os despeitados! Confiantes de que, assim trombado pela bebedeira, o vigiado do demo escancarasse as reservas que não contava a ninguém.

 Tudo em vão! Por mais que tentassem persuadi-lo com palavras macias ou desaforadas — Garangó continuava impenetrável! Se deixava que lhe entornassem a coité na boca, era para melhor resguardar o destino de bicho caçado, que sequer levantava a capela do olho para não dar na vista que devassava as intenções peçonhentas. Contra tamanha obstinação, de nada adiantaram o jeito prestadio ou a violência redobrada nas chalaças com que o atazanavam! Mas quando sentiu que aquela gente tinha gana demais, que queria entrar nele à força, solapar a muque o seu segredo indevassável — Garangó simplesmente se subtraiu ainda mais, encolhido na sombra do covil, já olvidado da bodega para sempre; não, porém, da pinga a que ia se acostumando, traduzida em conforto contra as coisas ruins que ruminava. Agora, assim de um dia para outro, passou a se municiar com os tropeiros das estradas, que, calejados nos contrabandos, só trafegavam noite velha, quando o chocalho da madrinha da tropa podia ser destampado e badalar impunemente a horas inteiras, sem nenhum receio dos fiscais que não se arriscavam a agir nos caminhos de trevas. Mal Garangó ouvia, vindo da banda do fundo, o estalido do buranhém que ecoava na mata dando lapadas no vento, corria para atalhar as mulas na porteira do riacho Chico Urubu, de onde trazia a bruaca cheia de pinga de alambique de barro para a tapera onde regava o vício, cada vez mais bicho encegueirado daquele taco de chão.

  No arremate das contas, depois de tão perseverantes perseguições, baldaram-se todos os esforços encaminhados para desvendar o passado de Garangó, que sempre soube contornar as investidas do patrão, dos parceiros de pinga e dos irmãos de serviço — cada dia mais retraído e refratário a todas as manifestações afetivas ou conviviais. Por outro lado, já desanimada e de certa forma vencida nas intenções maliciosas, a gente do Engenho foi deixando de arreliá-lo diretamente, um tanto esquecida das partidas que perdera. Acontece que sob a pele de cada homem mais obstinado nas investidas não tinha mais a voz de meu avô a requerer e instigar. Já tendo caducadas as desconfianças, há muito que o amo o largara de mão, pois nunca vira ninguém mais mangão e pesado de serviço. Uma lesma! Um remanchão dos diabos! Que ficasse lá na tapera alumiado a toros de pau e goles de pinga! Pelo menos era um dos seus na boca da mata, alguém disponível para toda hora, embora não valesse a comida que comia!

Para compensar o tempo perdido e os prejuízos gerais, aqueles de imaginação mais perdulária passaram então a inventar mil conjecturas acerca do passado de Garangó. Se até ali era tido na conta de uma dobra branca, embora infestada de suspeitas nunca confirmadas, nesse tempo recuado caberia a imagem de qualquer fantasia bem urdida. A partir daí, a vida pregressa de Garangó passou a ser inventada de qualquer jeito, preenchida com os achados mais estapafúrdios, as versões mais degringoladas, que oscilavam de acordo com o talento e o engenho de cada inventadeiro. Nesse descompasso, teceram lendas e lendas...

Entretanto, contra as versões mais simplórias ou extravagantes dessa pequena gente, só meu pai sabia, no seu ofício e nas suas reservas, que o "negrinho Geraldo, desordeiro e fujão", devia contas à Justiça por haver "traiçoeira e perversamente espancado o coronel Melquias, seu amo e benfeitor". Assim rezava a precatória vinda em lombo de burro de uma esquecida comarca das Alagoas, encarecendo, em bom papel e bom jargão, que o Meritíssimo juiz de Direito que respondia pela comunidade de Rio-das-Paridas expedisse o competente mandado de busca a todas as cercanias, a fim de capturar e remeter a quem de direito "o indiciado de alta periculosidade".

A origem e a data desse documento, somadas à descrição física do acusado, caprichosa e minudentemente detalhada, foram suficientes para que meu pai estabelecesse suas relações e intuísse que o perseguido não poderia ser outro senão Garangó, cuja chegada clandestina não era segredo para ninguém, e a quem conhecera numa ou outra caçada de pacas e cutias na Mata do Balbino. Nessas ocasiões, relembrava agora, se intrigara com a indiferença intratável do tipo de olho amarelo, metido naquela tapera desabitada, enrodilhado nas suas recusas. Enquanto dobrava e punha no bolso a precatória, foi logo dando conta do perigo que rondava Garangó. Se o taludo coronel Melquias, até neste fim de mundo conhecido pela fama de suas perversidades, se sujeitara a recorrer à Justiça, pondo assim na boca do mundo a desfeita que sofrera, mesmo forjando a denúncia à sua maneira, isto é, esclarecendo que fora "atacado à traição" — é porque certamente falhara a caçada de sua vingança pessoal, embora os seus cabras ainda pudessem andar espalhados por aí, indagando aqui e acolá por um certo negrinho Geraldo, sequiosos de morder e de matar.

No sábado desta mesma semana, assim que a feira deu mostras de se ir enfraquecendo com a freguesia que diminuía, meu pai não teve dúvidas: passou a chave neste Cartório, que então funcionava na Rua da Cruz, e onde o Meritíssimo só se dignava a aparecer cerca de seis vezes por ano, apalpou a precatória no bolso, deu de mão à espingarda, e desceu a ladeira para adiante dobrar em busca da tapera de Garangó, cuidando em contornar de longe a casa-grande do Murituba, pois na morada do sogro não assistia nem mordido de todos os demônios.

Como era inverno, chegou enlameado, e encontrou o negrinho seminu, ferrado no sono ao lado de alguns toros de lenha ainda acesos, curtindo a bebedeira. Enquanto o visitante pigarreava alto e sacudia o barro das botas contra pedaços de pau, tentando de algum modo indireto acordar Garangó sem lhe pregar susto — o fujão foi se estrebuchando devagarinho, ainda ensonado, pouco a pouco adquirindo consciência da situação que se delineava, sem sequer mostrar surpresa da presença do intruso. Meio sem jeito, meu pai começou a preparar o terreno, caçando um modo familiar de se entender com o perseguido, gastando em vão muita palavra sobre a carestia e a quadra da lua, as chuvaradas e as caçadas. Mesmo assim, o diacho do negrinho não se expandia, mal se limitando a vagos assentimentos da cabeça, que uma vez ou outra empinava para diante e para trás, numa espécie de acanhamento visivelmente hostil.

Tantas reservas assim abrutalhadas incomodavam aquele que correra até ali para prevenir e ajudar, interessado em remendar de algum modo o destino desse homem castigado. Se demorava e hesitava escolhendo as palavras para melhor dizer, era pelo constrangimento que lhe causara a desgraça que viera anunciar, sem saber que rumo seguro aconselhar para uma vida de tamanho desabrigo. Para pôr termo a tanta maçada e desconfiança, depositou a precatória já desdobrada nas mãos de Garangó, que a reteve por alguns minutos, correndo a vista pelos traços, os olhos estuporados seguindo o balbucio que acompanhou o papel estendido de volta a meu pai:

— Que é... nhô sim?

Penalizado, o visitante demorou a responder, buscando no semblante do negrinho os sinais de tão obstinada dissimulação. Tinha tempo. Deixaria que primeiro ele se recuperasse da agonia que de repente lhe tomara, para não agravar ainda mais o abandono daquele fiapo de gente cujas aflições recrudesciam visivelmente.

— Ora, Garangó, o que você leu... pronto! Nem mais nem menos. Mas não se alarme. Só vim lhe prevenir... ver se a gente arruma uma saída.

— Sei nada não, patrão... neguinho nunca aprendeu ler.

Diante de tanta teimosia em se fazer de desentendido, meu pai parou a sua arenga já meio sem graça. Deu duas ou três passadas, esticou o pescoço pelos buracos do fundo da morada, a modo de quem vai deitar sentença sobre o tempo; mas buscava apenas um pretexto para dissipar o aborrecimento de ser tomado como inimigo.

Deu meia-volta nos calcanhares, se postou literalmente acima de Garangó, levantou-lhe o queixo com a unha do polegar, fitou de cara muito sisuda o amarelo dos olhos, e recomeçou, metendo na voz uma crespa ênfase paternal:

— Escute aqui, homem! Escute bem! Não vim aqui em nome da Lei, nem em nome de seu patrão! Vim foi poupar que os cachorros se lambuzem no seu sangue! Eu sei que você leu... e leu bem! Por estes dias, fique aqui acoitado no seu canto. E não me apareça a ninguém! Nada de estradas! Nada de bodegas! E pra todos os efeitos, ninguém veio aqui hoje.

Sob o impacto dessas palavras inequívocas, Garangó afivelou mais o rajado amarelo dos olhos na cara dura de meu pai, e não teve ação para sair do mutismo de bicho: sacudiu o corpo, impacientou-se, esmurrou o chão choramingando numa algaravia indecifrável, grunhindo para dentro do peito, dando ainda a entender que não sabia de nada, desmemoriado que nem cachorro velho. Agora mais calmo, meu pai devolveu ao atormentado um olhar compreensivo, infestado de piedade.

Admitia, calado, que aquele sujeito malferido, judiado no gume de todos os açoites, não poderia mesmo oferecer outra reação a não ser a recuada imediata, cuspida pelo instinto de defesa. Suplicante a seu modo, Garangó se emaranhou no silêncio de meu pai, agarrando a carapinha com as duas mãos, como se quisesse extrair dela um carnegão qualquer, ainda martelando a teimosia das negativas. Também com as duas mãos meu pai entendeu o pedido que não foi feito, ergueu a precatória diante da negra cara agoniada, e lentamente a desfez em tiras compridas, logo atiradas às labaredas que se inflamaram para melhor se refletirem num certo rajado de olho alumiado como um fio de latão bem esfregado. Deflagrado este desafogo, assim o deixou meu pai, entregue a temores e ruminações que agora se renovavam.

Se desde a chegada ao Murituba o negrinho fora tão cauteloso a ponto de esconder o próprio nome, ou algumas habilidades que pudessem revelar de algum modo a sua identidade — a partir dessa entrevista redobrou a desconfiança e se municiou de novas precauções, certamente querendo bem acesa a sua vidinha. Perseverou em suas andanças no bojo da noite com requintes de andar dentro do mato, renteando os caminhos, observando de tocaia os que cruzavam com ele, vendo e notando sem sequer ser pressentido. De espingarda no ombro, socava-se na mata a caçar bichos do dia e da noite, muitas vezes pernoitando sob a copa das árvores, se prevalecendo da lua cheia para espreitar de longe o próprio barraco, temeroso dos poderes dos homens. Solto no mato, ou embiocado na sua toca ao pé do fogo, Garangó passou a ser uma sombra que veio envelhecendo adensada pela solidão jamais embrandecida por qualquer vivente.

25

Lastimo que da banda de meu pai tenha muito pouco a evocar, embora jamais tenha arrefecido a relutância contra as forças e a gente que, de algum modo, sempre se mancomunaram para diluir a sua memória. A dificuldade em remontar a sua história começa na procedência de uma família curta e sem linhagem, e se prolonga nos contatos estropiados que mantivemos, de onde quase nada pude reter. Só algum tempo mais tarde, já então no percurso da adolescência, é que realmente comecei a me enrodilhar na sua falta, o que me levaria a indagar de sua vida reticente, e a me entranhar no passado intermitente que compartilháramos.

Hoje, aquela antiga e rala convivência me sabe a pergunta sem resposta, a um parto inacabado. Isso porque, além de sua morte prematura e do nosso afastamento quase contínuo — cresci ouvindo a gente de meu avô o detratar pelas costas, levantando o papo e a voz quando me viam por perto, visivelmente interessada em que o filho o esquecesse pelo ódio. Também conta muito a sua vida atormentada de homem mais viúvo do que pai, que o incapacitava a olhar para o filho sem encontrar na face rosada a mulher muito estremecida, morta para que o rebento vingasse. Até hoje não sei precisar que sentimento nele prevaleceu, a ponto de permitir que meu avô me recolhesse ainda recém-nascido — apesar do grande intervalo que os separava! Naquele momento em que se fechava em luto, entre agruras terríveis, talvez até me tenha rejeitado como destruidor da felicidade que ele depositara no cemitério, para onde retornava, todas as sextas-feiras, com um rubro cravo de panela exalando a peito chagado. Mas como só o revejo a me fitar numa névoa de saudosa piedade, quero crer que naquela hora crucial ele se deixou mover a meu favor, já que não tinha cabedais com que prover o destino do filho único, nem mulher certa para embrulhá-lo em cuidados. Não sabia ele que justamente por conta dessa deliberação tomada para me favorecer — eu começaria um aprendizado a contrapelo, onde cada lição aprendida na família de meu avô contrariava as rogativas do sangue ardoroso que ele me injetara. Desse pobre pai desavisado que encontro em mim, rememoro apenas um breve episódio, mas que foi suficiente para me torcer por dentro e decidir a minha rota até onde estou.

Ele marchava um pouco à frente, abrindo com o corpão graúdo o caminho que ia anoitecendo: contornava as poças d'água aos escorregos, escorado num porrete de chifre-de-bode incrustado a níquel, que sempre carregava contra os eventuais cachorros azedos que de tempos em tempos infestavam Rio-das-Paridas, e que ainda o trago comigo, porque foi o último objeto de estimação que ele apalpou com as mãos. E sei que o tinha em muito boa conta, amigo que era dos entalhes em madeira, dos metais cinzelados, da alva camisa de linho bem engomada, e de tantas outras coisas desusadas por aqui, consideradas supérfluas e dispensáveis, mas necessárias a ele com quem se congruíam, lhe passando o apelo de suas vozes em cores e riscos, brilhos e talhos. Nessa caminhada que invoco, eu o seguia logo atrás, sob lufadas de chuva e de medo; pisava o rastro de suas alpercatas, apressando os passinhos para me amparar na sua sombra, embora me sentisse ali menino desprotegido.

Tendo ido passar o domingo em sua companhia, voltávamos de um velório a que ele me levara, onde vi de perto um preto que tinha a cara aberta em duas fatias.

Não sei que propósitos o animaram a me pôr frente a frente com aquele rosto esbandalhado, diziam que a mando do sobrinho mais próspero e cruel de meu avô, o chefe político deste município. Como continuasse de relações quebradas com toda essa família que me criava, talvez quisesse a meus olhos incriminá-la, me indispor contra os inimigos a quem nada do passado perdoava. Mais do que consolar a família do morto ou levar-lhe o seu amparo, vi bem que meu pai fora atiçar os ânimos, berrar contra a valentia encapuçada, exibir a culpa dos inculpáveis, que nessa questão de tomar a peito a dor dos mordidos e injuriados não tinha como ele para abrir a fala em violências e razões que incriminavam. Escutando ali o destempero de suas imprecações, me encolhi com pudores de acusado, menino inteirinho atarantado, temeroso dos palavrões insultuosos, do castigo que mereciam os culpados. Ao me puxar assim pela mão, e me abrir os olhos em cima da cara esfrangalhada do morto, sem nenhum respeito pela susceptibilidade do filho — esse pai desabrido me empurrava desesperadamente contra o seu destino, enxovalhando ali o único legado que daí a instantes largaria sobre a terra.

  Fazendo jus a sua fama de tumultuado, não era a primeira vez que ele maldizia assim abertamente os mandões do município. E depois que a finada se fora então, embrulhado nos caprichos de tamanha impiedade, sem mais nem menos estumava os cachorros em cima de qualquer um, espalhando desatinadamente os seus desgostos que então se traduziam em malquerenças. Como caísse, amiúde, nesses destemperos, as criaturas mais vulneráveis e despeitadas tratavam de castigá-lo pelas costas, alardeando que ele não passava de um protegido disfarçado, visto que, pelo vínculo do matrimônio, também ele pertencera à família dos figurões que financiavam esses crimes. Tanto que aí nesse velório, ainda me lembro de ter escutado a voz ardida de um mal-encarado: — Só tem assim esses rompantes, mode que é da famia do homem; falasse eu... não tinha a idade de hoje, pelos tempos que não comia pirão. — Foi aqui que comecei a temer de verdade por meu pai, me benzendo e fazendo promessas aos santos do oratório de minha avó para que ele findasse logo aquela falação. Correndo na pista de tanta coisa ruim que me acudia de duas frentes irreconciliáveis, eu carpia a culpa de morar com meus avós e temia pela sorte de meu pai, ia e voltava de ponta a ponta, sem saber direito onde esbarrar.

No termo da estrada enlameada, ao cruzarmos a rua torta da Cadeia, ainda de cabeça medrosa e arrepiada — súbito, aquele estrondo! — e entrei na chama do estampido com o seu clarão de relâmpago! Instintivamente, de coração na ânsia dos pinotes, joguei minha vida em busca de meu pai. Queria o seu amparo! Queria o seu abrigo! Ainda sem atinar com um pingo da evidência, envolto no alarme que só alcança aos meninos — vi meu pai se curvar com uma mão na barriga e a outra no porrete de chifre-de-bode, onde, vacilante e malseguro, já não podia fazer finca-pé. Aí então, fez uma cara desagradada e curvou-se mais e mais. Quando parecia que ia enrolar como um cipó, enrodilhado sobre si mesmo em muitas voltas, aí então deu de banda e caiu estatelado, de papo para cima. Sem pensar em nada como uma coisa bruta, pulei sobre o corpo comprido que deixei sem socorro e, nas pernas de todos os medos, disparei desabalado, berrando a minha alucinação.

Conduzido nos braços da polícia para a sua casa da Rua da Cruz, o moribundo ainda agonizou dois dias sem nenhum fiapo de fala. Da parte de meu avô, só veio cá a montaria para me buscar, com recado de que depressa eu voltasse. Mais nada! Surdo a este apelo, não arredei o pé da agonia amolentada de meu pai, me deixando sulcar pelas dores que ele estampava nos gestos. Eu sentia os olhos semimortos me procurando, rolando nas órbitas febris. Acho que indagava a seu modo, tateava no meu rosto, de longe, num rosto com quem não tinha intimidade, algum sinal de que eu atenderia o convite que ele me estendia. Via-se que se esforçava para ler certo, buscando algum prenúncio de minhas disposições, alguma certeza que o deixasse partir pacificado. Findo o prazo da agonia, finou-se sem uma palavra para ninguém, apesar dos esforços que lhe enchiam a boca de sangue e espuma. Desde então, nunca me despojei daquele olhar alongado que se despregou de sua face e veio andando num cordãozinho de luz até se grudar em mim, e que ainda hoje o carrego, resguardado contra o mundo.

 Logo-logo, denunciado pelos indícios abertos, o nome do mandatário que regera a morte de meu pai não era segredo para ninguém. A princípio, temeroso do mandachuva, o povo maliciava apenas baixinho, um tece-tece nas dobras do sussurro, cochicho disfarçado de pé de orelha, completado com o rabo do olho. Como todo mundo ali comia na mão do chefão e temia se comprometer, cada um se encolhia a seu modo, com medo dos espias. Depois do alvoroço peculiar que procede a qualquer crime nessas cidadezinhas indefinidas do Nordeste, onde o culpado geralmente só aparece de ouvido em ouvido, pouco a pouco a prudência foi relaxando e a curiosidade caindo enfartada, até Rio-das-Paridas voltar ao ronroneio madorrento, os cachorros azedos soltos nas ruas, os porcos fuçando o chão da antiga Capelinha. Como ninguém mais tinha o que contar ou inventar — os indícios traduzidos em certezas —, as conversas e as pessoas se foram dispensando. Só a polícia, em rasgos de verdadeiro heroísmo, é que ainda dava buscas incríveis em lombo de burro, perseguindo ninguém sabe o quê, partindo e chegando sob os gracejos dos que se escondiam atrás das portas.

Órfão de pai e mãe, sem nenhuma afeição ou simples referência fora do engenho de meu avô, enfiado aí nesse horizonte confiável, logo os parentes me abrandaram a falta de meu pai. Ocorre que anos mais tarde, quando me fui pondo emancipado pelos meus desejos, passei a dar conta de que aquela gente fazia de tudo para que eu o desalojasse da memória. Se indagava inocentemente sobre a sua vida, recebia de volta rodeios e subterfúgios, ou então cara feia e rispidez. Muitas vezes cheguei a me exasperar com a má vontade e o desplante dos comentários sobre as minhas indagações, com os modos oblíquos e ásperos que não se coadunavam com o carinho a que estava acostumado. Meu próprio avô, um homem de dimensões, nunca me concedeu uma palavra sobre o genro desastrado.

  Só muito mais tarde, levado pela desconfiança dessa gente calada, e já cutucado pela carência de meu pai, é que fui buscando informações fora da roda da família, me inteirando dos atributos de sua natureza tão perto da minha, e de certos episódios que ocuparam o curso de sua vida. Ajuntando essas informações de uma a uma, colhidas daqui e d'acolá, fui estendendo as minhas associações para resolver o quebra-cabeça de sua morte, e dar sentido aos dados que apanhava dispersos, cruzados de boca em boca e quase sempre irreconciliáveis, que os informantes são muito inclinados a inventações. No fim de tudo, já adolescente bem taludo, refiz as minhas contas, estendi os laços até os parentes, e descobri que nos assuntos relacionados com meu pai os danados me engambelavam. Daí é que peguei o hábito de aprender apenas abrindo os olhos ou me ouvindo, ciente de que as outras pessoas só chegam a mim para contar vantagem ou armar solertes arapucas.

  Do cipoal das notícias recolhidas, pude concluir que meu pai, incompatibilizado com graúdos do município vizinho, fora, em fato até então inédito, rebaixado para um Cartório de Comarca de primeira entrância, chegando até aqui empurrado por perseguição política. Consta que entre ele e minha mãe alastrou-se a chama da paixão mais exaltada; viviam se convidando reciprocamente com o apetite aberto em fome desesperada. Febrento na sua caldeira, o alucinado se rasgava dia e noite em calafrios de desespero, a semana inteira se encompridando como um rolo interminável que nunca acabava de se desdobrar. Reacendiam-se uma vez em cada semana, justamente na missa de domingo, onde ela se punha a rezar compungida que nem santa, lhe passando disfarçadamente o rabo do olho, depois de sete dias de ânsias e reclusão no Engenho, a paixão proibida lavrando em fogaréu e preenchendo os silêncios. Enquanto definhava magrinha, recolhida no seu segredo, sem se tocarem jamais, que os costumes não permitiam —, ele não aguentou mais e logo mudou de hábitos, afogueado que era! Azeitou a espingarda, estalou os dedos para o perdigueiro, e deu para caçar nos pastos de meu avô; rondava a casa-grande de longe, apertava os olhos com as mãos em pala binoculando lá dentro em busca de socorro e refrigério para o peito que ardia.

    Esse homem que nunca fora indeciso, nem sabia pacientemente esperar, morreria se aquilo continuasse. Contrariando os amigos com quem se aconselhara, saiu de vida partida contra a mais meridiana evidência! Acerado de audácia, pôs roupa branca de vincos impecáveis, ensopou o rosto com água-de-colônia, e largou-se para a casa de meu avô com a cegueira de quem se atira num precipício: pedia sua filha a casamento. O pai duro e severo, já informado do calete do atrevido, o mediu da cabeça aos pés — desdenhosamente — e empunhou o carão iracundo para trovejar que o rueirinho deveras não se enxergava! Que se fosse, que batesse noutra porta onde houvesse mulher de sua igualha, e esquecesse aquela filha sua, decente demais para ele e bem acostumada ao melhor trato.

A consequência dessa recusa áspera rebentaria daí a um par de semanas, quando os dois atravessaram a fronteira do Estado para se casarem em Ribeira do Conde, onde se demoraram alguns meses, temerosos dos parentes dela, adestrados na vingança.

Quando então o casal voltou, eu já era um projeto no bucho de minha mãe. O escândalo da fuga se reacendeu por alguns dias, o povo todo na expectativa de ver rolar a cabeça do atrevido, comentando pelas costas que meu pai, todo borrado de medo, mal saía de casa e do Cartório. Meu avô reagiu apenas se metendo em trevas medonhas, sem saber que, embora idoso, sobreviveria aos dois ingratos em quem seus olhos jamais pousariam. Diz o povo que Tucão, então muito jovem mas já poderoso, ofereceu seus préstimos a meu avô em visita de muita demora e sisudez, se prontificando a dar sumiço ao genro indesejado. Meu avô rejeitou o serviço, alegando que não queria sujar as mãos, mas nunca mais um Costa Lisboa concederia um bom-dia ao escrivão.

Alguns meses depois, devido a complicações e sequelas do parto doloroso, minha mãe foi apanhada pela morte. Embora conste que tenha se consumido em suores e agonias durante semanas inteiras, nem um só Costa Lisboa acorreu a visitá-la, nem lhe chegou um reles recado de humana deferência! Para todo o magote de parentes, era agora a mulher chagada e excluída! Só minha avó, aparentemente a criatura mais seca, ludibriava a família toda para assisti-la com mil recomendações e sortidos mantimentos, chamando a filha à vida sem nenhum constrangimento. E quando sentiu que ia perdê-la de verdade, virou uma jararaca mordida, fez um escarcéu dos diabos, mandou vir médico de fora, deu uma figa para os compenetrados da família e se botou para a Rua da Cruz a sol a pino! Impávida, esta minha avó! Os parentes que se metessem nos quintos dos infernos! A este desatino comentado, meu avô reagia fazendo de conta que não sabia de nada, como se estivesse acima desses tumultos incapazes de lhe arranhar a dignidade, acho até que aprovando a seu modo este heroísmo que ele mesmo não tinha coragem de praticar abertamente a favor da filha por quem carpia nos seus silêncios de homem macho.

 Nascido das vísceras desta pobre mãe tão impiedosamente surrupiada à vida, estava predestinado a chupar os peitos murchos das ruas, quando então meu avô me recolheu, acho que para sarar o remorso da dureza com que tratara a filha. De outro modo não sei interpretar a origem do grande carinho que me dedicou enquanto viveu. Continuou, porém, sem passar na Rua da Cruz, inimigo e afastado de meu pai, sobre quem jamais fez a mais leve referência, embora permitisse que sua gente o detratasse. Quanto a meu pai, crespo e desatinado depois que a mulher se fora, nunca mais seria o mesmo! E não era para menos! Nunca Rio-das-Paridas vira viventes tão unidos, um arrulhando no ouvido do outro, a ponto de os amigos reclamarem do fascínio que a mulher exercia sobre ele, do quebranto que lhe pusera. Nunca ele me adiantou uma palavra sobre a mãe que só de retrato conheci. Acho que esperava que aumentasse o meu entendimento ou, então, ainda não aguentava falar da mulher, de certo modo mais viva do que morta!

 Outro achado muito importante veio me revelar que não foi à toa que meu pai morreu em ano de eleições. Consta que os políticos apadrinhados com Tucão, insatisfeitos com o desempenho e a intransigência do escrivão eleitoral, que, em vez de facilitar a emissão de títulos, se punha a dificultar as manobras — arrotavam pelos quatro cantos do município castigos e vinganças. Descontentes com a sua rijeza de maluco, e intrigados contra o atrevimento de haver furtado uma moça da família, os Costa Lisboa não só lhe imputavam a culpa pela morte de minha mãe, como também o acusavam de encher a cabeça dos eleitores de maluquices, apanhadas lá nos seus livros que ainda trago aqui neste Cartório. Sem ser um sujeito comunicativo, nessa quadra ele se arredara de todo o mundo, se comendo por dentro das entranhas já cavadas. De lua em lua, alucinado e endoidecido, saía catando em outras mulheres o cheiro de sua defunta, o que lhe ensejava ser retalhado pelas línguas agudíssimas dos parentes da mulher e seus sequazes, sujeitos muito ofendidos, amigos da beataria que não saía da Igreja.

Há um consenso, entre alguns velhos daqui, de que a morte de meu pai começou a ser premeditada quando Tucão percebeu que aquele cabeça-dura não o ajudava em suas falcatruas eleitorais. No penúltimo sábado que precedera à emboscada que o levou, Tucão fora ostensivamente ao Cartório, onde se desentendeu com o serventuário aos gritos por questão de meia dúzia de títulos ilegais, que meu pai se recusara a fazer. Muito ofendido na sua soberba de mandachuva, o valentão esticou a meia légua de braço por cima do balcão, arrebanhou um punhado de títulos da ponta da escrivaninha, justamente aqueles que meu pai impugnara, e fê-los em tiras finíssimas, bradando, a seguir, que meu pai arredasse o pé de suas searas!

Na segunda-feira seguinte, o escrivão injuriado montou num burro emprestado até a estação ferroviária do município vizinho, tomou o trem Maria Fumaça, e se mandou para a Capital, levando no bolso um papel escrito, onde denunciava o agressor ao Meritíssimo, em cuja integridade piamente acreditava, pois era homem perdido de boa-fé. O tal juiz dizia-se até amigo dele, guardadas as diferenças que medeiam as relações entre um magistrado e um serventuário. Tão amigo — cogitava eu no dia do terrível sepultamento — que se abalou de seu conforto e veio tomando a poeira das estradas, todo solene e vestido de preto, só para zelar o corpo do inditoso membro de Justiça, conforme sua própria fala.

 O novo escrivão que aprontaram, entre manhas e artes nomeado substituto, enquanto se resolvia o impedimento da minha menoridade, era gente daqui mesmo, homem de "confiança" e afilhado do coronel Tucão, nascido e criado nos seus latifúndios, já cumulado de graças com o Cartório do 1º Ofício, a que agora o de meu pai se incorporava provisoriamente. Deste modo, na raia da Justiça tudo estava resolvido e conciliado conforme as providências de Tucão. Só o Meritíssimo é que ainda arrastava a palavra e a papada, vermelhão e visivelmente indignado, quando acontecia de aparecer por aqui. Haveria de arrancar o perverso autor do delito até dos braços de Zeus, indiciá-lo em mil artigos e parágrafos! E completava: "Até já tenho, por este punho, a sentença pronta e bem lavrada. Uma peça incontestável! Na minha jurisdição, todo réu que macula o corpo da Justiça será severamente justiçado!" E nesse tom invariável, inconformado com a morte do servidor leal, "arrancado do abrigo da Justiça no exercício de seus deveres", continuou a procurar o assassino invisível, autorizando buscas em vão, por todos os vãos do mundo...

 Posto no mundo sem pai que nem um pinto de nambu, criado por uma gente que fazia de tudo para apagar a sua memória, só tardiamente vim a saber que o Meritíssimo, tendo recebido aquela denúncia do punho de meu pai, a remetera no mesmo dia a Tucão, inclusive lhe prometendo exemplar o atrevimento daquele a quem chamava de leal serventuário! Digo tardiamente, porque quando levei esta punhalada o impostor já havia morrido candidamente, ciente de que me iludira até o fim dos tempos. Este honradão da Justiça, que seria digno e festejado desembargador, e de quem não pude me vingar — me legou uma inhaca de amargura inarrancável! Vem daí a má vontade que reservo para esta casta de gente posuda e embusteira, inchada de vanglórias e cerimônias. Não há penitência mais incômoda do que passar a vida ao lado desses tonéis abarrotados de manhas, guarnecidos a empáfias e a grandezas! Ainda mais agora... aqui trancafiado nesta merda, me preparando para aturar o ritual aparatoso do faz de conta.

# 26

Aquele negrinho fugido, em tão boa hora alcunhado de Garangó, o tal do remanchão, não tardou a revelar a sua serventia. Como Zé Gandu se escafedera de noite, para não amortecer semanalmente as dívidas polpudas em que se embrulhara, a fornalha do Murituba amanheceu sem o seu maestro de tantos anos! Enganado assim enquanto a noite virava dia, meu avô exasperou-se em cusparadas de ira, já inventariando os prejuízos se o diabo daquela rua de fogo viesse a silenciar! Só mesmo encomenda do satanás! E não dispunha de ninguém para este ofício danado de escaldante em que ordinariamente os homens não duravam, pois aqui mesmo só esse Zé Gandu se acostumara. Foi neste aperto sem saída que meu avô, assim de todo encalacrado, apelou para os serviços de Garangó por dois ou três dias, enquanto aguardava impacientemente que seus portadores lhe trouxessem alguém bem duro no serviço e mui capacitado.

   Mas desde então, para o espanto geral dos mais incrédulos, por toda essa redondeza de várzeas boas de cana, ninguém viu foguista mais hábil do que essa criatura desacreditada, nem vocação tão apaixonada por um serviço desde sempre renegado. A fornalha do Engenho, que daí em diante seria o coração de fogo de sua estima, era toda a motivação de que carecia para trabalhar, lhe metendo na alma e nas mãos desocupadas ciúmes e cuidados que ou esquecera ou antes não tinha. Ali naquele buraco de baixo, onde se estendia a caverna de chamas que lambiam as grandes tachas de mel, Garangó passava o dia a reger a dança braba das línguas de fogo, alheio a qualquer solicitação que pudesse arredá-lo de suas obrigações. Do que se passava no tumulto lá do andar de cima, abria as ouças apenas para as ordens gritadas por meu avô ou o mestre de açúcar, que, conforme o cheiro e o requebrado do mel que se torcia nas tachas, lhe pediam que açulasse ou maneirasse a investida do rolo de brasas. Durante o curso da moagem inteira, desde a primeira botada até o dia de pejar, o único convívio de Garangó com as vozes humanas se fazia apenas pela escuta desse pedido de avanço ou recuo do fogo! Só isso! Mais nada! Dali de baixo, envolto no caldeirão de ruídos que se misturavam, tanto não podia precisar as palavras que lhe chegavam que se acostumara a depreender as ordens pelo tom em que eram dadas. E mesmo sem responder ou perguntar, mudo como um pau, nunca se enganava!

  Por detrás do seu posto, a paisagem aberta ou o convívio direto com homens e bichos lhe eram interditados por uma cerrada barreira de mais de cem carradas de lenha que os carreiros passaram a atirar do outro lado da negra ruma de toros, visto que, protegendo-se, Garangó cismara de não querer ninguém por perto, alegando que lhe atrapalhavam os movimentos. Pela frente, tinha a bocarra de ferro e tijolos de bom oleiro, banguela e escancarada, de onde se espalhava a quentura braba. Cabia só a ele apanhar os paus do lenheiro, erguê-los acima da cabeça e arremessá-los lá dentro, na grande goela insaciável. De quando em quando manejava o rodo para espalhar a esteira de brasas pela longa e ardente rua subterrânea até a esquina embicada do bueiro, por onde os rolos de fumaça se atropelavam.

As lembranças que guardo de Garangó afloram desse seu tempo de foguista, em que já era temido lobisomem! Daí se estiram pelos anos afora... e descambam até o dia em que espiei a chegada de sua morte. Jamais algum menino se encorajou a pôr os pés na sua morada ou no buraco de quentura onde manejava as suas lenhas. Tínhamos esses dois lugares mal-assombrados como interditos, de algum modo contaminados pelos poderes obscuros do bicho encantado que espalhava as suas maldades todas as sextas-feiras à meia-noite velha, sobretudo no tempo da quaresma. Do lenheiro onde trepávamos com nossas laçadas de apanhar catendes, recuávamos espavoridos, mal Garangó levantava a vista de seu buraco, o fogo todo do mundo vadiando no rajado do olho. Tínhamos medo de que ele nos varejasse com a rajada de chamas metida na retina, ou nos atirasse na grande bocarra esbraseada, feito vivos toros de lenha. Ajudados pela luz do dia e da fornalha, e amparados pela companhia dos adultos, mesmo assim, mal nos aventurávamos a espiá-lo de cima do lenheiro, ou da rua das tachas, por detrás da porteira que ele mantinha sempre fechada, e em cujo pé, todos os dias, João Miúdo depositava a pratada de feijão e jabá que minha avó mandava para o negro velho. Meio-dia em ponto ele subia os batentes de pedra-rocha, apanhava a comida, e descia para almoçar acocorado no seu buraco, encurvado sobre o prato que raspava com os dedos; depois, silenciosamente, ia depositá-lo outra vez ao pé da mesma porteira: o limite inarredável que se impusera!

Dominado pelo mesmo medo, jamais algum menino do Engenho teve afoiteza suficiente para enfiar a cabeça no vão da porta de seu barraco; nem sequer os mais taludos e audazes, que fugiam para as noitadas, pulavam janelas e enfrentavam os cachorros azedos a porretadas. A molecada se arrepiava apavorada só de cogitar em passar defronte da tapera remendada e miúda, apagada na sombra do mata-pasto que a invadia. Quando alguém não podia deixar de ir à mata do Balbino, então arrodeava de longe, cuidadoso e desconfiado, traçando o sinal da cruz na testa e nos peitos, cruzando os dedos em esconjuros contra o fantasma do rabudo, porque ali era o antro de mandingas e bruxarias, de malefícios e maquinações diabólicas! Não conto nos dedos as vezes em que avistei de pertinho essa casa mal-assombrada perdida numa dobrinha do Murituba, no poente da vereda que levava às jabuticabeiras sombreadas pelas árvores maiores. Meu avô, sim, passava por ali sem dar a mínima atenção aos poderes malfazejos; ia vistoriar as suas matas, acarinhar troncos e copas dos pés-de-pau mais frondosos com o cenho carregado da mais rude ternura. Mesmo apadrinhado na sua coragem que desdenhava o lobisomem, eu me agarrava com força às correias da sela do seu cavalo, escondendo a cara nas suas costas, olhando a tapera pelo rabo do olho, já antevendo o baita do cachorrão peludo encobrindo as marcas humanas do foguista. Sem querer, eu abria e fechava os olhos intermitentemente, num movimento de quem deseja e recua, assoberbado de fascínio e de terror.

 Desse arremedo de casa como um escarro escuro na vastidão verde, Garangó praticamente só se arredava para o trabalho no Engenho ou as caçadas já então mais rareadas. Assim mesmo, dificilmente se topava com ele andando pelas estradas em plena luz do dia, porque só se botava para a fornalha ainda no turvo da madrugadinha, aquecido com a boa golada de pinga e o cachimbo de barro apertado entre as gengivas vermelhas da boca banguela. Mesmo sob ocasionais chibatadas de chuva ou vento frio preferia andar descamisado, amostrando a pretura do peito bordado a cachos de cinza, coberto apenas com a calça rota, presa ao pé do pente por uma tira de tucum; e com o chapéu desbeirado, içado no cocuruto da carapinha já esbranquiçada. Desde as quatro horas da manhã o Engenho carecia de suas mãos de Vulcano para reger as labaredas enormes, encarregadas da fervura das tachas abarrotadas de garapa. Se algum menino chamador-de-boi esbarrava com Garangó pelas veredas dos pastos antes que a barra do dia rompesse a neblina — logo corria espavorido deixando os mansos animais ao deus-dará! Mais que depressa ia passar adiante que vira Garangó desvirando lobisomem: e algum dos que isso ouvia certamente acudiria a dizer incontinenti que por isso não dormira de noite, o diabo do rabudo rondando em rajadas fedorentas pelo terreiro da casa, dando tapas nos cachorros com a mão apinhada de ferrões! E assim cada criatura do Murituba ia adubando, condimentada a pragas e palavrões, a estranha reputação de Garangó, bicho-homem cativo do fadário errante de andar solto pelas estradas e terreiros da noite, cuspindo labaredas e maldições.

Nas entressafras, quando então o Engenho permanecia pejado, e a fornalha ronronava desfeita em colchão de cinzas — Garangó investia ainda mais nas bebedeiras que nem um condenado de sina bem perdida. Mais dos dias, entrava pelo alpendre da casa-grande e, sem sequer uma palavra, que não gostava de falas, batia palmas estendendo as mãos pelo vão da janela da sala de visitas, cuja porta, ordinariamente, se conservava fechada. Minha avó reconhecia em cima do eco aquelas batidas duras, soturnas, demoradas. Com medo de ser destratado, o suplicante chegava sempre nas horas em que o patrão andava por pastos e canaviais. Se acontecia, porém, de errar nas suas estimativas, bem que meu avô ouvia as estaladas penosas de suas mãos, só que se fazia de surdo. Eram palmas apenas para sua ama, que interrompia que trabalho fosse para vir acudi-lo prestativa. Como um abúlico, sem sequer a palavra de bom-dia ou boa-tarde, ele estendia a cuia lisa de velha:

— Minha ama... um açuquinha pro nego véio.

Minha avó, porém, se antecipava, já lhe estendendo as pequenas provisões com que o abastecia frugal e semanalmente. Atendido, ele descobria a carapinha pedrês, curvava a cabeça na mais indiferente reverência, com o tronco enrolado num saco de estopa para não faltar com o respeito a sua ama — e lá se ia com o passo tardo, arrastando os pés para a sua toca. Ao passar varejado pelo sol despudorado do pasto da porta, não nos metia tanto medo e parecia meio encolhido. Só na escuridão, na sua tapera ou na boca da fornalha é que os seus poderes maléficos se adensavam!

  Agora que me desespero aqui separado das coisas que vicejam nos olhos dos que andam lá por fora, mais me admira a resignação de Garangó, visivelmente consolado no seu isolamento. Sem parentes e sem amigos, sem mulher para zelar ou procriar, nunca constou que destinasse a alguém o seu lado amorável e afetivo. Nem mesmo a seu Ventura! Só a meu pai chegaria a sombra silenciosa de sua gratidão (ou de medo?). Mais de uma vez ele bateu palmas nos fundos da Rua da Cruz, sempre encobertado na noite. Ali, sem deixar sequer uma palavra, ele empurrava nas mãos da criada uma de suas pacas caçadas para o meu pai. Quando o contemplado chegava para agradecer, Garangó já havia se sovertido nos becos das ruas então alumiadas a carboreto. Sem nenhuma referência a seu passado, e sem jamais se mostrar interessado por isso ou aquilo, Garangó permanecia abafado a medo e violência. A carta precatória que pedia a sua captura observava que o negrinho sabia leitura e tinha razoável instrução. Tudo isso esse homem esquecera, desvivera ao pé da letra, acuado no seu canto, com medo dos poderes dos homens: do trabuco engatilhado na tocaia, da tortura engendrada nas audiências.

Hoje, vencida a sonolência do mormaço que encheu a tarde, comecei a lavrar algumas impressões acerca da morte do Engenho e do velho Garangó, com o intuito de encoivarar e embutir aqui a resposta de meus avós ante o termo dessas duas vidas em tudo desiguais. Com a paralisação do Engenho, estancaria definitivamente a veia que alimentava a boa disposição de meu avô; enquanto minha avó se reanimaria, como se recebesse uma chuva de verão fazendo cheirar mais o seu rosal. Já com a morte do mísero foguista, minha avó, mesmo tendo uma casca áspera, é quem se ralou a valer; enquanto meu avô permaneceria indiferente, porque certamente já incluíra o suplicante na perda de seu engenho em que gastara toda a sensibilidade e não lhe restava mais nada a lamentar!

    Entretinha as horas a ajeitar essas ponderações, quando me chega o oficial de Justiça, pendido de regozijo, para me anunciar que o promotor do meu júri será coadjuvado por um tal Joel Maranhão, criminalista de certo renome em Feira de Santana. É mais um embaraço a remexer estes dias que me separam do julgamento. Quanto mais vem se contraindo a hora fatal, mais se adensam as forças contrárias que me obrigam a um esforço desmesurado para aguentar este rojão de tanta espera ruim! Quanto mais me volto ao passado, em busca de algum reforço para me manter lúcido e seguro, mais recrudescem os falatórios que robustecem a acusação, disposta a detonar todos os cartuchos para me ver perder a serenidade, e varar o resto de meus dias.

Agora as minhas mãos tremem, as teclas da Remington se atropelam e gaguejam, as frases corredias perdem a bossa da flexibilidade e esbarram em tropeços que me ponho a remendar sem nenhuma convicção. Vou aqui me persuadindo de que tanta evocação areada só me apazigua mesmo enquanto estou ocupado a lavorá-la. Fora daí não vale nada, porque não mitiga nem um pouco a evidência do júri que flameja em pancadas de ecos no estômago. Já ouço vozes furibundas nas minhas insônias, já sinto um cheiro de mangação rabeando no ar. É a má hora que vem vindo inapelavelmente feito tarraxa que aprofunda as roscas da úlcera nervosa que escaldo a pindaíba, a mesma chaga irremovível que — mesmo regiamente banhada a vinho do Porto e moscatel — obrigou minha bisavó a dobrar as partituras dos seus devaneios, fechar o piano, e gastar os últimos anos para lá e para cá como uma cigana andarilha, rolando pelas estradas da velhice a carro de bois, no encalço das águas salutares e outros curativos e preparados que nunca lhe serviram para nada, porque não eram valimento contra a sua solidão.

 Reencho o peito com os excessos das troças que certamente se despregarão das caras mais safadas para contaminar até os mais inocentes e menos prevenidos, e só irão esbarrar no chumaço de minha cabeça, varejada de vergonha e de vexame. Desloco o olhar para a banda esquerda e dou de cara com os janelões de dois metros de altura. Aí estão as pranchas sólidas, os gonzos de ferro bruto, batidos e caldeados a boa têmpera na tenda de um ferreiro qualquer, cravejados oito vezes a marteladas de estrondear. Movimentando-se por eles, estes janelões rangem e se encostam nos esteios que servem de caixilhos para receber os ferrolhões enferrujados, mais condizentes com uma fortaleza. Bem aí defronte João Marreco se arrastou no exercício de sua esquisita via-crúcis, importunado pela molecada que se estrebuchava de rir ante o peito untado a merda de capão. Sofreu... isso de sofrer, sofreu! Mas mesmo assim cruelmente torturado, preferiu os maus-tratos da polícia a ser indiciado judicialmente em papéis e arrazoados onde os seus olhos de analfabeto não podiam tomar pé. Sabia, na sua intuição de criatura supliciada por muitas malvadezas, que é com falas macias e gestos maneirosos que se tecem as armadilhas onde os desacautelados se deixam apanhar. Garangó foi outro que carpiu a vida inteira preferindo virar bicho amocambado a se entregar à Justiça para as acareações. Este até mudo ficou, como pretexto para não falar se porventura algum dia fosse arrastado ao suplício das audiências, convencido de que os graúdos só trocam gritos e xingamentos por falas brandas para melhor prender e dominar. Sei de outros sujeitos que, embora dóceis na mão da polícia, assim que foram ameaçados com prováveis audiências, arrumaram um jeito de se escafeder da cadeia e do município para nunca mais voltar. Se a Justiça é o fiel que não verga na fala ensebada do Meritíssimo, por que tanto a temem os que pouco devem?

 O desconforto desta cadeira de couro abaulada demais para a minha magrém me vem das muitas arrobas de bom corpo que meu avô derrubava aqui, de onde concedia as audiências que me estrompariam, me verrumando a temores e remorsos de que nunca me pude descartar. Para dissipar essa topada que vem sangrando de longe, enfio os olhos para cima em busca de qualquer coisa, e o que primeiro me rouba a atenção é um caibro grosso e torto que agride a simetria dos parceiros estirados a seu lado, que em tudo destoa do conjunto onde se insere — mas que está ali acintosamente estendido bem no meio do telhado porque, para meus antepassados, certamente tinha a melhor serventia. É uma peça de fumo-bravo, resistente e duradoura, colocada para permanecer até os confins do tempo, até a última gota de sangue do derradeiro Costa Lisboa, que renitente como o primeiro suponho que não será. Perscruto outras marcas do passado, persigo um certo cheiro que não chega, uma sombra de ausência que se dissimula e vai embora. Só encontro dureza, sensação física da mesmice mais ordinária, corações de homens que só bateram mais apressados na miragem de cifras e cabedais; corações de mulheres arrolhados nos seus segredos, madorras prolongadas que sucedem ao repasto, na sensação bovina do vazio e da barriga cheia.

Até o meado do ano passado, isto aqui ainda era o Fórum onde se passavam as audiências judiciárias desta comarca morta, perdida no oco do mundo, tão morta que nem comarca deveria ser. E se o é, que se credite isso ao finado Tucão, que assim agiu para melhor reinar e proteger-se. Como nos bons tempos de meu avô, não sei se por coerência ou ironia, as questões deste município continuaram sendo resolvidas neste mesmo salão, pois o recinto destinado a essa finalidade, constantemente em reparos e remendos, nunca esteve à altura do Poder Judiciário, como alegava o prefeito cinicamente, sem levar em conta o desmentido do povinho daqui, a versão de que o Fórum Municipal nunca seria liberado para as audiências enquanto fosse titular desta comarca o juiz que não teve coragem de abraçar destapadamente o partido de Tucão nas últimas eleições. Segundo os correligionários do prefeito e seus fanáticos cabos eleitorais, trata-se de um juizinho de meia-tigela, um pançudo que espicha a cobiça dos olhos até os perus gordos dos terreiros dos litigantes, até os cereais e legumes de seus roçados, a ponto de uma voz geral recomendar a quem tem alguma pendência no Fórum: — Ponha roçado grande e engorde seus perus, que você ganha! — Mas também não é tanto assim! Esses politiqueiros despeitados, no afã de lavar as próprias perdas, acrescentam e exageram! Além do mais, conhecendo o Meritíssimo muito mais à distância do que eu, sequer imaginam o que nele vai além da carranca enfatuada e das comilanças de perus, isto é, o seu lado afável e maneiroso que ele esbanja nos corredores do Tribunal de Justiça da Capital, muito prestativo e sorridente, ocupado em segurar as pastas dos desembargadores, cavando assim a sua promoção para uma comarca de segunda entrância.

    Muitas vezes, olhando deste janelão lateral esta romãzeira que botava os primeiros frutos, ouvi, menino crucificado a remorsos e piedade, a fala arroucada de meu avô modelando as sentenças jamais questionadas! Que fazer agora dos seus erros, meu avô? E os inocentes punidos como culpados? E os réus que condenou sem hesitar? Este chão híbrido, com uma tampa de cartório e outra de cadeia, vem confirmar, nas suas lajes rachadas a paradoxos, a eficácia das leis que regem este município, espalhadas pelas estradas que levam a outros... e outros... Aqui me entedio e me desespero, cumprindo uma pena que não devo, sem saber conciliar onde começou o diabo de tanta confusão. Deambulo de uma parede a outra, tentando reanimar os mocotós entorpecidos, e apanhar coragem do que tenho resgatado de meus mortos. Mas os pés continuam dormentes cada vez mais, e esbarro nas faces opacas que os finados empurram contra a minha procura infestada de solidão. Vou correndo os olhos e esfregando as mãos por estes mesmos lugarezinhos onde Luciana um dia se encostou — e, de repente, paredes, escrivaninha e prateleiras, tudo me parece transfigurado... pronto a exalar o perfume de sua remota passagem, a me espicaçar os nervos com o sabor de sua desenvoltura. Peno de saber que além daqui, seja lá em que buraco for, está Luciana com o seu carisma e a sua quentura, a vida desdobrada em todos os pedidos, o palco rubro onde se desencadeiam as paixões.

    Infelizmente, as forças que devia reservar para ter de volta essa mulher têm se gastado nas expectativas deste que segue aqui apreensivo, reconhecendo firmas e carimbando papéis. Se, nos formais de partilha que elaboro, troco um termo ou outro, procurando dar à frase um torneio menos entrevado, o Meritíssimo — se os lê — me sapeca uma de suas reprimendas decoradas, puxando tratados e invocando o nome de autoridades! Fala que estou abastardando a ciência do Direito, cujas fórmulas, aperfeiçoadas pelos inspirados através dos séculos, pairam acima dos palpites gratuitos, dos leigos incompetentes como eu, que nunca conseguirão penetrar a essência imaculada do Direito, dos que permanecerão para sempre aquém de sua linguagem indecomponível. Ouço calado o diabo dessa ladainha, fastidioso de dar resposta ao que não me acrescenta nem me tira pedaço, e convencido de que esta criatura atravancada de fórmulas não sabe se mover senão no labirinto das leis.

    Há cerca de dois meses, o velho Catingueiro, um fantasma carcomido pelo gorgulho dos anos, veio mais uma vez rogar justiça ao Meritíssimo, arrastando até aqui os ossos pelancudos. Chegou escorado no seu porrete de cego, que o ajudou a trazer a barriga-d'água por duas boas léguas de sede e sol. Todo ele era um velho acabado! Mesmo assim, era a terceira viagem que fazia, o terceiro sacrifício que se impunha com o mesmo propósito de prestar queixa ao Meritíssimo contra o cabo de polícia que lhe desonrou a última neta, com doze anos de idade! Trazia os pés descalços e empoeirados, retalhados a topadas e frieira, estrepes e furúnculos, costurados a remendos desiguais. São as costuras de sua pobreza mal alinhavada, Catingueiro, memória de durezas e de honras que se perderam!

    Nos tempos de meu avô, este Catingueiro passava por respeitado e reimoso! Era moço de falar em dignidades com o pescoço duro! Agora... vivendo ainda dos antigos preceitos que exercera, de algum modo agarrado à sua estima, não consegue entender que as eras são outras! Não há quem lhe ponha na cabeça que o infortúnio da neta — tão grave no bojo de sua honradez — não espanta a ninguém, nem tira o sono de autoridade nenhuma. Antes vira motivo para chalaças e mangações que vão aprofundando os talhos de sua pele de jenipapo. Vira e torna, vai e volta, sempre comparece agarrado à boa-fé de que o Meritíssimo tomará o caso na unha e punirá o culpado, obrigando-o a casar, limpando de uma só vez a honra da neta e o agravo do avô. Tome de seu porrete, se escore nele devagarinho, feche a boca banguela e volte para a sua toca, velho Catingueiro! As autoridades não são feitas para quem tem hidropisia e os pés assim costurados. Esfregue os olhos de cego, não relembre as audiências de meu avô, e ganhe a estrada antes de ser logrado como um moleque qualquer. O único meio de reparar o ultraje infligido a sua neta está no peso de sua mão. Olhe bem para ela, não se assuste com a sua magreza, assunte bem se vale a pena, e decida de vez de seu destino...

  O Meritíssimo, cuja paciência se estica ou se encolhe conforme a força que o puxe, sequer esperou que o velho Catingueiro terminasse a arenga dificultosa. Gritou o seu basta-basta autoritário todo sisudão como um profeta carrancudo persuadido dos imensos poderes de perdoar e amaldiçoar; capaz até de mudar, com um gesto da mão rechonchuda, os destinos do mundo! Aprumou o corpo volumoso, passou o lenço pelos buracos da venta, acho que enojado de uma velhice tão insignificante, fez um aceno ao Promotor, e lhe indagou discretamente (correndo o rabo do olho e estirando o beiço no rumo de Catingueiro), mas não tão baixo que eu não pudesse ouvir — se ele viria à comarca dali a quinze dias. Recebendo a resposta negativa, o Meritíssimo esfregou as mãos muito satisfeito, como se tivesse atinado com uma solução brilhante. Empertigou-se todo com a mesma solenidade com que proclama as sentenças — só faltou mesmo a negra túnica talar varrendo os calcanhares! — e falou a Catingueiro que estava atarefadíssimo, que o caso carecia de muito estudo e que voltasse daí a quinze dias, quando, juntamente com o Promotor, depois de mexer muito com as leis, ia ver o jeito que podia dar, que boa vontade não lhe faltava, mas que desde já se prevenisse que lei é lei, igual para todos, pobres e ricos, pretos e brancos! A seguir, colocou os óculos escuros, coçou o couro da pança, e ficou a vigiar a lei por dentro da carranca.

    Eu não disse, velho Catingueiro? Eu não lhe disse? Vá vendo só as vezes que você há de voltar aqui! Essa gente estudada trabalha demais, são tarefas e mais tarefas! Nunca, nunca vai ter tempo para você nem nenhum outro estropiado, ocupada dia e noite com o diabo de tanta lei! Matutando no destino de tantas criaturas! Eu que o diga!

28

Enfim, também chegou a vez de meu avô tremer e hesitar, a braços com a imposição medonha, ditada por um agente sem rosto a que sempre resistira relutantemente, e de cuja força a princípio desdenhara. Era o imperativo dos tempos: o seu engenho tinha de pejar! Na verdade, esse homem de tino aguçadíssimo, e de tão experimentado desembaraço, jamais chegaria a resolver completamente esse impasse, que lhe exigia a capitulação e a inutilidade dos esforços e realizações de uma vida toda votada ao trabalho. E essa derrota lhe sabia ao logro de uma existência inteira, à aceitação da própria invalidez! Sem os aromas e os atritos do Engenho, sem a esperança de continuar sendo o mesmo regedor compenetrado que sempre fora — esse velho acabaria porque não tinha mais nada! Daí que se obstinou enquanto pôde, procurando um jeito de agarrar o tempo pela brida com a mão que esbarra uma mula impaciente — mas esse bruxo invisível o transcendia! Em golfadas de estima e de orgulho, sempre tentou repelir para o ano seguinte a desgraceira que dia a dia se acercava, prorrogando assim o prazo a se vencer na data mais indesejável. Um dia de certa forma movido por algum sopro encantado, escorregando da própria casca e se deslocando dentro do tempo como um carro de bois que rola nas estradas e desaparece nas curvas, deixando apenas a memória de seu assobio. Um dia por muitas vezes adiado, repetidamente transferido e empurrado para mais adiante, protelado e retardado com tenacidade, enquanto restou a meu avô um lampejo que fosse de tenência.

Há muito que o Engenho já vinha combalindo, ano a ano mais derrubado, aparando contra o pelo encardido a euforia da nova era que despontava, isolado e rugoso como um animal que ultrapassa a própria morte. Era o último que restava de uma redada de irmãos que encheram de cheiros e alegria este município de Rio-das--Paridas, a remediarem a fome de sua pobreza, até a quadra em que foram tristemente se tornando imprestáveis, cada vez mais imundos e enferrujados, largados no silêncio inexorável! Esse velho engenho remendado seria, num longo decurso, o único sobrevivente, e por isso mesmo se tornaria lendário, o bicho varejado que se arrastou pelos tempos afora, soberbo e de crinas soltas, moendo inapelavelmente, puxado por uma mão milagreira que lhe tapava as sangrias — apesar dos ventos adversos que sopravam! Mas pouco a pouco as ataduras foram ficando tão caras e despropositadas, que não houve outro jeito senão deixar gorgolejar o sangue do velho coração que já vinha arfando desritmado. Enfim chegara o transe implacável em que o triste curandeiro que era o meu avô esgotara mezinhas e garrafadas!

Ensurdecido pelo alarido das mudanças, e por isso mesmo encurralado entre a dentadura insaciável das usinas e os chifres pontudos dos bois de corte, que iam transformando em prósperos fazendeiros os donos dos antigos banguês arruinados — esse triste senhor retardatário, agora reduzido a uma engenhoca movida a duas parelhas de éguas desdentadas, não teve outra saída senão embatucar de vez, embebido da mística da terra e de suas tradições centenárias. Com o silêncio do Engenho pejado, calaria também toda uma banda de meu avô, o lado inteiro de suas alegrias. A partir daí, sem se despegar nem um pouco do imobilismo rudimentar em que se exercitara por quase um século, ele passava o tempo estirado acalentando o bicho lendário que dormia, e suplicando a sua madrinha, Nossa Senhora da Conceição, que por piedade levasse os ventos transitórios com as nuvens, para que ele pudesse acordar de novo o seu engenho e, juntos os dois, com o mesmo afã barulhento da mocidade, retomassem o rojão quase centenário, levado adiante pela força da paixão e do carrancismo que ainda haveriam de se sobrepor às novas alternativas de produção que infelizmente vinham se consolidando, aluindo as suas expectativas.

A maneira bizarra como meu avô resolveria a silenciar seu engenho — só o fazendo porque acreditava piamente no caráter provisório daquela paralisação — chegou a espantar amigos e vizinhos, pegou fama, estirou-se e correu as estradas do município. Depois dos rogos e da insistência ferrenha de minha avó, que lhe cobrava inapelavelmente os prejuízos agravados de moagem a moagem; depois que se ralou cheio de inquietações diante da situação insustentável que o oprimia de angústia — decidiu, enfim, convidar todos os conhecidos para tornar mais inesquecível aquela despedida de derradeiro adeus... com que jamais se conformaria. Começou então a espalhar recados de boas-vindas por todas as cercanias, e alguns cartões tarjados com expressões funéreas, como se aguardasse os convidados para um ritual de morte. A par disso, insistiu em dizer a todos que a ocasião era de perda, não tinha nada a ver com festanças e cachaçadas, e que por isso mesmo requeria respeito e compostura.

Aqui em Rio-das-Paridas, uma despedida nunca reuniu tanta gente! De todas as estradas reais afluíam cordões de homens e mulheres, se movendo em cortejo que nem formiga de correição em dia de chuvarada. Evidentemente, por razões claras ou encobertas, aprazia a meu avô estender a velha mão patriarcal àquela gente toda que vinha velar o último dia de seu maquinismo enfermo. Ele mesmo se ocupou em partir fatias enormes do churrasco de boi erado, interessado a obsequiar a todos os que o cercavam. Ia e vinha de faca e espeto empunhados, tão cheio de pilhérias e viveza, mostrando uma cara tão boa e agradada, tantas larguezas de coração, que parecia ter se safado das macacoas de velho, para nos dar, a nós mais íntimos, a lição de que podia ser rijo e generoso, mesmo bafejado pela morte. Mandou que a pobreza se abeirasse das tachas e do parol sem acanhamento, que enchesse as latas de mel e as cabaças de garapa: aquela trempe era de todo mundo! Só se ensombrava um pouco com a inconveniência dos mais salientes e exaltados, como se apenas a ele, regedor da celebração, fosse reservado o direito de se descontrair.

Mas tenho cá para mim que as suas amabilidades excessivas e o rosto desanuviado além da conta, justamente no dia em que seu engenho ficaria de fogo-morto, não decorreram de uma vertigem de grandeza na hora do infortúnio. Não e não, que os seus olhos menineiros desmentiam, refletindo o logro que o danado pregava nos convidados. Se assim não fosse, daí por diante não continuaria a cultivar em silêncio o seu pequeno canavial, encasquetado que nem minha avó com o seu rosal. Tanto que no ano seguinte, de cerviz abatida, alegaria a essa sua mulher que ia moer uma coisinha de nada, um restinho de cana que sobrara entre o mata-pasto. A velha então se encabritou em injúrias impiedosas, mas não houve jeito de demover o seu homem. E como da vez anterior — imperturbavelmente — ele expediu os mesmíssimos convites. E no dia aprazado também não esqueceu de exigir a mesma compenetração lutuosa, agora vigiada a rigores de pai severo. Alguns dos maiorais que se sentiram tapeados da primeira vez nem foram lá, mas a pobreza compareceu mais numerosa, divertiu-se e gostou tanto que chegou aos alaridos, outra vez lambuzada de mel e de garapa.

Os que retornaram nessa segunda vez imputaram o despautério da celebração repetida às bondades da velhice, que tudo abranda. Nem repararam que o Engenho estava mais remendado, arquejando a jeito de moribundo. Também não deram conta de que as meladuras da moagem estavam mais reduzidas, devido à lentidão dos cilindros e à cana minguada que só chegava aos bocados, uma vez que já não havia tantos carros de bois a trafegar carregados, deitando no leito das estradas o lampejo de suas sonoridades. Só meu avô percebia os estragos irremediáveis, os roncos sofridos do bicho agonizante, avaliando tristemente que de um ano para outro a sua irreverência dera meia-volta e agora o atropelava, o feitiço perseguindo o feiticeiro, visto que a moagem se tornava mais insustentável, mais abreviada de uma safra a outra, achatada entre intervalos que se dilatavam... Assim seria e só assim, porque se tudo acabasse enquanto o cão esfrega um olho, o coração deste homem decerto rebentaria.

A partir dessa evidência constrangedora, ele foi se tornando mais susceptível e ensimesmado, se desinteressando dos pastos e dos roçados, e de tudo o mais que pudesse convidá-lo à vida e a coisas de entusiasmo. Fortunas e municípios, palacetes e comodidades, se tudo isso meu avô tivesse, certamente a tudo largaria, para se votar inteiramente ao companheiro que morria. Quando se convenceu de que a manobra da comemoração falhara e o vitimara; quando concluiu que os graúdos mangavam de seus convites fazendo gracejos e vista grossa; e que a gandaia de Rio-das-Paridas esperava sofregamente a hora exata de encher latas e cabaças, como uma matilha de cachorros esfomeados que se atira sobre uma carniça — aí então, encascou-se todo por dentro, irado contra os insensíveis que não o entendiam, e pegou a matutar sem descanso no próprio fim.

Mas ainda aguardou pacientemente a moagem vindoura, escorregando por dentro do Engenho como uma sombra zelosa que não cansava de se esfalfar, empunhando coisas de muito uso nas mãos sempre azeitadas; e resvalando em todos os cantos como uma visagem carregada de devaneios que não mente ao fadário errante de fantasma. Nova moagem... e nova porfia com minha avó, que investia contra ele de venta arregaçada, sem nenhum grão de piedade pela agonia que o varava! Mas agora ele nem estava aí! Era senhor absoluto de seu propósito! Desgostoso com a vida que lhe tirava o melhor bocado e tão fundamente o atingia, colocou o resto de seus homens na cancela do pasto da porta, com ordens de rechaçar os enxeridos a mangualadas de couro cru, e de conceder passagem apenas aos graúdos. Aí então, como se não aguardasse nenhuma criatura, assentou-se no tronco de aroeira e mandou rolar os cilindros e as rodas dentadas para si só que cismava... cismava... regendo a golfadas de comoção essa medonha cerimônia fúnebre!

 É verdade que desta vez não houve convites, mas pela bocarra do bueiro os pavios de fumaça se retorciam e viajavam, levando ainda uma vez a Rio-das-Paridas a boa-nova de que havia trempe de mel que chegava para todos. Como meu avô previra, a pobreza veio mais depressa e em grupos mais numerosos, tripudiando nos deboches e nos alaridos. Mas teve que ficar amontoada ao pé da cancela, bestificada com a mesquinharia do velho que só agora viam que caducava! E quando os graúdos chegaram ao Engenho muito maneirosos e conviviais, meu avô não respondeu aos bons-dias, nem apertou as mãos estendidas. Mandou foi parar as almanjarras acintosamente; passou a mão áspera no lombo de cada égua com o carinho de quem se despede para sempre, e saiu na frente todo trombudo, acenando sem palavras que os entremetidos subissem até a casa-grande.

 Aí então, sem nenhum cumprimento, se sumiu lá para dentro e mandou que minha avó abrisse a porta da sala de visitas, onde os intrusos tomaram sofá e cadeiras, intrigados com tanto silêncio que ali se impunha e com o desplante do velho, que certamente variava. Lá de dentro da camarinha, meu avô se banhava e se vestia pachorrentamente pela primeira vez em toda a vida, se retardando de puro capricho, zangado contra os metediços. Na sala, eles se desconcertavam avançando palpites aleatórios, olhando para o relógio de nogueira preta, já embezerrados com a esticada de tamanha espera!

Enfim meu avô voltou fechado decentemente num terno azul-marinho, com as mãos ocupadas a meter nos punhos da camisa a abotoadura de ouro que lhe ficara por morte do pai. Com esse gesto meio indefinido, sua figura sugeria ao mesmo tempo compenetração e desembaraço, confundindo mais os infelizes que o aguardavam. As mangas assim afiveladas com o metal que vivia enterrado na canastra de minha avó, de onde só saía para as grandes celebrações, decerto intrigavam as visitas apatetadas. Positivamente, o velho caducava ou aprontava alguma tramoia a modo de vingança, porque nunca ia parar as almanjarras e assim se engalanar se não tivesse um propósito definido e já arranjado. E mesmo dava para se sentir no ar uma catinga de desfeita rabeando entre os interessados, que farejavam se interrogando entre si, e arreganhando as ventas para pegar o que era.

Depois de derrubar o corpão na cadeira de braços que lhe estava reservada à direita do sofá onde meia dúzia de homens se espremiam, meu avô começou a verrumar com os olhos — surdamente — a cara de cada um, recurso que cansara de usar para arrancar confissões das vítimas mais insolentes e topetudas de suas audiências. Verrumava de modo tão agudo que esfaqueava as entranhas. Enquanto ia assim esburacando um, os próximos se encolhiam apreensivos, quase entrando em pânico, certos de que o velho sabia de coisas e não errava. Como todos deviam, todos sofriam, com medo de serem crivados a palavras iradas. Quando o verdugo achou que já bastava, porque senão ia ter fundilhos que fediam, teve apenas um momentinho de hesitação, como se não tivesse mais paciência de levar a termo o plano que urdira — e despejou-se de vez, arrojando as vísceras para fora, e pondo trevas no vozeirão arroucado:

— Que diabo me querem por aqui?

29

Mas, com o Engenho pejado, meu avô não seria a única vítima a deambular dentro de si mesmo, desencantado de não ter mais motivações, nem um só objetivo que o retivesse à vida. Assim de fogo-morto aquele bicho lendário provocou perdas e extravios, desarrumou outras vidas humanas, uma das quais também nunca se consolaria, vitimada pela mesma mazela do patrão. Com o calar das almanjarras cessaram os gorgolejos da garapa se despencando no parol; com as tachas vazias, estancava a fome inexorável da fornalha, sempre a pedir mais comida com as suas vozes de estalidos; com a falta de labaredas para alimentar, Garangó sobrava no mundo, sem um jeito de ser útil ou uma marca qualquer para se identificar. Até ali fora assim — Quem é esse tal de Garangó? — É o foguista do Engenho Murituba — respondiam. Sem essa referência com que ele escondia o seu passado mais remoto, desmoronavam todas as suas realizações, que se reduziam a quase nada, mas que lhe davam um nome e um passado limpo, que podia ser lido sem nenhum tropeço, além de força e ânimo para viver e trabalhar sem nenhuma inquietação a lhe tirar o sono. Agora... restava apenas um sobrevivente de olhos estirados para o monte de cinzas da boca da fornalha.

Mesmo com o Engenho parado, na solidão do repouso permanente, Garangó costumava voltar ali, tal qual o meu avô nas suas rondas intermináveis! Passava entre as tachas cascudas de ferrugem, em cujos fundos os sapos secos se amontoavam, e descia para o seu buraco, o pequeno quadrado de onde regera parte do mundo que se movimentava lá em cima. Ali exercera os seus poderes! Gozara o melhor de seus ciúmes! Não queria nenhum metido bulindo no lenheiro ou trafegando diante da fornalha. E a sua vontade sempre se impusera! Agora estava ali acocorado, absorvendo o fartum embolorado de bagaço velho que lhe entrava pela alma adentro, misturado à pinga que ia esgolepando, incorporado ao silêncio irremovível das almanjarras paradas, do parol emborcado, das formas escangalhadas. E a moenda, coração daquilo tudo, jazia estrangulada sob o peso da eternidade que mão alguma jamais poderia remover!

    Mas lá bem no fundo de si mesmo, Garangó sentia indelevelmente que era outro o coração do Engenho. Tudo isso que enxergava quando descia para o seu posto ficava nos compartimentos do alto, de forma que só dava por sua falta e percebia a reviravolta porque era parte da engrenagem que fizera a sua fornalha silenciar, esta sim, um bruto coração de fogo maior do que o mundo! Só dela recebia a cutelada medonha que se encravava no corpo afeito às labaredas que nele se soverteram, embutidas na identidade subtraída de lobisomem, bicho ambulante a cuspir lascas de fogo no breu das noites de sextas-feiras da quaresma toda. Mais de uma vez pernoitara ali mesmo, encachaçado, transposto para uma dimensão mais fluídica, esfregando o corpo contra o longo colchão de cinzas, onde jaziam minúsculos botões despencados dos cachos das labaredas. Quando o surpreendiam assim emborralhado nas madrugadas, mais cinzento do que preto, mais vestígio de fogo do que de gente, os moleques fugiam desabalados com medo da figura hesitante, mais uma vez desvirando lobisomem...

    Do alpendre da casa-grande, todo barbudão e embrulhado em tiras de saudade, meu avô cismava sem parar, errando os olhos pelo bueiro inútil que apontava para cima apalermado. Tanto trabalho, é deveras... a vida toda empenhada naquilo ali que apodrece com o dono e não vale um tostão furado! É o diabo! Os carros de bois já não servem mais pra nada... as éguas da gamboa agora podem morrer. Tudo perdido... perdido... e tão difícil de ajuntar! É... o filho mais velho do finado Honório, que Deus o tenha, desta não escapa! vai dar conta desta vida fracassada...

Muitas vezes, nas suas incursões pelo Engenho, meu avô esbarrava com Garangó mudo e entristecido. Mas não ligava nem um pouco para o abatimento do negro, que de certa forma se irmanava com ele, na medida em que ambos tresandavam a mel e fogo, e compartilhavam do mesmo sentimento de perda, da mesma solidão desenganada. Não percebia sequer a falta que o Engenho fazia a seu foguista, visto que não era homem para se apoquentar com ternurinhas do coração no tocante aos agregados. Muitas vezes pensava nele, sim, mas porque se sentia incomodado, ao vê-lo assim de mãos abanando para lá e para cá. Urgia arranjar-lhe uma ocupação qualquer que lhe rendesse pelo menos a ração que o desgraçado comia. Matutava, porém, que Garangó já não tinha sustança para os trabalhos topetudos do campo, árduos e até cruéis, como a arranca de tocos ou a pequena derrubada para os roçados. Para tanger bois ou curar bicheiras, para puxar os peitos das vacas ou amansar a burrama, para nada disso o negro levava jeito, e já não tinha idade.

Depois de dar muitas voltas com a cabeça, finalmente meu avô mandou um próprio chamar o subalterno, a quem ponderou cheio de gravidade que dali em diante ele seria o vigia da Mata do Balbino, responsável direto por qualquer graveto de lenha que dali sumisse. Argumentou que o fato de morar na boca da mata e o costume de caçar ali mesmo, de dia e de noite, facilitavam demais as suas rondas. E arrematou:

— Não durma na moita! Largue da bebedeira e tome tento! Agora é um homem de confiança! E não vejo ocupação tão feita para sua medida, nem servicinho mais maneiro de se fazer. É só se mexer pra riba e pra baixo com o clavinote nas costas... e pronto! Não me trasteje! Olho duro nos gatunos!

Era visível que, sem a peleja renhida da fornalha que o trazia vivo, pouco importava a Garangó qualquer outra obrigação que lhe impusessem. Não tinha nenhuma escolha além daquilo que perdera! Por isso recebeu a nova incumbência tão passivamente como um bicho que se arrasta já abúlico. Apenas levantou os olhos empapuçados, descobriu a carapinha pedrês, e consentiu que nhô sim. Se sempre se desviara de qualquer conversa, não era agora que ia pôr fogo em tudo que construíra e enfrentar o bruto do patrão. Mais uma vez, preferia não desfiar o novelo de razões e de palavras que a vida lhe ensinara a estrangular. Parecia indiferente... indiferente... mas bem que se ralava o seu quinhão!

De agora em diante, estava obrigado a investir como um azuretado contra a pobreza mais indigente de Rio-das-Paridas. Contra aqueles que, sem arrimo ou proteção, tangidos pela iminência de matarem os filhos de fome, afrontavam o perigo de apanhar o seu feixe de lenha, para o foguinho de esquentar o boião de água, com que faziam o angu de farinha de mandioca, e a caneca de alguma beberagem. Logo ele, que trazia o corpo rasgado a violências, que se amocambara como um bicho, roendo apenas o necessário para não morrer. Logo ele, que já nascera marcado, um coisa-ruim de origem que até desaprendera a ler, senão já não era vivo! Antes sofresse das ouças como o diabo do patrão! Pelo menos assim não ouviria o quebrar dos garranchos sob os pés descalços, nem os machados e as foices que batiam e ecoavam no fundo da mata.

Quando alguém mais desesperado empunhava o machado com tal sustança que os golpes retumbavam na mata inteira, Garangó saía de seu canto aborrecido contra os desprecavidos, e se arrastava em direção às pancadas, pigarreando e mexendo os pés nas folhas secas, rogando a seus santos que o relaxado se fosse, para não sofrer o desgosto de flagrá-lo. Fosse mais novo, largaria este ofício de safado, esta porcaria de delação e miséria. Se, apesar dos sinais que emitia, acontecia de topar com algum desprevenido, com toda a certeza ia ouvir rogos e perdões, queixas de aperturas e de fome, de doenças e pobreza. E ele, o caçador de clavinote nos ombros, é quem se encolhia de vergonha, a cabeça vergada das arrobas que pesavam, os olhos empapuçados varrendo o chão. Arregaçava as gengivas, de onde pendia o cachimbo de barro, e saía murmurando: eu não vi nada... eu não vi nada...

 Numa sexta-feira, à hora habitual da quinzena, Garangó não compareceu para receber as suas migalhas.

— São coisas daquele negro! — reclamava o meu avô contrariado, alegando que o desgraçado tornara a vadio, e estava relaxando de vez. Era só o que faltava! Nem o dinheiro que ganha se presta para apanhar! E passou a imputar a sua ausência ao diabo das cachaçadas, mais amiudadas depois que o Engenho pejara. No outro dia bem cedinho, porém, apressou-se a mandar-lhe os trocados que lhe devia. João Miúdo, que então já era rapazinho, fez um barbicacho na montaria de tio Burunga e disparou em busca da taperinha pequena, onde mais logo empurrava a portinhola da frente, feita de tábuas de caixote de querosene. Bateu... bateu... e só esbarrou de esmurrar porque a armação ia se desapregando. Aí contornou o oitão invadido pelo mato e meteu a cabeça pelo vão do fundo. Uma catinga de carne queimada, velha de ardida, lhe chegou em vapores nojentos que empestavam o ar. João Miúdo tapou a venta para não vomitar e só então, assombrado, viu que Garangó agonizava, estendido sem jeito sobre os tocos já apagados, metade virados cinza. Um cerco de varejeiras verde-metálico voava insistentemente, zumbindo e circulando sobre a cratera aberta na altura do ventre, parte encascada, parte liquefeita. Aqui e ali porejavam os miasmas purulentos, encimados por uma estrelinha alva: varejeiras fecundadas no tecido estragado.

Espantado com a figura fedorenta e comida de bicho, João Miúdo, se bem que olhasse a avaria detidamente, não teve ânimo nem coragem para nenhuma indagação. Mais que depressa, sem meios de socorrer o moribundo, voltou-se amedrontado, achando que aquilo bem podia ser artes de lobisomem. Deu de rédeas ao cavalo e regressou esbaforido, encurtando caminho. Assim que apeou no terreiro, foi contando os retalhos da feiura que vira numa falação toda afobada, trespassado de susto. Dentre todos nós, minha avó é quem ficou mais desassossegada, num entra e sai desusado, apertando as têmporas sem cessar. Não se lastimava, porém, que não levava jeito para tecer jeremiadas. Era apenas a sua maneira de atentar com alguma solução prática que socorresse e recuperasse o infelicitado, largado lá sozinho, sem contar com a caridade de nenhum vivente, bicho se finando à míngua num canto esquecido do mundo.

Daí a pouco, ela levou o seu alvitre a meu avô, que não tardou a despachar seu Ventura para apanhar o moribundo. E todos nos quedamos a esperá-lo, a curiosidade se sobrepondo à dor e à piedade, porque infelizmente é assim que somos. Mais algumas horas de impaciente aguardamento, e Garangó chegaria, pequeno e leve como nunca, emporcalhado de cinza e de carvão como se acabasse de acordar no leito de sua fornalha. Vinha encolhido num cantinho do carro de bois cujo lastro estava forrado de folhas de bananeira para que os pedaços do couro e das vísceras em putrefação não se soltassem, aderidas a uma superfície menos fresca. Sobre a nudez mutilada e tão imunda, cavada no pé da barriga, havia um trapo esfuracado que seu Ventura sacudira, cobrindo as suas vergonhas.

 Por ordens expressas de minha avó, o toco preto foi arriado no depósito agregado à casa-grande. Ela tinha intenção de recuperá-lo com o milagre de seus cuidados, mas assim que foi visitá-lo, seguida de suas comadres mais íntimas, parece que se desvaneceu. Voltou com mais tristeza na face amarrotada, trazendo ares de lágrimas roladas sem ninguém ver. Restava apenas olhá-lo e alimentá-lo de perto, acudir-lhe as necessidades mais prementes, minorar, se possível, o agudo sofrimento. Ela sabia que aquilo não tinha jeito, sabia e não errava. Nesse mesmo dia começou a servi-lo com as mãos encanecidas de anciã: despejou sobre a beiçola uma colherada de mingau de puba; mas o trespassado cerrou as gengivas desdentadas, se negando a engolir o miúdo bocado da própria mão da ama! E até balançou a carapinha pintada com gestos de que não adiantava mais. Finava-se como vivera: de mal com as palavras.

 Não poucas vezes, o punhado de gente que o visitava se comprazia apenas no apetite de saber como acontecera tamanho infortúnio. Não indagava propriamente de sua saúde, nem se interessava pelo percurso de suas dores. Assim é a solicitude humana, a adesão que nos chega dos conhecidos! Eu que o diga, aqui largado nesta merda que nem um cachorro fedorento, escalavrado a unhadas dos justiceiros! Mas Garangó ainda tinha olhos susceptíveis para aquela indelicadeza que o contrariava. E como não lhe restavam mais forças para se defender aos muxoxos, respondia pendurando a beiçola e cerrando as pálpebras, imóvel como um morto. Mal o silêncio se estabelecia outra vez, ele tornava a abrir os olhos devagarinho, espreitando se os abelhudos já se tinham ido. Via-se que a sua desgraceira era segredo que não se abria a ninguém. Obstinava-se em não apontar, com os gestos que lhe sobravam, nenhuma pista possível. Não tinha nenhum vivente com quem dividir o mistério que o marcara para morrer. Deixava que os enxeridos — perturbados porque não atinavam com nenhuma explicação plausível — atribuíssem tudo à bebedeira, à bagunça de quem trata com o demônio, às artes de quem vira alma penada. Que divagassem! Que dissessem que era coisa-feita, embrulhada com o capeta! Daquele segredo enclausurado, nada saberiam! Ouvindo esses palpites desencontrados, Garangó franzia a beiçola a modo de quem escarnece, com um trejeito de zombaria desanuviando a cara suja — agradado de que errassem sobre o seu destino.

 Todas as vezes que minha avó ia lhe levar os seus cuidados, seguida de uma ou outra acompanhante, voltava intrigada com os ruídos ininteligíveis que saíam da boca do moribundo a modo de balbucios. O desesperado sacudia a carapinha em ânsias, arrumando as energias que já não o ajudavam; rolava nas covas fundas o amarelo arredondado dos olhos, e sacudia os beiços sem parar. Era visível que desejava manifestar alguma vontade ou desejo que já não podia articular com clareza. Aí então, nessa hora crucial, essas mulheres se debruçavam sobre ele, indagando se tinha fome ou sede, se tinha alguma promessa não cumprida, se alguma dor mais pungente o maltratava, se queria que lhe fechassem a mão sobre o toco da vela, e mais uma ou outra dessas perguntinhas que só lhe faziam agudizar o tormento. Ninguém atinava com o sentido de tão irrequieta e aflita impaciência. Sinhá Jovência achava que era fome, aproximava da boca a colher de mingau. Garangó estampava na cara contraída o aborrecimento medonho, cuspindo pelos cantos da boca.

Foi ainda minha avó quem, votada de verdade a seus padecimentos, intuiu o sentido de tanta angústia: só comia se lhe dessem um tiquinho de cachaça. Daí em diante, de posse desse trunfo, ela passou a lhe dirigir novos apelos, convidativa e paciente, segredando-lhe ao pé do ouvido que lhe daria um gole de pinga bem grande em troco do prato de mingau. Ele se impacientava mal-agradecido, intolerante, já mostrando uma pontinha de mau gênio. Aí minha avó mudava de tática e endurecia, fincando pé: — Só bebe se comer! — E logo persuasiva e maneirosa: — Vai ter o seu golão danado! — Mas o malcriado continuava aborrecido, tremelicando todo enfezado, de mal com todo mundo. Sua ama amolecia... de repente rascava, lhe passava respes terríveis, esbravejava, fingia uma autoridade desmedida... tornava a amolecer, prometia uma muda de roupa para depois de sua melhora. E Garangó ali intransigente, danado de opinioso, duro no seu propósito. Não comia!

A molecada vinha de longe para espiá-lo, a princípio temerosa, olhando da janelinha ou se escorando nas paredes, ainda descrente da própria coragem, com medo de que de repente o condenado se pusesse de pé por dentro de um redemunho, pronto para chupar o sangue dos pagãos. Daí a instantes os mais taludos já se acotovelavam entre si, ainda boquiabertos, espichando os olhos pelo comprido do corpo meio torrado. Eu mesmo me juntei a eles, no começo achando até bom que Garangó permanecesse imprestável, porque não tinha como nos agredir. Mas à medida que o medo veio se escoando, fui ficando decepcionado e já me acudia uma pontinha de remorso. Então, era só aquilo o bicho terrível? Olhado bem de pertinho, Garangó desmerecia muito a fama que tinha, e tornava-se desimportante a nossos olhos de meninos. Cadê o homem poderoso que virava lobisomem, bicho entronchado e rabudo, nutrido a sangue dos meninos pagãos? Cadê os seus poderes de fera que urra no bojo das noites agadanhando os cachorros? Num repente, aprendemos ali diante do suplicante que o medo e a aversão são coisas de nada perante a morte. Garangó agora se encantava em bondades, virando compaixão nos olhos dos meninos mais malvados, que esqueciam o mau contágio, a figura repelente, o bicho brabo soltando pelas ventas as labaredas de sua fornalha.

    Acercando-se, enfim, da hora definitiva, o que restava do corpo de Garangó pegou a balançar, pulsando forte, agarrado e sacudido por uma mão invisível. Pouco a pouco, os arrepios convulsivos se foram espaçando, vencidos pela prostração que o jugulava. Foi ainda sua ama quem teve a premonição dos derradeiros instantes de vida. Depois que lhe empurrou o toco de vela na mão direita, que Sinhá Jovência ajudou a manter fechada, deixou as jaculatórias e as rezas de lado e, sem nenhum constrangimento, sem nenhum receio de cometer sacrilégio ou afrontar os costumes — deu de mão à garrafa de pinga e, com toda firmeza que não era pouca, despejou uma... duas... três... meia dúzia de colheres bem cheias sobre o cuspo espumoso da boca entreaberta. O homem logo reagiu! Deu um derradeiro balanço no busto, lambeu os beiços enquanto ainda pôde e acendeu mais o olho empapuçado, agarrado ao agradecimento que ficou só no prenúncio. As gengivas vermelhas se dilataram, ensaiando um sorriso que parou cortado no meio, atravessado no último suspiro.

    Pronto, terminara a trégua! Agora é que Garangó virava mesmo alma-do-outro-mundo, pois corpo bichado ou emborralhado já não tinha. Não havia menino valente capaz de se aventurar a pôr os pés no ventre perigoso das noites abertas. Também os homens viviam cercados de medo, evitando os caminhos desolados, duvidando entre si dos pretextos que urdiram para justificar a morte do condenado. Achavam que o negro velho, aparecendo como visagem, vivendo e morrendo entre as labaredas, tinha trato feito com todos os demônios. Apostavam que o danado tinha artes com o cão, que não tardava a voltar lançando fagulhas pelas ventas, emissário de satanás. Também, o que se podia esperar de uma criatura sem origem e sem passado, filho bastardo do tinhoso, irmão maluco das corredeiras de fogo? Que se prevenissem a facas curtas, que apadrinhassem os facões nas coxas por causa dos tapas do denegrido, que voltar para o bem ele não tornava. Vinha era cobrar os maus-tratos que sofrera, punir a tição de fogo as pragas que lhe atiraram.

Já bem adentrado nos oitenra e tantos janeiros, meio surdo aos ruídos com que se habituara a conviver e também menos rigoroso nas pequenas exigências ordinárias — meu avô, ano a ano, foi se tornando menos mandão e despótico. Finalmente pegava a entender, talvez ajudado pela sabedoria inclemente de minha avó, que o cansaço e a doença terminam prevalecendo contra todo o vigor que dedicamos às empreitadas por que vivemos, e o quão passageiras são as inquietações por que morremos! Com o semblante vincado de fastio, tão distante do arrojo que se acostumara a empregar nos quefazeres por que se dava, nem parecia mais o vendaval do outro tempo, o furacão que se impunha a rajadas categóricas. Suas ordens, agora mais brandas e menos amiudadas, já não eram reconhecidas pelo tom peremptório que marcara as antigas sentenças, nem ouvidas como um imperativo inapelável!

O próprio João Miúdo, que como cria doméstica da casa-grande se acostumara a ser prestadio e obediente, agora se aproveitava da surdez do padrinho para rebater as ordens de longe, numa algaravia de troças e caçoadas por onde se destampava o desrespeito. Embora meu avô não chegasse a se inteirar dessa mangação descabelada, eu me deixava apanhar pelo escárnio das palavras insultuosas, parceiro que sempre fui de seu lado vulnerável, e me assustava com a decadência do velho jequitibá, cada dia mais silencioso e derruído, apartado da vida e dos poderes.

Evidentemente, depois que o Murituba pejara, o seu senhor já não tinha a mesma pujança nem o mesmo bom tino. Agora, em vez de continuar assoberbado com as ocupações utilitárias em que sempre se metera, puxando os agregados com o reboar dos gritos, preferia se desviar dessa pauta por tanto tempo mantida inalterável, e se entregar de corpo e alma à vigília dos próprios sentimentos. A memória o requestava e ele se deixava ir para trás, saudoso das grandes moagens, da garapa gorgolejando entre a bica e o parol, da vida que tanto afagara e se esvaíra... Passava dias inteiros incomunicável, socado entre os despojos do Engenho, receptivo a certas vozes feitas de ausência, a zelar inútil e amorosamente os apetrechos e ruínas que nunca mais teriam serventia! Cilindros e almanjarras, cambitos e peitorais, rabicholas e tiradeiras — a tudo punha remendos e azeitava com o fervor de suas mãos mágicas, como se a próxima moagem já se acercasse com o seu turbilhão de vida e aromas de mel a fumegar.

Diante desse ritual patético sem nenhum retorno objetivo, os meus tios se alarmaram e tentaram se enfiar, sem nenhuma cerimônia ou respeito filial, em todos os negócios do Murituba, com o intuito malvado de destruir de vez as ilusões do pai que ainda relutava em transformar os canaviais em capineiras, nem os picadeiros em currais de gado.

No dia em que o velho fez uma encomenda mais generosa de nem sei quantas garrafas de azeite de mamona, a fim de abastecer a mania de que agora se incumbia apaixonadamente, o filho mais sovina foi às nuvens e arrancou os cabelos, que aquilo era um desperdício de demente! E perturbado pelo azinhavre das moedas que se foram, terminou perdendo as estribeiras, a ponto de erguer a voz além da conta para acusar — ferindo sem querer as ouças do pai — que tanto desconchavo só cabia numa cabeça já bem desregulada! Nesta má hora, o ouvinte sangrado acolheu a punhalada cosida contra o peito, e saiu de dentro da névoa que o envolvia, compreendendo, enfim, por que lhe estavam arrebatando as correias do mando, com censuras e proibições de que zelasse pelo próprio engenho que ele mesmo levantara a bimbarras e alavancas! O engenho que erguera e construíra a pedra e cal banhados a suor e sangue! O engenho longe do qual nunca dormira uma só noite! O engenho que só morreria com ele, saudoso das mãos enlambuzadas de untos que eram ternuras a o acalentarem! Como não tinha natureza para resvalar sobre as afrontas, meu avô aprumou o espinhaço, por um momento empertigado como uma velha árvore linheira, e gritou pelo filho alvoroçado, já lhe aprontando severa descompostura. Espirrou uma cusparada de desdém na cara do usurável, e vaticinou, com a vista e a mão trêmula abarcando o Murituba:

— Tô broco e durando demais... mas logo você vai ver que tudo aqui se acaba comigo. E sabe por quê? Porque a sua cabeça muito estudada não vai servir pra botar isto pra frente!

De modo geral, todos os tios de um jeito ou de outro implicavam comigo, não só por conta da aversão que ainda guardavam contra a memória de meu pai, como também pela ciumeira da minha condição de preferido de meu avô, que não poupava sacrifícios para me abrandar a orfandade. Só tarde demais me daria conta do conluio que perpetraram a fim de me arredar para longe do velho, temerosos de que ele me contemplasse no testamento, uma vez que nessa quadra eu ainda era o companheiro mais chegado a sua vidinha de enfermo. E via os tios aparecerem todas as semanas, obsequiosos, murmurando e trocando segredinhos entre si, fazendo a ronda de urubus, e volta e meia dirigindo insolências aos que lhes eram desafetos, como se realmente já estivessem empossados do Murituba. Mais de uma vez, ressentido contra os malvados que sabiam muito bem encher a minha paciência de menino sem perderem a aparência de brincalhões e condescendentes — acusei, na frágil arenga de criatura impotente, a cumplicidade deles na morte de meu pai. Nesse transe de filhote desmamado ante a matilha que me acuava, eu só pensava em ser logo homem-feito para rebater as caçoadas com voz grossa, e cobrar a vingança merecida.

    Com a decadência galopante do velho chefe, que apesar de ainda tolerar com brandura as minhas impertinências, já não podia dar cobro às arremetidas dos sedentos — a minha presença ali foi se tornando insustentável! Pois até minha avó, tão inflexível nas suas justiças, sob o jugo de ser mulher, não tinha audácia para levantar a voz contra os filhos homens, nem qualquer outro recurso para impedir a força das investidas. Não tardou muito e logo eles arrumaram um jeito de me exilar do Murituba, com uma violência de que nunca pude me recuperar!

    Uma vez recolhido por meu avô, sempre me mantive confinado no seu Engenho, até essa época em que me inquietava com certas descobertas que prenunciavam o meu destino e a minha adolescência. Aquele chão, repito, ainda guarda o meu umbigo enterrado sob o pé da barriguda, bem ao lado da cova onde depositaram o meu primeiro dente de leite, puxado a fibra de tucum pelas mãos de minha avó. Era portanto apenas um menino de lá, sem nenhuma experiência fora dos pastos e das estradas reais que me continham.

    Numa madrugada que só de evocar ainda me arrepio, me pegaram desavisado para uma viagem desconhecida: quatro horas escarranchado num cavalo choutão e duro de queixo, e mais outro tanto nos sacolejos do Maria Fumaça, que me recebeu enraivecido, rangendo as engrenagens de ferro, alongadão como uma jiboia exasperada bufando pelas ventas canadas de fumaça. O primeiro trem de minha vida! Visto com tanto assombro, e em condições tão inimigas, que me ficou dele, nos olhos daquele menino infeliz — uma imagem de desterro e crueldade! Sempre que escuto, uma vez ou outra, o apito perdido de uma dessas velhas máquinas a vapor que vão desaparecendo, o pequeno exilado em trânsito ainda estremece e se contrai aqui no peito, exalando a mesma vertigem que o tomou no desamparo daquela viagem, ainda aturdido com o chamado de mau presságio.

No curso dessa jornada ensegredada, sem agrados e sem comida, mal intuindo o desterro a que o abandonavam — o menino de lá do Murituba viajava para o desconhecido... carpindo o horizonte exíguo de sua estima e de sua rudeza, a toda hora invocando os poderes já alquebrados do avô que nunca mais na vida ele veria.

O tio que me conduzia aos beliscões escarrava sobre os meus pés o cuspo fedorento do fumo de rolo que mascava, e me passava uns olhares esquisitos, onde me punha a decifrar em vão o castigo a que me encaminhavam sem a mais lacônica e elementar explicação! Sem uma só palavra menos dura, nem a mais vaga esperança de retorno, fui largado no pátio cinzento do internato em Aracaju que nem um bichinho capturado, a quem se desatam as pernas já dentro do cativeiro. Dessa hora terrível, se sobrepondo mesmo ao pânico que me tomava, guardo o gesto desdenhoso do parente inimigo que me depositou ali sem despedida, aliviado do fardo que deixava.

Mal me recuperava da decepção que se levantava de tanta malquerença e do pavor de me ver ali tão só, fui logo rodeado por um magote de internos que, sem nenhum grão de piedade pelo menino pendido, caçoava da minha atarantação de tabaréu, do jeito agreste de me escorar nas paredes, da mala de couro cru onde trazia as mudas de roupas do rude vestuário. Logo mais, a caminho do dormitório, para onde me arrastaram aos berros de minha alma rompida, assediado pelos assobios e caretas da molecada, indefeso que nem um peloco de passarinho — é que me dei conta de que minha vida acabava de desmoronar. E se aguentei essa acolhida de mangação impiedosa sem virar doido e correr, é porque ainda me escorava no valimento de meu avô. Era só o que me restava. Mais nada! E reconheço quanto a mantença de tal fé me foi rendosa, pois assim pude contar com esta ilusão de amparo que me conservou esperançoso — apesar de enganado — enrijecendo o cachaço para o embate dos próximos reveses.

Começaria aí a verdadeira orfandade que já trazia de longe, e que só agora se revelaria inteiramente me passando o ranço anavalhado de suas passadas tardias. Nessa casa de judiação, ensimesmado na solidão de quem já não tinha a quem remeter chamados e rogativas, padeci torturas físicas e mentais, experimentei o peso da coação e da chantagem, e aprendi a conviver com a injustiça, a ponto de mais de uma vez tomar sopapos sem merecer. A par disso, com colegas, mestres e bedéis, fui me iniciando num novo mundo de hipocrisia e deslealdade, de que até então vivera apartado. Mas essas experiências, sobre serem dolorosas, também me trouxeram alguma aprendizagem. Convivendo com a impunidade dos mais importantes, sendo castigado por culpas alheias e discriminado por mestres e bedéis, devido à condição de aluno renegado pela própria família — fui pouco a pouco me municiando de ardis, rancores e desconfianças, me resguardando assim sob essa trincheira armada para me defender. Depois de meses e meses espezinhado a vexames e tiranias porque as lições mais amenas não me entravam na cachola, fui consolidando uma espécie de rebeldia, que era atiçada pelos colegas mais insubordinados, de quem nunca me separava. Embora constasse que os internos eram protegidos e de qualquer modo aprovados nos exames finais, confirmando assim o ditado geral de que "papai pagou, filhinho passou", cheguei ao desplante de ser exceção à regra. Avisados, no fim do ano, de tamanha relaxação, meus tios tinham razões de sobra para se refestelarem com a burrice do sobrinho safado, que não tardou a ser recambiado para a diretoria, onde lhe puseram nas mãos um telegrama expedido de Rio-das-Paridas, com ordens inequívocas de que o retivessem ali durante as férias.

Quando me achei repudiado e sozinho no ermamento do colégio vazio como um oco de pau largado pelas formigas viageiras, de olho comprido encostado nos colegas que partiam, e sem nenhuma esperança de abraçar o meu avô e rever os lugares de minha estimação — aí é que me virei num caititu envenenado de ressentimento e empaquei de vez sem querer mais nada, amuado num delírio de tocaias e vinganças em que me consumi meses e anos, com o diabo da cabeça empacotada. Mesmo imolado pelo exagero do terrível corretivo — ou por isso mesmo — não havia jeito de me aplicar às lições que me passavam a modo de castigo. Gastava o tempo todo resvalando em cima das páginas imundas, enchendo os cadernos de garrunchas e de defuntos, remoendo o desaforo do parentão graúdo que vivia na impunidade, e repetindo, com minha avó, que viver é muito difícil! De todos os desalmados de quem me ocupava, fazendo conjecturas e fantasiando desforras crudelíssimas, o velho Tucão é quem mais me secava o sono e me tomava o tempo, visto que mandara oficiar a morte de meu pai, e continuava muito digno e insuspeito, um bicho inatingível. Apoiava o queixo nos polegares com os cotovelos fincados sobre os livros e, encavacado contra os inimigos, errava por um mundo nebuloso, a matutar vinganças impiedosas. Nas histórias de quadrinhos protagonizadas por índios e vaqueiros americanos eu aprendia e saboreava as torturas e os assassinatos truculentos. De permeio, se alguma vez ia afracando, encovado no meio das hesitações, lá se vinham os olhos de meu pai se metendo nas minhas retinas, me injetando coragem para espostejar o grandolão, escalpelar-lhe a cara e deixar a cabeça insepulta, a boca escanchelada comida de bicho.

31

Com o novo ano letivo, continuei na mesma improdutividade; ainda agarrado ao desagravo terrível que só esmorecia ante o apelo da vida sexual que era aí a sua contraparte. Naquela ociosidade de tamanha perda de tempo, dei para andar de olho derrubado, a repassar na memória — incessantemente — as safadezas que os colegas já rapazolas fornidos não cansavam de contar, as intimidades com mulheres da vida, e os cancros e gonorreias que pegavam; estas, diziam, derretidas em fedorento corrimento. Eu juntava essas sacanagens às indecências dos moleques da bagaceira, e ao que já vira das cachorras, das porcas e das éguas escandalosamente em cio no Murituba, mordendo o cachorro macho, o barrão e o garanhão, e ficava esticado de desejo noites e dias da semana inteira, aguardando o domingo para lamber com os olhos as meninas que frequentavam a missa da capela do colégio. Embora vistas apenas de relance, entre rezas e hinos que cantavam, elas entravam pelo rabo do olho para me tomar o corpo, me incitando a fantasias que doíam... doíam... mas que de qualquer modo me propiciavam uma imagem física e feminina onde me compensava da indigência de tanta fome.

Mas de todas as seduções que ali nos desencaminhavam, convidando ao sexo e esbatendo a nossa continência, as mais irresistíveis mesmo eram as bravatas, contadas pelos colegas mais andados, acerca das coxas nuas que infestavam as praias. Rapazinhos vindos do sertão e do interior, quase todos os internos tínhamos do mar uma vaga ideia de imensidade; e das banhistas seminuas, um apetite voraz que nascia na cabeça, descia pelos gorgomilos e estancava no pé da barriga, onde se demorava abrigado, socando o sangue indomável. Como se fôssemos um só cipoal encordoado na mesma mania inalterável, queríamos perder os olhos na praia, conferir os desvarios que os felizes contavam, sentir o bamboleio dos corpos saracoteando os seus molejos, o cheiro de maravalha molhada se remexendo e cativando.

Mas esse sonho — tão nutrido e tão regado — ordinariamente esbarrava numa barreira irremovível! Arrastando a queixada devota, o diretor preferia se rasgar em tiras a admitir que um carneiro de seu rebanho pusesse os pés nas areias obscenas, abertas em regueiras de pecado. Para lá convergem a safadeza e a libertinagem! Ali os instintos se desgovernam e pastam à vontade. Chafurdam de venta atolada na devassidão. Por isso mesmo, o capadócio que se afoitar a meter a cara na lama purulenta terá o Regimento como baliza moral! E se for reincidente: expulsão nos cornos! Ouviram?

Apesar de avisado contra os furores do grande pedagogo que sempre descobria, pela vermelhidão da pele, o borrego marcado a sol e pecado — meu desejo de adolescente foi se encorpando de tal modo esfomeado, que um certo domingo, precedido de muitas idas e vindas, resolvi sair do borralho para me atirar à proeza infame e gloriosa, e então me deixei ir como um bichinho que pega o faro no vento, e nada pode contra o destino indesviável. Depois de cansar os olhos embasbacados com a fartura das coxas que saíam dos maiôs, me assentei no areal de costas para o nascente, protegendo a cara contra o sol, e ouvindo o barulho inaugural das vagas que se arrebentavam. Embrulhava e desembrulhava os braços com a camisa de malha, retorcendo o corpo em gestos e trejeitos, me espichando todo enviesado, no esforço de me resguardar contra a chama delatora. Mas esses cuidadinhos meio ridículos, exercidos para ocultar a minha falta perante o pedagogo, resultaram em vá precaução. Inútil a tentativa de ficar imobilizado por muito tempo, cativo de só caminhar com os passos da minha sombra: o céu aberto, a exuberância da luz, e sobretudo o apelo dos corpos femininos com que tanto sonhara — exalavam um chamado irrecusável, que cingia a descontração da vida e suas cabriolas. De nada me adiantou andar entortado ou trazer as mãos cosidas às coxas. No fim das contas, a grande tostadeira do sol me queimaria inteiro, sem excluir sequer a cara e o pescoço que já ardiam como o diabo.

Na quentura ardente das onze horas, quando o sol já começava a esbrasear, prenunciando a fornalha do meio-dia, sacudi a areia das sandálias emprestadas, corri a vista repetidamente pelas mulheres que mais me impressionaram, parando os olhos nos detalhes mais sensuais — e fui andando, já perdido de saudade delas, a fim de me abrigar no barraco mais próximo. Ia radiante e orgulhoso, levando nas retinas pedaços de coxas e promessa de prazeres que nunca mais esqueceria! Iam comigo as mocinhas esgalgadas dentro dos maiôs, os corpos exibidos no arrocho do aperto, gostosamente lambuzados de algum líquido que parecia o azeite de mamona de meu avô. As louras, então, aurifulgiam no meu alumbramento! Nem as figuras de revistas que me alucinavam na solidão do Murituba, uma vez ou outra chegadas pelo Correio sempre atrasado de Rio-das-Paridas, nem a visão de cachorras e porcas se atrepando nos machos, nada me insinuara tamanha excitação: o esfrega-esfrega das coxas e o pula-pula dos peitos, no passa-passa dos passos, e no mexe-mexe das bundas.

Enquanto me regalava a água e polpa de coco-de-colher, rematando assim as excelências dessa manhã, puxei do bolso o espelhinho, onde me mirei, já baqueado com o espanto da face virada pimentão rubi, exibindo o estrago do sol como uma ferida destampada. Aí as têmporas latejaram, prenunciando a dilatação dos aperreios que já recrudesciam. Sem dúvida, me chega por antecipação o castigo que me aguarda por me encontrar nesse chiqueiro de perdição. As mãos cabeludas preparam os puxões de orelha, a queixada devota aponta para a barriga, e num só repelão se empina me cegando os olhos com a tirania dos gestos teatrais. Os insultos injuriosos se acumpliciam com os estrondos das pancadas, a vaia estrepitosa reboa além dos muros em esguichadelas despudoradas.

Na verdade, esse pavor que me toma vem de longe. Remonta às primeiras pretensões de acorrer a essa praia, e daí se expandiu por semanas e semanas. Vim tateando indeciso, acordando sobressaltado, fazendo e desmanchando planos minuciosos e muito acalentados, urdindo pretextos de ir e de não ir, dilatando prazos — receoso da queixada esticada, da encenação estrepitosa, do grito ossificado. Até que finalmente a macheza se impusera! E agora, em paga, aqui no espelhinho, lá se vêm os sobressaltos desfazendo em suores as marcas varonis, embaraçando as evasivas que procuro ajuntar para ludibriar a vigilância iracunda e escapar da punição engatilhada.

Imagino simular uma enxaqueca qualquer, entrar de mansinho na enfermaria, me contorcer de dor fingida, de cutucadas de-mentira, a cara vermelha de febre enfiada sob o travesseiro. Finjo ou não finjo? Claro que sim! E se o diretor apalpar as minhas manhas, se arrancar a costura dos disfarces? Aí então será o diabo! O castigo certamente se encompridará, esticado no arco dos dias, sem saída, sem recreios, sem férias, sem nada! Inicialmente, serei obrigado a me ajoelhar sobre caroços de milho. A seguir, quando rebentar a pele macerada, passarei a ficar de pé no dormitório, na banca, nas aulas, no refeitório sem sobremesa, pregado no chão como um esteio, alvo certeiro de troças e caçoadas. Não, de jeito nenhum! O frágil alento de minha ousadia não escala essas alturas. Qualquer simulação será decerto desvelada; os segredos todos destelhados pelo olho de ferrão do pedagogo que verruma dentro da gente, vascoleja a consciência, até excitar o pânico para arrancar os embustes. Além do mais, sem nenhuma vocação para impostor, nunca passei de calouro nas maquinações ardilosas, um bestalhão que não consegue cumprir as astúcias zelosamente acalentadas. Na hora crítica do pega pra capar, a fala degringola, o coração lateja bombeando forte, o rosto de pitanga se contrai, as mãos tremidas esfriam.

Volto ao internato repassando, repetidamente e sem descanso, os colegas torturados na mão do verdugo, as caras aterrorizadas se derretendo em agonias medonhas a golpes de muita dor. Arrebanho os nervos destroçados, e entro no corredor estreito da portaria, menino que põe os pés no arame sobre um abismo, essa passagem de navalhas na tocaia, essa trincheira tão a gosto do inimigo que revista aí, com o olho e a mão, nossas caras e bolsos, cumprindo assim a primeira vistoria. Hesito nessas léguas que caminho, onde as pernas bambeiam em tempo de resvalar, e o calafrio só se abranda quando piso o chão do pátio, já preocupado com a próxima barreira que me sacode a balanços de furacão: alvoroço de um rapazinho susceptível, punido por si mesmo e muito só, sem nem o avô para a chamada de socorro!

Agora no refeitório, com a cara destampada sob as luzes fortes, já me vejo agarrado pelas mãos peludas, e não tenho para onde correr! Aqui mesmo, em outros jantares tão presentes, vejo essas manoplas abufelarem homens-feitos pelo gogó, retorcidos a puxões de orelha pregados a torquês, e conduzidos aos empurrões até o estrado, para que mais exemplar retumbasse a punição contra os capadócios e chafurdeiros pestificados pela devassidão que se alastrava nas praias. Agora, empertigado de gravidade, o pedagogo começa a perfazer a ronda entre as mesas alongadas. Daqui não vejo as mãos cheias de garras, mas sei que, detrás das costas, o pulso cabeludo de uma é o descanso da outra. Ele vem e volta, e meus temores seguem o seu compasso. Para e repreende um e outro que falam de boca cheia ou abrem os cotovelos sobre a mesa, descompondo os mal-ensinados a pontadas de braços e mungangas de bochechas. Quebra o corpo de banda e passo a passo caminha para o meu rosto, vem dilatado e enorme, resolvido a achatar a face que dobro e enfio na água suja da sopa com as orelhas pegando fogo, simulando catar aí um pedacinho de carne impossível. Esfrega-se em mim o peso de uma sombra feita de chumbo. Espreito a queixada devota pela frincha dos dedos que uso como viseira, e mal distingo, com os olhos enublados, uma massa deformada que se balança para a frente com um grande nó atrás das costas. O diabo que o segure por lá.

Evém a hora mais difícil! Já se avizinha com o cortejo de maus presságios, o cachimbo de bruxo entupido de mandingas. Ouço, da sirene, o chamado agourento para a fila das orações, e todo o meu corpo estrebucha, aterrorizado. Dou uma carreirinha de cachorro surrado até o lavatório e tento arrancar a ardência do rosto aos esfregões. Ah, meu Deus! Isto é até desespero: quanto mais esfrego, mais as laranjas maduras da face, banda a banda, adensam a vermelhidão. Desconfiado, arrasto os pés para a fila, dou a volta por detrás e me escondo lá na rabada, apadrinhado no corpo do colega mais alto, procurando evitar, cara a cara, o confronto com o diretor, que costuma se demorar ali na frente, de onde melhor se espraia a sua devoção, trepidando, a nossos olhos de aprendizes, o fervor que alimenta os grandes homens. Uma a uma, as contas dos terços vão sendo debulhadas, demorando muito a escorregarem dos polegares preguiçosos. O medo me arrepia! Sacudo o cabelo para a testa; passo a toalha na nuca, solta sobre os peitos; e afundo a cabeça nas roscas do pescoço o mais que posso, encolhendo os ombros para cima e tapando as orelhas ardedoras. Assim papudo e despescoçado numa imobilidade de animal suspeitoso, com as bochechas e a venta descobertas, suadas, pegando fogo, sou um menino apertado e ridículo que receia as troças dos colegas, de certo modo já chacoteado. Tanto receio, que estou a vigiá-los de olho bem aberto. Por enquanto, sou um entrevado que esqueceu os movimentos dos membros e das articulações. Só assim passarei despercebido ao olho de ferrão do pedagogo, que no moroso vaivém por entre as filas pontua a caminhada interminável de minhas ânsias. Enfim, acabam as ave-marias, e principio a me desafogar da tensão que se torna mais maneira. Agora vou rezar de verdade a salve-rainha, vou agradecer este milagre da mãe de misericórdia que me poupou da desgraça, me tendo sob o seu manto.

— Cadê o pescoço? — Tão súbito relampeja a lapada do mangual do outro extremo da fila, que ouvi ou não ouvi? Olho para a frente dissimuladamente, ainda procurando me enganar a mim mesmo, e os olhos se cegam na voragem das setas e troças disparadas por um, por cinco, por nove, por todos os que se divertem voluptuosamente com piruetas, trejeitos e vozes que castigam o meu infortúnio. Um mais afoito e malvado me arranca a toalha do pescoço, enrola uma ponta na mão, e chicoteia o meu rosto com a outra, entre palmas, gritos e assobios da matilha em comemoração. Indefeso e alarmado, me rebento em pânico: o pedagogo tem a cara de Tucão, meu avô me chega aos pedaços e nada escuta, animado com os untos que o coração manipula; tio Burunga pinota da montaria, de cabeça no tempo e atrevido, mas os seus olhos de mago me ultrapassam; minha avó surde de um redemoinho com a face em pedra entalhada, arroja a mão-de-pilão contra a queixada devota, mas o pedaço de pau lhe escapole das mãos; João Marreco e Garangó, embuçados nas pilastras, me espreitam lá de longe, que o pedagogo é a Lei, e dá nós nas minhas orelhas por onde sou içado até o estrado para o escárnio desses gulosos que não cansam de espezinhar este neto abandonado, órfão de mãe e de pai comido à bala.

32

Assim que larguei o diabo do internato, indignado com os parentes que perpetraram o meu exílio e lavravam contra a memória de meu pai, voltei a esta terrinha, onde aguardei a maioridade para me empossar como escrivão. Viajei no mesmo Maria Fumaça, contente de me livrar da escola e suas tiranias, para me reintegrar no meu chão, sem sequer desconfiar que aqui me esperava a pior surpresa, uma voragem irremediável que me trituraria até aos ossos. Meu avô tinha morrido e eu não soubera! Sem me consolar com os parentes que me excluíram cinicamente dos funerais do único ser que me dera abertamente o seu amparo e o seu afeto — emborquei a cabeça desmantelada a golpes de ressentimento, matutando sem fim nos desalmados que se entroncavam no coronel Tucão. Tomado por esse ódio que não diminuía, mal cumpria as obrigações de ofício, que desempenhava como se expiasse um castigo. Alheado de tudo, passei anos a fio encostado na morte de meu avô, me nutrindo dessa perda, que, inexplicavelmente, me encaminhava a vingar meu pobre pai. Nas revisões dos processos onde escrevia ou carimbava, cometia cochilos terríveis, que às vezes inutilizavam páginas e páginas, para desespero do Meritíssimo, que era um chefe impecável!

Curtia assim esse viver acanhado, com os olhos em desafronta virados para trás, quando de repente, à revelia de meus propósitos de vingador, me deixo arrastar por uma mulher impetuosa que me chega não sei de onde, para abrandar os meus rancores e abrir uma clareira de promessas que me tangeu para a frente por algum tempo. Munida com um bilhetinho de recomendação, onde logo reconheci o punho safado do Meritíssimo, essa tal de Luciana entrou neste Cartório desembaraçada e decidida. Foi chegando e dando logo na vista como quem se aproxima para dominar, sem nada das desvalidas que costumam chegar aqui de olhos no chão, engatando as palavras para pedir e implorar. Mas, decerto, maior do que os trunfos e valimentos de que se apetrechara junto ao Meritíssimo era a fartura da beleza que parecia gritar no semblante enluarado.

 Do canto da escrivaninha, suspendi a caneta e levantei os olhos da escritura que trasladava, chamado de volta ao mundo pelo inesperado da chegada sonorosa. Vi como o escrevente se atarantava e se confundia com a grã--finagem dessa presença ridente, caída aqui de sopetão. Ao invés de bem ouvir e proceder às costumeiras indagações, como manda o figurino do bom atendimento, fez foi se atrapalhar inteiramente, tropeçando num arremedo de mesura desajeitada, todo curvado e serviçal, a mão tremida desaferrolhando a portinhola do balcão para a passagem esfuziante da correnteza que trepidava.

 Veio de lá e cruzou este salão esquipando nas pernas soberbas, égua macia na pisada habilidosa, levantando ecos e fagulhas do chão lajeado, batido pelo salto dos sapatos. E, solta das rédeas, esbarrou estrepitosamente diante deste serventuário sem nenhuma serventia, já desdobrando e me estendendo o aval de que se municiara, querendo ser atendida com deferência e presteza. Viera requerer um formal de partilha do antigo inventário de seu avô, o finado Norberto Ives Lisboa. Declarando-se assim, estava me dando um par de razões para lhe tratar com fastio e com maçada: além da má sorte de ser minha parenta longínqua pela banda ruim dos Costa Lisboa, ainda me vinha munida de pistolão!

Enquanto escutava os olhos que me encandeavam, me espichei na cadeira mal-humorado, escavando com o dedão do pé o reboco que se esfarinhava atrás desta escrivaninha. De testa enrugada, eu cogitava de-mentira: matutava no vazio, afetando a impossibilidade de se localizar um processo tão velho assim de uma hora para outra. Como sempre procedo com todos os requerentes que chegam aqui protegidos e recomendados pelos grandolas, meu primeiro impulso foi cozinhá-la em banho-maria, aplicar um chumaço de panos mornos na sua pressinha avalizada. Muito cômodo me fazer de ocupado, nomear traslados de escrituras e procurações que não existiam, inventar buscas inadiáveis e despachos impreteríveis, opor as dificuldades medonhas. Com esse recurso, com toda certeza podia dilatar os prazos para bem longe, esticá-los até encher a paciência do Meritíssimo e de sua afilhadinha, só de pura birra, de teima e vingança contra os dois, e de capricho contra a merda da vida.

Mas enquanto compunha mentalmente esses pretextos de vivente aborrecido, inexplicavelmente todo o meu emburramento ia se comburindo no lume da voz que se derramava tão efusivamente, que eu me segurava para não ser engolido no redemunho de tanto entusiasmo. Corri os olhos pela alvorada do rosto convidativo que me levou a recolher a zangaria e a largar a retranca, me compensando do torpor de quem trabalha aqui, ressabiado, no ronroneio sem pressa, pejado de fastio e de rancor. Já sem nenhuma convicção, fui gaguejando que no dia seguinte começaria a busca do tal processo, encarecendo vagamente quanto era difícil a procura minudente nos arquivos empoeirados, fecundos pastos das traças. Inútil me fazer de rogado! Resvalando sobre as palavras, os seus olhos apoteóticos me desnudavam com tamanha franqueza e animação, que logo virei a cabeça de banda, envergonhado do papelão que fazia, do despropósito das desculpas inventadas. Como já não era dono de mim, me engolfava todinho no semblante alforriado que parecia resfolegar em cima da alegria inesperada que de repente, aqui mesmo nesta biboca, alastrava o seu clarão.

Mas antes de junir na lixeira as minhas razões, inteiramente rendido, ainda escutei por um brevíssimo intervalo, um silenciozinho de espera, um bafejo de curta expectativa: as vozes de sua desenvoltura lutavam contra o peso de minha renúncia. A partir daí, só com o jeito dos olhos, ela me arrastou contra minhas próprias palavras, adivinhando a solidão que gemia na barriga de meus embustes, por antecipação me perdoando bem perdoado. Neste mesmo instante, ela já não me aparecia petulante e audaciosa. Contra uma certa evidência, perdera de repente a afetação e a extravagância, acho que postos pelo meu ranço mal-humorado. Restava agora uma mulher muito crédula e desenvolta, que reconhece de longe a casa do hóspede, e vai se arranchando como quer, puxando a cadeira e sentando sem pedir licença.

Essa mulher assim espontânea, que acabara de chegar num estrupido de égua esbravejada, foi me entonteando com a sua euforia, e se espalhando pelos meus cismares, interessada em desentrançar a desforra premeditada que eu não largava de mão, chamado pelos olhos de meu pai. Uma blandícia insidiosa se peneirava no ar, invadindo o meu equilíbrio, um cheiro de intimidade alucinando o meu faro de cachorro. Quando dei conta de mim, entabulávamos conversa num tom de animação, já me abrindo num entusiasmo de muitos anos represado, numa exaltação que logo me levaria ao arrebatamento, as cotoveladas invisíveis entrando pela tábua do peito. Se indagorinha era um bicho peado das lindezas da vida, arrastado unicamente pela má tenção —, jaburu pendurado na sua tristeza —, como entender essa zoeira toda que se revolve dentro de mim, esse tropel que aflora de seu semblante e me dilacera? Na convulsão de um mundo que se estrebucha e outro que alvoreja, perplexo me debatia: que mandinga danada teria essa força de me tirar dos velhos preceitos e determinações? Como uma jiboia que se descasca, fui escorregando da carapaça ensimesmada, sem mais tardança já embeiçado por Luciana, por quem me desfazia em agradinhos, tão afobado e solícito, que não pude evitar as escorregadelas desta outra banda de minha natureza empedrada que agora começava a despontar.

    Imediatamente, puxado pelo olhar que prometia fofuras e sabores de mulher enamorada, deixei de lado o traslado que aprontava, meti na sandália o pé que escavava a cal da parede, e embiloquei no quarto do arquivo, para onde ela também embocou com o seu arejo animado. Embora habitualmente não admitisse o acesso de estranhos ao acervo e à sujeira desse cômodo, não achei como impedir a sua intromissão (clandestina?), sem sequer o com licença! Antes a solicitava em silêncio, torcia pela companhia a que já me apegara inexplicavelmente, temendo que de algum modo se sovertesse a motivação de tanta embriaguez, me privando da sensação esquisita, dos regalos acolchoados que os olhos me acenavam: fofuras de terra arada em safras que eu colheria...

    No meio da desordem desgraçada, mal dei de mão ao primeiro pacote de processos, o barbante se arrebentou e a poeira subiu do chão pela réstia da telha de vidro, tornando esse buraco sem janelas um antro irrespirável. Levantei a vista sondando se a tinha contrariado, e a surpreendi amorosamente satisfeita de constatar o pouco-caso que eu emprestava aos papéis velhos. Parecia mesmo gozar o abandono em que jaziam os pacotes e documentos desfigurados, muitos deles de identificação já dificultosa, desbeirados e roídos pelas traças. Em vez de ligar para as pucumãs penduradas do telhado e infestadas de pó, arrematando assim a imundície daquela catinga de mofo —

parecia era se agradar de tudo, gostando de meu jeito de não levar a sério a guarda dos velhos documentos, de certo modo me segredando que aprovava o escrivão desleixado, que a vida não se resume na conservação das coisas mortas e passadas, no apego exagerado às lembranças. Que aquele cheiro de eternidade não passava de uma ilusão de permanência que não se coaduna com a nossa existência fugaz e transitória, a cada instante morta e renascida. Já me ensinava, decerto, a atenuar o peso da memória de meu pai.

No aperto do quartinho atulhado de papéis soltos e pacotes escangalhados, ela veio se achegando para bem de pertinho, botando os olhos em cima dos meus, como se apalpasse fisicamente, amassando, com as mãos febrentas, a textura de minha intimidade. E quando, intermitentemente, tirava as retinas já sovertidas nas minhas entranhas, é como se bracejasse desesperada, fazendo finca-pé para arrancar alguma coisa muito íntima, como o sangue que sobe do coração no gume do punhal. Punha-se então a me ajudar, desatando com as mãos trêmulas os barbantes dos pacotes remendados, procurando nas capas ainda úmidas das goteiras e da urina dos ratos, meio apagadas pela lixa do tempo — o nome do avô cujo pecúlio fora aqui inventariado.

No tira e põe, desata e amarra, abre e fecha pacotes, eu cuidando dos mais grossos e pesados; ela, dos mais maneiros, a toda hora os seus olhos escorriam para os meus e aí ficavam! Frente a frente, latejavam e se falavam querendo e pedindo mais, mas já cativos de um prenúncio de partida como um par de condenados que se reconhecem para morrer. No fartum remexido de bolor e poeira, Luciana começou a espirrar, escondendo na mão a face avermelhada. Mais que depressa, exultante e prestativo pela ocasião de servi-la, lhe estendi o lenço de cambraia encarnada que ainda trago comigo. Ela o tomou como se sopesasse um objeto de muita estima. Desdobrou-o delicadamente e se quedou a mirá-lo com os olhos feito lupa, depois do que o aspirou profundamente, como se procurasse sorver alguma substância invisível, coisa de cheiro ou sabor. A seguir, me lancetou com o dulcíssimo obrigada da fala cariciosa se deflagrando na minha emoção, os olhos candentes e pidões dizendo que não fora nada, que já estava imunizada contra os espirros intrujões.

Nesse trabalho de consulta — pega e larga, vira e mexe, põe e repõe — ela roçou em meu rosto o braço de lagarta-de-fogo, e esse resvalar, nem sei se proposital, desde então tem se alastrado e me queimado a vida inteira. No termo da busca, quando, enfim, dei com o inventário de seu avô, nossos olhares acostumadinhos se encostavam um no outro como se mais nada ali houvesse. De sorte que, reparando bem um no outro, caímos numa aflição desesperada, nos dando conta de que o achado nos lograra, esvaindo o pretexto que nos mantinha juntos, isolados do mundo e de suas aperreações, o enlevo rebentando no silêncio e na catinga de mofo.

Na hora da despedida, escutei a voz de cigana indagando de meu signo, insistindo em de algum modo descortinar o meu passado e adivinhar o futuro, enxergando nas palmas de minhas mãos periciadas pelos seus dedos o lugar que eu lhe reservava no coração há pouco encaminhado para a vingança. Enquanto segurava as duas mãos que repousaram nas minhas como se fossem para sempre ali se abrigar, eu lutava contra mim, apertava os lábios para não lhe tomar a rubra boca, em tempo de arrebatá-la nos braços e espalmá-la contra o peito. De repente, pendeu o rosto, virou-se e se foi indo como uma sonâmbula, sem a viveza nem a lepidez rumorosa que aqui trouxera e deixara. Abobado, com as mãos descaídas, eu olhava aquele andar carregado que se arrastava, tão parecido com o meu, que era como se me visse num espelho, de forma que não sei quem é que mais ia e mais ficava, do tanto que cingidos assim nos separamos.

Ainda hoje me perco a indagar sobre a abundância do teu rosal minha avó, uma lavoura adubada a desvelos de mulher, recendendo dia e noite os aromas que corriam dentro das pétalas e se atropelavam, destilados do canteiro de rosas de todos os tamanhos e diferentes texturas, de todas as cores e matizes! Primeira e derradeira, única extravagância que tiveste! Para uma vida espichada como a tua, isto sabe a muito pouco... é um quase nada, minha avó! Certamente merecias um compasso mais audacioso...

Desse desperdício de espécies que se espalharam na minha infância, ainda guardo um pequeno punhado delas, isto é, os nomes que lhes davas. Particularmente, a memória ainda retém as primeiras na ordem de tua predileção: suas cores e nuanças, mais um retorcido de pétala qualquer, ou um e outro entretom menos vago que aflora do presente a partir de uma simples sensação olfativa ou outro pormenor menos demarcado. Esses pequenos traços quase indevassáveis me levam deste salão, untado a papéis e intrigas, numa carruagem de lembranças que me chegam aos repelões e em revoada, de tal modo ricocheteando umas sobre as outras em carambolas multiplicadas, que delas só permanecem bem delineadas as formas e cores que, por alguma razão que desconheço, rasgaram em mim o sulco de suas vozes.

Ah! a rosa sangria! Dentre todas, a de tua maior predileção! Cultivada com a mais desbragada afeição de jardineira roseirista, regada a muitos suores e sempre mimada a cuidadinhos! As pétalas só um tantinho aduncadas, do vermelho mais escarlate, se exibiam provocativas, gritando o tom da paixão, como se realmente sangrassem em tiras do coração purpureado! Só a esta escancaravas os alforjes de tua clemência! A única, a exclusiva, a excepcional, a que adubavas de joelho, esfarelando com os próprios dedos o estrume mais bem curtido com que lhe davas de-comer no limiar de todas as luas. A única que regavas abundante e perdulariamente, mesmo nas tardes mormacentas de verão, ávidas de umidade! Mesmo nas medonhas estiagens de água sumida e dificultosa! Não tinha quê nem por quê! João Miúdo que largasse a moleza de lado e redobrasse as carguinhas; o burro Germano que esquecesse as manhas e enrijasse o lombo; eles que se aviassem em caminhadas de idas e vindas, trazendo a água barrenta do tanque do Severo. Enquanto te sobrasse um resto de vigor, a rosa sangria — fartamente — haveria de beber e se banhar! Só em face dela tua voz se amaciava de todo, perdendo, num estremecer de tempo, os arrepios de secura e de dureza. Era de se ver o jeito faceiro e oferecido com que — sabendo-te só com ela — acariciavas com os dedos trêmulos a seda rubra das pétalas que latejavam — audíveis! — pendidas das hastes frágeis. Só aí desatavas verdadeiramente as reservas de tua ternura, como se, assim recolhida dos olhos alheios, exercesses toda uma conivência de segredos onde o perfume se fazia chama que reverbera, presença do inefável! Nesta arrancada de estranho mimetismo, sem nenhuma hesitação, e sem sequer dares conta de teu fervor — vicejavas e resplandecias com a rosa sangria: enfim, por um momento, a vida mais real do que todos os infortúnios!

    A seguir, na escala de tuas preferências, com cujos critérios nunca atinei, protegidos no teu segredo, gozavam de prioridade a rosa-maria e a rosa-palmeron. Aquela, alva como leite, o miolo salmeron, a haste flexível se enrolando como um cipó, tão molenga e dobradiça, que era inútil colhê-la: logo se derreava encabulada, o olhar da corola enfiado no chão; esta outra, de cor rosa-choque, com entretons encarnados e o seu tantinho de salmão. Aposto que destinavas a essas três espécies o que possuías de mais bem guardado. Não que alardeasses as tuas preferências, ou sequer as pusesses em palavras. Lá isso não, que além de seres muito subtraída, diante de todos nós recriminavas para ti mesma e de-mentira contra todas elas, aparentemente contrariada. Mas a leitura de teus gestos, a ternura de teus cuidadinhos tão demorados, o ritual sibarita de tuas mãos, e tantos outros indícios e sintomas — chegam e bastam — exaltam o que sempre procuraste sufocar!

    Com este meu olhar já roto, mas nem por isso menos abelhudo no que concerne a tuas motivações, continuo insistindo em destelhar os teus segredos. Na tua vida orientada para a dureza, por que preferias a fidalga e vaporosa rosa sangria? Por que também querias tanto à rosa-maria, se desmaiava mal lhe punhas a mão, se não se prestava sequer a enfeitar o jarro da sala de visitas? Por que a cultivar tanto, se era assaz trabalhosa, com caprichos de se enramar por todos os ângulos, se imiscuindo nos canteiros das vizinhas mais discretas? Por que antes não preferiste a rosa-aurora, muito mais em conformidade com o ritual eterno e repetitivo de tua casa? Esta, sim, resistente como um juazeiro, imune às saúvas e insensível à dureza do sol estridulante, sempre produzindo em quantidade, às pencas carregadas, e bebendo apenas a migalha do sereno da madrugada nas manhãs de verão! Por que não preferiste a tão cortejada rosa-amélia, também danada de durona, botando em todas as estações a sua profusão de flores, num eterno parir de nunca acabar, como se jamais concluísse o ciclo floral, tão alheia ao menor intervalo de descanso como se copiasse de tua face o crespo relevo?

É pena que não consiga desenhar a tua biografia conforme o valor que emprestavas a cada roseira na tua escala subjetiva. Interrompo aqui o prelúdio dessa medição, que a memória se anuvia, espremida entre o mal andamento de meu processo, e a violência de teu ocultamento. Das muitas outras espécies do teu canteiro, me acodem apenas alguns nomes fugidios: a rosa lealdade, grande e esgalhada como uma pequena árvore; a rosa santinha, espinhosa como um cacto; a rosa-dom-Luís, de coração roxo e esfrangalhado; a rosa-la-tasca, tão rosa e flor que não tinha espinhos e só fazia cheirar, com as pétalas espatifadas como cabelos de gente, propositalmente desgrenhados; e mais a rosa pérola, a rosa-branca-de-cacho... rosas e mais rosas! Por que tão profusa e tão prodigiosa variedade, senão para teus olhos descansarem e se perderem nelas sem ninguém desconfiar? Senão para que justificasses a demora do tempo ocupado entre elas, e para que fosse assim maior e mais convincente o teu disfarce?

Embora nunca suspeitaste, fui desde cedo partidário dessa tua magia que me ultrapassa. Ainda meninote de calças curtas, já me ocupava em espiar o teu lado frágil, remido de cansaço, sem pensar então em repor a tua face. Muito por causa disso, perseverei no teu encalço. De tal modo a tua intimidade com as rosas me agradava, a tua fala com elas me admirava, que de um jeito ou de outro, se transfiguraram em mim as tuas predileções. Por isso, aqui sendo punido e de certo modo ainda sonhando, asseguro que a tua vida rebentada continua correndo por dentro do meu destino. Quanto mais não te vejo, mais te avizinhas, latejando no imo deste teu neto, coágulo do teu sangue.

34

Aquela primeira despedida de Luciana não durou nem dia e meio. Tanto dela me engracei que, à noite, sua exuberância rumorosa preencheu de fantasias a minha insônia de bacurau, me levando a querer a posse de seus olhos, de sua voz, e até de seus suspiros. Lá pelas tantas, depois de um pedaço de sono avariado, acordei fremente de suor e arrepio, mas enfim livre da visão em que essa mulher viera para me supliciar. Brigáramos num cruza--cruza de desaforos; e como aceitou, toda esfriada, que eu fosse embora intempestivamente — bati o pé, desesperei, e voltei ao pé dela colérico, decidido a meter-lhe no peito cru um vendaval de paixão. Passei o resto da madrugada procurando conciliar Luciana dentro do sonho, pensando num modo de me fazer agradado, gestando o amor furioso que relampeava em devaneios. O risco de não mais tornar a vê-la já me deixava meio viúvo, posseiro dessa perda irreparável que me transmitia uma solidão demoníaca, o excesso de algum flagelo que eu não tinha como acomodar. Ainda ontem, antes de sua chegada triunfal, não havia em mim nenhuma predisposição a coisas de sentimento; e agora... é esse estonteio todo que vai de um canto a um gemido. Desvaira-me, em tumulto, a inquietação de revê-la.

 Mal a tarde foi abrandando a calmaria, me ensopei de água-de-colônia Regina, e saí à procura de Luciana, já me sentindo desventurado pela incerteza de encontrá-la, uma vez que as sondagens do escrevente, a quem incumbi de me dar conta de seu paradeiro, infelizmente resultaram em vão. Mas desta vez a sorte parecia toda minha. Esbarrei com ela na saída do Correio, onde fora depositar o bilhete que ainda trago comigo, aqui no gavetão do quarto do arquivo. Sempre que o releio, volto a pensar que o velho Tucão tinha parte com o capeta, tinha, porque antes que à sua sobrinha me declarasse de amor vencido, o satanás, apesar de recolhido no seu casarão, já adivinhara que éramos um do outro, e maldando de minhas intenções, exigia que ela aqui não retornasse, a não ser acompanhada. Diabo de sorte! Apatetado, eu quase que levitava! Não era deste mundo aquele peito varado! Olhei a boca que arfava, e na ardência da face espalhou-se a paixão incontrolável que ardera a noite toda, entesourada por dentro. Eram de um cego, estes olhos congestionados que não batiam nem dela se desprendiam, como se quisessem engolir a bocadadas a vida e a morte desta mulher especiosa.

Daí em diante, cingidos pela cegueira recíproca que nos dominava e vencia o medo, passamos a nos precipitar um sobre o outro, imersos no desvario que inflamava a calada da noite. Após um ritual de cautelas e disfarces que começava mesmo na casa de tia Justina, onde me aprontava para sair, já enxergando as suspeitas que chamegavam nos seus olhos janeleiros — ia me esgueirando pelas ruas escuras, apadrinhado nas paredes, pouco a pouco me aproximando do velho sobrado que Tucão possuía mas não habitava, e onde Luciana se hospedara no andar de cima, de cuja sacada vigiava, com o coração a pular pela boca, a minha sombra escorregando nas trevas, pronta a me dar conta do perigo com o seu grito de ave guardadora. Temíamos o velho mandachuva e seus comparsas; sabíamos que a cada noite me arriscava a ser esfaqueado pelas costas, ou abatido a uma bala certeira, que nem meu pai; nossas loucuras sabiam à iminência do escândalo que poderia rebentar a qualquer hora. E isso ou aquilo eram para nós um só e mesmo perigo a ser atalhado a qualquer custo! Sem o resguardo de sua reputação contra os parentes assassinos, com toda a certeza estaríamos destruídos, porque a nossa separação seria imposta inapelavelmente, a sangue derramado e tortura de almas pisadas.

Esses cuidados nunca esmorecidos nos favoreceram durante meses, cujas noites — com raríssimas exclusões — se traduziram em encontros muito densos e alucinados, vividos em paroxismos de ganho e perda, gozo e agonia, como se cada um deles fosse fatalmente o útimo, e contivesse esperas e recompensas de todos os anos passados: enfim a vida contraída nas tensões, reduzida a sua quinta-essência — apesar do tempo esporeado que chegava assoprando de afobação para interromper o manejo de nossas ternuras que então se desmanchavam em angústias! Ah! O tempo! Esse porco-sujo que me persegue de longe e só aparece para escalavrar, se arrastando e dormindo sobre as minhas inquietações em torturas terríveis, só para recobrar o ânimo necessário à sua fome de debochado, e escapulir num espasmo de suspiro — mal os prazeres se anunciam! De noite a noite, mais de amor cativo e varejado, mesmo que me retardasse sobre Luciana além do que a clandestinidade nos permitia, esses encontros iam se reduzindo a intervalos muito espremidos, que não chegavam para nada. Sofríamos o desespero do hiato que se metia por nossos delírios adentro, trazido pelo sedento impeditivo que não víamos chegar na ponta dos pés para rapar as trevas furtivamente. Sob o peso desse logro sempre renovado, todas as madrugadas nos separávamos trespassados de mágoas do amor interrompido.

Fora da companhia dessa mulher, cujo corpo a minha ternura eriçava em fagulhas, não me prestava a mais nada, senão a esperar e fantasiar diante dos despachos e processos que se acumulavam nesta escrivaninha, para irritação dos interessados, e do Meritíssimo, que me achava de miolo mole, fofo do juízo. De fato, cuidava de tudo maquinalmente, perdido em baforadas de saudade e de desejo. Ficava a acariciá-la de longe, recompondo os gestos sibaritas, soletrando todos os seus murmúrios, doidinho para me adiantar à demora que não andava. Tinha pressa e tinha ânsia, porque se levantava de sua ausência uma vontade de prazer que me queimava. De tanto espichar os olhos para o relógio de nogueira cujos ponteiros não andavam, já vivia de pescoço endurecido. Quando as sombras iam se adensando, aí então o próprio silêncio era um tumulto que cabriolava na minha cabeça, onde o tempo escarranchava a barriga entupida de chumbo, se arriando para encostar a preguiça como um jumento empacado. Se, nas minhas incursões ao sobrado, algum retardatário noturno cruzava pelo caminho e me obrigava a dissimular, mudando de rumo e vagando por outras ruelas, desconfiado da tocaia inimiga — esse pequeno atraso se multiplicava vezes sem conta, me ulcerando o estômago e me afligindo até às maldições que eu cuspia de dentes cerrados, com medo de que as paredes me escutassem, com medo de que Luciana se arreliasse.

  Ainda carrego, sovertido nas minhas entranhas, o cheiro íntimo do aposento idoso, sólido como as outras construções de todas as antigas gerações dos Costa Lisboa. Aí Luciana me vinha crivada de ardores, ao mesmo tempo abertamente oferecida e bem senhora de si, alongando as passadas e os braços para colher o quanto antes o grande abraço em que nos misturávamos, prenúncio das intimidades maiores que já vinham serpenteando, para fazer de nós dois um corpo só. Sem uma só palavra por entre os beijos, movimentávamos os quatro pés até o leito de pau-preto da camarinha cheia de aromas, uma peça tosca e pesada, nem larga nem estreita, medindo exatamente a dimensão de cama de viúva, guarnecida a colchão de penas de ganso amoldado a um só corpo. Quem teria sido a triste usuária da bela cama? Que teria ela da fogosidade desta Luciana a cada noite mais inventiva, e a quem despojo da vestimenta que se anula em sua beleza? Da Luciana que tomba em meu peito e ajeita com as mãos o travesseiro de lã de barriguda, para que melhor me aposse de sua moradia, para que melhor trabalhe a minha lavoura de delícias?

Da primeira vez que a despojei da camisola rendada, entranhado na textura cheirosa onde espalmava as mãos, fui arrebatado pela sensação tátil de que seu corpo era parte de minha intimidade, sequiosa dele há quanto tempo! Não podia ser outra a carnação que me torturava no prelúdio da adolescência, a fêmea arisca que afogara em desejos o menino morto. Embora jamais tivesse contemplado a sua nudez, meus olhos a reconheceram por um pressentimento que veio deflagrar o clarão que me alumia. Desconheço o estranho emissário que tão generosamente me obsequiou. Mas adivinhei que era a bem-vinda, aquela destinada a preencher o buraco das fantasias, porque a emoção que me tomava agora se entroncava nas mesmas respostas do outro tempo: o mesmo baque no peito, o trotear desgraçado, o mesmo som de clarim. Na textura da fruta madura, na grande polpa aberta e suculenta, reconheci a menininha verdosa que trescalara no despencar de minha infância. O mesmo cangote lanoso que me chamara para a vida a tremer e palpitar, me passando o facho ardente e doloroso. O encanto que me arrepanhara ontem, me fazendo sair desabalado para fechar a cancela da gamboa, foi o mesmo que então me encaminhou ao quarto do arquivo em busca do processo requerido. Maravilhado, eu ia sentindo que as sensações provocadas pela menina franzina renasciam na mulher madura, me deliciando com a mesmíssima intensidade. Até o afogueamento e a vermelhidão que se emplastaram no rosto imberbe de menino — repontaram-me com o mesmo calor de febre sob a barba já pedrês.

    Assim que fui me recompondo do desvario que me trouxera essa reaparição, me senti semideus diante dela, apanhado no melhor de sua luz: enfim, nem mesmo o tempo imbatível conseguira abrandar as esguichadas de minha ternura. É como se o peçonhento que não para de escalavrar de repente tivesse tropeçado na doida correria, vencido pelo curso de meu fervor! Auscultava a esperada pasmo e maravilhado, emprestando-lhe qualidades que certamente não tinha. Via-se que estava mais bela! Ostentava toda a madura plenitude que a menina me anunciara no Engenho de meu avô. Examinava os contornos bem-acabados e definidos, as arestas ossudas de ontem mais arredondadas, mais inteiriço e soberbo o cangote que me endoidara. Parecia até mais cobiçável e mais pura. Junto esses dois adjetivos assim de propósito, porque falo de uma pureza dolorida sem nada de angelical; uma pureza gestada no fulcro das tensões, destilada gota a gota e dia a dia, separada a ferro e sangue do monturo de bagaços a que se reduz a parte imprestável das experiências que enfrentamos nos altibaixos da vida.

    Tomo-lhe o rosto entre as mãos, descambo a vista dos olhos que me furam para a boca viva, tão de pertinho que trepido num estonteio, reenchendo os pulmões com o bafo selvagem exalado de sua beleza. Engulo a sua respiração, que serpenteia na caverna de meus órgãos como uma labareda que me queima com o hálito do mais felino apetite, e volta a ser tragada pelo seu olfato, enquanto as abas de sua narina arfam e flamejam, dardejando vibrações por todo esse aposento. Estremece a cama de viúva! Enlaço, inebriado, a sua cinta, que vem subindo com o tronco até os seios se espalmarem em meu peito. Resvalo os dedos no cheiro de fêmea entranhado na fofura da pele; pericio o relevo de seus poros, acomodo em vão os pelos eriçados. Deixo os olhos penderem pelas encostas de alabastro, me perco em deltas e reentrâncias, caminho até o fim do mundo, enredado num cipoal de aromas. Paro para tomar fôlego, que a jornada é louca e funda. Descanso ou me atolo mais espiando com a ponta dos dedos certos pormenores que me solicitam: marcas de origem, sinais de antigas eras, lavrados, nem sei como, nos anais que se desdobram na pele, cujos laivos azulados se ramificam e se cruzam na malha onde me enredo. Beijo ainda com as mãos a sua ilharga de égua ruça, amasso docemente entre os dedos a minúscula saliência que descubro aí, saboreando o ritual das incursões. Esfrego o polegar contra esse escaravelho castanho, cravejado acima do baixo-ventre, à esquerda do púbis triangular, de negra vegetação tosquiada. Tanto esfrego e reesfrego, que o pequeno corpo sépia se estremece em arrepios, ergue as asinhas e se espraia em frenesi como um beija-flor tremeluzindo, provocando assim as vozes do grande corpo claro que me absorve e embala. Fecho os olhos perdidos em Luciana e me deixo conduzir à deriva, à mercê desse corpo ondulatório que se encrespa, ondeado, franzido, danoso de encapelado, até explodir em suspiros e balbucios que se adensam em miados e aleluias. E toda essa agitação coreográfica, essa dança audível de serpente, não é mais do que o prelúdio da grande sinfonia onde já nos perderemos para além do precário entendimento.

 De repente, à beira de fecundar esta mulher assim tão minha, uma golfada de ternura me ultrapassa a ponto de enforcar o meu desejo. Quero para ela o melhor do mundo; me rendo à sua graça, cativo e acarneirado; temo ser brutal e magoá-la. Ela vira os olhos vivamente surpreendida, e não sei como abordá-la de forma a evitar os modos intratáveis. Receio que este encontro lhe seja um fardo daqui por diante. Não quero turvar o lado de dentro de seu semblante. Arco com esta privação desmesurada, assumo esta renúncia desmedida, desisto de mergulhos e corridas, de relinchos e trinados, largo disso tudo sem virar para trás, tudinho, tudinho — se assim é preciso para a permanência de sua inteireza, este hálito de mulher onde me abismo. Queima-me o seu abandono, a consciência de sua fragilidade, a flor que se abre para me conter. Com a soma de todos os cuidados que aprendi, começo a lhe indagar, sussurrando devagarinho, se o trato íntimo do nosso corpo a corpo não empanará sua jornada de alegrias. Ela me interrompe remedando as minhas tolas palavras entre beijos e risadas, soprando em meu ouvido a incontinência de égua no cio: — Juro em cruz que você só me alegra e desvanece! Me chicoteia, chicote! — Este convite assim cheio de requebros e entremeado de balbucios aligeirados me acende uma volúpia inapelável, que vai me deixando petrificado ou aquoso? Em tempo de me partir ou me derramar?

    Apesar da anuência lisonjeira, continuo temeroso de melindrar esta mulher a quem tenteio e aliso palmo a palmo, preparando o meu delírio. Amparo-lhe a nuca com a mão esquerda e se projetam em mim os seus olhos insistentes e convidativos, me radiografando inteiro para lancetar mais fundo os meus pontos vulneráveis. Rolo a mão pela penugem eriçada, tentando em vão anediar as pontinhas que me escapam; esfrego a pele esbraseada que se arrepia e me acende na ponta dos dedos a sua mecha de febre; afago-lhe o tornozelo, a perna cheia, distendida. Mais que depressa, ela prende a mão de menino malinoso na dobra da perna esquerda, num enleio de gestos sensuais. Aperta-me os dedos na carne macia, remexe a coxa assim dobrada sobre o pássaro preso que lhe faz cócegas com as garrinhas, até ela afrouxar a torquês e se rir de rebentar. Toda ela se desfaz numa alegria menineira e voluptuosa, enquanto aguardo que se aquiete e volte logo a se emplastrar em mim, que não aguento mais tanta demora e solidão. Num frenesi que me encrespa, envolvo, com o peito e as duas mãos, as coxas amoráveis, que se retesam e se deixam apalpar de alto a baixo. Exploro curvas e reentrâncias adjacentes, onde me demoro periciando docemente ocultas regiões. Enfim, tangido por uma lufada mais estonteante, esfrego a mão no ventre faminto, que massageio sem parar, tentando em vão encanudar os pelos que me escapam, até ela arquejar e se torcer como uma ave abatida que luta para viver.

Beijo alucinada e repetidamente a boca desfalecida, descerro as pálpebras caídas com a mesma mão apurada nas aleluias. Arrasto o rosto no cangote erótico que se meteu no meu corpo inviolado de menino. Como um bode velho, fungo sobre ela, roço sem parar o queixo arranhento, até o seu pescoço se eriçar, vermelho e encalombado. Dou-lhe mordidelas na nuca alucinada, e me deixo arrastar por sua vibratilidade...

Paro para recuperar o fôlego. Afasto-me meio metro e rolo os olhos pelo seu corpo inteiro, a única coisa que me interessa agora. Está nua e se deixa fotografar por minhas retinas de garanhão. Neste silêncio tumultuado, quero desvendá-la mais, ultrapassar certas muralhas impalpáveis. Torno a me aproximar, e ela levanta o busto para tornar mais leve e curto o meu caminho. Engastados um no outro, as suas pupilas não se mexem, e me segura os ombros abertamente oferecida, e mais suspende o rosto para recolher o beijo na boca ávida, onde as nossas línguas se despedaçam em coleios de serpente, como se quisessem trocar de boca. Resvalo para baixo e me entra nos lábios o seio desenrugado e terso me enchendo de reverberações. Mastigo a base esférica e, com o gritinho de Luciana, caio em mim de boca já vazia. Derrubo o ouvido sobre essa romã degustada e sinto a espetada macia, o pulsar do coração desfeito em estertores. Aspiro o suor que poreja do tronco em combustão e vejo que já não me contenho, pejado de sofreguidão. Sabiamente, antes que eu adiante algum gesto, o seu corpo adivinho se torce e se ajeita sob o meu, abrindo o caminho para as delícias resguardadas.

    Meu corpo sobre Luciana é um arco que a protege, sustentado pelos braços que cruzo sobre as espáduas, em cuja maciez espalmo e afundo as mãos com força, até sentir o contorno dos ossos e das cartilagens, desejoso de me absorver nela até perder a minha forma, sumir nas suas entranhas. Quero me consumir em todas as fantasias e sensações que me aguçam os sentidos, brotadas de todos os pequenos toques, de todas as minúsculas miradas. Quero depositar nela, de uma só vez, toda a carga de ternura, quero gastar perdulariamente todas as reservas acumuladas, dissipá-las nessa entrega, até o último lampejo de vida. Assim arqueado sobre o mundo, sinto que a vida só pulsa no sexo onde me resumo inteiro, arrastado a loucuras e devaneios. Enfim... pendo o corpo sobre corpo, sinto a fêmea que me acolhe, nos arredondamos um sobre o outro como um grande e estranho tatu-bola capaz de se parafusar em si mesmo até abrir brechas e roscas no próprio corpo. Tomo-lhe a boca vorazmente, com a fome de toda a minha espera, com a calejada sede de quem passou a vida a aguardar. A teia quente e nervosa de seu corpo se esbraseia sobre a minha força, que também é sua, e nos tornamos uma só vontade que de si mesma não quer se desatar.

    Da sua boca de vulcão, descem labaredas que incendeiam o madapolão das coxas que me apertam. Lá de baixo sobe o cheiro de seu sexo convertido em couro curtido a cascas de angico, exalando o fartum de odre velho. Desencarcero-me e violo o mundo recriando este corpo onde me fundo e me dilato até o infinito. Rodopio neste redemunho que inaugura a minha fé e, com a língua no ouvido de Luciana, vou lhe passando a ressonância da minha alucinação em gozo convertida: minha mariposa endoidecida, dengosa juriti do riachão! Carne telúrica, úbere oloroso de Araúna, que gana de ficar em si! Que ímpeto de ser frágil e brutal, santo e demônio, tudo para as fantasias de seu regalo! Meu talismã, mula sem cabeça de meus anseios, quem me dera, aqui e agora, perder de vez a consciência! Planta carnívora que fecha sobre mim o anel úmido de cortesã, a boca voraz de sete fôlegos! Aperte mais, aperte mais, mucosa selvagem onde me afundo e enlouqueço, púbis de urtigas e cansanções que me põem na pele as brotoejas de fogo em que ardo, me incendeio e me rebolo! Minha fofura de lã de barriguda, meu cheiro bom de milho fermentado, venham e assoprem sobre a labareda de fogo-selvagem que se alastra em danação pela rosa dos ventos do meu corpo. Não, não, deixem que me queime! Violeta do meu delírio, ventosa que me chupa sem parar, faminta sugadora de areias movediças, por favor me arraste ainda mais, me engula até a raiz, entre pelo meu talo adentro, me deixe atolado em suas delícias, que nada mais quero e desejo senão sumir nesta rampa limosa e esbraseada.

35

Procuro rastrear quem me passou a tocha da paixão candente, bem como o gosto pelos objetos inúteis e supérfluos — e não encontro, da banda de meu avô materno, nenhum infeliz que me tenha injetado no sangue a incapacidade radical para os negócios, ou a corda sensível que só infla e se estica perante o corrupio dos sentimentos que nunca estancam a volúpia errante. Nessa procura teimosa, nada me dizem as quatro gerações dos Costa Lisboa, em que os mesmos homens desposam as mesmas mulheres, na união do velho sangue embolorado. Nada me dizem os santos do oratório de tia Justina, impassíveis imagens de madeira que de vez em quando ainda me toco a espiar, à cata nem sei de quê. Nada me dizem as bonecas de bagaço e sarapó enfeitadas por minhas primas, nem a tosca sovela de meu avô.

Por um momento, cerro as pálpebras e me imobilizo no meio do mundo que me cerca, procurando perscrutar as faces ausentes de meus avós paternos, cujos daguerreótipos foram retalhados por meus tios Costa Lisboa para que mais se adensasse a minha escuridão. Mergulho... esperneio... e reabro os olhos sem nenhuma esperança, nem mesmo a simples sugestão de um só traço definitivo que me encaminhe a um par de rostos feito de pura carência. Mesmo assim nada retendo desses avós que não conheci, é de sua linhagem que apanho a substância mais audaciosa, as intensas ressonâncias que me sustentam vivo, ainda inclinado ao apelo das alegrias. De certo modo, esses avós não passam de um borrão indecifrável que incomoda, mas me curvo diante deles, que souberam gerar o pai que tive, com todas as suas paixões e os seus furores contra as injustiças. É como gente sua que me entreguei a Luciana desavisado, embora sempre me tenha faltado o desassombro e a impetuosidade de um tio-avô dessa família, de quem sempre me mantive longe pelo tempo e também pela prática, mas muito perto pela afeição. Infelizmente, por mais que tenha buscado, nunca pude recompor com segurança a sua identidade meio lendária e esfumaçada. Mesmo assim, entre traços evasivos e reticentes, a sua fisionomia se movimenta das trevas, caminha até aqui e me consola.

Consta que esse tio apaideguado, mesmo já fedorento de tão idoso, ainda implicava com os desabusados que o chamavam de *velho*. Pois apesar de já meio entrevado e muito adiantado em anos, jamais renunciou aos apelos que faziam subir a pressão sanguínea, e o queimavam por dentro, no tição das paixões mais desmesuradas. Não era um tipo falador nem alegrão, mas sob as cinzas aquietadas crepitava um coração fiel a ele, amigo de seus descompassos, capaz de levar às últimas consequências, contra tudo e contra todos, os amores por que vivia e morria.

Ordinariamente, passava a vida na sua fazenda Garatuba, a cuidar das éguas raciadas, mantidas bravias e de crinas soltas nas baixadas de angolinha do rio Piauí. Mais das noites de solteirão, este meu tio, que atendia por Lameu Carira, gritava pela cachorrada e se embrenhava nas matas e capoeiras a caçar pebas e tatus. Na capanga de tucum a tiracolo, carregava a pindaíba bem áspera contra a mordedura das cobras venenosas, conservada de velho numa garrafa que ele mesmo revestira pacientemente, encordoando-a com imbé de cipó de umburana. Dele me chegou este vasilhame que trago guardado junto às terrinas e sopeiras de minha avó, o mesmo gosto pelo líquido castanho, e mais uma gota da pancada do seu sangue.

Bicho grandalhão e solitário, enfiado até o pescoço no úbere escuro e úmido das várzeas do Piauí, detestava os ajuntamentos, o tece-e-tece das conversinhas de ouvido, e os mexericos miúdos de Rio-das-Paridas, onde muito raramente aparecia. Até os próprios mantimentos mandava vir do povoado Capitoa, onde se fizera respeitado, longe da influência direta dos Costa Lisboa. Mas nem por viver assim socado no mato se embrutecera, sensível que sempre foi à centelha do bem-bom da vida, sem ligar para coisas de aperreios. Ouvi de muita gente que ele curtia em alucinação as paixões mais extravagantes, enrabichado pelas mulheres mais esquisitas, a ponto de emagrecer e se deixar enrolar como um cipó-caititu.

Numa certa ocasião, indo pela estrada que recorta em duas fatias a sua várzea, ele cruzou com as mulas, de cangalhas enfeitadas a saias rodadas e coloridas, que conduziam a pequena população circense e seus respectivos apetrechos em busca de Rio-das-Paridas. Aqui, esta gente armaria suas tendas e se apresentaria nos próximos dias, transformando em alvoroço provisório o marasmo do Largo em frente à antiga Capelinha que fora propriedade do venerável Costa Lisboa.

Sobre uma das mulas com que cruzara na véspera, no caminho mesmo que também leva a seu casarão solitário — Lameu Carira certamente topou com alguma coisa que lhe secou o sono e ultrapassou a sua quietude habitual. Se não fosse assim, não largaria a noite da Garatuba com as suas caçadas, para estar ali apadrinhado no canto mais escuro do circo, gestando seus desejos dentro do silêncio. Lá adiante, logo à frente do picadeiro de terra batida, borrifada de água contra a poeira que empestava os olhos, se espalhava a meia dúzia de cadeiras espandongadas, onde se aboletavam o intendente, o delegado e mais dois ou três figurões, todos muito empertigados, exibidos nos ternos domingueiros de altas ombreiras, escancarados para a plateia.

Mesmo protegido no seu esconderijo penumbroso, Lameu Carira era adivinhado pelas pernas de compasso que lhe emprestavam um tamanhão espadaúdo e desempenado, e pelo tanto que carregava de vistoso: o bigode umbroso recendendo a água de cheiro, as botas de verniz rebrilhando, as esporas de prata, o grande coração aberto berrando pelos olhos. Benquisto e admirado que era, os que passavam renteando o seu corpão de árvore o cumprimentavam respeitosos e prazenteiros, mas não sem um gesto reticente de que ali tinha coisa! Lameu Carira não era homem para largar suas terras atrás de mágicos e palhaços! Se os abelhudos não o interrogavam ou lhe dirigiam pilhérias, é porque já sabiam que nisso de se meter na sua intimidade ele não concedia de jeito nenhum! Era bem capaz de agarrar o atrevido pela cintura, içá-lo no ar o quanto quisesse, e papocá-lo no chão como uma abóbora podre.

Mal a trapezista irrompeu dos bastidores, com o saiote muito curto espelhado de estrelinhas, as autoridades se desgovernaram de pescoços esticados, e a molecada tripudiou nos deboches recortados de assobios. Calado no seu canto, Lameu Carira puxou o chapelão de baeta de cima da vista e parou de mamar o charutão de palmo. Deu duas passadas enormes, correu os olhos lambendo a mocinha de alto a baixo e imobilizou-se grudado nela com as abas do nariz dilatadas, entorpecido de tanto sentimento que dele mesmo vazava. Podiam sacudi-lo, gritar e rogar — os sentidos deste homem não ligavam...

Sem que ele desse conta dos segundos que rolavam, o corpinho flexível já se alçara para o espetáculo das acrobacias. E quanto mais a flor estrelada se retorcia e se desconjuntava em corrupios de destreza — mais Lameu

Carira arfava e porejava de cara pendida para cima, porque, já todo alagado da ternura que o afogava, só tinha olhos para a mulher indefesa, atirada a perigos e precipícios. Assim de sobreaviso, este varapauzão foi se postar à frente do picadeiro, guardando o pedaço de chão abaixo do trapézio, custodiando a belezura que se balançava em tempo de se despencar, anjão da guarda voluntário, pronto a estender a rede dos braços grandalhões, oferecendo a sua vida de menino a favor daquela aparição que mal conhecia. Ao mesmo tempo, esse grande peito generoso vociferava contra a plateia inteira, a quem atribuía a culpa assassina do corpo rijo pendurado do vazio. Ah! Os aperreios do coração!

Ainda sob os aplausos e os assobios que não esmoreciam, a trapezista pulou o pequeno alambrado do picadeiro porejando os seus suores, e veio distribuir flores de papel crepom às criaturas mais bem-apessoadas, de quem recolhia magras gratificações. Ao passar rente a Lameu Carira certamente não pôde deixar de se engraçar da singularidade do tipão guedelhudo, recendendo de cima e se dobrando sobre ela anzolado, como se já quisesse espalmá-la contra o peito. Verdade é que demorou nele o olhar provocativo, instigando as forças recolhidas de tal homem, atiçando os seus demônios maldormidos. Sem arredar os olhos pestanudos daquela que o dominava, ele puxou da carteira de couro, tirou meia dúzia de notas e estendeu o braço para ter entre as suas a mãozinha dela, em cuja concha depositou o rolo de cédulas amassadas. Ela deixou-se alisar como se não estivesse percebendo, desceu os olhos para as notas e entendeu que tinha recebido uma quantia muito mais polpuda do que tudo o que poderia recolher daquela plateia de pobres. Mas entendeu sobretudo que tinha um novo homem em seu caminho, por isso abriu a Lameu Carira um sorriso mais espaçado, por onde pingava uma fagulha de promessa.

Dessa hora em diante, esse homem virou menino desinquieto, a cabeça martelando no descompasso das ânsias. A sua mula Medalha, lavada a bochechos de água de tão acarinhada, passou o resto da noite amarrada ao relento nos fundos do circo, como se não fosse animal de tamanha estimação! E ele, o seu dono de repente perdido de encegueirado, se aplicava na serenata com o parceiro Luís de Antão, que arrancava do velho banjo rachado as modinhas que o coração do compadre lhe pedia. Adubado a goladas de cachaça, crescia a ardência de sua sede, amiudavam as rondas à tenda de oleado onde a ingrata se recolhera negaceando.

No dia seguinte, Lameu Carira não retornou à Garatuba. E Medalha, a rosilha acostumada a tão bons tratos, continuou entisicada de fome e sede, cochilando ao pé da estaca e espanejando as moscas impertinentes. Com os bugalhões vermelhejando da ressaca e da espera, o seu dono aguardou a próxima apresentação da noite morta de segunda-feira, tão morta mesmo, que o público pingado não justificou a realização do espetáculo. Aí então, engatilhado na emboscada, o homem não teve dúvidas: arrojou-se na pândega com o pessoal do circo, que, de rodada a rodada, se admirava do grandalhão de carteira tão aberta e de tamanhas bondades. Insinuante e persuasivo, Lameu Carira não tardou a se improvisar em companheiro e protetor de todos. E a barra do dia não despontou sem que ele conseguisse a adesão alvoroçada dos olhinhos de piche que já pingavam de impaciência em busca do garanhão.

Logo-logo disparou de boca em boca o despropósito de tão escandalosa amigação, a cidade inteira balançando de inveja bem curtida, se estrebuchando de barriga amarrada nos alicerces morais. Perante o delegado — a gente de Costa Lisboa, ricaços encascados a dobrões de ouro e esquisita devoção, compareceu em romaria para exigir a cabeça da trapezista, que um despudor tão desbragado ninguém ainda tivera o desplante de arrastar por essas bandas! Horas depois desses homens bufarem em rebanho, e imprecarem de voz alevantada por onde soltavam as lufadas de ódio preparadas, que nem por isso comoviam o delegado — de repente... se entreolharam acumpliciados, levantaram as mãos para coçar o couro das cabeças e serenaram. Aí então, começaram a alardear em tom não menos dramático os grandes corações que possuíam, a dignidade pisoteada que honravam em clemente desagravo. Por isso, alegavam compungidos, e também por graça da religião que professavam, eximiam caridosamente a trapezista chafurdeira das torturas tremendas que o imundo corpo merecia; contanto que — e aí vem a lapada! — ela e o seu coito de serpentes partissem dali incontinenti, sem sequer uma mirada para trás. Cidadãos mansos e devotos que eram, em reverência aos santos preceitos, trocariam assim o castigo pelo exílio. Mas que a autoridade não esquecesse as mangualadas do Senhor nos vendilhões do templo! E que a Eva peçonhenta se sumisse numa viagem sem volta, que rolasse no abismo onde não chegasse o nome desta terra abençoada, que a nojenta se socasse no lodo fervente do inferno, a tripa forra dos pecadões execráveis!

O delegado maneiroso, que já bebera no copo de Lameu Carira e temia a sanha furibunda de seu temperamento rebelado, em que todas as bondades se desfaziam numa só arremetida de caititu chumbado, sopesou a proposta indulgente e o risco que corria, e tratou de ganhar tempo dizendo aos peticionários que sim e que não. E nessa hesitação, enquanto pôde o dinheiro do homem e o carisma de sua coragem pessoal e façanhuda, o circo foi ficando cada dia mais lotado com a encenação dos espetáculos que corriam por conta do amante apaixonado. O zé-povinho, embora temeroso da vingança dos Costa

Lisboa, se desforrava desses mandachuvas torcendo pelo senhor da Garatuba e alimentando a sua birra de macho. Por um momento, pareceu até inverossímil que aqui mesmo o venerável Costa Lisboa tivesse algum dia anotado o nome dos infiéis no caderninho amarrotado...

Em contrapartida, a parte sisuda da população não arriava a vigilância, arrastando a decência despeitada, esconjurando o demônio que a leprosa trouxera visgado na cacunda para pestificar a cidade em desacato às famílias. No domingo, a missa das nove, enobrecida por mulheres enlutadas, foi oficiada em desagravo da injuriada comunidade, obrigada a engolir o carnegão do escândalo que se repetira a semana inteira em orgias e bacanais. No sermão encomendado, o padre Gorgulho, pai de uma filharada anônima no povoado Palmares, e mais de uma vez acusado de raparigagem, carpia e vociferava, coxeando como um cachorro atirado nos quartos: amaldiçoava o tresloucado desviver de um membro de sua paróquia, embora reconhecesse, dizia, que a culpa maior não cabia ao enfeitiçado, mas à serpente cheia de quebrantos, que, como tantas outras possessas e satânicas da sagrada história, lhe roubava do rebanho a sua ovelha. No meio dessa missa campanuda celebrada, enquanto dos corações as preces fervorosas se elevavam, a cabroeira dos Costa Lisboa, armada até aos dentes de paus e carabinas, peixeiras e facões, punha abaixo a armação do circo, inutilizando cordas e oleados, apetrechos e vestimentas.

Na casa do banjista Luís de Antão, onde se acoitara com a sua querência atados no mesmo amor, Lameu Carira foi acordado quase aos sopapos na meridiana luz do dia ensolarado. Selou a burra Medalha todo arrepiado e daí a pouco entrava na cidade silenciosa a bramir como um trovão a sua brabeza de macho encipoada em vendavais de cólera. Chegara tarde e nada adiantou! Atemorizada e carpindo os prejuízos, a gente do circo não dormiria mais ali nem uma só noite. E a trapezista, contrariada da saudade que já vinha, seguiu o rancho e a sua arte, que outro não era o seu destino.

Desfeiteado e sozinho, com a ressaca das redobradas bebedeiras, Lameu Carira enfim se botou para a sua Garatuba, mas não sem antes dar riscadas furiosas e jurar vinganças terríveis no próprio terreiro dos Costa Lisboa. Chegando ao seu casarão, soltou a mula e trancafiou-se na escura camarinha para curtir as suas dores de cabeça, a agra solidão de viúvo aberta em fogo e pó.

Após três dias consecutivos, sem sequer assoprar as brasas para esquentar o de-comer, esquecido das caçadas de pebas e tatus, das horas noturnas em que esses bichos fuçam o chão das matas, enfim Lameu Carira não aguentou mais, que sangue não é bronze. Tornou a arrear a mula, encheu o parabélum de balas, acomodou o papo-amarelo na capa da sela, amarrou a cachorrada para que não o seguisse, deu ordens vagas em vaga voz e, sem sequer uma rápida revista nas éguas de estimação, partiu a galope na retaguarda do feitiço que lambuzara a sua vida de mel e se perdia sem ele em coisas de desassossego. Perseguia a luz que haveria de alumiá-lo por algum tempo. Rompendo assim em tamanho desatino, era fiel a si mesmo, e se empenhava, a todo custo, a desfrutar a ração opulenta dos bons dias. Enquanto isso, suas vacas leiteiras perdiam os peitos, as ovelhas graúdas eram comidas de bicho nos cascos, as éguas raciadas definhavam tosadas a piolho.

Evoco assim este pedaço da vida de Lameu Carira, a cor de sua aventura encarnada, confiado de que trago um pouco dele. Alguma coisa me leva a esse antepassado por dentro dos descompassos, do desdém que ele impunha aos cabedais e às leis que domesticam e embrutecem, de tal forma que é este homem quem cumpriu os meus desejos. Evém o danado com a mão graúda e me carrega desabalado, temeroso de que o sobrinho estanque o passo, volte a cabeça e se arrependa. E tem razão! Na virada decisiva, Costa Lisboa me retém com a mão num livro de leis, o medalhão aconchegado no peito, a carranca de ferro bruto, as rugas de ferrugem.

Daquela primeira aparição de Luciana, até o dia da perda irreparável, vivi nela como um asmento de conta-gotas na mão, sugando desesperadamente a sua respiração que pronta me acudia contra o puxado-de-peito. As mãos onde começava o dia, repousando ou delirando, eram galhos do meu tronco regado com fartura de águas frescas para o fogo das pupilas. Órfãos um do outro, e por amor parelha inseparável, não nos acostumávamos apartados pelos olhos das tardes e manhãs, nem nos saciávamos nas noites famintas e avaras que não chegavam para nada, de vez a vez requeridas e aguardadas com maior sofreguidão. A cada semana que se ia, virávamos mais meninos, borrifando o nosso pegadio a exigências e susceptibilidades despropositadas, como se quiséssemos provar a nós mesmos a dor e o paroxismo a que conduz a paixão. Muitas vezes, irados caga-raivas, pulávamos do leito de fofuras a desafios eriçados e punhaladas recíprocas, o tigre querendo engolir e salvar a felina unhenta, de cuja boca voavam lascas de vidro que o estraçalhavam, o olho sibilante fazendo subir ao auge a fervura que sangrava por razões inescrutáveis, numa competição passional em que nos dilacerávamos com crueldade, só para mais desvairadamente voltarmos a espalmar um peito no outro peito, num redemunho de febre e corações.

Com os meses que se encarreiravam, em vez de se abrandar apaziguada, esta paixão clandestina e cega para os olhos alheios foi me ilhando dentro de um nó, me obnubilando para tudo o que não viesse diretamente de Luciana, como se o resto dos trastes que não prestavam se sovertessem num desperdício inútil, um pasto de carniças. E só de sabê-la solta de meus braços, metida lá com os parentes e outras criaturas que nem sei se a requestavam ou se maldavam contra nós — eu me sentia traído e roubado, muito azuretado da vida e já perdido de viuvez, ansiando morbidamente por reavê-la inteirinha, dos cabelos desatados até as unhas dos pés, dono e posseiro arrebatado até do cheiro de seus suspiros e do molejo das ancas de bailarina. Se alguma vez, distraído com isso ou aquilo, um de nós se mostrava mais sereno e menos frenético, aí o outro se dilacerava em desconfianças e inquietações terríveis. De pura soberba, ou infeliz demonstração de soberania, uma ou outra vez faltamos ao encontro no sobrado, num castigo tremendo de autopunição em que sonambulávamos a noite inteira, afogados na ausência recíproca, mais depressa correndo para desfazermos as olheiras arroxeadas de nosso padecimento, e da ciumeira que nos flagelava. Ainda agora não sei discernir se aqueles seus arrufos e esfriamentos eram falsos e estratégicos, feitos para ela se impor e me atormentar, ou se eram veramente verdadeiros. Só sei que depois desses desentendimentos enervantes e doentios, repassados até de truculência, de repente as iras se desmanchavam, e nos metíamos um dentro do outro no mais desbragado desvario de viciados.

  Uma dessas semanas de maior perturbação foi provocada pela festa da padroeira, o evento mais prestigiado desta cidade, a que não faltaram a banda de música Paturi, sob a batuta de Cartucho, e os bailes noturnos e em função da qual, para meu desespero, Luciana me faltou por duas noites, diz ela que por ajuizada precaução contra a minha doideira alucinada, visto que nestes dias especiais a cidade se mostrava em alerta, fora dos hábitos, muito alumiada e cheia de noctívagos retardatários, sem falar no rebuliço do próprio sobrado, onde alguns convidados do velho Tucão dividiam com ela a hospedagem. No domingo de encerramento do calendário religioso, arrematando as novenas e outras celebrações que transcorreram no curso da semana, o velho Tucão, amparado pelos sobrinhos que lhe sopravam ao ouvido, fez um discurso pomposo do alto da escadaria, onde o povo se amontoava após a procissão. Os padres, as irmandades, os beatos em geral, e mais a gente que ele dominava por força do sangue familiar, da política e de seu latifúndio, todos aplaudiram insistentemente o declarado fervor religioso do grande benfeitor. A pequena minoria que ao chefe se opunha comentava baixinho a sua descarada intenção política, e sabia muito bem que aqueles batedores de palmas também entendiam a demagogia que ia por dentro das palavras do velho, a ponto de se regalarem com tudo o que vinha dele, vivedores que eram.

    Foi no baile concorrido da noite, onde cheguei febril e cheio de ciúmes a querer dançar com a indiferente Luciana a qualquer custo, que dei então a maior mancada de minha vida, princípio de toda a desgraceira que me traz detido aqui. Com a cabeça abarrotada de pinga, enfurecido contra o discurso safado de Tucão e contra Luciana, que se divertia num grupo de rapazes embasbacados por ela — comecei então a dar trelas à língua que queimava, inteiramente surdo aos conhecidos mais ajuizados que procuravam me persuadir a calar ou me conduzir à casa de tia Justina.

    Açodado pelo álcool, que me fazia ferver o ódio e o ciúme, eu não estava para ouvir ninguém! Quanto mais os rapazes insistiam a me conter, rogativos, mais eu me enchia de razões e fazia finca-pé, naturalmente contando fanfarras de valentão. Gritei impropérios contra Tucão e sua gente, deixando assim vir a público o velho rancor abafado pela mão de sua sobrinha, com quem me deliciava. Malucando na bebedeira desgramada, cheguei a falar de um plano que vinha urdindo para assassinar o matador de meu pai, que já não podia viver mais perseguido pelos olhos deste, que me apareciam nos pesadelos noturnos, se soltando da cara e caminhando no ar. É certo que os pesadelos ainda continuavam, mas o plano desta vingança só existia então no miolo da cachaçada e no meu desejo oculto, raramente aguçado, e por fim amolecido por Luciana. E o mais grave, gravíssimo mesmo, é que também revelei — até hoje a mão ainda treme ao referi-lo! — que há muito tempo desfrutava de sua sobrinha, praticando assim a impostura imperdoável que ainda continuo a expiar...

Logo-logo tamanha imoderação corria de boca em boca, até parar nas ouças dos inimigos. Os rapazes que andavam comigo alarmaram-se, me puxaram pelos braços entre trombadas e empurrões até a casa de tia Justina, encarecendo muito a ela que me trancafiasse por fora da camarinha, a fim de que eu não fosse ao encontro costumeiro com Luciana. Um mais medroso ainda insistiu para que a velha me pusesse o pé na estrada logo cedinho, rogava para que eu sumisse no mundo, porque só assim poderia escapar da vingança que, na certa, o velho Tucão não deixaria de cumprir.

Assim que eles me deram as costas e se foram, ainda acenando recomendações, meio bebaço e tudo repetindo, argumentei com tia Justina que os tempos estavam mudados, que ninguém podia mais cumprir crimes de honra assim em campo aberto. E para mim mesmo, para a minha convicção de ofendido, achava que meu pai me protegia, que ele pagara de antemão, com o próprio sangue, o preço suficiente para que eu pudesse fazer minhas pequenas asneiras, neutralizando assim qualquer ofensa ulterior que me viesse a ser feita por parte da família de seu matador. Enfim, eu me sabia credor! Imbuído dessa certeza, tornei a ganhar a rua às três da manhã, já bastante atrasado para o encontro habitual, a cabeça rebentando em dores e ânsias.

Mal me aproximei do sobrado, me protegendo sob a sombra do tamarineiro grande, fui agarrado à traição pela gola da camisa, com um repuxão tão violento para trás que me papocou no chão. Olhando esta mesma árvore, na minha esfacelada adolescência, muitas vezes ruminara ao acaso contra a vida do coronel Tucão. Enfim, chegara a hora de pagar também pelo curso de minhas intenções.

Tentei escapulir já meio alboroado, ainda com a cabeça confusa da bebedeira, sem atinar direito com o buraco onde havia me metido. Recebi então o primeiro golpe, que também me veio de trás, e caí já sentindo a resistência de várias mãos peludas que me espremiam contra o chão para que não tornasse a me levantar. A seguir, comecei a ser pisoteado. As patas malhavam com firmeza, subindo e descendo com convicção. Depois... o ódio ou o cansaço, já nem sei, desfez a impiedosa cadência. Ofegantes, agora batiam descontroladamente, mas com tanta gana que eu sentia os cascos cavando feridas nas minhas ilhargas: a extensão do ódio rasgando fendas... e fendas...!

Inicialmente, atordoado com o impacto e o inesperado das primeiras pancadas, ainda me torci para um lado e outro, procurando aleatoriamente me desviar dos golpes que pressentia das mãos encobertas. Mas depois que vi fraudada e vã a fuga requerida, amoleci logo, incapaz de um menor gesto de relutância. Certamente o medo e a dor me imobilizavam perante as pancadas que amiudavam a ponto de um prenúncio de torpor me impedir de pensar. As ilhargas amassadas e doloridas levavam ao resto do corpo a violência das pancadas, atropelando, entre um golpe e outro, os pensamentos malnascidos que se deixavam lamber pelas chamas que rebentavam do ventre.

    Pouco a pouco as dores foram se prolongando numa extensão indomável, achatando-se sobre o resto do medo que ainda me tomava. Aí então comecei a ter dificuldades de discernir e separar as coisas, as sensações a piscarem cada vez mais apagadas. Já não distinguia um bruto do outro bruto. A dor que antes era sentida também num ponto ou outro dos membros agora convergia para o centro do corpo, argolado por cilícios de fogo, sem que eu pudesse arranjar um meio de mitigá-lo. Ainda tentei soerguer-me uma derradeira vez, quando então senti o musgo da tamarineira aliviando as minhas mãos. Naquele abandono de bicho espatifado a paus, o fresco inesperado me trouxe a minha paineira e a minha avó, que cresceram desmesuradamente diante de meus olhos cegos, me trazendo a esperança de que alguma coisa ainda poderia acontecer para além da recrudescência das dores que ferviam.

    Derrubado outra vez, rolei como um trapo sem vida, e continuei tomando pancada nos mesmíssimos lugares, amassados pelas botinas que queriam achatar o meu corpo ao nível do chão. Agora, um pedaço do corpo latejava dentro do outro ainda sensível a qualquer repuxão. Aquele pedaço doía... doía... até que se foi tornando dolorido demais, pesadão, semimorto. O reflexo desse corpo morto era sentido e apalpado pela pulsação do corpo são. Depois... o corpo morto foi adquirindo o poder obstinado de quem verga o outro para governar. Num certo momento, os dois corpos se bateram encarniçadamente, inimigos por uma fração de tempo, enquanto durou a estranha peleja de um querer se sobrepor ao outro. O corpo são, vencido e arquejante, já não era são e terminou se debatendo na mão do corpo morto. Este, soberano, agora sem rival que lhe embargasse os passos, foi se distendendo e se espraiando, lançando suas raízes gulosas em busca de se nutrir. Com este cauteloso caminhar de serpente, as raízes feridas de morte foram deitando a sua peçonha na outra parte do corpo, onde já formigavam milhares de insetos que andavam em todas as direções, para cima e para baixo, contaminando as sentinelas ainda alertas na defesa contra a inanição total. Enfim, as duas partes do corpo já não se diferenciavam, confundidas no mesmo abraço regado a muita dor.

A partir dessa hora, as coisas a meu redor começaram a se esfacelar, se encolhendo e se espichando, enquanto agulhas agudíssimas se espetavam na minha consciência, que foi ficando embotada até a insensibilidade. O primeiro sentido que perdi foi a visão das pupilas, que se dilataram em esponjas de fogo e sangue, onde boiava Luciana. Muito vagamente... ainda me chegava o eco longínquo das pancadas que iam se despedaçando. Por último, ouvi que falavam atrapalhadamente de um certo sangue urinado. Eu estava irremediavelmente só! Não podia mais ter esperança de que aquilo acabasse. Uma multidão de besouros miúdos e graúdos faziam um zum-zum cansado, que cada vez mais se afastava... se afastava... até se tornar imperceptível.

37

Depois dessa embrulhada onde me moeram a pancadas, mastiguei o pedaço mais amargo. Muitas vezes, nos momentos mais insuportáveis, pensei até em marretar a cabeça nos trilhos do trem, bem longe desta gente, e me deixar partir em pedaços por alguma locomotiva mais enfurecida do que a terrível Maria Fumaça, em cujo bojo parti para as agruras do mundo, deixando nas terras do Murituba a sabedoria de minha inocência. De cabeça envergonhada e corpo arrebentado, sem nenhum rumo para onde conduzir o diabo da vida — evidentemente precisava me agarrar a algum propósito para não desesperar. Foi então que o antigo ódio que eu guardava para Tucão recrudesceu e tornou-se um bicho vivo, tangido pelos olhos de meu pai, pelas cicatrizes ainda abertas e pela perda de Luciana, banida daqui para nem sei onde. Só mesmo assim, severamente humilhado, e com esta mulher metida entre outras razões, teria garra para levar adiante a velha intenção rancorosa, sem desmerecer nem um só dia.

Quando sarei das feridas, fechadas por conta dos unguentos e pomadas de tia Justina, cuidei de conseguir a devida licença, passei o Cartório ao escrevente juramentado, apertei os ossos da velha, e desapareci de Rio-das--Paridas levando a minha obstinação e os meus trocados. Longe daqui, sem nenhuma vez pensar em comodidades ou me perder em sutilezas do espírito, levei uma temporada de cão danado. Pior do que o mau acolhimento da terra estranha, cujos desconhecidos se eriçavam em desconfianças — era a ausência de Luciana. Inconsolável, eu fechava os olhos e a via afastando-se de mim, inapelavelmente. De pensamento a pensamento, viajei a buscá-la por becos e descampados. Porém, mais terrível ainda era imaginar o seu rancor sem nenhum meio de clamar o meu perdão! Sob o peso da crueldade de Tucão e da minha própria torpeza caminhei muitos dias inteiramente desatinado. E como, por mais que a buscasse, Luciana se conservasse fora de meu alcance, assumi essa perda definitiva e, varado de despeito e solidão, quase cego e desesperado, orientei todos os sentidos para a vingança contra Tucão, que além de ordenar o sumiço dela e o meu espancamento, ainda me devia a velha conta que nunca me saiu do sangue.

E prossegui em frente a todo custo! Quando me aproximava dos graúdos, na tentativa de conseguir dinheiro e poderes de qualquer jeito, eles se esquivavam sorrateiros, os sorrisos irisados de dissimulação em recusas veladas, as portas fechadas com reticências. Mas obstinado na teima da ideia fixa, muitas vezes retomei as mesmas iniciativas, procurando estender pontes impossíveis. Quando lesado, era então obrigado a me fazer de desentendido, a calar as cruas razões. Nessas horas, o tempo não deslizava: passava arranhando, o pelo arrepiado em espinhos que rasgavam a paciência. No fim das contas, me gastei à toa, perdi mais do que ganhei, o que mais uma vez veio confirmar a minha incapacidade para furar na vida e me impor às pessoas. No meio dos pequenos negócios desastrosos, compreendi que jamais ganharia o suficiente para dar fim ao velho Tucão sem me comprometer. Tudo sonho de gente besta!

Assim que voltei, passei os primeiros dias nos arredores de Rio-das-Paridas, encapuçado no anonimato, procurando me infiltrar no próprio latifúndio do velho. Desconfiados, porém, os seus agregados se encolhiam e se fechavam de bocas costuradas, rosnando apenas o bom-

-dia e boa-tarde. Por fim, cheguei a me acoitar na tapera de um novato mal chegado ali, mas terminei desistindo de comprometê-lo, levado pela certeza de que aquele morto--vivo era incapaz do menor rasgo de coragem. Afinal, ele é quem me infundiu tanto medo que chegou a entortar provisoriamente a minha intenção, antes linheira como um prego. Daí em diante mais me policiei, ciente de que medo é coisa que pega e gruda, um visgo de jaca dura.

Já outra vez abrigado na cidade, pude constatar, decepcionado, que as minhas cautelas tinham sido em vão. Depois de chorar nos meus braços, tia Justina contou que mais dos dias as devotas falavam de minhas aparições. Enfim, não demorou muito e encontrei, assim de uma hora para outra, um cabra que se prontificou a me ajudar a curar as velhas pisaduras. Negócio feito e selado, passamos a aguardar a melhor ocasião em que meu parceiro e o velho estivessem sozinhos no casarão, e cuja ressonância — cogitava eu indeciso — se prolongaria em sustos e remorsos enquanto me arrastasse por este mundão de Deus.

Nesta noite de febre, tenho a trama cosida e recosida: o jagunço Malaquias subornado. No corpo a corpo com estas derradeiras horas de expectativa e espera, os passos que me habituei a pensar com naturalidade vão de repente se avolumando e adquirindo uma feição descomunal que não entrou nas minhas contas. Exagero a importância da cada gesto que descubro em Malaquias, me pelo de medo por dentro e tento empurrar com as mãos e os miolos o tempo que se esbate contra a medida justa e conferida. A velhice é o diabo! Só por ela, os parentes mais chegados a Tucão, vezes sem conta o largam que nem hoje, sozinho na viuvez sem filhos, sem nenhuma temeridade, de vigilância totalmente relaxada, talvez convencidos de que neste município praticamente seu ninguém tem o topete de atentar contra a sua segurança.

Amanhã, consumada a vingança, partirei talvez para sempre ainda cosido à madrugada, enfim desobrigado do pesadelo que venho arrastando como posso desde a morte de meu pai. A notícia de que o velho está fraco e doente, praticamente à beira da tumba, me deixou um ressaibo de remorso. É verdade que ainda quero fixá-lo no caroço dos olhos, vasculhar-lhe as entranhas emboloradas. Mas, a par disso, começo a hesitar como se a proximidade irreversível mexesse com as minhas leis. A gana inicial de esquartejá-lo e retalhar-lhe a carne há muito que vem desmerecendo. Assim perplexo, vou e volto, perdido no labirinto de minhas iras.

A esta altura, o chão que me separa do inimigo pode ser medido a palmos. Daqui a pouco serei um matador. Esta evidência, nítida e ao mesmo tempo remota, peleja para me sufocar, um arrepio de lascar se enrosca na gangorra das entranhas, o coração, em tempo de correr, já tiquetaqueando a martelo agalopado, de vez em quando uma topada de arrebentar. Cadê a vontade de judiar do velho, de queimar-lhe sem avareza as pelancas murchas? Já não tenho certeza se o deixarei morrer devagarinho, se estrebuchando como um bacorinho mal sangrado, ou se, condoído do satanás, abreviarei seu último gole de ar.

Ah, o tempo! Esta vertente de tantas e desesperadas inquietações! Arrastado por temores e perguntas, lá me vêm duelos e duelos. Perdigueiro já sem tempo e ainda sem caça, farejo abobado as dúvidas não abrandadas. Nesta sina de pensar a morte do maioral como uma calamidade indomável — caio arquejante e pressinto no couro as horas me raspando, as velhas marcas sendo desbastadas a enxó. Chego a sentir a avidez de umas mãos predadoras que se abrem e se alongam para recolher os meus despojos. Rodopio num pé de vento que me desarticula a cabeça, e escancaro os olhos para o guerreiro-tempo imbatível, senhor de longas pelejas, campeando pasto aberto, onde as vistas se desenrolam. Ferida braba solapando todas as beiradas, comendo verso e reverso, consumindo tudo. Devastação!

A ancianidade do Coronel, enfraquecido por esta derradeira doença, certamente é apenas um pretexto de que lanço mão para encobrir, nesta última arremetida, as mudanças que os anos me vêm imprimindo. Contra este balbucio de hesitação, evoco os olhos pedintes de meu pai, passo a língua na falha do dente que me quebraram, e soluço a falta de Luciana. Adentro-me nestes três atalhos, ando de ângulo a ângulo deste mesmo triângulo, e me alheio de tudo o mais, submerso no mariposeio dessas lembranças que me crucificam. Daí me vem o alento, as armas para o combate. Costurado por dentro desta empreitada nutrida a questões de honra, sei que o seu caminho não tem volta: o que se cose em anos e anos de rancores e canseiras não pode se desfazer assim num arrepio!

Avisto a casa-grande do Coronel! É uma sombra alongada, uma visagem poderosa que se deita dentro da noite com a boca cheia de assombrações. Corro a mão pelos caroços do tempo que se contrai numa aglomeração só, e me vejo pronto e destinado a cumprir a promessa a meu pai, tão cedo viúvo e morto! Primeiro despedaçado pela ausência de minha mãe, e depois atirado de tocaia a mando de Tucão. Este pacto de filho a pai, gerado no silêncio sem fala do que morria, veio se alentando do melhor do meu sangue, e mesmo de tempos em tempos serenado, deitou em mim os seus tentáculos e me tomou o próprio corpo, conseguindo governar a minha vontade. É certo que as iras do homem maduro e apanhado já não são as do menino que via o pai agonizante. Depois de uma trégua de nem sei quantos anos, mas nem sempre sem recaídas e hesitações, eis que Luciana chega e parte para o meu ódio respectivamente se aliviar e recrudescer em labaredas enormes. A partir daí tenho me concentrado em acalentar essa vingança de todos os modos, sem jamais arrefecer a vigilância, certo de que só largarei a crosta de sujeira e vergonha quando espatifar o velho mandachuva. Nessa arremetida, Luciana seria a única que poderia deter as minhas mãos preparadas para a hora fatal. Mas se ela até agora não me deu o menor sinal, também isso é bom, porque enfim posso me reconciliar com o meu pai abertamente, sem nenhum borrão na minha lealdade.

    Piso de leve os tijolões da sala do Coronel, e evoco que às vezes minha avó calçava paina-de-seda, apesar de tanta dureza! Quisera agora a firmeza de suas passadas ausentes! Escorrego para um canto mais escuro, puxo o parceiro pela manga da camisa e faço sinal de que quero tempo, preciso apaziguar o coração intranquilo que se alaga em inseguranças. Os meus sentidos são sentinelas que trepidam ante os ruidozinhos insignificantes, de olhos abertos e dilatados para todas as direções. Uma estranha força chega serpenteando e se soverte nas minhas artérias, procurando retemperar com panos mornos a minha decisão há quanto tempo consolidada! O pensamento começa a balançar num vaivém desesperado, trepado em trapézios, os trapos trapejando.

    Entretanto, de algum reduto que ultrapassa a própria insegurança, assoma a convicção de que o caminho está traçado. O que mais me desencanta é o desinteresse que me vai tomando nesta hora tão requerida e ambicionada. Custa-me encarar de frente que de certo modo já não tenho razões inarredáveis para acabar com Tucão. Vejo com tristeza que a antiga rijeza de meu intento só ainda se mantém por coisas de capricho, e se desenvolve apenas por fora, na ponta das arestas. Já não sinto sede de sangue na garganta. Sou o sacerdote que perde a fé, justo na hora da sagração, mas que nem por isso impede que a cerimônia se conclua, porque compreendeu a irrisória importância de atos e rituais. Estendo os olhos para trás, calculo a árdua caminhada, e só recolho, olhando para mim mesmo, a aridez de uma vida levada em vão. Parece até que meu estofo próprio se resume num mecanismo de mediação feito para desenrolar até ao fim a meada que vem do passado.

    Meu cúmplice empurra um pouco a porta do quarto, e uma réstia de claridade aponta e sai devagarinho para o corredor, onde me perfilo e me espremo contra a parede, evitando de me queimar no pavio horizontal da luz mortiça que acaba de se espichar sobre os tijolões. O velho dorme como um santo, o parceiro me confirma. E, mantendo a porta entreaberta, me encaminho para a cama de ferro, de cabeceira enorme. Sem me fixar em outros detalhes apagados pelo medo, me concentro na face de bochechas despencadas onde as sombras passeiam, vindas da lamparina de cima do cofre. Instintivamente, chamado por um aceno invisível, pressinto que estou trancado. Volto então para a porta que realmente já não está entreaberta, e tento puxá-la com os dedos até abri-la e jogá-la sobre o meu próprio corpo que se encolhe e vacila. Do corredor, o meu parceiro abre o riso safado na réstia de luz e eu estremeço sob o cruza-cruza de mil fantasias insensatas, temendo sobretudo esta testemunha a quem pago para me ajudar.

    Volto ao quarto acompanhado desta nova desconfiança e prego-me a martelo nas órbitas vazias do Coronel, no beiço molengo da boca murcha. Olho a face pendida de humildade, empelancada demais, e chego a pensar nos reveses que a castigaram. É certo que estou quase nas trevas e me encaminho pelo medo, mas esta cor esverdeada de azeitona é de coisa morta. Chego a sentir o bafo enjoativo de carneiro podre, o fartum adocicado e nauseabundo, o festo de carniça. E minha vida inteira pendurada nas tripas desta nojeira! Quanto excesso! Besteira e insensatez! Não é esse velho já decepado a quem procuro! Se não ouço o diabo deste chiado gasturento, eu diria que o odiento está morto, assim dentro deste branco camisolão de inocente. Esta miséria orgânica, assim serenamente decaída, será mesmo o matador de meu pai, o chefão poderoso contra quem gastei a vida urdindo a minha desforra? É ele, sim. Eis o narigão entupido de cupim, a mão criminosa empretecida pelo cuspo do satanás.

Volto à sala em sobressalto e constato que o outro me aguarda, embora adivinhe em sua sombra um cheiro de coisa suspeita. Na verdade, também venho apanhar um pouco de ar menos morrinhento, me desfazer das sensações nojosas. Que diabo terá o meu parceiro, que se torce assim dono de si? Volto decidido a terminar tudo de vez, para enfim me desgrudar desta inhaca de defunto cru, azeitado de fedentina. Estendo as mãos, que se espicham e recuam crispadas como se tivessem vida própria. Escancaro os dedos que tremem de repugnância, pericio a garganta molenga, tomando a medida exata. Concentro todas as energias para dominar as reações de apavorado. E já não escuto nenhum vestígio de vida. Olho a cova dos olhos e só enxergo dois buracos desabitados. Prendo a respiração e cerro as pupilas com medo de recuar, os dois polegares se afundam no pescoço de lama podre e se imobilizam lá no fundo. Tenho a sensação estúpida de que as pelancas do gogó aderem às minhas mãos como farrapos de papel encharcados de urina gelada, e se liquefazem num catarro esverdeado que me vai repugnando mais e mais... é o Coronel que se desmancha na minha mão.

A partir desse esquisito desfecho, tão carpido e festejado, mais alongados do que nunca os meses vêm espichando a secura em que tenho vivido, sem sequer o consolo de saber ao certo se realmente houve alguma mão safada metida nesta morte imponderável, apesar de aparentemente natural. Talvez o chiado que escutei ao pé do velho fosse apenas um movimento inconsciente de reconstituir sua vida embolorada para cumprir o pacto com meu pai, devolvendo assim o miserável à dama que já o tinha calado. Sei que corri daquela má hora para não vomitar sobre o defunto, a murraça de gambá inchando na boca do bucho. Dizem que o jagunço Malaquias, a testemunha maior, emigrou para a divisa de Minas com Bahia, onde permanece bem estabelecido com o saldo que lhe pagaram os sobrinhos do Coronel. Se assim é, tudo indica que caí numa arapuca, lesado pelos desapiedados que abreviaram a vida do tio.

Desde o flagrante de minha prisão, mais uma vez atraiçoado, venho aprendendo a conviver com as lembranças que cercam esta solidão. Há meses que me embrenho no passado, procurando esgarçar a sua rede de pucumãs e desfazer os nós incorpóreos, amarrados a fuligem. Tenho indagado da minha feição embutida nos antepassados, dando voltas e babatando como um cego. Tenho me atado ao rodeiro gasto deste círculo, sem todavia retirar daí a pancada de ânimo que a princípio fecundava a minha espera.

Repasso estas anotações que se encorparam além da conta, e vou constatando que muita coisa me escapou e outras se enfiaram aí à minha revelia, por uma imposição qualquer que a mão não conseguiu sustar. Lembro que nos primeiros capítulos o pensamento se torcia e se quebrava, desacertava o passo manco e amuava no ponto de partida. Muitos dias me ralei atirando para o lixo as frases indomáveis que, apesar de rasgadas e amassadas, à noite se punham de pé e trafegavam pelas minhas insônias me areliando até à exasperação! Mas assim mesmo perseverei aprendendo a ser paciente, descascando este fruto à faca cega.

À medida, porém, que fui escutando as vozes de minha gente, e escorregando a mão pelo relevo de suas faces, vim pouco a pouco me rendendo às ressonâncias afetivas que me restituíram uma certa naturalidade. Daí para cá os dedos vieram se amaciando, aplicados em dobrar as ondulações. Agora neste instante, já não arranco limalhas de ferro das palavras, que se vêm embrandecendo de tal modo oferecidas, como se eu magicasse às golfadas. Só o fraseio gorduroso de tabelião é que ainda persiste me ensopando os dedos. Com mais esta experiência, me invade uma sensação de lida vã. Chego ao termo destas notas de cara lambida e alforje vazio, ainda escancarado para os temores que tanto tenho pelejado para arredar. Do muito que regateei com a minha gente, não trago mais do que a orfandade que já tinha e a confirmação de que desenterrar os mortos é se deixar empestar pela inhaca das tumbas, o que não torna nem mais árido, nem mais brando, o ramerrão que me retém apartado do mundo — apesar das ânsias!

Mas este desengano que me toma depois de tanto porfiar em vão não é nada que possa mudar a ordem de minhas preferências ou os hábitos por que me identifico. Neste curso praticamente imutável, esta fotografia de meu avô, desbeirada pelas traças, continuará derreada sobre a pilha de livros de procuração. Por algum tempo ainda meus olhos escorregarão para ela, ano a ano mais turvos, reencetando a vida toda esta procura insaciável aplicada em entender o entrecho das antigas audiências!

Este flagrante de papel esmaltado é a memória mais física que me resta de meu avô feito árbitro. Aí está na ancha cadeira de couro moreno curtido a angico, e tauxiada a cobre, sentado meio de banda, descansando o braço esquerdo sobre o espaldar abaulado, polido pela idade. Os dedos das mãos estão entrelaçados à altura da barriga, o rosto inescrutável sob as abas do chapelão de baeta derreado sobre a testa. Mas a particularidade mais chamativa é, sem dúvida alguma, a expressão persuasiva dos olhos inquisidores despejados na cara do suplicante que ele escuta. É justamente este olhar estudado que lhe torna o semblante um tantinho mais carregado do que a gravidade natural, que já não era pouca: simples maneira de precaver-se contra eventuais rasgos de desrespeito dos litigantes mais embravecidos. Mas considerando a sua própria fama de severão em demasias, ele ajuntava apenas o pouquinho de carranca necessária à solenidade da ocasião. Caso contrário, as partes se borrariam de medo e o julgamento se dissolveria, todo mundo sem fala e sem ação.

Quando a demanda se impunha insolúvel, os contendores irredutíveis, sem arredar sequer um palmo de menino, cada um deles martelando com mais força a sua birra, cavando com as unhas em sangue a sua trincheira de vida ou morte — aí então, azuretado numa pequena fração de segundo, o árbitro sacudia a cabeça abaixada e, com os olhos inclinados para estes mesmos lajedos, segredava quase apenas para si mesmo: — Ih! não vai! — Não sei se este cacoete meio imperceptível era de todo natural, ou se articulado para compor efeito. Mas me lembro de que imediatamente, como se não tivesse cedido a este brevíssimo gesto de dubiedade e impaciência, ele se recompunha um bichão danado, e as partes milagrosamente começavam a se entender como se aguardassem a trabucada que já vinha perto.

Muitas vezes alguns litigiantes, aborrecidos contra o diabo da vida, meio que inventavam demandas de-mentira, e com ares de muita importância iam encher a paciência de meu avô com queixas e pequenos ressentimentos com que borrifavam o amor-próprio contrariado. Via-se que se compraziam no puro duelar. O velho então escutava os pretextos mal alinhavados, indagava disso e daquilo, esmiuçava todos os *poréns;* e quando sentia que não restava nenhum motivo razoável que justificasse o tamanhão da desavença com seus exageros estrepitosos — lá se vinha papoco e espessa fumaceira. Levantava-se de supetão, batia o mangual no encosto da cadeira, e ajuntava por dentro dos gritos irados que fossem encher o saco dos outros nos quintos dos infernos. Ameaçava, apontando os olhos iracundos para a rua da cadeia, que a cafua estava cheia de gente muito menos teimosa, de infelizes que tinham bem mais o que fazer do que atazanar as pessoas ocupadas.

De ordinário, sob o trepidar desses desconchavos, as partes se amiudavam, ficavam pequenininhas, se encolhiam silenciosas nas bordas das cadeiras, de onde escorregavam de mansinho recuando para a porta da rua, achatadas com o tamanhão do despropósito. Muitas vezes, paradoxalmente, esta situação vexatória aproximava até ao diálogo as partes mais inimigas, que por um instante saíam irmanadas ante o perigo comum, infelizes meio a meio. Amparadas uma na outra e apaziguadas entre si, saíam comentando o tamanho da zanga do homem, a estridulência do grito, o papoco do bacamarte. Voltar ali, nem pegado a dente de cachorro! Nosso Senhor Jesus Cristo não era de ser servido!

A tão poucos dias do júri, mais susceptível às vozes destas antigas audiências que nunca deixei de escutar, e que agora me calam tão profundamente, me perco a estudar aquelas caras agoniadas, e não atino com o impulso secreto que levava os litigiantes a apelar para um juiz tão furibundo! Mas sei que eram corajosos e se enchiam de fé, a ponto de arremessar a vida em busca nem sei de quê... Acho que erro procurando neles, a esmo, razões que me tragam força e embrandeçam o desengano. Pois nada me reanima! Mesmo que o veredicto final me seja o mais favorável possível, certamente não mudarei sequer de espaço físico. Continuarei morando aqui com tia Justina, gastando a vista nas letras esmaecidas dos velhos documentos. Deste modo, não me resta nada, a não ser a sensação de desaferrolhar a porta da frente e partir em busca de Luciana. Quanto ao resto, tudo que me caberá, que já não tenho, será viagem de volta, retorno bem repetido. Posseiro vitalício da minha ilusão, hei de viajar com ela até a barriguda do Murituba, onde me porei a acalentá-la a mugidos de Araúna e a aromas do roseiral de minha avó. E isto é tudo!

    Enquanto dura este aguardamento, me desespero com as defesas arriadas contra o diabo da encenação. Já vejo as autoridades solenes, identificadas pelos uniformes de urubus, fazendo de conta que farão justiça. Os jurados e a plateia certamente penderão para o lado dos maiorais, embasbacados com a retórica farfalhuda, metida em iras e rasgos de formidável impressão. E o réu se curvará no tamborete abaixo do estrado, as pernas encolhidas. Exigirão do supliciado a postura de réu ou de escrivão? Será que não irei, hesitante, aí me embaraçar? Entrarei na audiência já intimidado, cheirando o prenúncio das risadinhas, ouvindo o crepitar dos murmúrios, espiado pelos olhos de navalha. Como um caçador caçado, me exaspero e embruteço sem saber me desviar da assoada que me aguarda na tocaia. O clamor nojento das vozes até já me arrepia. Não saberei evitar os tiques nervosos, nem os cacoetes desarticulados. Temo a rigidez dos músculos e da fala, as mordidas imperceptíveis. E para enfrentar esta via-crúcis só contarei ao certo com a boa talagada de pindaíba que levarei no bucho — a não ser que de repente os olhos de minha avó se levantem das brenhas e se embutam no meu imo. Aí então, vou reverter a cartada, mirar a todos de cima, desdenhá-los até ao pó, convencido por ela de que júris e festas se igualam na simples evidência de que nesta vida de enganos e derrapadas toda ânsia é vã e as maiores grandezas se reduzem a nada. Com a sua chama cosida a meu semblante, não me importam a pontaria dos asseclas de Tucão, nem a mão peluda do diretor do internato. Vou abafar a voz untosa do Meritíssimo, vou fuzilar de altivez o Promotor e Joel Maranhão. Vou me levantar do tamborete, todo corpulento e graudão, para caminhar sobre a plateia e sustar o gozo babado do rebanho de filhos da puta.

 Naquelas antigas audiências que tanto me confrangiam como se o meu destino é que se metesse em questões, nenhum suplicante vinha a meu avô sem o seu bom quinhão de energias e esperanças. Por menos razão que tivesse, cada um chegava inteiro, objetando alto, com o corpo e a palavra dando um nó, um se retorcendo no outro, valentes nas acareações. Muitos eram paupérrimos, mas atiravam ali tudo quanto tinham: a rocinha e o cavalo piolhudo, a honra e a coragem. E, de antemão, todos sabiam que, na lei de meu avô, não existia, após a sentença indefectível, a hesitação do recorre-não-recorre. Aqui pelos arredores deste município estas sentenças marcaram época, correram de boca em boca, fizeram um estilo. Como a morte, eram definitivas! Talvez por isso tanto aprendi a temê-las, encharcado de suores, à espera da decisão que me cortava como uma lâmina. O que não entendo é que mesmo assim os suplicantes recorriam a ele com insistência e cheios de confiança, empertigados de teimosia. Fico a imaginar os seus possíveis erros, meu avô! Os inocentes arrebentados por sua palavra, os réus que condenou sem querer!

Em que forma invisível se converteu a espera ansiosa, o momento retesado e cheio de sobressaltos em que os litigiantes se empenhavam em adivinhar para que banda pendiam as preferências do árbitro, ali indecifrável de propósito? Em que buraco se meteu o olhar reflexivo de quem especula uma solução, o gesto cauteloso, a palavra rouquenha aplicada em ponderar, em compor a distância e a gravidade que prenunciam as grandes decisões? Em que horizonte se perderam os gritos que fuzilavam, o papoco do mosquetão?

Velho Cazuza, você torceu e retorceu o velho chapéu de couro no gesto dramático das mãos angustiadas, até o sábado em que se estatelou nestes lajedos, de olhos revirados, derrubado pela apoplexia, no exato momento em que ganhou a sua maior demanda! Agora, de onde estiver, se desembrulhe, rasgue caminho e me chegue até aqui, me responda qual o cabedal que lhe coube como recompensa. Você, que é o mártir ironizado, o suplicante mais iluminado desta peleja morta e renascida, me diga por favor em que matéria posso apalpar as pegadas de sua teimosia granítica! Mande daí um testemunho qualquer de que seu passamento não foi em vão, de que a disputa celerada de toda uma vida resultou em algo que, diferente das coisas irrisórias, se traduziu em sólidos benefícios, em formas de remir alguém para sempre, em matéria permanente e duradoura! Que lição posso tirar de tanta obstinação e de uma experiência tão trágica?

Dissolvidos em qualquer coisa de inerte, ou meramente espedaçados em moléculas invisíveis, decerto andarão os interlocutores daquelas audiências. De pelejas tão aceradas e sofridas só resta mesmo esta suposição impalpável? Não posso apertar nos dedos sequer uma sombra daquelas porfias excessivas? Tanta força e tanto desespero, terá sido tudo em vão? Cadê o produto dessas desavenças que tomavam a vida inteira de suplicante? Como poderei tocá-lo ou reconhecer nele o cheiro das contendas do passado, as pancadas das vozes grossas e rudes, o bafio de ódio empestando o ar? Onde andará toda essa matéria volatizada? E se restam apenas estes frangalhos em minha memória, por que então ainda os retenho com tanta intensidade e tão nitidamente? Por que me apetece escavar estes ossos inúteis, cheirar a sua solidez indecifrável? Por quê, se daí não retiro nenhum sentido aproveitável, nem a menor pancada de alento?

Perdido neste círculo de fogo e pedra onde se entrelaçam as idas e vindas de qualquer vivente, não vejo escapatória mais iluminada do que as maluquices de tio Burunga e as paixões de Lameu Carira, pedaços do roseiral de minha avó! Fora daí, o que há são a sisudez de meu avô e os lamentos de Boi Menino, são as chagas de Garangó e a via-crúcis de João Marreco, essas vozes que me comovem e me largam aqui sozinho, escavando as raízes da barriguda, sem me deixar sequer as ilusões...

Nesta gangorra que não ata nem desata, vulnerável ao castigo que me aguarda, vou fenecendo dia a dia, sempre a vida mais encurtada, me arrastando a cuidar de processos de criminosos, de órfãos e de menores, de quem este Cartório é privativo. Apesar do adiantado da idade, é com estes deserdados de pai e mãe que mais me aparento. Gente inditosa, isolada contra o mundo nas dores e carências. Gente que espera e sangra, protegida da Justiça, conforme o Meritíssimo! Vou aqui me ralando apreensivo, querendo dos mortos uma resposta qualquer que me ilumine para o diabo do júri, após o que certamente continuarei a trilhar o mesmo caminho, me estraçalhando no círculo das noites insones, até o dia em que alguma coisa possa mudar; primeiro, por conta de Luciana; e só depois, dos mortos e dos vivos que puxam os cordões do meu destino.

Este livro foi impresso
pela Geográfica para a
Editora Objetiva em
setembro de 2013.